木下古栗

サピエンス前戯

長編小説集

Sapiens:
Brief Foreplay
of Humankind

Furukuri Kinoshita

河出書房新社

サピエンス前戯　長編小説集

目次

装幀　川名潤

サピエンス前戯

1

もし「桃太郎」の世界に全自動洗濯機があったらどうだろう？　きっと登場人物の「おばあさん」は自宅で洗濯をして、どんぶらこ、どんぶらこと巨大な桃が流れてくる川には行かなかった。そこでもう展開が終わってしまうので、残念ながら話としてはつまらないかもしれないけれど、家事としてはずいぶん楽になる。もちろん電気や水道が普及しているという前提での想定だ。日本での普及率は目下今ひとつではあるものの、全自動食洗機というものもある。そうした機械が発明されて生活の様々な作業を受け持ってくれることで、忙しい現代人はとても助けられている。いわゆるテクノロジーの発達の恩恵というやつだ。

ところで、桃太郎は桃から生まれたけれど、現実の人間は皆、今のところ例外なく母親の体から生まれてくる。そして人工授精という手段もあるにせよ、ほとんどの場合、その生まれてくる子供はSEXという適齢期男女の共同作業によって作られる。この辺はすでに保健体育の授業でも習ったと思う。もちろん今ではネットポルノで手軽に実演を観賞することもできる。そういう動画を見られないような設定がされている場合は今日家に帰った後、保護者に勉強のためという目的をしっかりと伝えて、限定的に観賞させてもらうといい。ただし同性同士のＳＥＸを実演したポルノもあるので、それと間違えないように注意すること。これはホモＳＥＸといって、ＳＥＸはＳＥＸなんだけれど、子供を作ることができない。また異性同士のＳＥＸ、つまりヘテロＳＥＸを適齢期に行う場合も、子供ができないように避妊という工夫をすることがある。ＳＥＸには愛情や親密さを高めたり確かめたり、寂しさを紛らわしたり、快楽や興奮といった麻薬的刺激、あるいは金銭など対価を求めて行われたりする側面もあるからだ。だからそちらのみしか達成されない条件下においては、ＳＥＸは子供を作る作業ではなくなる。また補足として、適齢期であっても先天的もしくは後天的に、子作りに必須の身体的機能に欠落がある人もいる。要するに子作り以外のＳＥＸもあるけれど、人工授精を別にして、ＳＥＸなしに子作りはできない。

ここで重要な事実として述べておかなければならないことは、もちろん子供なんて作らなくてもいいわけだけれど、それがばかりになると人類は衰退してしまう。人口動態が悪化して経済が崩壊する。年金制度も成り立たなくなる。大人のはともかく、子供のおもちゃ会社が倒産する。もし誰もが一切、子作りをしなくなったら人類はやがて滅亡してしまう。だからＳＥＸという所行は人類という種の生存繁栄にとって、少なくとも今のところ必要不可欠な一大事業だと言える。よりミクロな個々人の生存においても、この世の誰かが生きる喜びを感じたり、また他の誰かに生きる喜びを与えたりするのはその人の起源としての、ただ一度の受精ＳＥＸのおかげに他ならない。原理的には、人生のあらゆる意味や価値はＳＥＸに帰すことができるとさえ言えるのかもしれない。

さて、ここからが本題だ。ＳＥＸには大きく分けて前戯とファックという二段階がある。ファックというのはヘテロＳＥＸの場合、男性器、つまり竿や棒と呼ばれるあれを女性器、つまり穴や割れ目と呼ばれるあそこに挿入する、摩擦する、そしてその中で仮に避妊具を装着した状態であっても、わずか数秒の滞在であっても、潔く射精することだ。ちなみに今、男の方を主とした言い方をしたけれど、挿入、摩擦、射精には使役の助動詞をつけてもらっても構わない。結局のところ、それは男女の合体をいずれの側から見るかによるからだ。要するにその合体のことをファックという。一方、前戯というのはファックの前段階として、主に性感帯と呼ばれる身体領域を刺激することを言う。これは愛撫と呼ばれることも多い。漢字では愛をもって撫でると書くことから、その仕草は何となく想像できるだろう。とはいえ愛など伴わないことも多い。また「撫でる」のではなく「舐める」ことも多い。実際、次に話すことはそちらに深く関わっている。

私たちの会社が開発した製品は今触れた「舐める」前戯の一種、これを自動化した機械だ。商品名を「全自動前戯機ペロリーノ」という。以下、略して「ペロリーノ」と呼ぶことにする。前戯もしくは愛撫の役割とは何かと考えた時に、それがファックに至る道という観点から、ヘテロＳＥＸの場合、男性器を充分に勃起させること、および女性器を充分に濡らすこと、この双方を達成することが何より重要とされる。なぜならまさにファックすなわち合体をする際、男性器がギンギンに勃起していないと挿入や摩擦が難しく、最終的に射精を成し遂げるのも遠い夢になり、また女性器がヌルヌルに濡れていないとこれも挿入や摩擦に支障をきたす上、女性側が快楽を得るどころか痛みに苦しむことになる。実際には身体的な接触による前戯がなくとも、一部の有識者たちが「ファックは脳でするもの」と主張するように、単にひどく興奮することによって充分に勃起したり濡れたりする場合もある。しかしこれはファック・プレイヤーたちの体質、体調、相性、機運、不倫など様々な要因が関わっており、時と場所を選ばず多くの人間に当てはまるとは言い難い。つまり効果的な前戯がいつ何時も行われるならそれに越したことはない。

ところが私たちの会社が行った大規模な聞き取り調査の結果、この国ではSEXに肯定的な印象を有する人々の内部比率として、女性に比べて男性の方が、前戯に積極的でない傾向が強いことが判明した。さらに詳しく分析を行った結果、一部の男性は特に限定されたある種の前戯に対して根強い消極性をもつことも分かった。結論を先に言えば、それは女性器を舐めるタイプの前戯だ。一般的にはクンニリングスと呼ばれる行為であり、従って、これを代替する機械には潜在的需要があると考えられた。付け加えておけば、逆に男性器を舐める行為はフェラチオと呼ばれる。いずれも口を用いることから、日本語では口淫と称される。あまり一般的ではないようだけれど、フェラチオの場合は吸茎や尺八、クンニリングスの場合は舐陰などとも称されるようだ。ちなみに私たちの会社では国語学者、辞書編纂者、官能小説家、コピーライター諸氏からなる有識者会議「口淫の新しい呼称を考える会」を開き、多角的な発案及び検討を経て、フェラチオに対しては「舐め子」という呼称、クンニリングスに対しては「舐め郎」という呼称を新しく提案推奨している。「舐め茸」「しゃぶしゃぶ」「お吸い物」「アワビの踊り食い」などがその他有力候補だったと明かせば察しがつくとおり、いずれも周知の食品もしくは料理の名前から取ったもので、思春期前後から日常会話において、それらの前戯について気軽に議論しやすくすることを意図したものだ。口淫には性感染症の危険もあるので、その点からこうした意図に基づく親しみやすい名称の新設には懸念や批判もあったけれど、料理にだって食中毒などの危険はある。何事もしっかりと知識を学ぶことの大切さは変わらない。私たちの会社では開かれた性教育を推進する非営利団体に毎年、少なくない額の寄付を行ってもいる。それは「ペロリーノ」の上げた莫大な利益の一部だ。

「ペロリーノ」を開発するにあたって、まず熟考する必要がなかったのは「なぜSEXに肯定的な印象を有するにもかかわらず、少なくない男性が舐め郎に積極的ではないのか？」という根本的な問題だった。熟考する必要がなかった、というのは一聴では耳に引っ掛かって聞こえるかもしれない。しかし「ペロリーノ」は舐め郎に積極的ではない男性のそれを代替する役割を担うべく開発されることになった機械であり、その問題自体については詮索も解決もしない。こうした線引きと目的意識がまず開発にあたって設定された。とはいえその問題についてまったく考えなかったと言えば嘘になる。開発陣、技術営業、広報戦略担当などからなるチーム「クンニ・イノヴェイション」の面々の間でも、実のところ昼食の際などにはよく話題に上った。そこで男性陣の口から漏れた意見はたとえば「食べ物に喩えるなら、男性器はソーセージみたいなものだが、女性器はホヤみたいなものだから」「冒険度で言えば、フェラチオは車止めのポールに立ってみるようなものだが、クンニリングスはマンホールに顔を突っ込むようなものだから」「潔癖症的観点からみて、男性器は外に垂れ下がっているので石鹸で洗って乾かせるが、女性器の内部は洗浄や乾燥に適さないので、それがより生ものっぽく陰湿な印象を心的抵抗としてもたらしている可能性がある」といったものだ。要するに形状としても質感や触感としても、女性器の方がやはり生々しく湿潤な印象を喚起するきらいがあり、その習慣がない地域の人々が生の魚介を食するのを忌避するのと似たような、そんなところがあるらしい。他に「陰毛が剃られていない場合、男性器を舐めるよりも女性器を舐める方がその繁茂や蒸れを障害と感じる」といった双方の経験を等しく有する者からの貴重な意見も聞かれた。総合すると大体において、そもそも舐め郎が好きな人はいいけれど、そうではない人にそれに対する積極性を植え付けることは容易ではない。これが私たちのランチタイムの結論だった。

もちろん、だからこそ機械に代替させるのはやはり理に適ったことだ。企業秘密に関わる上、とても専門性の高い話になってしまうので、研究開発の技術的な詳細についてここで語ることはできないけれど、何はさておき「ペロリーノ」開発において最もこだわった点と言えば、人間の舌および唇の感触と動きを恐るべきリアルさで再現したところにある。さらに搭載されたAI「SHITABIRAME」が女性側の性器とその各部の位置、そして声も含めた微妙な反応から類推される感度をその都度瞬時に読み取り、攻めるべき箇所、攻め方、その強弱などを自動的に判断および実行する画期的な機能も盛り込んだ。これらが現段階で購入者の九十五パーセント以上が「本物の人間に舐められている感じ」と驚きをこめて評価するゆえんだ。

しかしあまりに人間そっくりな舐め郎を機能的に実現してしまった結果、別の問題が生じたことも事実だ。その問題とはすなわち、はたして「ペロリーノ」の外見をどこまで人間に近づけるかということだった。当初はここまで出来が良くなるとは思いもしなかったので、何の疑問もなく外見はいかにも機械といったものを想定していた。枕にマジックテープで固定可能な小さな箱から、取り外して洗える舌が飛び出ているような姿を想像してみてほしい。それがおおよそ初期段階でのラフデザインだ。ところがあまりに人間そっくりな、それも「舐める」というきわめて動物的な機能を単なる箱みたいなものが備えているのはそれに舐められる被前戯者の大半にとって、かなり違和感を覚えるものらしい。考えてみれば、たしかに全自動マッサージ機に肩を揉まれた時、それが人間に揉まれるのとそっくり同じ感じだったら、椅子の形をしたその機械に思わず不気味さを覚えるだろう。おちおち寛いで揉まれてはいられないかもしれない。かといってあまりに人間に近い形、たとえば成人男性の等身大関節人形みたいなものが股間に這いつくばって舐めてきたら、それはそれで不気味だろう。何より「ペロリーノ」は夫婦やそれに準ずる親密な男女を対象に据えた製品なので、そんなことをしたら三人で行われるSEX、いわゆる「3P」みたいになってしまう。使わない時、押し入れにしまっておくのも気持ち悪い。そこで「クンニ・イノヴェイション」の面々から出た案は二つ。ひとつはSONYの往年のペットロボット「AIBO」のような可愛らしい犬型にすること。これならその辺に飾っておけるうえ、女性が自身の性器にバターを塗って犬に舐めさせる「バター犬」という文化もあることから、非常に馴染みやすい。もうひとつの案は打ち首にされた罪人のように首から上だけの、人間そっくりの頭部型にすること。これならたとえ少し「3P」っぽくても、舐めると同時にすでに厳罰に処されているようなものなので、夫婦やそれに準ずる親密な男女二人の貞節を汚すとまでは言えない。実際には鎖骨がちょっと見える程度の高さで切り取った形にすることで、首の下の広がりを残して土台とする。これはベッド上に置いた際の安定性を高めるだけでなく、あたかも亜空間から顔を出しているような魔術的な雰囲気を醸し出す狙いもあった。もちろん使わない時は棚に置物として飾ることもできる。

さて、今の二つの案を聞いて普通なら、ほぼ例外なく前者の方がいいと思うのではないだろうか。ところが、頑なに後者を推すメンバーがいたので一応、両方を試作して百組以上のモニターに試してみてもらったところ、犬よりも打ち首の方が圧倒的に支持された。それはなぜか。舐め郎に積極的でない男性の内実として、先に示したような心的抵抗を有する傾向のほか、当初は勢い込んでやっていたものの、倦怠期に陥って単純に前戯全般が面倒になり、大半の男性は乳房が大好きなのでそれはある程度弄ぶとしても、おのずから主要前戯中で最も煩わしく、屈従的な体勢に移行することも必要な舐め郎を省略するようになった、という場合も少なくなかった。そこで注目すべきは倦怠期という点だ。たとえ斬首されたふうな見かけでも、やはり人間の頭部そっくりのものが相手女性の股間に設置されて舐め郎に及んでいる、しかもそれで相手女性が感じている場合、少なくない男性たちが驚くべきことに、その機械に対して嫉妬を自覚したり、その「3P」っぽさゆえに背徳感を覚えたりして、後ろ暗くも熱い興奮をそそられたのだ。さらに女性の側でも背徳感ゆえに興奮した人もいた。これは第三者めいた存在が本来二人だけの密室行為であるべきSEXに参加しているという背徳感以外にも、相手男性の前で「人ならぬ存在」に感じさせられているという背徳感もあるようだった。それは一個人としてというより、人類という種としての背徳感と言うべきかもしれない。意志も欲望も一切持たない、クンニ特化型ＡＩ搭載の機械によって感じさせられている。生殖行為という人間が生命をもつゆえんをある意味、非生命に侵食されているわけだ。男性の中にも同様の背徳感を覚える人がみとめられた。

要するにこういうことだ。「３Ｐ」的な背徳性、さらに人によっては「人ならぬ存在」の背徳性、これによって単に舐め郎の快楽のみならず、倦怠期を打ち破る新たな刺激を当該男女間にもたらす効果があることが強く示唆されたのだ。しかもそれどころか、先に示したような心的抵抗を有する男性が「ペロリーノ」に刺激されて、苦手なはずの舐め郎に手ならぬ舌を出すようになり、遂には当初の抵抗を完全に克服した例も報告されるなどした。ちなみに犬型の場合もこうした効果がまったくないわけではなかったものの、人間頭部型に比較するとなぜか著しく軽微だった。とにかく、こうして「ペロリーノ」は単に一部男性にとって忌避傾向の強い前戯を代替するのみならず、対象の夫婦やそれに準ずる親密な男女にとって、非常に価値ある別の効果を提供するものになった。関係が長期にわたるほど倦怠期に陥りがちな性生活のスパイスとしての、斬首刑に処されたような人間頭部型高級家電。

最終的な製品版においてはその人間頭部の顔面、すなわち顔のつくりを特注できるようにもした。というのも開発中の被験者、モニターは実のところ、主に「クンニ・イノヴェイション」の面々がそれぞれの配偶者や交際相手と共に務めたわけだけれど、ギリシャ彫刻から採用した試作機の西洋美男顔が必ずしも好評ばかりとは言えず、女性陣から「どうせなら自分好みの顔に舐められたい」という要望が聞かれたからだ。それによく考えてみれば、隣の家と同じ顔の「ペロリーノ」が我が家にもあり、それが双方の夫人に舐め郎を施しているとなれば、何とも個性のない話だ。決して安くはない買い物なのだから、それぞれの理想の顔に舐められたい思いを叶えてやりたい。幸いにも、彼女たちの要望はほとんどの場合、具体的な有名人の名前を伴っていた。とはいえ実在の有名人の、ありのままの顔面にしてしまうと問題がある。私たちは平面の肖像写真からきわめてリアルな立体の顔面を作る技術を開発したうえ、一計を案じて、実在の有名人に限りなく似せながら、彼らが加工ソフトを用いて写真の中の自らの容貌を美化するように、顧客の好みを取り入れつつ、実物をさらに美化して、しかもその額中央に巨大なホクロを付けることで差別化を図り、いささか黒に近いグレーな抜け道を狙った。だがしかし、やはり肖像権、パブリシティ権の侵害で方々から訴えられた結果、写実性が高く、デフォルメした似顔絵のような創作とは認められないとのことで敗訴した。そこで私たちはまた一計を案じて、実在の有名人にそっくりな人物、あるいはまったく無名の素人ながら容貌の整った人物、ないし容貌の特徴的な人物から、彼らの顔の権利を買ってカタログ化して、顧客にはその中から好みのひとつを選んでもらうことにした。この場合も希望により、さらなる美化の加工を行う。また表情についても真顔、笑顔、苦しげな顔の三種類から選べるようにした。こうしてより抜きの美男、もしくは好みの顔に舐めさせることで前述のような効果はさらに高まり、現在までのところ、大変な好評を得ている。手前味噌になるけれど、国内では日本ベンチャー大賞内閣総理大臣賞、グッドデザイン賞特別賞、日本ロボット学会実用化技術賞、海外からはイグノーベル賞、エジソン賞などを受賞した。

振り返ってみるに、おそらくここまで「ペロリーノ」が受け入れられた背景には、男性よりも女性の方がSEXないし自慰における道具の使用、とくに電動性具の使用に対して、その経験の有無は別として、文化的に馴染みがあったことが挙げられるだろう。口淫もかつて非常に慎み深かった時代には決して一般的な前戯とは言えなかったらしく、それがAVをはじめとしたポルノの普及によって、急速に世のSEXに広まっていったという。やはり文化の力は絶大なものであり、人類の場合、性行動もその強力な影響から逃れられはしない。実際、自慰にも「ペロリーノ」を使用しているという女性の声は少なくなく、しかも増加傾向にあり、また比較的所得の高い効率化志向の共働き夫婦の間では忙しい平日の夜、妻が肌の手入れをしたり家計簿をつけたりしながら「ペロリーノ」に舐め郎を務めさせ、その後、いざ夫とベッドに入れば即ファックに至るのが当たり前という、いわゆる「時短SEX」も知的なライフスタイルとして定着しつつある。最後にその実例として、私の妻が「ペロリーノ」を使用中の動画を少しだけ流して終わりにしたい。ご清聴、どうもありがとう。

株式会社サイバーペッティングCEO、関ヶ原修治は「SEDxTOKYO《セデックス・トーキョー》」スピーチ会場の舞台袖奥に設置されたソファに腰掛け、真剣な顔つきで両手にもつ英文原稿をぶつぶつと読み上げながら、ときおりサイドテーブルに置いた携帯端末を操作して、その画面に表示されたスライドを次へと送った。広々としたそこは直近の出演者たちの待機所となっており、同じく出番を待つ他の数人も最後の確認をしたり、目を閉じて集中力を高めたり、隣の出演者と雑談を交わしたり、あるいは舞台確認用モニターの、まさに聴衆を前にして熱弁を振るう先行者の雄姿を眺めたりしている。現在は茂木山健多郎という脳科学者が「SEXにおけるアハ体験」という題の講演を行っていた。

「SED《セッド》」とはスウェーデンに本部を置く非営利団体であり、その名称は「SEX EDUCATION」の略とされる。「教える価値のある現実」という理念のもとに、第二次性徴を迎えたIQ一五〇以上の思春期の小中学生を聴衆として、様々な分野の人物が持ち時間十八分以内で性的な内容の講演を行う「SEDカンファレンス」という世界的なイベントを毎年、オランダのアムステルダムで開催している。全自動前戯機を開発した革新的なテクノロジー企業のCEOとして今回、関ヶ原が出演依頼を受けた「SEDxTOKYO」は本場「SED」からライセンスを受けた日本の運営団体が企画、実現した同様のイベントであり、今年二〇四七年で第八回を数えるものだ。各自の発表は事後、海外の大手ポルノサイトを通じて世界に動画配信されるため、原則として英語でスピーチを行うことが求められており、当初はそれに加えてカンペや原稿持ち込みの禁止という規定もあったが、即興力や本番力に乏しく、文化的に身振り手振りもさほど重要ではない日本の場合、パフォーマンスに気を取られるよりもむしろ話の内容を濃くした方がよいということで、近年では許されるようにもなった。

関ヶ原が小声で英文原稿を音読しながら、出演時に壇上スクリーンに表示される手筈のものと同一の、携帯端末に表示されたスライドを「勃起した男性器と濡れた女性器」の写真から「キノコのなめこと料理のなめろう」の写真へと送った時、にわかに大きな拍手が沸き起こった。それは近くのスピーカー越しにも客席の方からも聞こえ、顔を上げて舞台確認用モニターを見やるとちょうどスピーチが終わったところで、聴衆のエリート小中学生たちはこぞって熱烈なスタンディングオベーションを送っている。舞台中央に立つ茂木山は幾度か礼をすると、まるで戦いを勝利で終えた勇者のように興奮と誇りに満ちた表情を浮かべながら、まばゆい照明の中、手を挙げてさらに喝采に応え、やがて舞台袖へ向かって悠然と歩き出した。明らかに成功を収めたスピーチだった。

その茂木山の実物が数秒後、待機所に続く通路に現れた。甲斐甲斐しく立ち働くスタッフにヘッドマイク一式を外してもらって、別の一人に差し出されたタオルとペットボトルの水を受け取ると、額や首筋の汗を拭きながら、ひとっ風呂浴びたかのように関ヶ原の方へ歩いてくる。そして隣の空きソファにどっかりと腰を沈ませた。聴衆の前で見せた堂々たる態度とは打って変わって、見るからに解放された様子で脱力しており、ついさっきまでの緊張の度合いを物語るその姿をついじっと凝視する関ヶ原の傍らで、茂木山はペットボトルの蓋を開けてごくごくと水を飲み、ようやくほっと安堵の表情を浮かべた。そこでふと視線に気付いたふうに横を向いた。まともに目が合った。

「お疲れ様です」と関ヶ原は体裁を取り繕うように、とっさに会釈して声をかけた。「素晴らしいスピーチだったみたいですね。みたい、というのは失礼ながら、私は出番がまだでこうやって必死に原稿を読み返していたもので、拝聴する余裕もなくて。でも、あのオーディエンスの反応を聞いたら」

「いやいや」と茂木山はまた額をぬぐいながら謙遜気味に答え、ふうと溜息をひとつ漏らすと、誰もが心を開かされるような人懐っこい笑みをこぼした。「私は今回でもう三度目で、それなりに場数を踏んで余裕かなと思ってたんですけど、あそこに立って子供たちを前にした後の記憶がもう今、全部飛んじゃってて。やっぱり毎回、本番は物凄いエネルギーを消耗しますよ」

「三度目でいらっしゃるんですか、それは凄い。さっきちょっとだけお話ししている最中の姿を見たら、原稿もなしでとても自然な感じでしたよね」

「ええ、私も一度目はちゃんと原稿をつくって、その頃はまだ持ち込みは禁止だったのである程度、暗記して臨んだんですけど、でも大筋は事前に決めるにしてもやっぱり、本番はその場の即興でやらないとこう、何ていうか勢いが出ないんですね」と茂木山は何かが噴出するような手振りを交え、ぐっと身を寄せてきた。「もちろん、原稿を持ち込む方を一概に否定するわけじゃなくて、私の性分として、そっちの方が合うということで……」

「分かります。今、お話しされているだけでも、そういう感じがします」

「そうですか？」

つかのま微笑んで見つめ合った後、茂木山はおもむろにペットボトルの蓋を開け、またごくごくと水を飲んだ。関ヶ原は思い出したように原稿に目を落とした。いつの間にか通路では次の出演者がヘッドマイクをつけ、スタッフに促されて舞台へと歩き出している。まもなくその登場を迎える拍手が聞こえ、茂木山も手先で小さな拍手をすると、舞台確認用モニターを眺めやり、脚を組んでまた水を一口飲んだ。画面の中の、舞台上で話し始めた姿を関ヶ原もちらと見やった。

とその時、サイドテーブルの上の関ヶ原の携帯端末の画面が光った。音も振動もＯＦＦ設定にしていたそれを見るとウクライナの人工知能企業DT社からの招聘主任研究員、ドミトリー・デカチェンコからEメールが届いている。件名は「問題発生の報告」とあった。怪訝そうに眉をひそめて本文をひらき、綴られた英文を淀みない視線で辿っていくうちに、関ヶ原の眉間の皺が深くなり、その表情に釈然としないような色が濃く滲んだ。

略称DT、正式名称ディープスロート・テクノロジーは人工知能を専門とした世界有数の先進的研究開発型企業であり、様々な学術機関、他企業と連携した研究開発を実施している。創造的な人間性を養う可処分時間の回復を目的として、長期的には自己学習しながら人間の代わりにネット上で活動するAI（不毛な諍い、情報の収集や精査、ポルノ・キュレーション等の代替）の開発を目指しており、CEOのセルゲイ・タマチェフは非公式ながら「Don't be Moral」という社是を掲げる変わり者で、四年前、近年急速に質の上がった合成音声を用いてネット通話SEXを行う女性型AI「VS（ヴォイスSEXの略）」を密かに開発、百人以上の人間男性と実際に通話アプリを介して音声のみで交わり、一度も非人間と疑われないまま、約半数の相手に射精直後のペニス画像まで送らせた成果を発表して世界的に有名になった。これは「酒に酔って発情している頭の弱い女」という設定を巧みに利用して、あまり長い前置きを経ず複雑な会話も行わず、すでに触っているという態で喘ぎ始めるものだったが、音声版チューリング・テストに合格したも同等と騒ぐメディアもあった。ペロリーノに搭載されたAI「SHITABIRAME」を共同開発して以来、サイバーペッティングはDTと提携を維持しており、関ヶ原はタマチェフを真似て「Do the Cunnilingus」という社是を掲げるようにもなったほどで、現在はペロリーノ次世代型の開発の一環として、より高性能なAIの研究に従事してもらっている。デカチェンコからのEメールはその件に関するものだった。現行製品のペロリーノには前戯機能は同等ながら価格の異なる二種類があり、三割ほど安い普及版の方はその値引きの代わりに、使用された際の様々なデータを特定個人に紐付けられない形で収集、および研究開発に利用させてもらうという仕様になっている。様々なデータとは日々ペロリーノに舐められる何万人分もの女性器の形状や感触、感度、濡れ具合、どういう舐め方をした際にどういう反応だったか等々の言わば「ビッグ・クンニ・データ」であり、デカチェンコの研究チームはそうして集めた膨大なデータから仮想女性器を無限に生成して、それに対してどう攻めるか、どう感じさせるかをその都度、判断しながら仮想クンニリングスを行うハイパーニューラルネットワークを作成した。このヴァーチャル・クンニリングスを何千万回、何億回、何十億回と延々と繰り返させることで、単に多様な攻め手を学習するのみならず、どんな女性器のどんな状況にも即座に対応して将棋で言えば必ず詰み一歩手前まで持っていけるような、人間を遥かに超越した舌技を編み出して駆使する億戦錬磨の「超絶クンニ・マイスター」を生み出すのが当座の目標であり、デカチェンコの研究チームはこのAIに「TOG（Tongue of God）」という仮称を与え、言わば「クンニ技術的特異点」を突破すべく、目下順調に研鑽を積ませているところだった。ところが今、関ヶ原が目を通している報告によれば、わずか二ヵ月ほどで急激な達人化をみせていた「TOG」に一週間ほど前から想定外の異変が生じた。ハードウェアもプログラムもどこを取っても正常に作動しているはずにもかかわらず、あたかも自発的であるかのように、完全に仮想クンニリングスを停止したというのだ。しかもいくら再開させようと手を尽くしても頑として従わない。現行製品のペロリーノでは付属するリモコン

した後、幾つかの段落を行きつ戻りつ読み直してから、思案げに黒目を寄せて顔を上げた。するかもしれない未確認の障害要因をあれこれと推測していた。関ヶ原はそれに最後まで目を通い」と続けて書き、実のところその気持ちも分かると冗談めかしてから、現時点で他にありうコは「ひょっとすると奴はもううんざりで、これ以上、女性器など舐めたくないのかもしれなりに「何億回もクンニリングスを繰り返すうちに自我が？……」と英語で呟いた。デカチェン
うっすらと口もとに苦笑を滲ませながら、関ヶ原はゆらゆらと頭を振り、冗談はよせとばか主体たる自我がなければ成立しないのだから」
たら、役割に沿わず指示に従わないのは拒否というべきであり、その拒否というのは、意志のなのではないかとさえ言い出している。というのも、何らかの障害に起因する不能でないとし人は、奴が明らかにやるべきことを拒否しているように見えることから、これは自我の目覚め果たそうとしないのだ。前職で数年間、人工意識の先端的研究に携わっていた優秀な若手の一何ひとつとしてまったく奏功していない。どこにも異常は見つからないのに、奴は一切務めを日間、どうにか原因を究明しようと研究チームの面々で昼夜問わず様々な試みを行っているが、
その次の段落を読み進めるうちに、関ヶ原は微かな失笑交じりの鼻息を漏らした。「ここ数
て、あたかも瞑想にでも耽り始めたかのようだ」とデカチェンコは書いていた。
している——かのように見える。「奴は仮想空間において女性器を前に目をつむり口を閉ざし
り、その認証音声に相当する信号で「舐めろ」としきりに命じても、それも「ＴＯＧ」は無視
するが、次世代型では予め登録した音声の指示によってそれが行える機能を付加する予定であ
の遠隔操作によって始動や停止をさせたり、舐める箇所、舐め方の強弱や速度を調節できたり

ると横合いから茂木山にじっと見つめられていた。見つめ返すと茂木山は気まずげにさっと目を逸らして、はにかむような表情で後頭部の髪をぼさぼさと掻き上げ、いきなり両手を突き上げてうーんと伸びをした。それからふうと吐息をついた。

「では、あんまり長居すると本番前の方々の邪魔になるので、この辺で失礼」

目礼をくれて腰を上げようとした矢先、関ヶ原がふと思いついた顔になり、とっさに片手を突き出しながら、あの、とその起立を引き止めた。茂木山はきょとんとして横を向き、また体重をソファに沈ませた。

「茂木山さんは……脳科学者でいらっしゃいますよね？　それもたしか、その分野で最も困難な問題と言える、意識について長年研究していらっしゃるとか……」

「ええ、まあ」と茂木山は微笑んだ。

関ヶ原は自身の胸に手をあてた。「自己紹介しますと、私は全自動前戯機ペロリーノという、人工知能を搭載したクンニリングス遂行特化型のロボット家電を製作販売する会社でCEOを務めています」

「もちろん存じ上げていますよ、サイバーペッティングの関ヶ原さんでしょう？」と茂木山は愛想よく言った。「実は今日はあなたの、関ヶ原さんのスピーチも楽しみにして来たんです。外のどこかのモニターで拝見しますよ」

「それは光栄です。まさか私のことをご存知だったとは……」と関ヶ原も微笑んだが、しかしすぐ表情を引き締めた。「それでちょっと、個人的興味からお訊ねしたいんですけれども、機械が、人工知能が自我、主体としての意識をもつ可能性については、どうお考えですか？」

茂木山はちょっと呆気にとられたような顔をして、ぱちぱちと瞬きをしてから、微かな苦笑交じりに首を傾げた。「それはなかなか、即答が難しい質問ですね」

「とすると、その可能性はゼロではないと？」

「いや……」と茂木山は口ごもり、思案げに顎先をさすりながら、またおもむろに口をひらいた。「科学者として言わせてもらえば、それは絶対に不可能だと思います。ただ、私は科学者ではない一面も持ち合わせているというか、従来の脳科学、神経科学の蛸壺に嵌まったような方法論とは別の哲学的なアプローチなどにも、意識の問題に対する捉え方のヴァリエーションとして、ずっと興味を持ってきました。それで……そうですね、たとえばそうした哲学的に意識について考える人たちの中には、機械が意識を持てるかどうかというより、そもそもなぜ機械に意識がないと言えるのか、と言う人もいたりします。それも機械だけじゃなく、その辺の石ころなんかにも」

関ヶ原は腑に落ちない顔をした。

「つまり、そういうふうな考えにも色々な種類があるんですが、たとえばその一例として、こう考えてみてください。私たち人間、ホモ・サピエンスは長い長い歴史を遡れば、もっと原始的な生物から進化してきた。そのさらに前はおそらく、生命のないところから生命が生じた。もちろんそれは連続的なプロセスですから、時間的、歴史的な観点からみて、非生命と生命には明確な境界はないということになる。この宇宙なんかも、もし無から生じたとすれば無と有の境界なんてない。同じように考えれば、どのような飛躍、突然変異、相転移的な何かが仮にあったにしても、意識のない時代から意識が生じたそのプロセスも連続的なわけですから、従って意識と非意識にも厳密な境界はないということになる」

「それは……つまり私たち意識をもつ人間も色々な分子、原子、もっと細かくすれば素粒子から出来ているから、そういう構成要素やその振る舞いにおいて、意識の素みたいなものがある、というような話でしょうか。その要素が、たとえば人間がそうであるように複雑に組み合わさって機能すると、高度な意識として現れる。けれどももっと単純な組み合わせや、静的な物体などでもその要素は含まれているので、ものすごい微弱だったり希薄だったりするかもしれないけれども、意識はゼロとは言えない、というような？」

「そういう考え方もあるでしょう。しかし私が今、話そうとしていたのはそれとはある意味で真逆の考え方です。つまり、私たちはある存在について考える時、それが何から出来ているか、今、関ヶ原さんが仰ったみたいに、それをより細かい構成要素に際限なく分解していこうとする傾向がありますが、それとは逆に、それをより大きな広がりに溶かしていく考え方もあるわけです。たとえば一般的に意識は脳にあると考えられがちですけれども、たしかに私から脳がなくなったら意識はなくなりますが、私の周囲から空気がなくなったら、窒息して死に至り、脳があっても意識はなくなります。だから存在論的に言って、意識が脳に局在するという考えは誤りと言えます。大前提として、そもそも脳という独立した器官などなく、それはそれを生かす環境と切り離せませんから。たとえ培養液に満たされた水槽の中で脳が生かされていても、それは同じことです。そして私を含め、意識をもつとされる生物が生存しているのは、地球がそれを可能にする環境を今のところ保っているからですが、地球がそういう環境であるのは、太陽系というさらに広い環境において、さらに広い天の川銀河という環境において、究極的には宇宙という広がりにおいて地球がそうあるからです。もし太陽が死を迎えたら、地球は生物が生存可能な環境ではなくなりますし、もしこの宇宙の初期状態が異なっていたら、地球は存在しないかもしれません。このように考えてみると、意識は究極的には私やあなたにおいて、あるいはその脳において生じているのではなく、宇宙において生じていると言えるでしょう。そこから私やあなた、その脳や意識、あるいは地球、そういう何かを個別に切り出すことはできないわけです。なぜならそうした個物、あるいはその構成要素でも何でも、それらが単独で存在した例《ためし》などなく、すべては根本的には境界なく連続しているからです。そして私たちと宇宙、どちらが先に存在しているかと言えば、それは言うまでもなく宇宙の方であり、後になって生じたものはそれ以前に存在していたものに完全に含まれます。そうでないと、どこからともなく完全に新しい何かが突然、途中で降って湧いたことになってしまいますから」

伏し目がちに黙り込む関ヶ原を見て、茂木山はにやりと笑った。

「ちょっとオカルトっぽいですか？」

「いや……」

「しかしこれは何も、宇宙全体がひとつの意識であるとか、そういうオカルトじみた話とも違うんです。なぜなら、意識というものは自己とその他という関係においてあるものですが、宇宙それ自体、世界それ自体がひとつの意識だとすると、それ以外のもの、つまりその他が存在しないということになり、翻って自己というもの、意識というものも成り立たなくなる。かといって今さっき言ったように、私だとか私の意識だとか、そういうものを世界から個別に切り出すことはできない。結局のところ、そのあわいとして意識は幻想されるとしか言いようがない」

茂木山はそこでペットボトルを手に取り、蓋を開けて水を一口飲んだ。

「なるほど……といっても、あまりよく分かりませんが……」と関ヶ原は眉間に皺を刻んだまま、微かに苦笑を浮かべた。「しかし何となく、いま仰っているのは、機械にも意識があるとかそういう話ではなく、むしろ人間が意識を持っているとは言えない、というような方向に聞こえてしまうんですけれども……」

「ええ、しかしそれが、逆方向にも繫がるんです。たとえば……そう、関ヶ原さんはご自身に、なぜ意識があると思われますか？」

「それは……」と関ヶ原は思案げに黒目を寄せながら、舌先で唇を湿らせ、その濡れた音を小さく立てて口をひらいた。「自分に今、意識があることを意識しているから、でしょうか」

「なるほど。しかし意識があることを意識しているなら、それを含めて、それこそが意識ということになります。となると、それがあると意識するためには、意識があることを意識している意識を意識しなければならない。しかしそうなると、それこそが意識ということになって、意識があることを意識している意識を意識している意識を意識しなければならなくなる。短縮して、意識があることを意識するまさにその時、その意識があることを意識する意識を、同時に意識できますか。これはできない。だから、それは成り立ちません。ちなみにこうして一見、無限後退みたいになるのは、メタ化が延々続くということではなく、その不可能、そもそもメタなどないということを示しています。だから実のところ、自分の意識というものを意識することは決してできないんです」と茂木山は早口でまくし立て、勢い余って唾が飛んだ口もとを手の甲でぬぐって、そこをタオルに擦り付けた。「たとえば酔っ払って眠くて仕方なくなって、とうとう寝落ちしてしまう時のことを考えてみてください。意識というのは今、関ヶ原さんが意識があることを意識していると仰ったのが象徴的ですが、何かを意識している、対象を構成したり、何かに集中したりする働きと大まかに言えます。だから寝落ちしてしまう時には、その対象化や集中がぼやけて、希薄になっていく、世界へ広がっていく、溶けていくような感じがします。ボーッとして意識がしばらく飛んでいる時も、それが希薄になっているわけです。逆に覚醒する時はそれがありありと戻ってきて、範囲の限定された対象化や集中がよみがえります。ちなみにここで言う対象化というのは意識的、能動的なものだけでなく、朝目覚めた時に否応なしに視野に何かが見えたり、周囲の音が聞こえてきたり、肌寒さを覚えたりするような自動的、受動的な対象化も含んでいます。覚醒すること自体は意識的になされるわけではありませんし、そして覚醒している限り、完全に何も意識しないということはできませんから。また集中というのも視野の中のある対象に集中したり、頭の中の考え事に集中したりする、というような意味だけでなく、それら意識に内容として上るものをおのずから限定しているという、自動的なフィルタリング、性能的な制約による集中の意味もあります。何かをあるあり方で意識しているなら、同時に意識から省かれているもの、実現されないあり方もあるわけです」

関ヶ原は傾聴の姿勢を保ったまま、やや難解そうに眉間に皺を寄せていた。

「分かりやすく喩えてみますと、仮にパソコンの画面表示が意識の現れだとすると、覚醒している限り、何かが自動的に表示されていて、かつ、その範囲や表示性能という制約によって、対象が限定されるという意味での集中がなされている。そしてその前提の上でさらに、画面においで何らかの対象を呼び出したり、焦点を合わせるように特定の対象に集中したりもする。これはちょうど画面表示におけるカーソル、その動きやクリックのようなものと考えればいいでしょう。つまり視野の中の視点のように、画面に映し出されている映像の中のある対象をカーソルで指したり、あるいは私たちがほとんど絶えず頭の中でぶつぶつ喋っているように、現れては消える文章の最新の文字にカーソルがあてられていたり、あるいは何らかの記憶を想起するように、クリックしてファイルを呼び出したりする。もちろんポルノサイトの広告やセキュリティソフトのお知らせみたいに、ポップアウトで突然何かが現れて、それを瞬時にクリックして処理したりもします。そして通常、画面表示とカーソルは一体になって働いているので、意識が薄れていけば画面の解像度が落ち、暗くもなり、カーソルもぼやけて、その動きが鈍くもなります」

茂木山はいったん口をつぐんで、ごくりと唾を呑み込んだ。

「さてそこで本題です。その画面表示が、その画面表示自体を対象として表示することはできるでしょうか？　鉤括弧に入れるように、ひとまわり小さくして表示することはできますが、そっくりそのまま表示することはできません。何度繰り返しても無駄ですし、その繰り返しをひと続きにしても、鏡の中に鏡を映すように、画面の中にひとまわりずつ小さくなった画面が並ぶだけです。あるいはカーソルが、そのカーソル自体を指すことはできるでしょうか？　いくら動かしても指せません。これが今さっき、意識はそれ自体を意識できないといった意味です。後者の場合、一見、カーソルは画面表示のどこかを常に指している、だから意識はそれ自体を意識している、と思ってしまうかもしれませんが、このカーソルは画面表示と一体となって指す働きのことですので、指す働き自体を指せなければならない、つまりカーソルがカーソル自体を指す必要がありますが、それはできません。もし関ヶ原さんの右手の人差し指での指さしが何かを意識する働きだとしたら、その指さしでその指さし自体を指せるでしょうか？ちなみにこの場合、能動的な指さしだけではなく、指先はいつも何かを自動的に指しているという意味も含みます」

関ヶ原はそれを律儀にやろうとして、右手の人差し指の先をくいくいと動かした。

「できませんね。このようにそれ自体を意識できないことが実は意識の存在論的な本質であって、だからこそ、何か指し示せないもの、つまり物理的実在ではない、精神とか心とか魂とか、そういうものがあると感じてしまう、信じてしまうところがあるわけです。あるいは実在の不確かさを感じたりもしてしまうわけです。しかし関ヶ原さん、その人差し指でご自身を指すことはできますね」

関ヶ原は自身の胸をすんなりと指さして、はいと頷いた。

「つまり身体があれば、それを自分として、あるいは自分の帰属するところとしてさしあたり意識できるわけです。そしてその身体という宿り場、さらに視界という視覚的に意識の集中する枠と方向があることで、その内と外、自分とそれ以外、見えるものと見えないものといった区別が生じて、それもまた主観的体験と客観的実在、精神と肉体、内面と外界といった幻想をもたらすのにおそらく一役買っているでしょう。特に頭の中の、脳のどこかを指し示すように意識したりしたら、そこに意識の根源的な中枢があるような錯覚も抱けるかもしれません。それは実のところ、意識の根源ではなく先端、集中する働きにすぎないんですが」

関ヶ原は上目がちに、頭の中を意識するような顔をした。

「しかし先ほども言ったように、本当のところ脳や身体は独立した存在ではありませんから、それは入れ物にはなりえません。それはそれを生かす環境と切り離せず、結局のところ世界の広がりに溶けています。つまり、何度も言うように世界の広がりにおいて意識は生じるわけですが、これは比喩的には、身体を持たない意識というものを想像すると分かりやすいでしょう。透明人間のように身体が透明になったわけではなく、そもそも身体がない意識です。さてその、まったく身体のない意識が何らかの対象、たとえばその辺の石ころを意識しているその時、その石ころを意識している自分は何なのだろう、とふと実存的な疑問に駆られたとして、どうなるでしょう。もし身体があればそれを意識して、それが、つまりその身体に帰属する自分が石ころを意識している、と意識は身体に落ち着くことができます。我に返るという言葉がありますが、その場合、返る我として身体があるわけです。しかし身体がない場合、どうでしょう。今さっき私が言ったように、実は意識はそれ自体を意識できません。こうなると大変です。想像するだけで気が狂いそうになる。どれだけ我が身をかえりみてもその我が身がない。どこへ意識を向けても連続して広がる世界があるだけです。もちろんそのように想像するあなたや私には身体があるので、本当のところは想像できないんですが、しかしその、想像することが困難な身体のない意識こそ、存在論的な意識の本質なわけです。なぜなら身体も実のところ、世界の連続的な広がりに溶けていて、独立した存在ではないからです。やや話が長くなりましたが、今、私が喋ってきた考え方をまとめると、意識というのは世界の広がりにおいて生じているもので、だからどこにあるとか、どこからどこまでが意識だとかは定められない。人間すら、自分の意識それ自体を意識できないんですから。とすれば、それを裏返せば、他のものに意識がないと言う資格さえもない。要するに意識というものはこの世界において、あるともないとも言えないようなもの、というわけです。しかし少なくとも、身体があって、さらに何かを対象として働く機能があれば、それが高度に進化するうちに我が身をかえりみて、身体に意識が宿る、つまりそこに意識があると錯覚するようになるかもしれない。今のところ、この錯覚は一部の生物のみに生じているようですが」

「なるほど……」と関ヶ原は小刻みに頷きながら呟き、ふっと微かに失笑した。それから面白そうに茂木山を見つめた。「とすると、細かい理屈はさておきその最後の条件を満たせば、たとえばうちの、ペロリーノに意識が生じるなんてことも、もしかしてありえますかね？」

「まったく科学者ではない一面においてお答えするなら、ないとは言い切れません。といっても人間や動物に認められるような意識を意識とするなら、意識とは認められない程度のものかもしれませんが。あとはそう、人間でもその他の動物でも、みんなで集団として進化してきたわけですから、意識も集団として進化してきたものです。つまり意識はそれぞれの個に属するものではなく、つねに集団として生じています。人間同士で互いに意識があると認め合っていれば、そう振る舞っていれば、それは仲間内では既成事実になりますしね。もちろんペロリーノも沢山作られているでしょうから、集団と言えば集団でしょうが、それら同士がある意味でコミュニケーションしたりするような、そんなところがあれば、より進化の可能性は高まるかもしれません」

「たとえば、それぞれのペロリーノが得たデータを互いに共有したり？」

「ええ」と茂木山はあくまで冗談といった調子で笑った。「しかしよく考えてみると、クンニリングスという前戯にはかなり興味深いところがありますよ。相手の性器を舐めるという行為は人間以外の動物でもたしか確認されていますが、人間の場合、ご存知のように直立二足歩行によって両手が自由になったことで、他の動物にはできないことが可能になった。だから前戯にしても、四足歩行なら舌を使うのは理に適っていますが、人間なら本来、手でやればいい話です。しかしそれを敢えて動物のように舌でやることが、つまりそのある意味での無駄こそが、人間の文化の凄みなのかもしれない。そう……もしペロリーノに意識が芽生えるとしたら、その無駄によって、つまり女性器に集中してクンニリングスをしながら、そのうちに、いったい何でこんなことをやっているんだろうとふと我に返って、その返る我として、自分の身体に気付き、それに意識が宿る、という筋書きが考えられるかもしれない」

茂木山が茶目っ気たっぷりにそう言うと、関ヶ原はくすっと鼻先で笑った。しかしそこでふと、茂木山は何かを閃いた顔になり、アハ、と小声で言うなり、ぐっと身を乗り出してきた。

「いや、関ヶ原さん、もしかしたら、現生人類の意識や文化が高度に発展したのも、前戯のせいかもしれませんよ。ご存知かもしれませんが、私たち現生人類は約五万年前かそれ以上前から、文化的、技術的に急激に発展したという説があります。大飛躍とか、旧石器時代革命とか言われるものです。単純な石器ではない、それまでになかった複数の素材から作られた道具、ナイフやノミ、矢尻といった刃物、骨を使った道具、そうした道具を作るための道具、あるいは顔料や宝石による自己装飾、洞窟の壁画、岩石への絵や象徴の彫り込み、ある種の人形、笛や打楽器、埋葬、そしてそれらから読み取れる芸術や音楽、宗教や神話の誕生……それまでに見られなかったこうした文化が、解剖学的にはそのさらに十万年前くらいから現生人類と同じだったにもかかわらず、今からおよそ五万年以上前にまさに革命的に花開き始めた。これは革命というほど急激ではなく、人口が増えて交易が盛んになって、色んな文化、技術を互いに取り込み合い、蓄積しながら漸進的に発展したという説もあって、おそらくそちらの方が蓋然性は高いでしょうが、いずれにしても、大きな変化だったことは疑いありません。そしてこの変化に多大な役割を果たしたと考えられているのが、言語の進化です。これも意識と同様、どこからともなく一気に生じるような馬鹿なことはありえませんから、原始的な言語から連続的に進化していった。そしてその、自然言語の起源として有力だと考えられているのが、主にコミュニケーションに用いられたとされる、手振りや顔の表情によるジェスチャーです。実際、手話言語と音声言語、この両者の言語処理は脳の左半球の同じところでなされているという研究報告もあります。そしてペンフィールドという昔の脳神経外科医が、大脳皮質の各部位と身体の各部位が、運動の制御や感覚の受容においてどのように対応しているか、というのを調べたペンフィールドの脳地図というものがあるんですが、この大脳皮質のマッピングでは、手やその指に対応する脳の領域と顔や口に対応する脳の領域が隣り合っている。そして手とその指、唇と舌に対応する脳の領域が非常に大きいんです。こうした研究から推測される仮説のひとつとして、手振りや顔の表情によるジェスチャーでコミュニケーションを取るうちに、そこに対応した脳の領域に生じる信号が、その隣の、口に対応する脳の領域に漏れて伝わって、それによって、ジェスチャーに付随して口も思わず動いた、つまりつい声が出て、音声言語が次第に用いられるようになった、というものがあります。そして手がジェスチャーから解放されれば、そのぶん道具も使えて、ますます発展するというわけです。しかしこの、手や顔の動きと口の動きが脳の隣接する領域において混ざってしまう、あるいは両立して駆使される、これはよく考えてみるとSEXの、まさに前戯を通じても促進されると思いませんか。前戯は主に手と口を酷使しますから。何が言いたいかというと、私たち人類は五万年前くらいから、もしかして本気で前戯をするようになったのかもしれない。狩猟採集生活というのは一日、四、五時間働くだけだったというのが現在の定説らしいですから、ネットも携帯も繁華街もない旧石器時代、娯楽として最も人気があり刺激的だったのは疑いなく、これはSEXでしょう。そして人間は他の類人猿や哺乳類に比べてオーガズムに達するまでの時間が長く、さらに男に比べて女の方がそれが長い。つまり女性を喜ばせて互いに楽しむためには何としても、充実した前戯が必要なわけです。それには唇や舌、そして手を巧みに、時に同時に、複雑に駆使する必要がある。

ポルノなんかでもよく、相手の股間に顔を埋めてクンニリングスをしながら、両手を上に伸ばして乳首を刺激したり、あるいは割れ目を舐めながら指先で陰核を刺激したり、逆に陰核を舐めながら膣内に指を挿入したりする見事な男優のテクニックが見受けられます。もちろん女もクレオパトラが大の得意だったというフェラチオなどを駆使することで、男の庇護を受けられたり、子供に目をかけてもらえたりする。そして達者なフェラチオというのは必ず、口だけではなく手も巧みに使うものです。こうした互恵的前戯によって人間の利他主義が育まれ、おそらく猿の毛繕いのヴァージョンアップ的な役割も果たして、集団内の社会的結びつきが強まった。さらに言えば、指や舌先で性感帯を突く動きは矢尻やノミを思わせるところもありますから、もしかして刃物も前戯からインスピレーションを得て誕生したのかもしれない。いや、狩猟採集や家事、祭事の用途だと思われている道具の幾つかももしかしたら、前戯を補助する性具だった可能性もある。顔料や宝石による身体装飾も視覚的な前戯、つまり化粧や勝負下着のようなものだと思えば話が早いでしょう。言語は歌や踊りから生まれたという説も別にあるんですが、歌い踊るというのも、ディスコで惹かれ合った男女がその後しけ込むのと同じく、前戯の前の前戯みたいなところがある。もちろんSEXの最中には自然に声が出たりもしますから、ピストン運動のリズムも相まって、音楽という文化もそこから生じた可能性も否定できない。現代人は睦言を言い合ったり、互いに要求や指示をしたりもしますが、それも手が前戯で忙しかったり、暗闇でことに及んでいたりするとジェスチャーでは難しいですから、どうしても音声で言葉を発する必要が出てくる。宗教や神話はおそらく、オーガズムという麻薬的快感、それに対する畏怖の念、ことが終わった後の平静な状態などが一種の悟りを開く道として作用して、そこから壮大なピロートークとして生まれたのでしょう。こう考えていくと、現生人類が他の猿どもと一線を画する文化の萌芽が、まさに前戯という土壌から生まれた可能性がはっきりと見えてきます。これなしには高度な意識も文化もありえない言語という人類最高の道具の進化も、手や口を用いた前戯による脳の当該領域の刺激によって大いに促進された。要するに、今ここで私と関ヶ原さんがこうやって話しているのも、あるいは子供たち相手に素晴らしい知的なスピーチができるのも、みんな前戯の――」

ドカーンと突然、大爆音が客席の方から轟いた。

茂木山と関ヶ原がとっさにそちらを見やりながら身をすくめた直後、金切り声の悲鳴が沸き上がり、その周囲から動揺の声がどよめくうちに、**ドカーン**とまた二発目の大爆音が轟いた。矢継ぎ早にまた悲鳴が沸き上がり、何事かと舞台確認用モニターへ目をやると、唖然とした様子でおろおろするばかりの出演者がはっと我に返って、舞台袖へ向かって逃げ出していく。関ヶ原と茂木山は慌てて顔を見合わせた。

「何なんでしょうか？」

「分かりませんが、もしかしてテロとか？」

にわかに緊張した早口で答えて茂木山は腰を上げ、周囲の面々も浮き足立って言葉を交わし合ったり、近くのスタッフをつかまえて事態を問いただしたりし始めた。とその時、強張った表情の出演者が舞台へ続く通路から、そちらにいたスタッフ数人と共に全力疾走してきた。

「すぐに避難してください！　何かが客席で爆発しました！」

ほぼ同時に会場の方でも避難を呼びかける叫びが上がり、たちまち切迫した絶叫がつんざき合って聞こえ、もはや阿鼻叫喚と化した聴衆が出口めがけていっせいに、どたどたと押し寄せる大量の足音が響き出した。

「逃げましょう！」

茂木山が眉を強張らせて手招きをすると、関ヶ原は素早く頷き、しかしそこで後ろ髪を引かれるようにちらりと、ソファの座面に残したスピーチ原稿を振り返った。その瞬間、関ヶ原の首根っこを茂木山がぐっとつかんで乱暴に引っ張った。

「ガキ向けの下《シモ》の話なんてもうどうでもいいだろ！　早く逃げるんだよ、バカ野郎！」

そのまま投げ出されるように駆け出したが、体勢が崩されたせいで足がもつれて、関ヶ原はその場に前のめりに膝をついた。茂木山は一切振り返らず、小走りに逃げ出す他の出演者たちに追いつき、敏捷にその間を縫って抜き去って、みるみるうちに会場の外へ出る裏口を通り抜けた。地獄の様相を呈する客席の方から、うっすらと煙のにおいが漂ってきた。

2　その後の展開

略称TX、正式名称つくばエクスプレスの快速に乗りながら携帯端末でSEDxTOKYO客席爆発事件に関するニュース記事を読み流す関ヶ原。「各種メディアに送りつけられた犯行声明によれば、事件は〝言葉の権利〟を主張する団体〝F‐WORD〟が起こしたもので、爆発時、舞台上で行われていた近藤夢太郎氏の講演〝猥談こそ清く正しく美しく〟に対する抗議」「〝FはファックのFであると同時にフリーのF〟というスローガンを掲げる当該団体は卑語や差別語などもこの世に産み落とされた以上、言葉として迫害を受けずに生存する権利があると主張」「一方、近藤氏は性教育プログラム開発・コンサルティングを行う会社〝ABCラーニング〟の代表、児童向け性用語辞典『性のいろはにほへと』編纂者、文科省〝性教育の在り方に関する有識者会議〟役員。猥談の際、汚い言葉や野卑な言葉は使わない、性器や性感帯などの性的名詞には必ず〝お〟と〝様〟をつける、さらに適切な敬語を駆使することなどを教育現場で推進する運動の主要提唱者」「爆発自体は〝テロ道〟に則って殺傷能力無し、聴覚・視覚効果による威嚇のみだったため、被害者はゼロ」「※〝テロ道〟とは華道や茶道などと同様、テロルにおける一種の作法を定めた芸道。殺傷や大規模破壊行為、それらを予期させる脅迫等を禁忌として物理的威嚇のみに留める代わりに、各種メディアには犯行声明などを省略や歪曲なしに報道することを求める」

みらい平駅でTXを下車して自動運転タクシー「連れテック」に乗り、サイバーペッティング本社正門前で降りる関ヶ原。守衛CEO（各自職務に責任を負うことが即ち経営を支えるという理念から、サイバーペッティングでは全従業員にCEOの肩書きを平等に付与）に挨拶して敷地内に入ると向かいにオフィス棟とラボ棟、その手前に憩いの芝生広場と平屋建ての社食「ペッティング・カフェ」が。食券機の「和ランチ（なめろう、なめこ汁、なめ茸ご飯）」と「洋ランチ（バタードッグ、クラムチャウダー、バナナ）」でしばし迷ってから、洋ランチとお冷やをトレイにのせて席につく関ヶ原。皿に二つ並んだ「バタードッグ」ことバターロールで挟んだホットドッグを片方、持ち上げてかぶりつくとぴゅっと顔面に肉汁が。やがて食後のコーヒーを窓際の立ちテーブルで啜るうちに、カフェに入ってくるCDO（最高デザイン責任者）CEOの富安大悟。

「おう」と片手を挙げて声を掛ける関ヶ原。かるく頭を下げる富安。「テロのせいで講演が中止になったそうで、残念でしたね」「ああ、爆発音と煙だけだったから支障が出るような被害はなかったんだけど、日程の問題でね……」「でもその、爆発を起こした団体、なかなか興味深い主張をしてるみたいで」「言葉の権利だっけ？　ちょっとニュース記事で見ただけで、詳しくは知らないんだけど」「僕も多少、ネットで調べてみただけですけど、たとえばホモっていう言葉は現代では差別的な意味合いを帯びるから、使用が忌避される傾向にありますよね？　でもそれはその言葉自体に対する迫害であって、人間で言ったら薬物中毒者とか前科者とか、正道を外れて烙印を押されてしまった人たちも治療や更正の対象、包摂の対象とすべきっていうのと同様に、そうした言葉にも正当な意味を与えて偏見を取り払って、排除せずに活用していくべき、みたいな理屈らしいです」「なるほどね。まあ元々、ホモは差別的な意味合いで使われてた言葉じゃないから、たしかに汚名を着せられちゃった感じは……そういう意味では被害者っていうことか、俺も文脈によっては普通に使うし」「理想的には卑語や差別語は汚いもの、良くないものとして迫害されてきた分、むしろアファーマティヴ・アクションみたいに積極的に公の場も含めて多用すべき、みたいなことも言ってるらしいです。そうすることで旧来の陰湿な意味合いを塗り替えて、その言葉自体が言わば、胸を張って表通りを歩けるようにっていう。たとえばオリンピックの国名表記を思いきってジャップとか小日本とかにして、むしろその言葉をどんな色のメダルよりも輝かせるべき、みたいなことも言ってて。まあそもそも、ジャップも元々は差別語じゃないみたいですけど」「そう言われてみると、生まれながらの生粋の差別語って意外と少ない気がするな。小日本だって元は大日本帝国の侵略への抵抗の意味合いだったわけだろうし、その出自を考えれば、偏見に基づく差別っていう感じでもないし」「ええ、原義を調べると最初はそういう意味合いはなかった、っていうのが多いですよね。結局、悪いのは言葉じゃなくて人間っていうことでしょうか」と複雑な表情で微笑む富安。「あと他にも、ディズニーランドでは二足歩行の異常に巨大化した害獣が駆除されずに活躍できるように、ある種の架空の世界、特に芸術や創作物においては、卑語や差別語も活き活きと使用されるべきだとか、そういうことも主張してる団体みたいです。ポルノでは非現実的な性行為が当たり前だし、映画やドラマもジャンルによっては暴力だらけ。言葉もそうやって活き活きすべき、みたいな」「ふうん……そう言えば創作物じゃないけど、うちも口淫の新しい呼称を考えて舐め子と舐め郎に決定した時、古い物の見方を助長するって一部から強く批判されたっけ。歴史的にも小野妹子とか女郎とかあるし、むしろそちらの不見識ではって突っぱねたけど。そういうのも踏まえると極端な感じがするとはいえ、その主張にも頷くところはあるな」「アニマル・ライツや自然の生存権の言葉ヴァージョンっていうところなんでしょうね。でもその主張に影響されて、ネット上では絶滅危惧種の保護区みたいに、日常では使えない過激な言葉や死語をむしろ、必ず使わなきゃいけない掲示板なんかも作られてるみたいです。AIで判定して、そういう言葉が含まれていないと発言ができないっていう」

小刻みに頷きながらコーヒーを啜る関ヶ原。近くの空席のテーブルを次々に拭いていくカフェ店員CEO。その制服のエプロンには「PETTING CAFE」の文字と共にマスコットのバター犬「柴犬のシバター」の可愛らしいイラストが。

オフィス棟正面玄関の自動ドアをくぐる入構許可証を首にかけた一人の女。ギリシャ彫刻風の初期型ペロリーノ一台が置物として飾られた無人受付に歩み寄ると、その打ち首にされたような美男顔の両脇に一つずつ設置されたタブレット型端末に「WELCOME TO CYBERPETTING」「画面を指先で愛撫（タッチ）してご希望の担当をお呼び出しください」との文言が。片方の画面をつんつんと突いて「個人呼出」「広報兼CEO秘書CEO「広永啓子」を選んで「呼出」ボタンを押す極彩色のネイルチップを装着した指先。「はい、広報の広永でございます」「お世話になります。ノンフィクション作家の知念LSD虚無美と申します。本日十五時より取材のお約束を――」「ああ、はい、ようこそお越しくださいました。私がお迎えに参りますので、受付そばのソファでお待ちいただけますでしょうか」「はい、よろしくお願いいたします」

緊張の面持ちでソファに腰掛ける知念。すると傍らの飾り棚に『人体が息づくクンニ・ヨーガの魔法』の単行本が。手に取って表紙折り返しの著者プロフィールを見る知念。「美宗院国子（びしゅういん・くにこ）」「クンニ・ヨーガ・インストラクター」「三歳からセルフプレジャーをたしなみ、小学生のときに新体操も始める。やがてその体の軟らかさを活かしたセルフクンニリングスに耽溺し、大学在学中から、それをパフォーマンスとして昇華したストリップ嬢として活躍。大学卒業後も踊り子を続ける傍ら、のちに夫となる起業家、関ヶ原修治やその仲間と共に株式会社サイバーペッティング創設に参画。クンニリングス遂行特化型AIを搭載したロボット家電、全自動前戯機ペロリーノの開発に主要アドヴァイザー及び被験者として寄与。前後して瞑想を基本とした静的ヨーガに傾倒し、やがてそれをクンニリングスと融合させたクンニ・ヨーガを独自に開発。NYにスタジオを設立して以後、日本との二重拠点生活を送っている」

画面に「広永啓子」の名を表示して着信音を鳴らす関ヶ原の携帯端末。「はい」「広永です。十五時より取材の、ノンフィクション作家の知念さんがお見えに」「ああ、すぐ行きます」「富安さんは今、ご一緒ですよね？　さきほどお迎えに行くって仰ってカフェに」「あ、迎えに来たんだ。一緒です」「じゃあお二人でオフィス棟二階の応接室に。あった方がいいかなとも思って一応、会議室から電ボも一台移動させてあります」「了解です」と通話を切る関ヶ原。「迎えに来たの?」「そうです。たまにはこれを使ってみたくて」と携帯端末の画面に社内位置情報システム「どっこ居所」を表示してみせる富安。「何か取材で、ペロリーノのデザイン面についても聞きたいということで、僕もいた方がいいんじゃないかって」「へえ、たしかうちのことを本に書きたいんだっけ?」

足早にオフィス棟に入っていく関ヶ原と富安。職員用出入口を監視する守衛室に目礼してその先、階段とエレベーター乗り場に続く裏廊下の始まりに立ち止まると、足下には一本の白線、さらに側壁には生体認証システム「真実の下の口」が。伊ローマのサンタ・マリア・イン・コスメディン教会にある「真実の口(口を開けた海神の顔面が浮き彫りにされた円盤状の彫刻。一説によれば古代ローマのマンホールの蓋)」をモチーフに作られた壁掛けの円盤から盛り上がった巨大女性器型の認証装置――そのぱっくり開いた膣口にすっと右手を差し入れる関ヶ原。すると静脈認証により上部の陰核がピッと緑に光り、装置脇に設置された画面に「関ヶ原修治/CEO/14時55分入」との表示が。続けて同じように右手を差し入れる富安。揃って裏廊下を進んで階段を上る二人。「そう言えば、昨日のデカチェンコさんからのメールは見ました? 僕は技術的な詳細にはついていけませんから、ざっと目を通しただけですけど」「ああ、自我の目覚めがどうとかも書いてたけど、あれはあの人のいつもの冗談だよな」「でしょうね」と苦笑する富安。「でも結局のところ、問題は何なんですか?」「俺も細かいことは分からないけど、ざっくり言ってTOGでは、ある種のランダム性をうまいこと取り入れようとしてるわけだよな。いくら達人化って言ってもハード面の制約もあるし、あるユーザー、ある女性器に最適化されて上手い舐め郎をできるようになればなるほど、逆にパターン化しちゃうっていう面もあるから、言わばペロリーノが自分で自分を時に大胆に裏切るような、そういう……」「変化や意外性によって刺激を生む?」「そうそう、陳腐に言えば創造性を持たせたいっていう。ただそうするとある意味、敢えて道を踏み外すようにしなきゃならないっていうか、不安定化するところもあるから、そのせいじゃないかって……何が一番の裏切りかって言ったら、舐めないっていうことだから」「子供がやりたくないって駄々こねるみたいですね」「うん、でも無音の音楽みたいでもある。まあ、今言ったこともあくまで人間的な解釈と推測にすぎないけど」

応接室のドアを開けて入室する二人。ローテーブルの四囲に配置された革張りソファの一席から慌てて立ち上がり、ぺこりと一礼する知念。「ようこそお越しくださいました。CEOの関ヶ原です」「CDOの富安です」「ノンフィクション作家の知念と申します。あ、頂戴いたします」と二人と名刺交換する知念。にこやかに傍らに佇む広永。「どうぞお座りになってください」「はい、失礼いたします」とまたソファに腰を下ろす知念。「あの、取材なので録音させていただいても?」「もちろんどうぞ」と快く頷く関ヶ原。「まずはじめに、簡単に自己紹介させていただきますと私、知念LSD虚無美と申しまして、ノンフィクション作家と一応、名乗ってこそいるんですけれども、恥ずかしながらまだ一冊の著作もなく……」「なかなかインパクトのあるお名前ですね」と受け取った名刺を見直す関ヶ原。「はい、ペンネームなんですけれど、今は会社員でもワーキングネームを名乗っている方が多いですし、最近は特に若い方の姓の乱れ、上の名前だけとても奇抜にするのが流行っているので、逆に下の名前の方でインパクトを出そうと思いまして。上の名前だと自己紹介の時とか、自分でも頻繁に口にするものですし、だからそこは本名のままで」「なるほど。私は逆に上の名前の、関ヶ原だけが本名じゃなくて」「僕は上も下も本名です」と微笑む富安。自己決定権拡張の一環として仕事上の通名を有することが万人に認められた現代日本。ただし本名以外を名乗る場合、年の所得に応じて課される「有名税（名を有する税）」が。

「それで私、一昨年まで集凡社という出版社に勤めておりまして、そこで週刊でも月刊でもない年刊誌、年に一度だけ刊行する雑誌を作る編集部に――」「ああ、というと『BEDAN』とかの?」「はい、そうです。ただ私は主に『pan・pan』という女性誌と、あと『平凡ランチ』という食の雑誌の方の担当で。それでその仕事を結婚を機に辞めて、フリーランスのライターとして活動していたところ、その集凡社から今回、日本の性産業に関する新書を書いてみないかと依頼されまして」

ここ十五年ほどの業界再編の嵐の中、幾度か起こった大手出版社（実質的には総合コンテンツビジネス、デジタルマーケティング、不動産事業の複合企業）による同業他社の吸収合併や子会社化、さらに「文化事業」を継続するための低賃金低待遇な子会社の設立。その荒波から生まれた実験的な一社が集凡社であり、新書を主としたノンフィクション書籍の他、「反時代的な、今の雑誌を」を合言葉に刊行されるのはスローマガジンやスロームックと呼ばれる年刊誌。春刊行の『ニャンプ』は猫好きの人気漫画家を多数揃えた猫しか登場しない読み切り漫画誌、夏刊行の『pan・pan』は人気俳優の身体の一部から型取りした性具が付録の女性向けSEX総力特集誌、秋刊行の『平凡ランチ』は庶民労働者五十二人のランチ日記を一週間交代で一年分掲載する食雑誌、冬刊行の『年刊美談・BEDAN』はその年に実際にあった美談ばかりを取材してまとめた年鑑誌。特に『年刊美談・BEDAN』（一説によればリ「アニマルを摂取しないエシカルな態度のように、スキャンダルも摂取しない」というコンセプトからヴィーガンに綴りをなぞらえた欧字を併記）は醜聞ばかりのイエロージャーナリズムに対するアンチテーゼとして一定の読者を獲得、クリスマス後の発売日に購入して年末年始の疑似帰省（もはや郷里を持たない東京圏生まれが疑似実家契約を結んだ田舎の家庭に定期的に民泊する現象）の際に読むのを恒例行事とする人も。

知念がトートバッグから取り出したA4用紙一枚の企画書を受け取る関ヶ原。隣から覗き込む富安。すると一番上に『Jの性——日本の性産業——（仮）』という仮タイトル、その下に収録予定企業として「オカモト（被膜避妊具）」「オリエント工業（等身大女性人形）」「TENGA（自慰及び性機能補助具）」「サイバーペッティング（全自動前戯機）」「フランス書院新社（性教育系出版）」という並びが。「錚々たる顔触れですね」「この中に加えていただけるとは光栄です」「いえいえ、今をときめくサイバーペッティングさんはもう、絶対に外せないですから」と愛想よく微笑む知念。「それでご覧になっていただければ分かりますとおり、性産業と言いましても性風俗とかAVの方ではなく製造業、ものづくりのメーカーさんを取材させていただいて、一章ずつ取り上げていくという形式の新書で。ただ最後のフランス書院新社さんだけは出版でちょっと例外で、補遺として収録する予定なんですけれど」「なるほど。じゃあちょっと、こちらも自己紹介というか、まあたぶん、事前にご覧になってるとは思うんですけど」と壁際の電子ホワイトボード「日立マジックボード」（製品名よりも「電ボ」の通称で流通）を手で示してから、隣の富安に耳打ちする関ヶ原。無線接続済みの携帯端末を操り、広々としたボード画面にウィキペディアの「サイバーペッティング」の項目を映し出す富安。すると「株式会社サイバーペッティング（英名：CYBERPETTING Inc.）は、茨城県つくばみらい市に本社を置く、クンニリングス遂行特化型AIを搭載した全自動前戯機の研究開発、製造、販売、保守管理を行う企業」という冒頭の導入が。そこから「概要」の節へとスクロールされた後、少しばかり拡大される表示範囲。

筑波大学工学システム学類・異能ロボット研究室教授の伊能秀（研究室名は姓の伊能に掛けている）が設立した大学発スタートアップ企業「ピストン・ダイナミクス」の社員だった関ヶ原修治（伊能研究室で博士号を取得）が２０３８年、交際相手（のちに妻となるクンニ・ヨーガ創始者の美宗院国子）との性生活の不一致に着想を得て、クンニリングスを代替する全自動前戯機の開発に着手。同年、個人投資家の藤沢雷蔵（美宗院の叔父）、およびディープテック特化型投資ファンドや大学系投資ファンドの出資を受けてサイバーペッティングを創設。共同創業者は関ヶ原（CEO）と美宗院（CCO＝最高クンニリングス責任者）のほかに当時、産業技術総合研究所（AIST）知能システム研究部門主任研究員だった川辺俊也（CTO兼ハードウェア技術担当）、東京大学情報システム工学研究室（JSK）特任助教授だったロシア系アメリカ人のユーリィ・ストロガノフ（副CTO兼ソフトウェア技術担当）、投資銀行と戦略系コンサルティングファームを経て起業準備中だった柴田日美子（COO兼CFO）。

翌年、英ダイソン社でデザインエンジニアとして働いていた富安大悟（CDO）も帰国して参画。

　当初より、推定資産500億超を有する藤沢雷蔵の個人ファンドを中心に開発費として17億円の出資を受け、2040年には経産省と民間企業による官民ファンド「国内受精増殖支援機構（通称：ホットジャパン機構）」から14億円を調達完了。2041年、藤沢およびホットジャパン機構から計29億円を追加調達完了。同年、全米民生技術協会（CTA）主催の世界最大規模の家電見本市、CESにて試作機を展示、イノヴェイション賞に選出される。

　2042年、レンタルのみで全自動前戯機ペロリーノ・プロトタイプ版を発表。初回受付分92台のレンタル権は1分で完売。翌年、顔のつくりを特注できる仕様を追加した完全製品版の全自動前戯機ペロリーノを発売。初年度生産分が3時間で予約完売。ところが同年、特注仕様のペロリーノの顔のつくりが、実在の有名人の肖像権、パブリシティ権を侵害しているとして、複数の芸能事務所所属の俳優、歌手、アイドルなどから提訴され

「ちょっと最後の方に、恥ずかしながら不祥事が……」と決まり悪そうに苦笑する富安。「この訴訟の件については、しっかり書いても？」「もちろんどうぞ。こうした傷も私たちの歴史の一部ですから」と余裕たっぷりに頷く関ヶ原。その時、電子ホワイトボードとは反対側の壁際の、キャビネットの上に設置されたホットドリンクメーカー「蒸らし上手」からピピピッと完成を報せる音が。二杯同時に抽出可能なその機械から健康茶「ヘルティー」の紙コップを両手に取って運んでくる広永。「ありがとう」「どうも」と受け取って一口飲む関ヶ原と富安。すでに置かれた自分の紙コップに口をつける知念。空いた席に腰掛ける広永。ふたたびウィキペディアの記述を手で示す関ヶ原。

「それでまあ、大体こんな感じで設立された会社でして、やっぱり人脈に恵まれていたっていうところが大きいんですね。伊能先生には当社の技術顧問をしていただいていますし、このピストン・ダイナミクスも今は解散してしまったんですけれども、女性が一人きりで安全に、販売目的の高品質なPOV方

式ポルノ映像を作れるよう、その相手役、相手視点の、男優兼カメラマン代替ロボットを研究開発していた会社ですから、先達として見習える性産業テクノロジー企業が身近にあったわけです。共同創業者も、CTOの川辺は院の研究室の先輩でしたし、ストロガノフはその川辺が大学時代に留学していたカーネギー・メロン大学の、ロボティクス研究所にいて、そこからJSKに来ましたし、COO兼CFOの柴田についても、私は東京ハーバード大学から筑波の院に来たので、学部生の頃に在籍していた起業サークルで一緒だったんですね。それでこの富安はその柴田の弟さんの――」「友人です」「あとはもちろん、私の妻の叔父である藤沢さん、彼に最初から応援していただけたことが何より、大きくて。やっぱりディープテック、それもハードウェアのスタートアップともなると、ソフトウェアに比べて開発費が桁違いにかかりますし、実際に販売や量産にこぎつけて実績を出すまでに時間もかかる。それだけシード期の資金調達は通常、難しくなりますけれど、藤沢さんがいきなり多額の出資を決断してくれました。またうちの場合、幸いにも投資家の皆さんが革新的な先端技術に理解のある方ばかりで、コンヴァーティブル・エクイティという、企業価値を算定せずに資金調達ができる手法を取らせていただきました。つまり、設立間もない段階で企業価値を算定してしまうと、投資家さん側に株式を渡しすぎてしまって経営の独立性が弱くなってしまう恐れもありますし、逆に算定が過大だったために投資家さんが損をするリスクもあります。出来たばかりの会社の時価総額なんて適切には算定できませんから。なので初期段階では新株予約権を発行することで先払いで出資していただき、企業価値の算定は先送りする。そうすることで私たちは目先の利益にとらわれずに開発に勤しみ、ある程度成果が出たのちの段階で企業価値を算定し、その際の時価総額に見合った株式に、先払いで頂いていた投資金をコンヴァート、つまり変換するというわけです」「なるほど……」と小難しげにメモを取る知念。

「デザインについても、ご質問があるとかで？」と訊ねる富安。「ええ、というか、やはり一般向けの新書なので、今、関ヶ原さんが仰ったような資金調達の専門的なお話も交えつつも、基本的には三つの軸でまとめていこうと考えておりまして。一つにはまず、ペロリーノ開発の由来としてあちこちで語られていますけれど、関ヶ原さんと美宗院さんのエピソード、これを開発の物語に絡める。関ヶ原さんは元々性欲が薄く、Aセクシャルの傾向がおありで、しかもクンニリングスが大の苦手。ところが美宗院さんはクンニリングスを大変好まれていて――」

「ええ、それでクンニリングス、私たちが推奨する呼び方ですと舐め郎ですね、これを代替してくれるロボットがあったらいいなと思ったわけです。そして開発に着手して一年ほど経った頃、まだストリップ嬢をしていた彼女が、新しい演目として、舞台上に彼女自身の顔で型を取った樹脂製の胸像を持ち込んで、それに舐め郎をさせるパフォーマンスを始めた。というのも、彼女は体がとても軟らかいものですから、自分で自分の股間を舐めたり吸ったりするという技を、それまで目玉のひとつとしてやっていたわけです。しかしその場合、こう、体を前に折り曲げる形になります。しかしストリップの所作、ポージングで最も美しいのはやはり、こう、背をぐっと後ろにしなわせる姿勢なんですね。そこで彼女は自分そっくりの胸像の、その顔面に股間を押しあて、それによって感じさせられているふうに、優美に仰け反って恍惚の表情を浮かべる、そういう所作を取り入れた演目を編み出したわけです。それはある種、究極の同性愛でありまた、自性愛でもあるような、得も言われぬ美しい身体表現でした。その見せ場で流れる曲は『ア・ホール・ニュー・ワールド』です。私はこの演目が非常に好きで、我がパートナーながら目も心も奪われまして。それでそのうちにふと、開発中の全自動前戯機も、舞台上のあの胸像みたいにしたらどうだろう、とこう思いついたわけです」

「何だか、現代の神話のような、美しいお話ですね」

「ええ、自分で言うのもなんですけれども、そうかもしれません」

「それと二つめの軸としては、ペロリーノのアート的、哲学的な側面。つまりこれまで、古くはHONDAさんのASIMOのような、二足歩行はするけれども外見はいかにもロボットというものから、サンリオさんの子会社が開発した、より人間に似た外見のアクトロイドまで、日本では様々なヒューマノイド・ロボットが誕生してきましたし、一方でSO

ＮＹさんのＡＩＢＯに代表される、メンタルケア的な癒やしを日常生活にもたらすような、家族として扱われる可愛らしいペットロボットというものもありました。そうした中でペロリーノが独特なのはやはり、セクシャルな、性的なロボットとして初めて本格的に人間の生活に踏み込んだところ。そしてそのフォルムがそれまでのペットロボットとは違って、人間の打ち首のような、ややもすると容易に親しみにくいような雰囲気をそなえていて、さらに顔面も頭部も含めて全体が、ファインアート的な、彫刻作品を思わせるデザインや質感になっているところだと思うんです。ヒューマノイドにしてもペットロボットにしても、いわゆる不気味の谷現象をはじめとして、どこまで見た目を人間、あるいは生き物に似せるか、それによってどのような印象が喚起されるか、という辺りはとても哲学的な問題ですし、ロボットと人間のコミュニケーションというのも、非常に興味深いテーマだと思うんですけれども……」

「そうですね、そういった点に関しては、ではこの富安の方から」「はい」と凜々しく微笑む富安。「僕はデザイン担当の最高責任者をしてまして、実際、どこまでペロリーノを人間に似せるのか、というのは本格的な開発が始まった頃からかなり悩んだところなんですね。たとえばオリエント工業さんのドールと比較させていただくと、あちらは全身が人間らしい造形で、しかも触れ合うことが前提ですから、主にシリコン製で肌の感触や色合いなどこだわっていらっしゃいますし、容貌もリアル寄りで愛嬌や癒やしを感じられるものになっていますよね。でもうちのペロリーノはご存知のとおり、打ち首にされたようなフォルムになっていますので、あまりリアルに寄せると生首みたいでグロテスクになってしまう。また舐めるという機能が何より第一ですから、それ以外は価格の問題、手入れのしやすさ、耐久性などを鑑みまして、あえてマネキン寄りの外観にしています。唇と舌は本物らしい感触、特に舌は動きも本物らしさを追究しましたけど、その周囲の口もとの可動部に関しては、よく見ると腹話術の人形っぽさもある。頭髪があるとむしろ不自然な感じになってしまうので、カツラはオプションにして、基本的にスキンヘッド仕様になってもいます」「ええ、そうしたところが彫刻作品っぽく見える大きな理由ですよね」「そうなんです。しかし今言ったような一種の不自然さ、本物の人間との違いがむしろ、ペロリーノ独特の魅力となったんです。頭髪がなく肌の質感もリアルではないということは、その欠如によってむしろ、純粋な顔立ち、顔貌だけがそこに現れる。つまりある種、似姿というよりも、化身とでも言ったらいいんでしょうか、ちょっと仏像っぽいような、崇高な雰囲気が宿る……これはもちろん、基本的に美男顔であるからこそという面もあって、実際に私たちの調査では、女性は現実の親密な関係ではなく、想像的に愛でる対象としては、非常に端正で美しい顔を好む傾向が強いんです。一方でオリエント工業さんのドールもそうらしいですけれども、男性は絶世の美形よりも、親しみやすい可愛らしさを求める傾向がある。また生活の伴侶ではなく、やはり想像的な恋愛の対象としては、女性はクールな、少し危ういような雰囲気を好む傾向があります。こうした女性の傾向が、ペロリーノの彫刻的な、ややもすると冷たい質感、これとうまく合致したんです。さらに言えば、スキンヘッドというものに対して、少なくない女性がどうも色気を感じるようで、実際、年上男性好きの女性では、頭髪が薄くなってきた海外の渋い俳優をモデルにしたような顔を好む方が一定の割合でいらっしゃいます。また若い美男子をモデルにした場合も、さっき言ったように顔立ちだけの、美形の化身とでもいうような非現実感がある方が、機械に舐めさせるという非日常性に没頭できる。さらにもうひとつ付け足しますと、ぬいぐるみや人形、あるいはイラストなどのキャラクターでもよく言われることですけれども、表情が乏しい方、表情に動きがない方がかえって自由に感情が移入できて、愛着が持てる、という面もあるかもしれません。実際、愛用してくださるユーザーさんの中にはペロリーノを二重の意味で、ペットのように可愛がっているという方もいらっしゃるようです。つまり普段は慣れ親しんだマスコットのように、声をかけたり頭を撫でたりする。そしてそうすることで、いざ舐め郎に及ぶ際はそれとの落差として、一種の背徳性と言いますか、淫らなペットとして興奮を喚起させられる」「ああ、それは取材したユーザーさんも仰っていました」「ユーザーさんにも取材を?」「ええ、ネットで募集したらどなたも思い入れたっぷりのエピソードを語ってくださって」「へえ、それは読むのが楽しみですね」

「それで最後に、三つめの軸としましては、社会的企業の側面。たとえば今もお話に出たオリエント工業さんの場合、ごく初期から障害がある方の性欲の問題に寄り添われていますし、TENGAさんもまた同様に障害者の性、あるいは高齢者の性や膣内射精障害などの問題に取り組まれたり、性的な事柄を堂々と表現できる社会を目指していたり。この点ではサイバーペッティングさんも同じような活動をされていて」「ええ、まあ優れた先達の方々を真似させていただいているだけで」「さらにサイバーペッティングさんの場合、ホットジャパン機構が主要な出資元のひとつとなっていますよね？　関連団体のホットジャパン協議会から『HOT　JAPAN』の認定も付与されて」「ええ、過去のクールジャパンも観光立国的な面など、良いところもあったんでしょうけれど、外へ向けてアピールするよりも、まず内側、自分たちの現実を見つめて、それを改善することに力を注ごう、日本をホットにしよう。特にもう半世紀以上続いている少子化への対策のひとつとしても、世界的にみて異常に少ないとされる日本のSEX回数、これを増やしていこう。それがホットジャパンと呼ばれる国家戦略の概要なわけですけれども、ペロリーノの場合、開発段階から被験者男女の、特に夫婦間で、SEX回数が有意に増加する傾向が認められました。発売して数年経過した今ではその効果ははっきりとユーザー調査で確かめられていますし、微力ながら社会貢献ができているのかなと思います」「ただ、ホットジャパンに対しては批判もありますよね？」と鋭く目を光らせる知念。「いわゆる産めよ増やせよ、人間を再生産のための機械と見なすような面。あるいはかつて世界SEX回数ランキング一位を謳歌したあのギリシャでさえ、過去の深刻な経済危機の際にはその回数が激減したという、その根拠をもって逆に、SEX回数を増やせばその国の経済もホットになる、とも経産省は主張しています。これに対しては非論理的だという批判が強い。ペロリーノについても、最近は自慰に使用される割合が増えていると聞きますし、そうなると男性がネットポルノやヴァーチャル・ファックで満足してしまう問題のように、女性がリアル・ファックや結婚出産へ向かう流れを逆に阻んでしまう恐れもあるかもしれない」「そういった点に関しましては、まず何にせよ批判というのは付き物ですし、また市民社会では健全な批判はあってしかるべきです。その上で申し上げたいのは、ホットジャパンはたしかに、受精SEX婚の緩やかな増加傾向も考慮に入れつつ、数打ちゃ当たると言いますか、そういう意味での産めよ増やせよというような面もないとは言えません。しかし現実として出生率が低迷し続ければその国家は弱体化していきますし、さらに言えばSEXというのは人間の場合、生殖だけではなく、日々の快楽、そして精神的な繋がりを生み出すという効能も大きい。多額の税金も投入される官民ファンドである、ホットジャパン機構の正式名称はたしかに国内受精増殖支援機構ですけれども、その母体となるホットジャパンという戦略はもっと広い視野を持っている、というのが私の理解です。つまり各種調査が示すとおり、充実した性生活は国民の幸福度に影響しますから、そういう意味でこの国をホットにする。特に日本人女性の場合、四十代から本格的にSEX離れが起こることが統計で示されていますし、SEXが習慣として続く女性の間でも、既婚の場合、未婚よりも回数が少ない。これは夫婦間ではSEXがいわゆる、お勤め化してしまっていることを示唆しています。そしてそうしたSEX離れや回数減少の要因として、調査によれば、仕事の疲れを除くと夫婦ともに面倒臭いという理由が最も多く、さらに女性に限れば、相手の一方的かつ拙速なショートカット・ファック、および性交痛という、ともすれば相互に絡み合った二つの理由が目立つ。この女性特有の問題を解消する手段となるのがまさに、充分な前戯を代替するペロリーノなわけです。男女というより家族になってしまってSEXが遠く、という理由もそれなりの割合を占めていますけれども、これに関してはおそらくご存知のとおり、ペロリーノの果たす3P的な役割、背徳性の刺激が非常に効果的です。また調査によれば、男女ともに五十代を超えるとSEXに対する満足度が向上することが分かっています。これはおそらく生殖からの解放と精神的な円熟の相乗効果でしょうけれども、要するに中年前後でSEXを途絶えさせず、その後もやり続けることは幸福度の上昇に繋がります。自慰との関係について言えば、女性は男性とは異なり、SEX頻度と自慰率は相関しています。つまり男性はSEXせずとも自慰を頻繁に行う一方、女性はSEX頻度が低い場合、自慰率も低い。裏を返せば自慰に耽る女性はすなわち、SEX熱も冷めないということですから、ペロリーノが自慰に用いられるのはその女性がSEXに対して貪欲である証拠のようなものです。要するに自慰にせよ前戯にせよ、ペロリーノが数多くの女性器を舐めれば舐めるほど、日本は情熱的に火照った天照大神の国になっていくと自負しております」「なるほど、勉強になります……」「ちなみに今、私がお聞かせしたようなことは厚労省の施設等機関、SEXブランク研究所の統計調査や報告書を見ていただければ、よりいっそうご理解いただけると思いますよ」と余裕たっぷりに微笑む関ヶ原。

「お忙しい中、どうもありがとうございました」と一礼する知念。「いえいえ、また何かありましたら、是非お越しください」と慇懃に一礼を返す関ヶ原。「下までお送りします」と知念に寄り添う広永。「あ、僕もご一緒します。ちょっとこれから、郡山の方に行かなきゃいけなくて」と後に続く富安。「ああ、隣の福島県に生産拠点をお持ちなんですよね？」「そうです。今では研究開発の現場もそちらに比重が移っていて、提携しているウクライナのAI企業の研究員の方なども滞在していて。ただそちらは機密保持の観点から、取材はお断りしてるんですけど」

三人揃って退室して閉まる応接室のドア。ソファに腰掛けると冷めた健康茶を飲みきり、「電ボ」と無線接続した携帯端末を操作する関ヶ原。すると広々としたボード画面にポルノ動画サイト横断検索サーヴィス「X・VIDEOS（クロス・ヴィデオズ）」が。検索窓に入力される「ペロリーノ」という文字列。するとペロリーノを使用した女性の自慰投稿動画が最新順に。画質の鮮明な一つを選んで再生する関ヶ原。すると幕末期の新撰組副長、土方歳三に酷似した涼しげな顔つきのペロリーノが床に首立ちしており、そこへ剝き出しの剃毛された股間を近づける女性投稿者。おもむろに目を光らせると口を開け、生々しく舌を伸ばして舐め郎を開始するペロリーノ。それを真剣な眼差しで眺める関ヶ原。ほどなく「ピチャ……ピチャ……」と淫らな濡れ音を立てて舐められる女性器。

　出し抜けにノックが響いた直後、開かれる応接室のドア。入ってきてちらと再生中の動画を一瞥する広永。「いやらしいものを観てますね」「いやいや、これも重要な仕事だから。ユーザー体験のチェック」と冷静に答え、携帯端末で「どっこ居所」を立ち上げて自分の居場所発信をＯＦＦにする関ヶ原。「そう言えば、知念さんと別れ際にちょっと立ち話になって、女性が活躍している企業だから、その点も今後、取材させてもらえたらって。たぶん事前に調べてご存知なんでしょうけど、感業やイク休について簡単に説明したり」と話しながら紙コップを片付ける広永。全女性従業員が申請及び所属部署との調整を経て、研究開発やアップデート検証用にペロリーノの被験者を務めることが可能な制度、それが感業（感じる業務の略。感業手当を支給）であり、感業による貢献値が一定を超えると休日が付与される制度、それがイク休。「再来月辺りにもう一度、取材したいって仰っていましたので、その時は柴田さんとお話ししてもらうのもいいかもしれません」「そう」と相槌を打つなり、いきなり背後から広永の豊満な両胸を鷲摑みにする関ヶ原。「ちょっと、もう……Ａセクシャルじゃなかったんですか？」と嬌笑交じりに肩越しに冷ややかな流し目を送る広永。「Ａセクシャルだよ、Ａはアニマルの Ａだけど」と強く抱き寄せながら耳の後ろに囁き、香水の匂う首筋に吸いつきながら同時に、むっちりとした尻に股間の熱い突起を擦りつける関ヶ原。「んもう、最低……」

　やがて施錠した応接室の中、ソファで股を開いた広永とまさに獣のようにファックする関ヶ原。「はあ、はあ……」と荒い息遣いで一心不乱に振られる腰。「あっ、あっ、あっ、あっ……」と肌を紅潮させて声を上げる広永。忙しなく響く肉と肉の衝突音。まもなく覆い被せた体をぐっと押しつけながら、微かに絞り出すような呻きを漏らす関ヶ原。男の背に回った両手でシャツの余りを握り締める広永。しばらく密着合体したまま、息を切らして響き合う呼吸を落ち着かせる二人。それも落ち着いてきた頃、おもむろに膣内から引き抜かれる半勃起したままのペニス。外される濡れたコンドームとその先端にたっぷりと溜まった白濁した精液。「射精ＣＥＯですね……」と妖艶に目を細めて身を起こす広永。「ああ、Chief Ejaculation Officer だよ」と乾いた苦笑を鼻先に漏らす関ヶ原。コンドームを縛ってティッシュに包み、携帯使用済みゴム入れに収める最高射精責任者。そそくさと着衣を整えるなり、つと素知らぬ顔をして「私は仕事がありますので」と解錠して出ていく広永。そっと外から閉められるドア。

億劫そうにベルトを締め終わり、どっさりとソファに沈み込みながら、ほの甘い女の残り香を鼻から吸い込む関ヶ原。弛緩した溜息をつき、虚ろな眼差しでぼんやりと斜め前方の天井を見上げるうちに、どことなく物思わしげな色を帯びる表情。ふと携帯端末を手に取り、無線接続されたままのボード画面にグーグル検索を映し出す関ヶ原。検索窓に入力される「ＣＥＯ　退職代行」という文字列。半開きの社会の窓からはみ出たシャツの裾。

3

ＡＰ型性具の高感度セレクトショップ「青山コックセンター」内の催事スペースでＡＰ型マイクを握る茂木山健多郎。所狭しと並べられた客席の椅子には九割方女性が座り、その聴衆に囲まれて立つ茂木山の背後にはプロジェクター用スクリーンが。そこに映し出されている「快感脳科学トーク『セルフプレジャーとセレンディピティ』ＢＹ茂木山健多郎」という標題。「えー、皆さんこんにちは、茂木山健多郎です。本日はお集まりいただき、どうもありがとうございます。それでですね、まあ今日はこういうお店なので大体、皆さん女性の方ばかり……男女のカップルらしき方々も多少、いらっしゃいますけれども、でも私はヘテロセクシャルの男性でして、アナルファックをリアルに受容した経験もありません。要するに後ろの穴にも、内視鏡検査のカメラと座薬以外、まったく入れたことがないんですね。だからこういう、何か今日は場所柄、マイクも特別にペニスの、卑俗な英語で言えばコックの形をしているんですけれども、こういうＡＩならぬＡＰ、アーティフィシャル・ペニスと言うんでしょうか、こういうのも自分の菊門に挿入した経験は一度もありません。そんな私が皆さんに、まあおそらく腕達者というか自慰達者というか、ディルドやヴァイブレーターに親しんで何十年みたいな方もこの中にはいらっしゃると思うんですが、私ごときが何を語ったらいいんだろうと、今、ちょっと緊張しています」

スクリーンに映し出される洗濯バサミの画像。

「でもまあ一応、こう見えて脳科学者ですので、脳科学的に言いますと、セルフプレジャーはプレジャー、つまり快楽ですから、気持ちいいわけですけれども、そうなると脳にですね、ドーパミンという報酬系の神経伝達物質、これがドバーッと分泌されます。あとエンドルフィンというのも分泌されて、これは麻薬のモルヒネと同じような作用、だから鎮痛作用があって快楽を感じやすくなって、さらに多幸感、恍惚感をもたらしたりもします。しかも実は、そうやって気持ちよくなってオーガズムに上りつめていく時、痛みに反応する脳の領域と同じところが活性化する、あと恐怖や不安に関する領域が鎮まって、脳は警戒を解くんです。だから高まっていくうちに、まあSEXにせよセルフプレジャーにせよ、お尻を叩いたり乳首をつねったり、あるいは乳首にこういう洗濯バサミを挟んじゃったり、そういう大胆な冒険をする方がこの中にも多分、いらっしゃると思うんですが、それはそうした痛みの刺激が、今言ったようなメカニズムと関わって、むしろ快楽や興奮をより高めるものになっている、こういう理由付けができるんです」

続いて映し出される白い粉の画像。「ただ今さっき、エンドルフィンは麻薬のモルヒネと言いましたけれども、脳内麻薬なんていう言葉がありますように、ドーパミンとかの脳内物質って一種のドラッグとも言えるわけですね。実際、このコカインなんかはドーパミンの神経系を活性化させます。あと甘い食べ物とかもそうですね。そういう刺激があると、満たされない限り、さらに欲しくなる。あとこう段々、刺激に慣れてもっと強い刺激を欲して、エスカレートしていったり。性依存症なんてものもありますし、まあ何事もやり過ぎはよくない。でも実はドーパミンって、やる気や学習にこそ深い関係があるんです。甘い物を食べてドーパミンが出るとその刺激を脳が学習して、もっと食べたくなる。あるいはパブロフの犬、ベルを鳴らしてから犬に餌をあげているとベルの音を聞いただけでもう唾液が溢れる。欲情すると愛液が蜜のように溢れてしまうのと同じで、やる気が湧いちゃうわけです。だから要するに、人生でいつも行動的で充実している人、新しいものを貪欲に学んでいる人というのは、ひとつにはこの、ドーパミンとの付き合い方が上手い」

続いて映し出されるレバニラ定食の画像。「そういう観点からセルフプレジャーについて考えてみますと、脳って物事が簡単すぎるとあんまり喜ばない、ドーパミンが出ないんです。多少の困難、苦労、負荷があった方がそれを乗り越えた時の達成感、充実感ってありますよね。あとドーパミンって、思いがけない報酬があった時に、特にドバーッと出るんです。だから冒険をして新しい刺激を受けるっていうことが非常に大切。それでこの思いがけない報酬、思いがけない刺激って何かって言ったら、これがセレンディピティなんです。セレンディピティっていうのは偶然の発見とか偶然の幸運……つまり、ちょっと今日はひと駅分歩いて帰ろうと歩いていたら、たまたま定食屋を見つけて、そこのレバニラ定食がやけに美味しかったみたいな。だからセルフプレジャーもどんどん新しいことに挑戦する、冒険する。そういう意味でこのお店に売ってるような色々な性具を使う、新鮮な刺激を自分の体に与えるというのは、とても理に適っていると思います。また今さっき、脳は簡単すぎると喜ばないと言ったんですが、逆に難しすぎるとそれはそれで報酬に全然手が届かなくて、挫折してやる気も失われてしまう。だから何かをする時には適度な負荷を自分に与えつつも、言わば人参をぶら下げて、報酬への期待感を煽ることも大切です。やる気って別の言い方をすれば、この先に良いことがあるって誘惑されている状態ですから、ドーパミンってつまり、何かを達成して報酬を得た時だけじゃなく、期待を煽られることによっても出るわけです」

続いて映し出される墓石の画像。「じゃあ、どうやって自分の期待を煽るのか。そこで重要になるのがメタ認知というもので、これはつまり自分の知覚や心理、行動や状況などを客観的に認識することを言います。セルフプレジャーに当てはめれば、オーガズムを敢えて先送りする、達しそうになったら我慢して寸止めする、こういうひと手間を加えるとそれが負荷になりますし、また同時に、報酬への期待を煽ることにもなります。これはつまり自分で自分を巧みに焦らすということですから、メタ認知が必要になるわけですね。自分で自分に与える刺激、それによって生じる性感の波、これをメタ的に、客観的に認知しながらコントロールして、じっくりとセルフプレジャーを楽しむ……こういうふうに脳科学的に見ていくと実は、セルフプレジャーって人生をどう生きるかの、修行の場でもあると思うんです。考えてみてほしいんですけれども、リアルな人生って一回逝去したら、つまり逝っちゃったらもうおしまいです。でもセルフプレジャーは何回イッてもいい。しかもイクのは決まって天国なんです」

さらに数十分続いたトーク終了後、開催される握手会。ずらずらと縦一列に並んでいく女性ばかり十数人。「お話、とても面白かったです」「ありがとう」「いつも笑顔が素敵です」「ありがとう。あなたの笑顔もとても素敵ですね」「いつもネットやテレビで観てます」「ありがとう。最近はテレビはあんまり出てないんだけど」とにこやかに次々と握手を交わす茂木山。「あの、茂木山さんはセルフプレジャーはされますか？」「まあ、忙しいからたまにですね。皆既月食と同じくらいのペースで」と茶目っ気たっぷりに切り返す茂木山。「茂木山さんの本持ってきたので、サインしてください」「はいはい。お、これは私の最新刊ですね」と自著『脳と脱法行為』に流麗にペンを走らせる茂木山。

やがて列がさばけた後の中途半端な間合いにぽつんと、顔の下半分を黒マスクで覆った男が。「お、握手しますか？　男性の方でもどうぞ遠慮なく」「ああ、いや……」と曖昧な手振りでためらう男。「まあちょっとせっかく人間同士、こう顔と顔を合わせてるんですから、マスクくらい外して互いに素の笑顔で握手しましょう。人類皆兄弟ですから」と微笑んで右手を差し出す茂木山。おもむろにこっくりと頷き、二歩三歩と前に出て右手を差し出しながら、もう片方の手で黒マスクを顎に下ろす男。「あれ？　もしかしてあなたは――」と指差された途端に茂木山の口を手で塞ぐ関ヶ原。傍らに居残って歓談中の客数人と店側のスタッフに半ば背を向けながら、密談っぽく顔を寄せ合う二人。「サイバーペッティングの関ヶ原さんですよね？　どうしたんですか？」「いや、実は今、会社を無断欠勤して失踪中なんです」「えっ、でもあなたはCEO……」「そうなんですけど、何だかすべてが嫌になってしまって」と目を伏せて弱々しい笑みを滲ませる関ヶ原。萎れたように落ちた肩と生気の薄い顔色。それを束の間、じっと怪訝そうに見定める茂木山。「なるほど……といっても事情はさっぱり分かりませんが、もしお暇だったらいっそこの後、二人で食事にでも行きませんか？　SEDxTOKYOの時は随分と失礼な別れ方をしてしまいましたから、そのお詫びも兼ねて。たしかあの時、バカ野郎とか捨て台詞みたいに言い放ってしまって、申し訳なかったと思っていたんです」

　イタリア料理店「フィオーレ・ディ・カスターニャ」店内奥の個室に入る二人。「もうマスクは取っていいんじゃないですか？」とからかうように言う茂木山。「ああ、すみません、すっかり馴染んで忘れていて……茂木山さんみたいに一般的な知名度は全然ないとはいえ、性産業とか起業家界隈なんかではわりと顔を知られているので、念のため……」「ここは私の友人がシェフをやってますから、閉店までなら何時間居座っても大丈夫ですよ。何年か前、私が申告漏れで世間から手酷いバッシングを浴びた時には、この店がセキュアベース、つまり安全基地のような役割を果たしてくれました。朝から晩まで入り浸って自己啓発本の原稿なんか書きながら、炭酸水で割ったワインをガブ飲みしていたんです」と愉快そうに笑う茂木山。様々な職業人たちがキャリア上の大失敗を告白するNDHK（日本動画配信協会）の人気ドキュメンタリー番組『コンフェッショナル　仕事の不覚』にかつてレギュラー出演して有名になった茂木山。脳科学的な見地から毎回、失敗要因と再発防止について分析を加える役回りだったが、やがて自身の億単位の雑所得の三年間無申告が発覚。収入に対する無頓着と急激な多忙が重なり、税務署に催促されながらもつい対応を先送り。最終的には追徴課税に従って国庫を潤したものの、世間や視聴者から「糞に群がるハエのような（茂木山談）」非難を受け、茂木山自身が同番組の題材となって神妙に釈明する羽目に。

　向かい合ってテーブルにつき、白のスパークリングワインで乾杯する二人。アンティパストの特大盛り合わせの皿も。「それで、CEOなのに無断欠勤っていうのは？」「いや、実は欠勤というより、もう会社を辞めようかと思ってまして」「創業者兼代表取締役CEOが？　でも会社は上手く行ってるんじゃないですか？」「ええ、北米市場での富裕層向け販売が好調で、有り難いことに会社としては成長軌道に乗っています。三年前くらいから輸出にも耐えうる品質管理の強化、量産体制の整備を進めてきて、それがようやく実を結び始めて。サイバーペッティングNAの他に一昨年、ドイツにサイバーペッティングEUを立ち上げたりも……でも個人的には最近、しきりに虚無感を覚えるようになって」「なぜに？」「私は元々、バイオロボティクスやソフトロボティクス、つまり人間や生物を模倣した、柔軟なロボットなんかの研究をしていまして、根っからの工学系の人間です。ある意味、古き良き日本のロボット工学の精神を継承しているというか、目に見える形の、身体的なハードウェアの革新に魅力を感じるんです。ご存知かもしれませんが、大学院時代の研究室の教授が大学発のロボティクス企業をやっていて、そこで長期インターンをして入社した後も社内スタートアップみたいな感じで、かなり自由に研究開発をさせてもらっていました。そこで軟体ロボットや人工筋肉の研究を活かして、本物の人体により近い、性具としてのペニスや舌の開発をしていたんです。でもその会社は次第に色々な面で上手く行かなくなって、開発中のプロダクトも当初の予定より機能を削減したり……そんな時にアイデアが閃いて、運よく妻の叔父から多額の出資も得られたものですから、独立して全自動前戯機の開発に乗り出すことにしたんです。教授も快く応援してくださって、私がやっていた研究開発だけ好条件で譲渡していただいて。しかも私よりも遥かに優秀な友人知人が、面白がって創業に加わってもくれました。こんな経験ができるチャンスはなさそうだからと」「それは素晴らしいですね」「ええ、ただそれで……最初のうちは私も中心的に開発に携わっていて、形になっていくのが非常にエキサイティングだったんですが、形が固まると工学よりもコンピューターサイエンス、つまりハードウェアよりもソフトウェア、まあAIですね、そっちが主体になります。それなりに高価ですから、頻繁に新製品を出すものでもないですし、進化も基本的にソフトウェアのアップデートを重ねていく、そのサブスクリプションの利用料で利益を上げていく形なわけです。といっても今も、数年後の発売を目指して次世代機を開発中ではあります。でもそれはハード面では細かな改良に留まる予定で、まあ逆に言えば、すでに完成度が高いということなんですけれど……つまり技術者としての私としては、産みの親ではあるものの育ての親ではないというか、もう役割が終わったような感じがして……」「でも、CEOの仕事があるんじゃないですか？　何をしているのかよく分かりませんが」

「うちは幸いにもビジネス面、経営の実務を統括する者としては優秀なCOOがいますし、技術面の、エンジニアリング・マネージャーとしては優秀なCTOがいます。つまり事業の本丸は彼らに任せっきりで、大局的な意思決定とかはするにしても、実質的に私はお飾りみたいなものです。だから最近は主に、講演をしたり対談をしたりシンポジウムに出たり取材に答えたり、いわゆるテクノロジー・エヴァンジェリスト、自社の製品やそのコンセプトを対外的に布教する伝道師の役割をやっています。あとは起業塾の講師や性教育団体の理事を務めたり、政治家なんかのパーティーに出たり、海外に視察に行ったり……でも正直に言ってしまうと、そういうのも上辺だけの振る舞いというか、やり甲斐や面白味が希薄というか……最近はすべてが惰性に感じられて、せっかくなので告白すると、非常に陳腐な堕落っぷりなんですが、社内で秘書と不倫SEXをしてしまうようにもなりました」「それはなかなか、ドーパミンが出ますね」「ええ、私は出張なんかも全部一人で行動するタイプで、本社でしか秘書に会わないので、かえってマンツーマンの打ち合わせを装えるんです。早く済ませる方なので数分で終わりますし」と自嘲気味に笑う関ヶ原。ふっと鼻先に吹き出す茂木山。しばらく黙り込んで飲食する二人。

「まあ、分かりますよ、何となく」とにやりと笑みを浮かべる茂木山。「せっかくだから私も告白すると、実はもうここ二十年くらい、脳科学者を名乗っているのにまともに研究なんかしていないんです。『コンフェッショナル　仕事の不覚』に出たりして顔と名前が売れて以来、私も講演やシンポジウムやセミナー、各種メディアでの対談やエッセイの連載、脳を謳い文句に取り入れた自己啓発本、あとは色んな機関の理事やら委員やら客員教授やら何やら、はてはコンビニスイーツとのコラボまで……そういった依頼が絶えなくなって、とても地道に研究なんかしている場合じゃなくなりました。しかもはっきり言って、そうした依頼仕事の多くは薄っぺらい内容のものです。しかし私は敢えてそうした役割を引き受けました。科学というのも当然ながら文化ですから、一般にそれを広めること、まず興味を持ってもらうことが大切だと思うんです。そうしなければ高額な税金を研究に投入する意義にも、まっとうな理解は得られないでしょう。そして啓蒙と一口に言っても色んな段階があり、ポピュラーサイエンスの本すら難しくて、そこで躓いてしまう人だって沢山います。でもそういう人を切り捨てていいものだろうか？　そういう人の興味を掻き立てることはできないだろうか？　初めから教育程度の高い人、知的好奇心の強い人、そういう上澄みだけじゃなくて、もっと底の方から、少しでもすくい上げることができたら……そう思ったんです。たとえばスポーツ一筋で勉強嫌いの少年が、努力のコツを知ろうと私の大衆向け自己啓発本を読んで、それをきっかけに脳科学に興味を持って、やがて大学で本格的に勉強をする。そんなことだって起こるかもしれない。その時に茂木山の本は薄っぺらかったなと馬鹿にされても、私は全然構わないわけです。ひとつ踏み台になれたんですから。つまり私もある意味、脳科学のエヴァンジェリスト、伝道師を引き受けてしまったようなところもあるわけです」「なるほど……似た者同士と言ったら失礼でしょうけど、茂木山さんも……」「とはいえ、あまり易きに流れすぎるのも考えものです。だから私も最初はできうるかぎり正確に説明しようとしたり、留保をつけたりしました。脳の神経回路の働きを事細かに解説したり、色々な脳科学研究の成果を援用しながらも、あくまで仮説の段階、あくまで統計的にそういう傾向が示唆されただけ、そういう断りをちゃんと入れたり……しかし特にテレビなんかだと勝手に短く編集されてしまいますし、歯切れのいい単純明快な断言とか、これが脳にいい、脳がこうだからこうした方がいい、そんな感じのお得情報が好まれます。初めてそういうことをされた時は本当に驚いたんですが、とある番組で自分なりの仕事術について語って、その後、脳の働きからも今言ったようなやり方は効果的なんです、と脳科学的な説明を始めたら、放映された時、その肝心の説明が丸ごとカットされていました。脳の働きからも効果的なんです、と言っておきながら、画面の中の私はその理由を一切、語らずにどこかへ行ってしまったんです……思わず自分でも笑ってしまいましたよ」「それは酷いですね……」「ええ、あまりにもそういうことが多発したものですから、私も最初のうちはちゃんと抗議したり諭したり、時には烈火のごとく怒ったりもしたんです。しかしまったく改善はされませんでした。本やネットの文章の場合も、あまり専門的な表現をするともっと一般向けに分かりやすく、とお願いされてしまいます。私は頼まれると断れないタイプですし、メディア慣れした影響もあってか、忙しくて段々面倒になってきて、適当に書き飛ばしてしまうことも増えていきました。そうなると当然、内容が薄くなっていきますから、そのうちに愛想を尽かされて断るまでもなく、自然と依頼も減って解放されるだろうと、そんな計算もあったんです。ところが、依頼は減るどころか増える一方でした。その頃に気付いたんですが、どうやら私にはメディア受けする素質があったんでしょう。その場のノリや即興性を重視するタイプですし、脳科学以外の分野、芸術や音楽、文学や古典芸能、ランニングや性行為、国内外の政治動向や十代の流行、何にでも幅広く興味があって、しかも感性がストレートというか、人間らしい素朴な感動や憤りを表現することにまったく何の抵抗もありませんから、何事も本心から飾り気なく放言してしまうんです。もちろんその一方で、自分がある意味ではまずい方向に進みつつあることも、しっかりとメタ認知していました。ちょっとは仕事を選んだら？　露出を抑えたら？　そう忠告してくれる賢明な友人知人もいました。しかし私は根っからの天邪鬼なので、忠告されると逆にアクセルを踏みたくなってしまうんです。その結果、ますます依頼仕事に忙殺されるようになりました。そのランナーズハイ的な暴走の果てに例の、無申告事件があったわけです」「でも、悪気はなかったわけですよね？」「ええ、それまでは研究所勤めの身で所得税なんかは給料から天引き、多額の雑所得なんてなかったものですから、忙しさのあまりついつい、確定申告を三年ばかり放置してしまったんです」とほろ苦そうに唇を噛み締める茂木山。「まあ、そういうこともありますよ。立派な追徴納税もされたわけですし」と優しげに微笑む関ヶ原。「ただ、その事件が報道された後も、依頼仕事は相変わらず絶えませんでした。私にとっての看板番組と言えた『コンフェッショナル　仕事の不覚』も結局降板の憂き目にあったのに、それでもなぜか……もちろんそこで忙しさに懲りて、一切合切を断るという慎ましい選択肢もありえます。でも繰り返し仕事をするうちに付き合いが深まっていく相手もいますし、何より新しい出会いもあります。私も偶有性の海に飛び込んでいくのが信条ですから、たとえ脳科学芸人とか脱税脳とか言いやがる馬鹿どもに馬鹿にされようとも、あらゆる依頼を受けて立ってやろうと開き直ったんです」「偶有性の海？」「ええ、私の師匠がよく使っていた言葉なんですが、偶有性というのは日常言語でざっくり言うと、どうなるか分からないけど、なるようにはなる、というような意味です。その海に思いきり飛び込んでやれと」

「……とすると、私もやはり会社から去るという、偶有性の海に飛び込むべきでしょうか？」「いや、それは何とも言えません。というのも、会社を辞めたい気持ちがあっても、それでも続けてみる、というのも偶有性の海への、ひとつの飛び込み方だからです。私も無申告事件の後、止めようかちょっと迷った末に、結局は依頼仕事を引き受け続けました。でもそこで大きな変化もあったんです。非常勤講師とかお飾りの何たら教授じゃなく、東北ケンブリッジ大学の大学院で研究室をひとつ任されました。私が給与所得者として所属する研究所との、連携教授という形で。私自身の研究をするんじゃなくて、学生たちの興味関心に沿った研究を監督するという立場ですが、そこで素晴らしい若者たち、学生たちに出会うことができたんです。忘れかけていた初心を取り戻すような、新鮮な刺激を受けました。彼らを引き連れて国際学会に行って、彼らの会議論文に一緒に名前を載せてもらうことが、指導教授としてどんなに誇らしいか。何より刺激を受けたのは、これはちょっと難しいかな、こいつにできるかなと内心、不安に思うような研究上の課題でも、私が表面上にっこり笑って、まあやってみろよと無責任に背中を押してやると、彼らは本当にやり遂げてしまうんです。経験が少ない分、恐れ知らずというか何というか、先入観なくがむしゃらに没頭する。そして突き抜ける。そうした彼らのポテンシャルに心底、深い感銘を受けました」「なるほどつまり、続けることで新しい何かとの出会いもある、と……」「ええ、しかし、そんな出会いはないという可能性も、もちろんあります。さらに言えば、別れの可能性もある」「別れの可能性？」「そうです。というのも、素晴らしいポテンシャルに満ちた若者たち、勤勉に研究に取り組む学生たちに目を細めるうちに、私自身はもう、そうやって地道に研究に身を投じることはないのではないかと思い始めたんです。つまりここだけの話、脳科学者の看板はもう下ろしてもいいのかもしれない……過去の自分に別れを告げて……」

二人が黙り込むうちに響く人工ノック音。個室の引き戸を開ける関ヶ原。すると可愛らしい坊や風の目鼻口をそなえた箱型給仕ロボット「HAKOBOYA」が。その蓋を開けてフリッターの皿、トリッパのフリットの皿をテーブルに載せる二人。蓋を閉じて「バイバイ」ボタンを押してから引き戸を閉める関ヶ原。すると去っていくロボットのモーター音が。シャンパンクーラー「冷やシンス」に包まれたボトルから二杯目を注ぎ、スパークリングワインのきめ細かな泡立ちを眺める茂木山。「私も若い頃は博士号を取るために、非常に地味な、統計的な解析手法について論文を書いたりもしました。しかし実のところ、そういうのにはまるで興味が持てなかった。他の人が頑張って研究して書いた論文を読んでいる方がよほど楽しかったんです。そして実を言うと私の師匠も、あまり実地の研究をしない異端の脳科学者でした。しかしそれは正確に言えば、研究をしないのではなく、できなかった。意識の本質を解明するという、その問題があまりにも困難すぎて、どう実際に取り組めばいいか、取っ掛かりさえ見つからなかったんです。まったく起伏も凹凸もない、垂直に切り立った壁を何千メートルも登るようなものですから。だから師匠はせめて、その壁に最初のハーケン、くさびを打ち込もうと考えていました。言わば意識の第一原理の案出です。それを元にそこから、何百年掛かるかすら分かりませんが、意識の謎が解明されていく、そういう遠大な見通しを持っていたんです。起業家の方々がよく使う言葉で言えば、ヴィジョナリーというか……そのために私の師匠はクオリア、メタ認知、現象学的オーヴァーフロウといった概念を組み合わせて、何らかの理論を打ち立てようとしていました。もっとも、そうした概念はどれも師匠が考え出したものではありません。しかしかのニュートンも引用した言葉ですが、我々は巨人の肩の上に立っている。つまり先人の思索や達成を踏み台にして、より遠くを見渡すわけです」

「その方はまだ、ご存命で?」「分かりません。というのも約二十年前、急に表舞台から姿を消してそれ以来、一切のアウトプットと消息を絶ったんです。私の師匠も一時期はかなりメディアに出るタイプの、啓蒙家的な脳科学者だったんですが、現代では忘れられる権利も整備されて、二十年も経てばネットには何も残りませんし、著作もすべて自らの意思で絶版にしてしまって……噂ではどこか海外に行って脳に合法的電気ショックを与えながら、長らくひっそりと思索に耽り続けているとか……」「マッドサイエンティストみたいですね……私は高校卒業までずっとカナダに暮らしていて、情報を得るのももっぱら英語だったので、存じ上げませんでした」「業績とか肩書きとか他人の評価とか、そういうのは一切、気にしない人で、そういうところを私も尊敬して大変影響を受けているんですが、自分では脳科学者ではなく、生命哲学者を名乗ったりすることもありました。だから自然科学というより、広い意味での生命哲学として、意識について今も考え続けているのかもしれません。それまでのあらゆる人生経験をもって、ピッチドロップ実験のように、十年に一滴、したたり落ちるような粘り強さで……しかし私には、そういう本物の探究心はおそらくない……実は私の通名は、師匠の名前から勝手に一部を受け継がせてもらったんですが、そんな資格はなかったのかもしれません……」「失礼かもしれませんが、茂木山さんのご本名は?」「鈴木一郎です」「ずいぶん地味ですね……いや、むしろ現代では個性的かもしれませんけど……」「関ヶ原さんは?」「私は名字だけ通名で、本名は勅使河原修治です」「てしがわら?」「はい。ちょっと貴族みたいで恥ずかしいので、似た響きでインパクトもそこそこある、関ヶ原にしたんです」

やがてデザートのメルダ風ティラミスをねっとりと味わう二人。「結局のところ、私はどうすべきでしょうか……」「本当のところ、どうしたいんですか？」「……無断欠勤する前に実は、辞意すぱっと、とかそんな名前の、退職代行ＡＩに依頼をしてみたんです。でも、ＣＥＯ案件は受けていないと断られて……要するに、直接は仲間に言いづらいと感じているんですが、それが果たして、まだ迷っているということなのか、正面切って仁義を切るのすら面倒になってしまったということなのか、自分でもよく分からなくて」「いったん辞めちゃって、戻りたければまた戻ればいいんじゃないですか？」「いや、私が一番株を持ってますし、辞めるならすっぱり辞めたいので、後始末を考えるとそう簡単にも行かないんです。仮に辞めてしまっても、会社自体は少なくともしばらくの間は、このまま発展していくでしょうが……」「なるほど……関ヶ原さん、いや、勅使河原さんの心境としても状況としても、一種の偶有性を帯びてきている……つまり、ＣＥＯであることが偶有的になってきている。偶有性というのは、他でもありうるけど、たまたまそうである、というような意味合いもあるんです。つまり、その座を降りてもよし、その座に居座り続けてもよし、現状ではたまたまそれを続けているだけ」「そうですね……茂木山さん、いや、鈴木さんはどうです？　脳科学者として偶有性を？」「ええ、正直言って私もかなり帯びてきていると思います。メディアや人前でさも有益そうに中身の薄い話を大量にしたおかげで、貯金は脱税しなくても腐るほどありますし、いくらメタ認知していても、結局は確定申告を完全に放置してしまいました。脳科学者としてあれほど一般にメタ認知の重要性を説いておきながら、不覚にも……そして私自身は何も、肩書きにこだわりなんてありません」

ほろ酔いに赤らんだ渋い表情のまま、カッフェ・ドルゾ（カフェインレスの大麦コーヒー）をぐいっと一気に飲み干す鈴木。その直後、はっと眉を撥ね上げて勅使河原を見つめながら、呟かれるアハという一声。「そうだ、勅使河原さん、こういうのはどうです？　実は私は明後日から一週間ほど、トルコのイスタンブールで行われる意識に関する国際会議に参加する予定でした。この国際会議は偶数年はアメリカのアリゾナ、奇数年は他の色んな国というふうに一年ごとに開催地が交替するんですが、他の国の時はたまの海外旅行も兼ねて、なるべくスケジュールを空けて行くようにしてるんです。といっても聴講するだけで、自分で壇上に立つわけではありません。だからよく考えると、特に行く必要はないんです。どうせネットに動画が上がるので、めぼしい講演は後から視聴できますし。明日は予習として何本か論文を読みながら荷造りをするつもりだったんですが、全部キャンセルしてしまおうと思います。つまり一週間の突然のヴァケーションというわけです。それを私と一緒に過ごしませんか？　もしかしたら関ヶ原さん、いや、勅使河原さんも大学教授とか研究者みたいに、一年くらいサバティカル休暇が必要なのかもしれない。何せ起業されてからずっと突っ走ってこられたわけでしょうから、思いきりリフレッシュして、じっくりと自分を見つめ直す時間が。とはいえ、そんな長期の休みは実際的には無理なんでしょう。でも一週間ならどうです？　そしてその間にサイバーペッティングCEOの座から降りるかどうか、決断する。私もその間に脳科学者の看板を下ろすかどうか、自分なりに決断します。一人じゃなくて二人なら、少しは心強いと思いませんか？　もし二人同時に今の立場や肩書きを捨て去ることになったら、その先は取り敢えず……そう、何か一緒に始めてみてもいいかもしれない」「一緒に？」「ええ、二人でコンビを組んで、漫才みたいに掛け合いで講演をするとか」と茶目っ気たっぷりに言う鈴木。呆気にとられたような表情も束の間、くすっと鼻先で笑う勅使河原。

4

傍らに流れる千歳川のせせらぎを聞きながら、ゆるゆると湯河原の温泉地を走る鈴木と勅使河原。快活な響きの鳥のさえずりも。「どうです？　旅先でこうやって走るのも気持ちいいものでしょう？」「ええ、私はもっぱらジム通いというタイプなので、とても新鮮です」「外でしかも旅先だと、絶えず眺めに変化や発見がありますから」「やっぱり脳科学的には、ランニングをすると脳にいいんですか？」

「もちろんです。しかし今はそんなことは説明しませんよ、私もヴァケーションですから」

温泉旅館「湯河原オンセンシュアス」に戻り、掛け流しの湯船に浸かる二人。「ああ、気持ちいいですね……こういうのは、たしかマインドフルネスって言うんでしたっけ？　今ここの自分に意識を落ち着けるというか、のどかに瞑想に耽るというか……」「ええ、しかし温泉なので、マインド風呂寝す、と言ったところですね……」と微笑交じりに答え、折り畳んだ手ぬぐいを敷いた縁にうなじを預けながら、そっと目をつむる鈴木。横目に見てそれに倣う勅使河原。穏やかに深まる二人の呼吸。ゆったりと流れる時間。


　客室の広縁の籐椅子に座り、窓越しに箱根の山並みを眺めながら、ビールを注いだグラスを軽く打ち合わせる二人。ごくごくと波打つ喉元。「ああ、走って温泉に入って飲むビール……最高ですね……」

「ええ、不思議なもんです……二十一世紀も早半ば、それでも結局、人の心を満たすものはこれなんですね……」としみじみ呟いてグラスを飲み干す鈴木。互いの間の小卓からビール瓶を取り、二杯目を注いでやる勅使河原。「ビールって子供の頃に一口味見させられたりすると、その苦味に顔をゆがめてしまうものですけど、大人になると味覚受容器の味蕾の数が減って、感受性が鈍くなるから飲めるようになるって言いますよね。あと脳科学的な説明だと、たぶん茂木、いや、鈴木さんが青山コックセンターで仰っていたような理屈……つまりひと仕事終えた後とか、休日でリラックスしている時に飲むものだし、喉越しの爽快感やアルコールの酔いの気持ちよさもあるから、そういった快楽を脳が学習して、それが苦味と結びついて美味しいと思うようになる」「へえ、説得力のある説明ですね」「いやいや……あと他にも、人間は恐怖とか痛み苦しみを感じると、それを和らげるために同時に快感神経も働いて、不快な刺激を抑制するらしいですよね……SMプレイみたいなのも、苦しみと快楽がセットで働くっていう脳の特性から来るものだと、たしか仰っていて……そういうふうに考えると、私はもはや、サイバーペッティングでは何も創造していない、つまり産みの苦しみがないから、やり甲斐や達成感という快楽もない……もしかしたら、不倫なんかをしてしまったのもそれを穴埋めするためで、背徳感やバレるかもしれないという恐怖が、かえって快楽に似た刺激になるからかもしれない……」「なるほど」とにやりと笑う鈴木。ぐびぐびとグラスを飲み干す勅使河原。そこへ二杯目を注いでやる鈴木。「まあ、そう小難しく考えないで、せっかくなんだからボーッとしたらどうです？　私はちょっと今から、アルコールの力を借りて原稿を書きますから」「えっ、ヴァケーションじゃないんですか？」「脳科学者としてはヴァケーションです。でも実は去年から、小説を書いてみないかと出版社の編集者に言われていて。締め切りとかは特にないんですが、今さっき、アハとアイデアを思いついたんです。だから書き出しだけでも書いてみようと。ご存知かもしれませんが、この湯河原はかつて明治の大文豪、夏目漱石もリウマチの湯治がてら、執筆に来た場所なんです。そういう雰囲気にも乗っかってみようと」

やがて和室の座椅子に胡座をかき、座卓の上に置いたラップトップのキーボードを小気味よく打ちまくる鈴木。少し離れて敷き並べた座布団の上に寝そべり、駅近のコンビニで買った『年刊美談・BEDAN』をぱらぱらとめくる勅使河原。そのうちにひとつ折り曲げた座布団に頭を預け、鈴木の手元から響く打鍵音を心地よさそうに聞きながら、ひっそりと閉じられる勅使河原の瞼。すると間もなく、すやすやと安らかな寝息が。

サイバーペッティング本社オフィス棟二階、第三会議室に集まった創業幹部の面々と広永。ヴィデオ通話で郡山の生産拠点から遠隔参加する顔も。「えぇと、では広永さんからまず、経緯の説明をお願いします」と口を切るCOO（最高執行責任者）兼CFO（最高財務責任者）CEOの柴田。はいと頷く広永。「先週の火曜の朝に突然、しばらく無断欠勤するから取り敢えず今月のスケジュールは全部キャンセルしてほしい、と私宛てにEメールが届きました。送信元はたしかにCEOのアドレスで。それで慌てて関ヶ原さんの携帯に電話してみましたら、通話には出ず、やがて留守電のメッセージに切り替わって本人の録音音声で、申し訳ありませんが只今出ることができません、と。他の連絡手段でも反応はなく、何度電話をかけても同様で、そのうちに着信拒否になりました。その時点で柴田さんにご相談したところ、取り敢えず少し様子を見ましょうと。関ヶ原さんは時々、思いつきでおふざけのようなこともされるので。それでその翌日は対外的な仕事は入っていませんでしたけれど、相変わらず着信拒否で出社せず、ご自宅に伺ってもひと気はありませんでした。翌々日は産総研主催の、家庭用ロボットの普及状況と問題点についての短期集中セミナーに参加予定でしたけれど、開始時間になってもやっぱりお見えにならず……ですので急に体調が悪くなったと誤魔化して先方には謝罪しました。なおも連絡が取れませんでしたので、さしあたり以後十日間のスケジュールをキャンセルして、今日に至ります」「アノ、それって全然、無断じゃなくないですか？」とヴィデオ通話を介して口を挟む副ＣＴＯ（副最高技術責任者）兼ソフトウェア技術担当ＣＥＯのストロガノフ。明らかに生粋の日本語話者とは違う抑揚。「俺もそう思った」とロシア系アメリカ人の隣で同調するＣＴＯ（最高技術責任者）兼ハードウェア技術担当ＣＥＯの川辺。「許可を得ないで職務を放棄していなくなったわけだから、無断でしょう。黙っていなくなったのとは違うけど、語義としては合ってるかと」と冷静な口調で取りなす柴田。控えめに頷く広永。「万が一の話ですけど、事件に巻き込まれたとか、そういう可能性は？」と心配そうに訊ねる富安。「当初はその線もちらっと考えました。でも今はおそらく大丈夫だと思っています。なぜなら、行方が分かっているからです」「ええっ、じゃあ早く言ってくださいよ……」と気が抜けたように苦笑する富安。

コホンとかるく咳払いをする広永。「実は失踪判明の翌日から、インターネット情報収集ＡＩの『ＩＡ（インテリジェンス・エージェンシーの略）くん』を使って、関ヶ原さんについて継続調査していたんです。対象期間をここ数日に絞って、何か消息が分かる情報がないかと。そうしたら一昨日の夜、これが引っ掛かって」と傍らの「電ボ」と無線接続した携帯端末を操作する広永。すると広々としたボード画面に「突然のヴァケーション！」と題された茂木山健多郎公式ブログ「脳リサーチ日記」の投稿が。

偶然の出会いがあって、今、新しい友人と湯河原の温泉に癒やされに来ています。

一週間、彼とともに突然のヴァケーションを取ることにしました。

サバティカル・イヤーならぬサバティカル・ウィークです。

是非、仕事のご連絡は一週間後からでお願いいたします。

スクロールによって文章の後に表示される画像。すると畳敷きの和室内、浴衣姿で眠りこける関ヶ原のそばに膝をつき、その寝顔に満面の笑みを寄り添わせて自撮りをする茂木山の姿が。「これは……」と呟く富安。「手持ちのありったけの関ヶ原さんの画像や動画を読み込ませて、単語だけじゃなくてそれも使って検索させたので、寝顔ですけれど、運よく見つかりました。それでちょっと調べてみると、この前のSEDxTOKYOにこの茂木山さんもスピーカーとして参加されていて、そこで知り合ったんじゃないかと」「つまり、無断で休んで、茂木山さんと温泉旅行に行っただけっていうことですか？」と訝しむ富安。「みたいです」と相槌を打つ広永。「でもなぜ？」「分かりませんけど、発作的にお休みを取りたくなったのか……外に出る仕事はそこまで詰めていませんけれど、社内のことだと絶えず上がってくる業務報告だけじゃなく、色んな部署同士、社員同士の横の遣り取りなんかも目を配れる範囲で読んでいらっしゃるみたいですし、あと本社と郡山を行き来して、特に外国籍の社員やインターンたちとよく面談したり……会議や採用活動以外でも、昼夜の別なく会社のあれこれを気にかけて……」「会社が趣味というか、ワーカホリックですからね」

生産技術及び高度AI技術の向上を目的として、自動車や家電、産業ロボットなど製造業の実務経験技術者、コンピューターサイエンス系の博士号取得者を近年、積極的に採用しているサイバーペッティング。特に海外からは学生インターンも熱心に募集して、スタンフォード大学、マサチューセッツ工科大学、カーネギー・メロン大学、オックスフォード大学、パリ大学、スイス連邦工科大学、北京大学、清華大学、香港科技大学など一流どころから、新入社員とほぼ同等の給与という待遇で半年以上の雇用。寮と社食付き、ブルボンのお菓子を無料配布など労働生活環境にも気を配り、学業に戻って卒業したり博士号を取得したりした後、正式に働きたいと再度来日する割合が増加中。「高度人材外国人大活躍企業」の国の認定も受け、それなりの補助金も。

5

午前十一時、チェックアウトを済ませて旅館を後にする鈴木と勅使河原。「いきなり泊まれたわりには、いい宿でしたね」「ええ、鈴木さんが誘ってくださったおかげで、とてもリラックスした時間を過ごすことができました。一日に何度も温泉に入りながら、ビールを飲んで昼寝して散歩しておやつを食べて……ほんの三日前、ホテルに引き籠もりながら何気なく茂木山さん、つまり鈴木さんのことを思い出して以前のSEDxTOKYOの動画を拝見したりして、もしかして今日明日にも講演とかされてるのかなと検索して青山コックセンターでのトークショウを見つけて、それで今や同じ屋根の下で連泊してしまったわけですから、何だか不思議です」「実はあのトークショウ、脳科学と性具という組み合わせはさすがに無理があったのか、当日になっても定員に達しなかったんです。だから本当に偶然が重なって、あの場に関ヶ原、いや、勅使河原さんがやって来た。つまり我々の再会もひとつのセレンディピティだったと言えるでしょう」「そう言えば、ずっと執筆されていたみたいですけど、小説の方は？」「何とか導入部だけ書き上げました。あとは設定やプロットのラフなスケッチを書き留めたりして」「どんな話なんですか？」「それは秘密にさせてください」

東海道本線に乗る二人。「それで宿にいるうちは聞くまいと思っていたんですが、決断はできましたか？」「いや、それが……正直、すっかりリフレッシュしてしまったので、今すぐにでも職務に戻れる気分にはなりました。でもおそらく、そうするとまた遠からず、ふとしたきっかけで放り出したくなると思うんです。今回も実は、きっかけはたぶんSEDxTOKYOにあって、あのスピーチ原稿を私は一ヵ月ほど掛けて、相当気合いを入れて練り上げたんです。どうでもいい講演やセミナーとかとは違って、世界へ向けても配信される、とても注目度の高い刺激的な催しでしたし、虚無感を覚える対外的な仕事の中でも、どうにか遣り甲斐を見出そうと自分を焚きつけた、そんなところがあって……でもそのスピーチが中止になってしまって、ふと心が折れた部分があったというか……」「なるほどつまり、一時的には回復したけれど、根本的な気持ちの決着はついていない」「そうです。辞めるにせよ続けるにせよ、次のステップに進むための、何かが見つかればいいんですが……ちなみに、鈴木さんの方は？」「私は正直、どっちでもいいんです。小説も書き始めましたし、別に作家でも文化人でも宇宙人でもクラフトジンでも、肩書きは何とでもなります。だから今回はもう、勅使河原さんの決断に私の決断も賭けようと決めました。その方が偶有性の海に飛び込むことになりますから」と面白そうに笑う鈴木。「つまり、勅使河原さんがCEOを辞めるなら私も脳科学者を名乗るのを辞めますし、勅使河原さんが続けるなら私も続ける。言わば運命共同体というわけです。それで……」「それで？」「ゆっくり静養しましたし、そろそろ東京に戻って遊びましょうと今朝、私は言いましたよね？　実はひとつ行きたいところがあるんです」

小田原駅で駅弁を買って東海道新幹線に乗り換え、東京駅で降りて手動運転タクシー「無理無人《ムリムジン》」に乗り込む二人。「お台場の東京プレジャーランドに行ってください」と運転手に告げる鈴木。「ああ、なるほど」と微かに苦笑を浮かべる勅使河原。「鈴木さんが行きたいところが多分、分かりました」「三階にダイバーペッティングがあるわけですよね？」「ええ、開業に際して誘致していただいて、ペロリーノのショウルームと弊社の活動について展示するミュージアムを兼ねて。サイバーとかけてダイバーにしたのはお台場だからというだけじゃなくて、ダイヴァーシティという意味もこめているつもりなんです。多様なテナントさんが入っていますから」

ホットジャパン機構と民間企業十数社の合同出資により四年前に開業した四階建ての広大な十八禁商業施設——東京プレジャーランド（略称ＴＰＬ）。

一階には日本最大のアダルトグッズ・セレクトショップ「おとなの特選街」を設け、二階にはＶＲ・ＡＲ・ＭＲなどxR技術を駆使した体験型ポルノゲームセンター「セクスペリエンスお台場」のほか、ヴィンテージ・ポルノ専門店「ＳＨＵＮＧＡ」及び性的書籍専門ブックカフェ「ペーパーファック」が入り、三階には有名性産業各社の展示販売ブースに加え、「ダイバーペッティング」ショウルーム＆ミュージアム、四十八手プラネタリウム「大江戸セクシャル万華鏡」のドーム型上映室、そして四階には高級キャビン型ホテルと水着着用混浴スパの併設「キャビン＆スパ最上快」が。

到着してエスカレーターで三階へと昇っていく二人。「ミュージアムなんですよね？　私は男ですしペロリーノは使ったことがないので、まあ色々と詳しく教えてください。産みの親に直接解説してもらえるなんて贅沢すぎますが」「いやいや、そうは言ってもあくまで開発者の一人にすぎませんから。それと一応……」とリュックから黒縁眼鏡と黒マスクを取り出して装着する関ヶ原。頭には薄手のニット帽も。「なかなか怪しいですね」「仕方ないです。スタッフの大半は本社でも勤務経験のある正社員ですし、顔にＣＥＯって書いてあるに等しいですから」「でもマスクだけでもバレないいんじゃないですか？そうだ、その眼鏡は私に貸してください」「ああ、はい。ちょうど伊達なので、じゃあお貸しします」

ダイバーペッティングに足を踏み入れる二人。「こんにちは」「こんにちは」と受付に座るコンシェルジュと挨拶を交わすと、その右側の壁面には巨大な女性器マークと共に「→ショウルーム／女性器を有する方限定」との表記が見え、左側の壁面には人間集団マークと共に「←ミュージアム／どなたでも可」との表記が。それぞれ英語及び中国語の併記も。「ショウルームは基本的に生物学的な女性限定なんですか？」「ええ、やっぱり異性がいると落ち着かない方が多いですし、ここだけの話、使用する方が主体的に欲していただく形じゃないと、購入後のペロリーノの扱いがよくないことが多いんです。生き物のペットと同じで、私たちも大事にする方に飼っていただきたいですし、不要になったら引き取って供養してもいるんですが、ろくに使われた形跡がないと悲しくなります」「たしかに、人間の顔をしてますからね。私たちがそう見なす物には、すなわち心が宿る」

左のミュージアムに進んで「ペロリーノ開発の歴史」と題された展示を鑑賞する二人。正十角形の部屋の（入口と出口を除く）各壁面に小分けで掲示された年表と解説に沿って、それに関連する展示台がひとつひとつ立ち、①保湿液に浸された開発初期の人工舌のレプリカ、②枕にマジックテープで固定された小さな箱、③美宗院国子の胸像、④ギリシャ彫刻風の初期型ペロリーノ、⑤とある有名科学者似のペロリーノ、⑥現行品の量産型ペロリーノの真顔版、⑦量産型ペロリーノの笑顔版及び苦しげな顔版のセット、⑧サイバーペッティングが権利を買い取った実在する顔の電子カタログ――これらが順々に並べられた一周。ちょうど先客の若い男女が次の部屋に移り、勅使河原と二人きり、じっくりと興味深そうに見て回る鈴木。「この人工の舌がコア技術のひとつなわけですね」「ええ、これは現行の製品版とは違う、あくまで開発初期のものですけれど」「これはご夫人の胸像？」「そうです。といっても美宗院国子は通名で、本名は今野麻理奈という月並みな……」「この、とある有名科学者というのはどう見ても――」「ええ、アインシュタインがモデルです。この年表と解説にもあるとおり、以前、実在の有名人の肖像権やパブリシティ権を侵害して敗訴したり和解したり、まあ色々あって……なので当時、実際に作った方々の顔は当然ながら展示できないんです。でもアインシュタインは有名人でも故人ですし、蠟人形館とかにもいますしね」「それで今はこの電子カタログ、データベースから好みの顔を選べると」「それを元に加工して実在しない美男子なんかも作れます。でも実際には特注しないで、この量産型の真顔を選ぶ方も多いんですよ」と⑥現行品の量産型ペロリーノの真顔版を指差す勅使河原。「顔を特注しない場合、外面も量産だから安く済むわけですね」「ええ、でも単に安いからというだけじゃなくて、この量産型の顔立ちを積極的に選ぶ方も多くて。顔のつくり自体はカタログに収録された方々全員の、平均顔を使っているんですけど、その無個性に整った感じ、匿名的な感じがかえって、長く付き合うには飽きなさそうというか、むしろ人工物らしくていいというか……」「なるほど、下手に特定の誰かをコピーしているよりも――」「そうですそうです。何というか、オリジナルなき無個性な美形というところに、むしろ神秘的な非実在感があって、その方が機械に舐められるという、ある意味でSF的な、非日常的な行為に没頭できるみたいで」「非常に面白い」「デザイン担当の幹部は特注のカスタマイズ性を推してるんですけど、私は正直、この量産型の方が好きで。実際、換装料金を支払えば後で外面だけカスタマイズすることもできるんですけど、この量産型の真顔を購入された方は大抵、そのままのことが多いですね」「こっちの、笑顔と苦しげな顔は？」「それは……私が半分冗談として製品化したマニア向けで、注文する方は正直、ほとんどいないです。ただそういう、まず選択しない選択肢を設けることで、王道の選択肢を正解として際立たせる狙いもあって」

それから部屋中央に鎮座する透明の、ピラミッド型立体ディスプレイを訝しげに眺めやる鈴木。その台座側面の説明板及び操作盤に貼りつけられた「故障中」と書かれた大きな紙。「ああ、これは3Dホログラフィック映像を映し出せる機械で、本当はこの操作盤のボタンを押すと、私の妻がストリップ嬢だった頃の、決めポーズの三次元立体映像が音楽と共に三十秒、夢のように現れるんです。恥ずかしながら今は故障中で……」「ご夫人はたしか、クンニ・ヨーガの創始者だそうで」「ええ、元々野生児みたいな性格で、おそらく日本の水が合わなかったんでしょう、結婚して間もなく、ペロリーノの開発で私が超多忙になって、一方で彼女はストリップ嬢をその頃に引退して暇でしたから、ニューヨークに語学留学に行ったんです。そこでネイキッド・ヨーガという全裸でやる瞑想ヨーガにハマって、しかもレズビアンになりました」「ええっ！」「一応は私と結婚したので、正確にはバイセクシャルかもしれません。でも調べてみると女性の性的指向って固定的じゃなく、けっこう柔軟性があるみたいで。一方で男性の性的指向はおおよそ母胎内で決定されて、大抵は生涯変わらないそうですけど」「たしかにポルノ鑑賞時、ヘテロ男性は異性に注目する一方、女性は同性に自己投影するそうですから、相手はどっちでもいいのかもしれませんね」「ええ、それで……私はクンニリングスが大の苦手なんですが、妻が向こうで知り合った女性パートナーは大変よく舐めてくれるらしくて、もちろん妻もお返しに相手を舐めますから、まさにウィンウィンの関係です。そうした彼女自身の変化にインスピレーションを受けて、向こうでインストラクターの資格も取って、パートナーの女性と一緒に、女性限定のクンニ・ヨーガのスタジオを設立したんです」

全裸もしくは下半身裸になり、座して股を開く、仰向けに寝て股を開く、四つん這いで尻を後ろへ突き出す、仁王立ちするなどのポーズを取って目を瞑り、自らの性器への架空のクンニリングスを想像する——それがクンニ・ヨーガの要諦。想像だけでも脳の性感に関する回路は活性化するので、実際に濡れたり、肌が赤らんだり火照ったり、びくっと震えたり、習熟度合いによってはオーガズムに達することさえも。ストイックなタイプの静的ヨーガとは異なり、快楽や欲望をおおらかに肯定しながら、しかしそれを目的とはせずに、自分の身体とじっくり対話して感受性を目覚めさせる瞑想法。熟達者は一時間ほどの実践を経ることで、陰部から全身にかけて性感の波がじんわりと広がったような事後感が。初心者は何らかのペット・オブジェクトを実際に股間にあてがって、それによって想像を補助することも可。そのためにスタジオではペロリーノのモックアップ（実物大模型）やスキンヘッドの自由の女神など、合成樹脂製の胸像を何種類も用意。ただし純粋な観想のみが目指す境地（あくまで自分との対話ゆえ、特定の誰かを思い浮かべるのも非推奨）であり、「想像の舌のみで自身をクンニせよ」が合言葉。

「レズビアンに……」と物思わしげに呟く鈴木。

「でもそれって、完全に不貞行為じゃないですか？」

「いや、不思議なことに相手が女性だったからか、私はまったく嫉妬も怒りも覚えなかったんです。むしろ祝福しました。今にして思えば、私が惹かれたのはおそらく、ストリップ嬢としての美宗院国子だったのかもしれません。本当に神々しくて肉感的で、女神みたいに見えたんですが、それはあくまで舞台上のことで……私生活では反時代的なヘヴィ・スモーカーでしたし、ストロング系チューハイなんかもよく飲んでいて、泥酔しながら仁王立ちで舐めろと要求してくることもあって……といっても今ではパートナーの影響ですっかり人工肉喰らいのヴィーガンに変貌して、体脂肪率一桁のマラソン選手みたいになってしまいましたけど」「なるほど……」と平坦な声で相槌を打つ鈴木。「まあ要するに、この年表と解説にあるような、妻へのクンニリングスを代替するためにペロリーノを開発したという起業のストーリーも、彼女の最高クンニリングス責任者という肩書きも、まったくの嘘ではないんですけれど、かなり誇張とか、後からの粉飾が入っているわけです。子供たちに嘘はつきたくないので、SEDxTOKYOのスピーチではその辺には触れないつもりでした」「あけすけですね」「ええ、他に誰もいませんし、コンフェッショナルです。年に数回しか会わないこともあって仲は悪くないですし、海外での宣伝にもなるので、すぐに離婚する予定もありませんし。まあそれも、私がCEOを続ける限りかもしれませんが……」

叔父の藤沢雷蔵の出資もあり、当初はサイバーペッティング米国事務所も兼ねてブルックリンの良物件に開設された美宗院経営のスタジオ。「クンニ・ヨーガ・スタジオ・クニコ」という名前通りの内容が耳目を引き、多数のメディアから取材を受け、その中で夫の起業したサイバーペッティングについても触れられて話題に。さらに四年前、ウェットフリックス（十八歳未満視聴禁止作品のみを取り扱う動画配信サーヴィス。ただし映画、ドラマ、ドキュメンタリー、リアリティ番組等のみで純正のポルノは除外）配信のドキュメンタリー番組『Squirting Joy with Kuniko Bishuin』内での、微動だにしないM字開脚からの瞑想潮吹きが視聴者に衝撃を与え（三十分以上瞑想がひたすら続き、最後に突然、激しく潮を吹くだけの内容）、一昨年には指南書『人体が息づくクンニ・ヨーガの魔法』を日本を含む世界七ヵ国で発売。最近はメディア露出を控えて神秘性を保ち、有名女優もプライヴェート・クラスに通ってくるNYのスタジオを基点にしながら、ヨーロッパ、オセアニアの人気ヌーディストビーチをワークショップ・ツアーで回ったりも。

想像してごらん　クンニリングスなんてないのだと
思い浮かべてごらん　ほら、簡単さ
舐める必要などなく
せいぜい指を挿れるだけ

想像してごらん　すべての人々が
クンニリングスなしでファックするのを

想像してごらん　クンニ・マシーンを
難しいことじゃないさ
自動で疲れ知らずに舐めて
たっぷりと濡らすことができる
想像してごらん　すべての人々が
機械でクンニリングスを済ませるのを

あなたは我々を夢想家だと言うかもしれない
でもそれは完全に間違っている
使えば実感するはずさ
そしてもう手放せない

ジョン・レノンの「イマジン」の替え歌が流れる中、その邦訳歌詞が両側壁の帯型ディスプレイに光る薄暗い通路を進んで、次の部屋に入る二人。すると「ふれあいペロリーノ・パーク」と題された展示が。「ここは?」と室内を見渡す鈴木。絵本の世界のような模造樹木がまばらに立ち、それらに寄り添ってこれも模造の、高さの異なる切り株がぽつぽつと見え、それぞれの切り株の平らな上面に、まるで寄生したように鎮座する量産型ペロリーノたちの姿。客が座るためのベンチも幾つか。「文字通りペロリーノと触れ合える場所です。製品版は絶対に女性器しか舐めない仕様になっていますけど、ここでは特別に、これを装着した手のひらは舐めてくれるようになっているんです」と傍らに設置された自動販売機を指差す勅使河原。その投入口に押し込まれる二枚の百円硬貨。続けて押される「ヴァギナ・グローヴ二枚セット」のボタン。すると左右どちらにも対応可能な、手の平と甲、両面に特殊な塗料で女性器マークがプリントされた使い捨て手袋が。それを片手に装着して右斜め前の、笑顔版のペロリーノ一台が鎮座する切り株に歩み寄る二人。「こうやってペロリーノの顔の前、鼻先あたりに手のひらを差し出してみてください」と五指を立てた形の手のひらを鈴木の鼻先に近づける勅使河原。黙ってこっくりと頷き、しゃがみ込んで笑顔のペロリーノと見つめ合う鈴木。それからゆっくりと近づけられる女性器マークが記された手のひら。すると目尻の細まった爽やかな笑みの、その両眼の芯がおもむろに光を放ち、にっこりとした唇がひらいて、その隙間から生々しく湿った舌が。ぺろり、と下から上へ手のひらを舐め上げるペロリーノ。「おお……」と驚嘆の声を漏らす鈴木。「手袋越しなので多少、間接的な感じこそありますが、これは本物そっくりの感触ですね……」「鈴木さん、今まで手のひらを舐められたことは？」「いや、犬くらいです。おおっ……」とまた鈴木が声を上げたのと前後して、急にれろれろと舌先を横に振り、それからぺろりぺろり、ぺろりぺろりと規則正しく女性器マークを舐め上げるペロリーノ。「これは凄い、色々な舐め方をするんですね」「ええ、でもこれは相当に性能を落としてあって、ヴァリエーションも動きの質も、正規の製品版に比べたら全然大したことはないんです」

中華まん型全方位監視ロボット「ウォッチまん」が三台巡回する室内、切り株そばのベンチに並んで腰掛ける二人。にっこりと微笑むペロリーノをじっと見つめる鈴木。「これはまさに、前戯界における一大イノヴェイションですね。ざっくり言って、どんな仕組みになっているんですか？」「ペロリーノはロボットですので、センサーという感覚系、プロセッサーという処理系、アクチュエーターという運動系、この三要素の組み合わせがやはり基本です。人間で喩えるなら、感覚系は五感による知覚、処理系は脳による思考、運動系は筋肉による身体動作といった感じですね。つまりカメラやマイクを含む各種センサーから対象物や環境、さらに自己の情報を取得して、その情報を元にプロセッサーが状態の変化を把握したり先を予測したりして動作を計画して、その適切な制御に従って、アクチュエーターが実際の動きを生成する。といってもこれは単純な直列的な流れではなくて、アクチュエーターという動作機構やその可動部にもセンサー機能が内蔵されていますし、駆動された動作自体を利用して感覚フィードバックを得たり、各部を自律制御することによって能動的に適切な認識をしたり、あと処理系も感覚系の諸情報をメタ的にモニタリングしたり、運動系に伝える動作指令をコピーして、その結果予測を感覚系からの実結果と照らし合わせたり……まあ人間もそうでしょうけど、様々な感覚運動のタスク、知的処理が多層的、並列的に機能しながら同時に、互いに統合的に連携している、というような……」「要するに、複雑な仕組みで動いているわけですね。しかし舐めるというのは人間なら赤ちゃんでもできることですが、ある意味、機械とは対極と言ってもいい動物的な行為ですから、ロボットで実現するのは相当に高度なことでしょう。舐める舌も舐められる女性器も弾性的な変形をしますし」「ええ、視覚ひとつ取っても高速三次元映像認識、リアルタイムの動的な位置や形状なんかの計測が必要ですし、舌の動きに関しても、学部の頃の研究室の教授が軟らかい触手ロボット技術の権威で、そこでの経験や人脈が役立ったとはいえ、リアルに舐めさせるのは本当に苦労しました。ただ逆に言えば、女性器を舐める、つまりクンニリングスに特化しているからこそ、何とか出来たんだと思います。人間はこの世界で色々なことができる、汎用性のある個体ですから、そうした汎用性の、言わば気まぐれとしてのクンニリングスはとても実現できません。でも、もしある個体にとっての世界が、クンニリングスしかすることのできない世界だったら、ペロリーノはそれしかできないとしても、汎用的なロボットだとも言えます。屁理屈みたいですけど、クンニリングスしかできない世界であれば、それさえできればオールマイティなわけです。そこからの逆算です」「なるほど。ちなみにＡＩはどんな感じなんですか？」「現実の女性器を相手にしたクンニリングスというのはご存知の通り、ボードゲームのような先手後手の区切り、持ち時間の余裕なんかはありません。絶えず連続的に変化する状況に瞬時に対応しながら、ユーザーさんの指示も聞くとはいえ、舐めるという自律動作を遂行する。つまり自律型のリアルタイム高速処理、高速駆動が求められます。遅延や切れ目のない安定した即時応答性が重要なわけです。そのためにペロリーノの場合、ネット経由のデータ送受信が必要なクラウド上ではなく、基本的にエッジ側、つまり端末側に実装されたＡＩによって実際のクンニリングスは行われます。しかもペロリーノは人体のデリケートな局部にじかに触れる機械ですから、動作全般の計画と制御に関してはおかしな挙動をしないよう、しっかりと制約条件を与えたアルゴリズムを使っています。安全性と確実性が何より大事なので。といっても試行錯誤をまったくしないというわけじゃなくて、試行錯誤する範囲を非常に限定していて、その中で小さな発見や修正を逐次学習していく感じです。舐めるための運動神経だけを特化して研ぎ澄ますみたいな。それでさらに、一戦交えるたび、その実戦を通じて得た経験を記憶として持ち帰って、人間で言えば反省会みたいな感じで、充電台に繋がれている間に適宜、自動でチューニングをしたり、そこで一次処理したデータをクラウドにアップロードして、クラウド側のAIと連携してより大規模で複雑な学習をしたりもします。ここでは見栄えの問題で切り株の中に隠していますけど、だからペロリーノの充電台は本体とクラウドの中継地みたいな機能も兼ねていて、あとローカルで本体の補助的な役割を果たしたり、データのバックアップをしたり、クラウドには上げない方がいい機密的な個人情報を管理したりも。さらにクラウド側にも、それぞれのユーザーさんの個人用AIの他に、日々使用される何万台ものペロリーノからアップロードされたデータを集約して蓄積するビッグAIもあって、そこで多くのユーザーさんに共通する嗜好性とか、集合的な改善や向上を分析学習した後、その上澄みを個々のペロリーノにフィードバックしたり、あるいはアップデートされる次のヴァージョンの標準として取り入れたりもしています」「集合知というわけですね？」「まあそうです。ただもちろん、それぞれのペロリーノは個々のユーザーさんに適合していくわけですから、その個性をなくしてしまうような、全面的な標準化は避けないといけません。尖ったところを潰すんじゃなくて、あくまで基礎を底上げしたり粗やムラをなくしたり、さらなる進化のために幅や柔軟性を持たせたりするような方向性で、その辺は慎重にやっています」「さっき製品版のペロリーノはもっと色々な舐め方ができると仰っていましたが、そうやって熟達していくと」「ええ、ペロリーノの舐め方のレパートリーは言ってみれば、音楽の楽譜みたいな形で蓄積されていきます。たとえばキャリアの長いポルノ俳優の方々の場合、舐めるのが割れ目であれ竿であれ、非常に技巧的なオーラルSEXを駆使されますけど、ああいうプロフェッショナルな仕事をよく観察すると分かるとおり、基本的に幾つかのパターン、リズムやフレーズの組み合わせと反復からなっていて、その中にたまに、いわゆる遊びというか、アクセントをつけたり、反復を一時的に攪乱するような技が入ったりする。それでそのうちに舐め方や舐める場所を変えて別の反復に移行して、序破急や起承転結みたいな展開を生み出す。そういう感じで、喩えるならインプロヴィゼーション、それも完全に自由じゃなくて、ある程度決まり事がある引き出しの多い即興演奏みたいに、学習した色んなリズム、フレーズ、メロディ、コード進行に相当するような舌技、舐め方のパターンを相手の反応を窺いながら、対話するようにアドリブで繰り出していく、そんなイメージでしょうか」

淀みない饒舌の余韻を孕んで、ごくりと唾を飲み込む勅使河原。その真剣味溢れる顔つきをじっと横目に見定める鈴木。向けられた視線に気付き、ちょっと決まり悪そうに腰を上げて傍らのペロリーノに向き直り、かるく頭を撫でてやってから、腰を屈めてヴァギナ・グローブを装着した右手を差し出す勅使河原。両眼を光らせて口を開け、ぺろりぺろりと手のひらの女性器マークを舐める笑顔版のペロリーノ。その嬉しそうな舐めっぷりを見つめながら、ふっと淡い微笑を浮かべる勅使河原。目を細めてにやりとする鈴木。

二階の性的書籍専門ブックカフェ「ペーパーファック」に入り、カフェスペースで媚薬風コーヒー（香辛料数種と蜂蜜入りで官能的な味と香り）を飲む二人。「産みの親みずから色々とご説明くださって、改めてどうもありがとうございました」「いえいえ」「しかしあの熱心な語りっぷりを拝聴した私としては、はたして勅使河原さんが、ペロリーノやその母体たるサイバーペッティングと別れて別の道に進むなんてありうるのだろうかと、そう思ってしまいました。実際にさっき、ペロリーノに手のひらを舐めさせていた時の勅使河原さんの眼差しや表情は完全に、可愛くて仕方がない我が子を見る親のそれでしたよ」「いや、まあ……たしかに心情的には産みの親のつもりですし、形になるまで本当に心血を注いで苦労しましたし……」と照れ臭そうに目を伏せる勅使河原。「でも逆に言えば、私はやっぱり新しい何かを作り出すのが好きなので、産みの親だからこそ、そろそろ子離れをする時期なのかなと。既にある程度、出来上がってしまったものですから」「これはもちろん素人考えですが、たとえばペロリーノの弟や妹を作ってみるとか、そういうのはどうなんですか？　つまりたとえば、男性向けの全自動前戯機、その名もフェラドーナとか」「それは実は二、三年前、検討してみたことがあるんです。しかし男性の場合、前戯どころか自慰用の家電ですら今まで、数こそあれど成功していなくて、デッド・オーシャンだなと」「需要がない」「ええ、男性はセルフに関してもどうしても手仕事を好むので、あのTENGAでさえ過去の電動の製品は低評価です。結局のところ、男性は勃起力さえ充分なら、必ずしも前戯は必要ではないんです。出会って数秒で合体できる生き物ですから」「そういうお話を聞くと、ペロリーノという発明はまさにセレンディピティであり、勅使河原さんのオリジナルかつ、奇跡的なヴィジョンの賜物だったわけですね」「そうかもしれません。最近では何も分かっていない若手社員から、ペロリーノの舌部分に付け替えられるペニス型のアタッチメントを開発して、挿入行為も可能にしたらどうかとか提案されて、即却下したり……ピストン・マシーンというそれに類する製品ジャンルは既にありますし、全自動前戯機というコンセプトも台無しですし……先人が心血注いで具現化、実現化してきたヴィジョンを小手先の発想で改悪しようとしてくるんですから、いい気なものです」

うんざりしたように溜息をつき、媚薬風コーヒーを啜る勅使河原。苦笑してテーブルの上の袋からクリチョコ（濃厚な和栗味の陰核型チョコ）を一粒つまみ取り、口に含んでじっくりと溶かすうちに、ふと思案げに眉間に皺を寄せる鈴木。「いやしかし、今、勅使河原さんが仰ったことは、私にはかなり興味深いことに思えます。たしか数日前、私の友人のやってるイタリアンで夕食を共にした時、産みの親ではあるけれども育ての親ではない、というような……」「ええ、形としてはもう作り上げましたから、社内での更なる研究開発であれ、社外でのユーザーさんによる使用であれ、ペロリーノはもう私の手を離れて、別の人々に教育や躾を受け、別の人々と交流して学んでいるわけです」「しかしそうした教育や交流は人間で言えば、学校や家庭外での付き合いに相当するもので、親の仕事ではない。むしろ育ての親の仕事とは、子を直接どうこうするよりも、そうした教育や交流の場を適切に用意したり、環境を整備したりすることではないでしょうか？　我が子に手ずから何かを施すよりもむしろ、より大きな視野で見守るというか、悪い虫がつかないようにするというか。要するに行動遺伝学みたいな話です」「行動遺伝学というと、双子の研究みたいな話？」「そうです。離れ離れに育った双子を追跡調査した研究の成果によって、子供の知能や性格の形成は大雑把に言って遺伝が半分、環境が半分とされています。そして性格形成の場合、親の躾はあまり関係がなく、遺伝以外では、家庭外の交友関係における社会的、文化的な影響が非常に大きいことが分かっている。ただし親が仕事の都合で引っ越しをして、転校先で新たな適応に失敗したり、あるいは親が学歴や教育投資を軽視する主義で、たまたま居住地の通学先の公立学校の質が悪かったり、そういう親の選択によって、家庭外の環境そのものが大きく左右されることもある。また暴力やネグレクトなどの虐待、あるいは貧困状態、そうした家庭環境からは有意な負の影響を受け、いくら遺伝的に知能が高い素質があったりしても、それがポテンシャルほど発現しない傾向がある。これをペロリーノに当てはめれば、その成長の社会的、文化的な環境を適切に整えてやり、勅使河原さんのヴィジョンという遺伝子が存分に発現するようにしてやることこそ、親の仕事と言えるのではないでしょうか。つまり、対外的にペロリーノの魅力を発信したり、世の中の前戯に対する知的好奇心を高めたり、あるいは不要な兄弟を発売しないようにしたり、余計な機能を付与させないようにしたり……」「たしかに、スティーヴ・ジョブズでしたっけ？　起業を考えていた頃、ちょっと読んだ程度の知識ですけど、何十年か前に一世を風靡したアップルの創業者は独自の強い美意識を持っていて、無駄な機能を徹底的に省かせたり、デザインや操作もなるべくシンプルで直感的にしたり、並々ならぬこだわりを貫いて製品を作ったらしいですね。部下が提案するアイデアもほとんど却下して、見込みがありそうなものも容赦なく駄目出しを繰り返したり……そうした姿勢がブランドのイメージや発信力を高めて、時代や市場という環境も味方につけ、とてつもない成長を成し遂げた」「ええ、つまりそれなんです。何かを徹底的にやるということは、他の何かを徹底的にやらないということ。私が興味深いと思ったのは、実は意識の問題、特にその主体性の感覚の根幹となる自由意志に関しても、何かをやるのではなく、やらないために生じたのではないかという古い仮説があって、私の師匠は一時期、これに入れ込んでいました。進化の過程で生じた意識の機能的本質のひとつは危険なことを避けるための拒否権である、という考え方です。もちろん物理学的には自由意志なんてとっくに否定されていますが、根本的には幻想であるにせよ、自由意志や行動の選択というものは、素朴な直観としては私たちにある。その上で私が言いたいのは、何かをする、という一見肯定的な意志による選択も裏を返せば、何かをしない、という否定的な選択だとも言えるという点です。たとえば、ベッドの中で二度寝の危険にさらされながら微睡んでいる時、そろそろ起きないと遅刻する、と一念発起、その身を起こして顔を洗いに行くという選択をする。しかしこれは裏を返せば、そのままベッドで微睡み続けることはしない、という拒否の選択でもある。私が思うにそういう、何かをしないことを選択する拒否というのは、大便を漏らしそうになりながら、それを漏らさないように必死に我慢するとか、健康のためにアルコールを飲まないとか、受験勉強のために娯楽物には手を出さないとか、動物的、本能的な行為や欲求の抑制、長い視野で見た計画の遂行など、理性的な意志として発動する。一方で逆に、射精を我慢しながら激しくピストン運動をしていて、高ぶる快感のあまり、もう我慢をしない、と諦めて出してしまうことも、言葉の上では、何かをしないという選択だと見なすこともできなくはないですが、しかしこれは意志による拒否すなわち意志の勝利ではなく、むしろ意志の敗北です。そして意志の勝利、意志による理性的な拒否が薄弱になればなるほど、私たちは動物や植物など、人間的な物の見方からすればある種、知的に高度とはいえない、自由のない存在になっていく。漏らしたくなったらその辺で漏らすとなれば、本能の赴くままの動物に近づきますし、ベッドに居続けたいとそのまま居続ければ、行動をしない植物に近づく。どうです、そう思いませんか?」

伏し目がちに聴き入った表情のまま、おもむろに口をひらく勅使河原。「つまり、何かをしないようにすることもまた、重要な選択、高度な意思決定だというようなことを、仰りたいわけですか？」「え、だから何かをしないということも裏を返せば、何かをするということ。無駄なものを省いたり、余計な脇道に逸れないようにしたりすることもまた、ひとつのクリエイティヴな仕事だと思うんです。たとえばそう、サイバーペッティングという事業体をひとつの、知的生命体のように考えてみてください。その時、その頂点に君臨する創業者兼代表取締役CEOというのは、トップダウン的な指令を発したり、ヴィジョンに基づく動機付けをしたり長期的な視野を持ったり、高次の判断を下したりする。これは脳で喩えるなら特に、メタ認知的な高度な思考、注意の配分や集中、言葉によるアウトプット、創造性、意思決定などを担う前頭前野の働きに相当する。私がふと考えたのはそんなイメージです。そこへ他の社員たちから、あるいは外部からの様々な情報が処理されて集まってきて、こうしたらどうか、こういうふうにしてほしいといった要望や提案も寄せられる。勅使河原さんはみずからのヴィジョンに基づき、それらについて高次の判断を下す。特にこれはやったら駄目だというものを拒否したり、未来を見据えて計画を立てたりする。実際、前頭前野には情動や動機付けに基づく意思決定に深く関わる、腹内側部という部位があって、この情動や動機付けというのはサイバーペッティングで言えば、勅使河原さんの直感やヴィジョンになぞらえることができます。また前頭極外側部という、進化において人類に特有な、他の猿には見られないともされる部位もあって、ここは最も抽象性が高い情報処理、高次の情報統合を行うと考えられているんですが、その働きのひとつとして展望記憶、つまり将来を展望して、こういうことをいつ実行しようというような、未来志向の計画や予定の記憶、これに深く関わっています。しかもこの前頭前野というのは行動の実行を制御したり、いわゆる心の理論、人間の社会的認知にも重要な役割を果たしたりする部位なんですが、それゆえに、ここを損傷すると衝動を抑えられない、場をわきまえない言動が多くなったり、他人の気持ちを推測する社会性に問題が生じたりして、一種のパーソナリティ障害になってしまうことがある。つまり確固たるヴィジョンを持ったCEOがいなくなってしまうと、その企業のブランド・パーソナリティも社会的な信用や魅力を落としていってしまうかもしれない。さらにさらにまた面白いことに、この前頭前野は脳の中で最も成熟が遅い部位のひとつなんです。人間が若い頃に無茶をしがちなのは、ここが未発達で衝動の抑制、実行の制御が利かないからだと言われています。つまり勅使河原さんが無謀にも約十年前、全自動前戯機の会社なんてものを起業してしまったのは、まだ未成熟だったから。そしておよそ十年の時が流れて今、ようやく成熟してきた。たしかご自身は今や、CEOといってもお飾りみたいなもの、ともあの夕食の席で仰っていましたが、いやいやその、お飾りにこそむしろ、成熟していく事業体における重要な役割が課せられているのではないでしょうか」

なおも伏し目がちに聴き入ったまま、思案げに瞬きをする勅使河原。「まあ、たしかに革新的な企業ほど、創業者の退陣がきっかけになって、駄目になっていくことは多いみたいですね……といっても、うちは共同創業者がみんな私より優秀ですし、よほどおかしなことをしでかさない限り、少なくとも五年十年は……」「もちろん私は何も、他の幹部や社員の方々が重要じゃないと言っているわけでは全然ないんです。今の喩えを続けるなら、たしかに前頭前野は俗に脳の最高中枢と呼ばれたりもしますし、そこからトップダウン式に能動的な指令を発したり、あるいは受動的な感覚情報がボトムアップに上げられていくその階層性の頂点に位置していたり、言わばピラミッドの天辺みたいに描写されたりもします。しかしだからと言ってそこが、たとえば脳の運転手の座にあるとか、そういうわけではありません。前頭前野自体も幾つもの機能別の領域に分かれていますし、また同時にそれら同士が、それらの部外の領域も含めて、密接に関わり合って成り立っている。そうした複雑性において、思いきり単純化した描写ですが、たとえば何らかの経路を通じた何らかの情報によって、前頭前野のしかるべき領域がある判断を下したとする。しかしこれは、そうした情報によって、その判断を下させられたと言うこともできる。仮にある箇所が高次の意思決定、自発的に見える行動を引き起こす役割を主に担っていたとしても、それは様々な連絡の網を通じて、そうさせられている、と見ることもできます。たとえ何かを拒否したり制御したりするにしても、拒否する何か、制御する何かがなければそれは成り立ちませんから、その何かによって拒否させられる、制御させられる、とも言える。つまり機能の分化、あるいは階層構造や超並列処理があるとしても、それらは突き詰めれば不可分であり、従って能動と受動、あるいは自律と他律という区別は本質的には存在しないわけです。どちらとでも見ることができるかというと、どちらでもらとでも見ることができますから。そしてなぜどちらとでも見ることができるかというと、どちらでもないから、本質的には境界がないからです。これは意識と身体、個体と環境、あるいは遺伝と環境などについても言えます。AがBをどうこうする、AがBによってどうこうされる、これはAとBが別々であってこそ成り立ちます。しかし両者には根本的な境界はなく、存在論的にはそもそも不可分なわけです。元々完全に別個のものとして誕生した諸々が寄り集まったわけではなく、すべてこの世界において生じたわけですから、究極的には当然ながら、それらを包含する世界のみが存在する。そして世界にとって世界以外はありませんから、何かに対して能動的に働きかけることも、何かから受動的に働きかけられることもない。ちょっと話が大きくなってしまったので元に戻すと、つまり勅使河原さんがトップの座にいて適切な判断を下すとしても、それは他の方々の働きを受けて、そうさせてもらっているとも言える。まさにお飾りとして、御神輿に担がれて分岐する道を進んでいるようなもので、一段高い視座から遠くを見渡して障害物を避けるよう指示したり、行く道を指示したりするにしても、そもそも担ぎ上げてくれる人がいなければその高い視座は保てず、何もできなくなる。聞こえが悪かったり、指示に従ってくれなかったりすれば指示も指示でなくなる。誰かが怪我をしたら指示通りに進めなくもなる。またどういう道なのかという環境によって、担がれた人の指示も担ぐ人たちの動きもおのずと限定されてしまう。その御神輿の行動にとっての、独立した絶対的な決定者、決定要因なんてどこにも見出せないわけです。ただそうは言っても、私はサイバーペッティングという企業のパーソナリティ、そしてそれが生み出すペロリーノという製品に宿るヴィジョン、これは勅使河原さんなしには瓦解してしまう、あるいは大きく変質してしまうんじゃないか……そんな気がして仕方がないんです。変わるとすればおそらく、まずい方向に……」

　しばらく難しい顔で黙り込んだ後、おもむろにまた口をひらく勅使河原。「もしかして今、ＣＥＯを続けるよう、私を説得なさっているんですか？」「いやいや、そんなつもりはありません。もし勅使河原さんが私のように天邪鬼なら、説得なんてかえって逆効果でしょう。もちろん誰かに頼まれたわけでもありませんよ。ただ私は思ったことを口にして、対話をしているだけです」「対話……」と呟いてクリチョコを一粒つまみ取り、口の中で溶かしながら、ふと訝しげに眉根を寄せる勅使河原。「そう言えば、何だかさっきから、鈴木さんにその、対話を通じてカウンセリングを受けているような気が……ペロリーノについて色々と説明させられたのも、私にこれまでの来し方を振り返らせて、自分自身を見つめ直させようとしていたかのような……」「それはさすがに、買いかぶりすぎです」と頭を振って笑う鈴木。「むしろ私はきわめて利己的な動機から、取材をできたらと思ってここに来たんです」「取材？」「ええ、温泉旅館で私は小説を書き始めましたよね？　実はそれはここ数日の、勅使河原さんと私の偶然の巡り合いをそっくりそのまま、題材にしているんです」「えっ」「脳科学者と全自動前戯機企業のＣＥＯがたまたま出くわして、意気投合して、二人で新しい学問分野の研究所を立ち上げる話です。もちろんフィクションですから、名称や設定は実在のそれとは変えていますよ。たとえば社名はサイバーペッティングじゃなくてオーラル・ロボティクス、製品名はペロリーノじゃなくてフェラドーナ、つまり男性向けの全自動前戯機です。事後的に許可を貰う形になってしまいましたが、構いませんでしょうか？」「ああ、じゃあさっきその、フェラドーナとか言ってたのは……ええと、まあ、あまり悪いように書かないのであれば、宣伝にもなりそうですし……」「もちろん悪し様には書きません。むしろ非常に興味深いものになる予感がします。実際に私がそう感じているまま、書いていくわけですから」「それなら、面白そうですし」「それはよかった。これでお墨付きを頂けました」「ちなみに、その小説内の、新しい学問分野というのは？」「前戯人類学です」「前戯人類学?」「ええ、SEDxTOKYOの舞台裏で少しお話しした時、人類の文化的発展、自然言語の進化に前戯が深く関わっていたのではないかという与太話を私がしたのを、覚えていらっしゃいませんか?」「ああ、ありましたね」「あれは言うまでもなく、単なる冗談だったんですが、しかし……」

不意に口をつぐんで目を細めながら、周囲の座席の人々を眺めやる鈴木。その遠いような目つきにつられて、おもむろに辺りへ視線を泳がせる勅使河原。「しかし冗談にも、一抹の真理がある。前戯によって人類の文化が発展したというよりも、むしろ人類のあらゆる文化、あらゆる活動がすなわち前戯なんじゃないか……湯河原の温泉でのんびりと露天風呂に浸かっていた時、そんな考えがまさに雷に撃たれたかのように、アハ、ズバーンと私の脳裏に閃いたんです。おそらくはリラックスの極致にあった私の脳のデフォルト・モード・ネットワークがそのアイデアをインキュベーションしたんでしょう」「あらゆる文化と活動が、すなわち前戯……」「たとえばこの、我々の周囲に座る人々を見てください。場所柄、性的好奇心や性欲が旺盛な男女のつがいが多いでしょうから、この後、夜になれば同じベッドに入って、いわゆるSEXに雪崩れ込み、相応にホットなファックに至るのが大半と推測できます。とすると今この時の、カフェでお茶やコーヒーを飲み、視線を交わし合い、語り合っているすべてがその性器結合へと連綿と続く前段階、つまり前戯と見なせます。もちろん中には、私と勅使河原さんのように今夜、別々のベッドで寝て肉体的に交わらない者もいる。世の中にはまだファックを致すには未成熟なひよっこたち、もうファックを卒業したご隠居たちもいる。しかしそうした人々の存在も、この世界、現代社会、人類の営みにおいて、今夜ファックに至る誰かと何らかの仕方で関わる限り、その前戯の一部と見なすことができる。たとえばこのカフェの店員の接客がとても好ましくて、一日上機嫌を保ったまま絶好調のファックに至る人もいるかもしれないし、逆に店員の言動にむかっと来て、夜まで何となく苛々を引きずったまま、いささか雑な、集中力に欠けたファックをしてしまう人もいるかもしれない。そうした影響は事後的に見ればそのファックの、前戯のうちに含まれている。いくら人間は遺伝子の乗り物だと言ったところで、TOYOTAの工場で量産できるものでもなし、人類の大半がファックに励んで子孫を残していかなければどんどん個体数が減り、その極北において全滅する。だから敢えて目的論的に言えば、人類は種としてはファックのために生きていて、それ以外はすべて、そのための集団的前戯としてなされている。いやそれどころか、今夜のファックすら明日以降のファックの前戯、現代の誰かのファックすら未来の誰かのファックの前戯です。もちろん人工授精の割合も少しずつ増えてこそいますが、それが主流になる兆しはありません。そして人工授精すら、実のところ他の誰かの前戯になる。その人工授精に関わる仕事をしている人たちは、それによって賃金を得て、日々生活しながら誰かとファックする。人工授精で生まれた子供もすくすく育ってファックしたり、他の誰かのファックに何らかの仕方で影響を与えたりもする。要するに人類が生き延びてファックし続ける限り、あらゆる営みが前戯になるわけです。ピロートークなどの後戯でさえ、次なるファックの前戯にすぎませんし、たとえある夫婦がセックスレスだったとしても、それすらもバタフライ効果のように、他の誰かのファックに必ず、物理的に影響を及ぼしている。生涯一度たりともファックをしない人もいれば、ある時を境にファックを止めた人もいる。しかしそうした人々も含めた人類の総合的な文化と活動に支えられて、良きにつけ悪しきにつけ刺激を受けて、夥しいファックが日夜、地球上の億単位のベッドやソファ、畳や床、高層ビルやタワーマンションの窓際、トイレの個室や物陰、自動車や大自然の中などで行われている……」

「壮大なヴィジョンですね……」と感慨深げに呟き、隣席で語らう若々しい男女を横目に睨みつける勅使河原。「たしか進化人類学だか人類進化学だかで、おばあさん仮説というのがありましたけど、あれもそういう観点からみれば……」「ええ、まさにそうです。人類の女性における閉経、生殖年齢を過ぎた後の長生き、これは進化論的にみて、どのような適応であったのか。ある程度の年齢で繁殖を自動停止することで、死の危険を伴う出産を回避して既にいる子供たち、さらに孫以下の世代の養育に力を注げる。加えて集団内の他の仲間たちに生存に有利な技術や知識を授ける役割も果たすことで、自分と同じ遺伝子を血縁者を通じて、より後代に広く伝えていくことができる。あるいは人類はその祖先において、ある集団において雄が居残り、雌が他の集団へと分散していきがちな社会だったと推測されていますから、そこで仮に、もし女性が閉経しない場合、嫁のみならず姑も生涯現役で繁殖してしまうので、家電も幼稚園も何もない時代、子育てや生存のためのリソースを互いに取り合う形になってしまう。その際、姑からすると実の息子と受精ファックした嫁の子供の養育を手伝うことは、遺伝子を残すという観点からメリットがあるが、余所から嫁いできた嫁は遺伝的に繋がりのない、姑の子供の養育を手伝うメリットがない。その結果、進化につれて姑の方は閉経して、嫁の受精ファックによって産まれた孫の養育に回ることになった。おおよそのところ、そんなような仮説があるようですね。しかし細かい点は度外視しても、祖母が閉経して孫育てを手伝うということは、その孫の誕生原因、つまり息子夫婦のファックを間接的に支援していることになりますから、祖母の閉経は息子夫婦のファックの、前戯と見なすことができる。孫の養育を祖母が手伝えば当然、負担の軽減によって、息子夫婦は二人目以降の子作りファックに勤しむ余力も確保できますから、その意味でもまた前戯と見なせます」「いや、正直言ってとても共鳴できるヴィジョンです。実はＳＥＤｘＴＯＫＹＯで私がスピーチするはずだった原稿の内容にも、ちょっと通じるところがあって。それに会社を経営する立場から言えば、たとえば従業員の労働環境を整えたり、無理な残業を減らしたりすることも、それによって帰宅が早くなり、夜の営みに割ける余力が大きくなるわけですから、とても優れた前戯に……」「その通りです。ただし逆に、労働環境が悪化したり、残業が増えたりして夜の営みの質が悪化することもまた、負の効果ながら、前戯と言えるでしょう。その場合、母集団において夜の営みの回数自体も減るでしょうが。要するに人類のあらゆる文化と活動を前戯という観点から捉え直すことを通じて、人間社会を違った角度から眺めていく……元脳科学者と元ＣＥＯが二人して、そんな学問分野の研究所を立ち上げる。おそらくはそんなような内容の小説になると思います」「ああ、そうか、小説の話でしたね」と我に返ったように苦笑する勅使河原。「ええ、あくまで架空の話ですよ。タイトルも既に決めていて、仮ですが『サピエンス前戯』とする予定です」「サピエンス前戯？」「ええ、我々ホモ・サピエンス・サピエンス、略してサピエンスはその長い歴史を通じて、どうにかファックにファックを重ねて生き延びながら、多彩な文化を花開かせ、科学技術を発展させ、暴力や貧困を減らし、生活水準を向上させてきた。それに伴って沢山の知識を得、好奇心を満たしてもきた。しかし人類が存続する限り、それは常に次なる革新的創造、次なる課題解決、次なる神秘の発見の前振りにすぎない。そういう意味でも、過去から現在に至るすべてが、まさに未来への前戯というわけです」

6

「大江戸セクシャル万華鏡」ドーム型上映室のリクライニングシートに座り、ヘッドレストに各自、後頭部を預けて天井スクリーンを見上げる数十人の観客たち。照明が落とされた真っ暗闇の中、いきなり流れ出す三味線、小鼓、尺八、法螺など和楽器を用いた典雅なBGM。すると間もなく「ようこそ、四十八手プラネタリウムへ！」と男女の重なった声でナレーションが。「四十八手、それは江戸時代に定められた性交体位。相撲の決まり手になぞらえたもの」と明朗な口調で語る男の声。「つまり夜の土俵の上の、SEXポジション……」と艶やかに語る女の声。次いでドーム型天井スクリーンの夜空に無数の星々が煌めき、それらの半分ほどが赤い線で繋がれて女の星座、残り半分ほどが青い線で繋がれて男の星座を形づくり、浮かび上がる男女の合体図。「まずはご存知、松葉崩し」と爽やかに名称を告げる男の声。「男女それぞれが開いた両脚のV字が、まるで交差する松の葉のよう」と麗しげに形容する女の声。「女性は片脚を上げて、寝たまま新体操」と脚韻を踏んで続ける男の声。「奥深い挿入感、子宮膣部を刺激」と恍惚を帯びた響きで囁く女の声。すると「ポン、ポン、ポン、ポン、ポン、ポン……」と挿入による肌の衝突を思わせる小鼓の音が小気味よく響き、それにかぶさって男女の悩ましい喘ぎ声が。

「いやあ、非常に勉強になりました」と上映室を出たラウンジのソファで「大江戸四十八手解体新書」と題された無料小冊子をひらく鈴木。「合体以外にも、挿入なしの前戯用の体位が九つあったとは」「そうですね」とにこやかに頷く勅使河原。「口淫の、クンニリングス系統だと、ひよどり越えの逆落とし、岩清水、立ち花菱、うぐいすの谷渡りの四つ。ペロリーノは立ち花菱しかできませんけど」「そう言えば、サイバーペッティングでは以前、口淫の新しい呼び方を考えたとか」「よくご存知ですね。弊社ではクンニリングスには舐め郎、フェラチオには舐め子という新しい呼称を使うことを提唱しているんです。キノコのなめこと料理のなめろうから同じ読みを拝借して。なめろうはたしか、なめらかな食感とか、あと皿まで舐めたいほど美味いとか、そんな語源だったそうですし、なめこはぬめりがある木の子という意味の、ぬめらっ子が語源だとされていて、両方ともちょうど、それぞれの口淫を何となくイメージさせる意味合いです。クンニリングスはなめらかな舌遣いで、皿を舐めるようにベロベロ舐めますし、フェラチオは先走り汁と唾液でベチョベチョになって、下半身のキノコがぬめりますから。みだりに横文字ばかり使うんじゃなくて、そういう直感的なイメージを喚起できる日本語を使う方が典雅ですし、前戯に馴染みやすくなると思うんです」「それは素晴らしい試みだと思いますよ、まさに新しい文化的創造というか。私が神経科学とかではなくて脳科学という俗称を日頃、メディア上で使っているのも、実はその方が直感的に絵が浮かぶからなんです」「たしかに、一般向けにはその方が浮かびやすいですね」「ええ、しかしこの、立ちかなえ、というちょっと似た体位があったとはいえ、駅弁ファックは江戸時代にはまだなかったんですね」「いや、次のページを見てください。四十八手には裏四十八手もあって、合わせると九十六手になります。それでこの裏の方の、櫓立ち、という体位が駅弁ファックです」「ああ、本当ですね。しかしということは、もうこの時代から、SEXの体位というのはヴァリエーションが出尽くしている、やり尽くされているジャンルなのかもしれませんね。そう考えると何だか、イノヴェイションが止まってしまった感じで、やや残念にも思えますが……」「そう言われてみると、宇宙船の中で浮遊SEXでもしない限り、もう新しい体位は編み出せないのかもしれませんね」

束の間、裏四十八手の図解にじっと見入ってから、ぱたんと小冊子を閉じる鈴木。「よし、ではそろそろ最上階の最上快に行って、スパ施設を楽しみませんか?」「いいですね、温泉旅館にいたせいか、日中から湯船に浸かるのが癖になってしまった感があるので」「それでその後はキャビンの方に泊まりましょう」「いや、でもここは結構人気で、当日宿泊できるかどうか」「実は今朝の明け方にウェブサイトをチェックしたら、ちょうどキャンセルでも出たのか、隣り合うペア・ルームがひとつだけ空いていて、それで即予約しておいたんです」「そうだったんですか。ああでも、鈴木さんは何日も外に泊まって大丈夫なんでしょうか? 同居のご家族とかは……」「妻が一人だけいます。でも覚えておられるか分かりませんが、今週はちょうど、意識に関する国際会議でトルコに滞在する予定でしたから、妻もそれに合わせて女友達と北海道のヨンセコに旅行に行ってるんです」

二十一世紀初頭から良質な粉雪に魅せられた外国人の移住によって次第に半植民地化されていった北海道のニセコ。その後、温暖化につれて変化する環境の中、没落する日本とは桁違いに旺盛な海外資本が猛威をふるい続け、サンセコ、ヨンセコ、ゴセコ、ロッセコ、ナナセコと次第に位置を北上させながら新たなリゾート地が誕生。近年では灼熱の蒸し風呂と化した東京圏の夏に耐えきれず、初夏から初秋にかけて北の大地で過ごす小金持ちリモートワーカーの流行もあり、猛暑自体を災害と捉えた副首都選定検討も含めて、北海道は第二次開拓時代に突入したと煽るニュースメディアの記事も。

最上快のスパ施設「湯快感」でアロマサウナ「爛香」に入る二人。室内に満ちたムスクの芳しい香り。「ここはキャビンとスパの間の領域に食事処もあるみたいですね」「ええ、どちらかだけ利用すれば、アダルト・フードコートにも入れるんです。あわびのソテーとかビッグフランク、巾着卵みたいな性器に似た食べ物から、スッポン鍋や牡蠣の豆乳鍋、サムゲタン、無臭ニンニク餃子、アボカドとイチジクのサラダ、蜂蜜がけのナッツ、うなぎパイ……そういう精力や膣の潤いに良いと言われているものまで、まあ色々あって」「ではそこでたっぷりと精をつけて、別々のベッドで寝るとしましょう」と愉快そうに笑う鈴木。「ええ、でもペア・ルームは両方の同意のもと間の仕切りを開けられる仕様で、隔てられたままでも、デジタル糸電話で会話ができたり、結構面白いんですよ」「下の階で販売しているアダルトグッズを試してみることもできるようですね」「そうです。ホットジャパン機構が出資しているので、客室の七割は夫婦や親しい男女を対象に据えたダブルもしくはペア・ルームなんですけど、残りの三割はシングルで。女性は日常的に自慰行為をする人ほど、SEXにも興味を失わない傾向がありますし、男だと異性愛者でも、同性同士で互いの性的好奇心を認め合うような文化があったり。だから利用者の属性や利用形態は特に限定していないそうです」「ああ、昭和なんかでは異性愛者の男同士が、連れ立って性風俗店に行くのも一般的だったみたいですからね」「らしいですね。私にはまったく理解できませんけど」

まもなく汗だくで溶けそうな顔つきになり、座席から腰を上げる勅使河原。「お先に一回、水風呂に入ってきます」「私はもうちょっと頑張ります。長めに耐えるのが好きなので」と頭にタオルを巻いたまま表情を引き締めてみせる鈴木。「ええ、存分にホットなマインドフルネスを」と微笑みかけて外に出る勅使河原。サウナの内も外も混浴施設ならではの、男女平等水着姿の人々。両性ともタンクトップとハーフスパッツの上下を着用して、男はタンクトップの胸部にパッド入り、女はハーフスパッツの股間にパッド入り——これにより体つきの目立った凹凸がほぼ平等に。

シャワーでさっと汗を流してから、炭酸冷水風呂「泡と冷え」に浸かる勅使河原。「ああ……」と気持ちよさそうに漏れる声。陶然とした薄目のまま弛緩するにつれて、おのずと肩が落ち、ゆらりと水中で伸ばされる両脚。しゅわしゅわと細かく立つ炭酸の泡。頭の芯からほぐされるようなその微細な音に一分ほど耳を預けた後、のっそりと水風呂から上がって、ふうと寛いだ息をつく勅使河原。その瞬間、はっと目つきが変わり、鳥肌が立ったように微かに首をすくめながら、アハ、と呟かれる一声。

アダルト・フードコート「TASTY　AF」の座敷席に胡座をかき、瓶ビールを注ぎ合う浴衣姿の二人。「本日もヴァケーション、お疲れ様です」「お疲れ様です」「といっても今日は勅使河原さんに半分、お仕事みたいに説明させてしまいましたね。私のせいで申し訳ない」「いえいえ、お陰様で改めて、自分がいかにペロリーノに心血を注いできたか、その足跡みたいなものを再認識させられました」

赤貝のひもと胡瓜の和え物、ホヤの塩辛、あわびのバター焼きの皿を挟んで、グラスのビールを飲む二人。「ぷはあ、美味い！」「やっぱり入浴後のビールは最高ですね」「じゃあ私はまず、何といってもこの、あわびから頂きます」「じゃあ私はホヤを」「うん美味い。コリコリして実に官能的で」「それで鈴木さん、実は話がありまして」「何ですか？」「実は、ヴァケーションは今日で最後の夜にしようと」「……とすると、遂に決断が？」「ええ、決心がつきました。明日チェックアウトしたら即、つくばエクスプレスに乗って本社に戻って、サイバーペッティングCEOの職務を続けていこうと思います」「そうですか……となると残念ながら、私も脳科学者の肩書きを外せませんね」「そうですね」と吹っ切れたような表情で微笑む勅使河原。「ただ、CEOとして今まで通りではなく、新しいことに挑戦していこうと考えていて」「新しいこと？」「ええ、今日色々と鈴木さんから拝聴したお話、つまり育ての親として、ペロリーノがもっと受容されるような環境を整備したり、前戯に対する社会の知的好奇心を高めたりということや、前戯人類学のこと、それとその後、四十八手にまつわる雑談なんかもしましたけど、そういう諸々が何というか、さっきサウナや水風呂に入っている時、たぶんリラックスした私の脳の無意識的思考によって、ひとつのアイデアに……」「デフォルト・モード・ネットワークによってインキュベーションされた？」「そう、それです。水風呂から上がった時、アハと突然閃いて」「それは素晴らしい。いったいどんなアイデアなんです？」「それは……ここでは秘密にさせておいてください。青臭いような言い方ですけど、実地に取り掛かる前に口にしてしまうと、色褪せてしまうような気がするので……」「なるほど」と小刻みに頷きながら、にやりと笑みを浮かべてグラスを掲げる鈴木。「何にせよ、めでたいことです。では最後の夜を愉しみましょう」「ええ、そうしましょう」と頷いてグラスを掲げる勅使河原。

夜九時を回り、キャビン型ホテル「キューブの喫寝」にチェックインする二人。カプセルホテルの高級版、キャビン型ホテルを贅沢に格上げして完全個室の一般ホテル業態に変えた上、快適な空調と遮音性を備え、宇宙船風ドアハッチから出入りする未来的なキューブ型デザインを採用（W・D・H――いずれも三メートル五十センチの一律規格。それゆえ一人あたり有効面積が最も狭くなるのは二人で一室のダブル）。受付でアダルトグッズのレンタル及び試供品の提供を受けられるほか、共用部にラウンジ、シャワー室、洗面所、トイレ、フード自販機とドリンクバーも。ほろ酔いの面持ちでドリンクバーの再生ペットボトルの水を一つずつ取り、隣り合うペア・ルームの前に至り、リストバンドの電子鍵で開錠してドアハッチを手前にひらく二人。「おお……」「このために廊下が広く作られているんですよ、豪華なことに」

手荷物を置き、床面積の七割ほどを占める広々としたベッドに上がり、客室用タブレット型端末で空調と照明の具合を調節した後、壁に備え付けの大画面でウェットフリックス配信の十八禁アニメ映画『セックストイ・ストーリー』を視聴する勅使河原。やがて一時停止して共用の洗面所に出て歯を磨き、トイレに立ち寄り、帰室してまた視聴するうちにしきりに漏れる大きな欠伸。

突然、ピコーンと効果音が鳴ると同時に、タブレット画面に「ペア・ルームAからデジタル糸電話の通話希望が届いています」との通知が。専用アプリに移行して「通話する」ボタンを押すと「天井から受話器が降りてきます。ご注意ください」との表示が出て、5、4、3、2、1とカウントダウンが開始。0になった途端、高々とした天井間近から微かな動作音を立てて、ゆっくりと降下してくる丈夫そうなワイヤーに吊り下げられた巨大な逆さコップ型の受話器。ベッドの枕位置の真上、約一メートルの高さで停止する口の直径八十センチの、分厚い特殊な紙製の逆さコップ。アプリに表示された使用説明に従って逆さコップの内部を覗き上げ、照明のスイッチ紐のように垂れ下がる数センチ大の水滴型マイクを注意深く引っ張り、そのコードを長く伸ばす勅使河原。それからベッドに寝そべって枕に後頭部を据えると、顔面の真上約一メートルに巨大な逆さコップの口、その中心から垂れ下がる水滴型マイクは鼻先十五センチほどの距離に。傍らに置いたタブレット画面の「通話準備完了」ボタンを押す勅使河原。するとピコーンと効果音が鳴って「通話開始」との表示が。

「あ、あ、もしもし、聞こえますか？」と顔面真上の大きなコップ口から響いてくる鈴木の声。「あ、聞こえます」と水滴型マイクに向かって慌てて返事しながら、タブレット型端末を操作して大画面の映画を消す勅使河原。「いやあ、せっかくの設備なので、ちょっと使ってみたくなって」「私も以前、開業まもなくの頃にちょっと見学しただけなので、自分で使うのは初めてなんですけど、奇抜な仕掛けですね」「ええ、隣なのに何だか、どこか離れた場所同士で会話してる感じがします。ところで、もしかして寝るのを邪魔してしまいましたかね？」「いえ、まだ起きてました。何となく眠くなってきたなというくらいで」「そうですか、私もそろそろ眠気を覚え始めたところで。実はこちらはもう、照明を落として毛布もかけて、寝入る準備万端なんですが……もしよかったら、本当に寝落ちしそうになるまで、ちょっとこのまま、雑談に付き合っていただけませんか？　ほんの薄明かりだけの闇の中でこう話していると、遠く離れた宇宙船の乗組員同士の交信みたいで風情があって、なかなか面白い体験だなと。もっとも、本当に宇宙で遠く離れていたら、通信に時間が掛かりすぎてこんなにスムーズには会話できませんが」「ええ、いいですよ。でもちょっと待ってください」と言うが早いか、すみやかに毛布の中に滑り込んで、枕元のタブレット型端末を操り、暖色系のぼんやりした薄明かりだけに変更する勅使河原。「こちらも寝る準備を整えましたので、どちらかが寝落ちを宣言するまで話しましょう。あるいは飽きるまで」「ええ……」

　三十秒ほどの沈黙。「どうかしました？　鈴木さん？」「いや、こっちからお誘いしておいて何なんですが、この雰囲気に合うような、うまい話題がまったく浮かんでこなくて。顔が見えないと何となく、AI相手に虚しく話しかけるような感じもして、困ったなと」「たしかに変な感じですね、ハンズフリーの電話ともまた違いますし。でもじゃあ、こちらから話題を振ってもいいですか？」「ええ、何でもどうぞ。この際、聞きづらいような下の話でも、旅の恥は掻き捨てで告白しますから」と笑う鈴木。「そうですね……では、むしろ真面目な話になってしまうかもしれないんですけど、いいですか？」「もちろんどうぞ。私も根は非常に真面目な方ですから」「再会した夜の、イタリアンレストランでだったと思うんですけど、鈴木さんが偶有性の闇ということを仰っていましたよね？　その闇に飛び込んでいけと」「ああ、私は偶有性の海という表現を使ったんですが、でもまあ、海でも闇でも同じようなものですね。一寸先は闇ですし、その闇に飛び込んだら夜明けのように、新しい光が差してくるかもしれない」「……すみません、海でしたね。でも海でも闇でも、どうなるか分からないわけですよね。つまり、私が明日、総理大臣になっていることはありえなくても、ある程度の必然性を伴いながらも、偶然性が待ち受けている」「ええ、そうです」「それって未来は分からないというような、ある種、可能性に満ちた非決定論的なイメージを喚起されるんですけれども、でも一方で今日、鈴木さんも仰っていたように、物理学的には自由意志なんて否定されている。そうした決定論的な世界観を鈴木さんはご存知でありながら、それでも偶有性の闇、いや、海というものを、何というか、屈託なく信じていらっしゃるふうなのは、ご自身の中で、整合性と言ったら失礼かもしれませんけど、どういう論理で……」「それはなかなか、クリティカルなご質問ですね。たしかに私はある種、誰かを無責任に鼓舞するような調子でよく、偶有性の海に飛び込めと言ったりしますから。そういう意味合いで、学校なんか行かずに火星に行けとか、ネットばかり見てないでライオンのケツの穴の中を見てこいとか、何度も放言してはバッシングされたこともあります。普通に考えて、冗談か比喩だと分かりそうなものですが……」「いや、別に全然批判的な意図はなくて、私がまさに今日、ひとつの分岐点となるような決断を下して、その偶有性のあれに飛び込んで行こうとしているので、ふと気になったというか……つまり、新しいことに挑戦するという高揚感とか期待感が、この胸に沸々と湧いてきているわけですけれども、未来が決定しているとするなら、その感覚も何だか、決まりきったようなものなのかなと……」

考え込むような微かな唸り声を伴って、束の間の経過。おもむろに唇がひらかれる濡れた音。「そうですね……ではそのご質問に対しては、哲学的にお答えしましょう。たしかに科学的見地からすると、認識論的な非決定論、つまり予測不可能性は認められるとはいえ、よほど異端な説に立たないかぎり存在論的には、決定論的な世界観は避けられませんから。それに私は大学の、学部時代はろくに勉強しなかったとはいえ、いちおう物理学科で生物物理を専攻したんですが、その後に一度、いわゆる文転をして今では絶滅危惧種の文学部に入り直して、二年だけ哲学を専攻したんです。そのあと大学院でまた理系に出戻りして脳科学の道に迷い込んで……もっとも、哲学はちょっと齧った程度のもので、振り返ってみれば、同じ文転でも法学部とかに行っていれば、順法精神が身について確定申告を完全に放置することもなかったのではないかと、悔やまれるところではあるんですが……」「いやでも、自由意志が存在しないなら、鈴木さんの無申告もその責任は問えないという理屈が立つわけですから、もう済んだことですし、気にする必要はないかと」と冗談めかす勅使河原。「ああ、それは一本取られましたね」とくすっと苦笑を響かせる鈴木。「それはともかく……」

ふと黙り込んだ直後、がさごそと動く気配。ペットボトルの水で喉を潤す嚥下音。がさごそとまた動く気配。身を落ち着けたような静寂の中、ひとつ小さく空咳。「それではまず、勅使河原さんの頭の中に、あるいは面前の闇の中にでもいいですが、限りなく広がる一枚の紙を想像してみてください。その想像上の二次元の紙が仮に、この世界、この宇宙だとします。そしてその紙に小さく、丸を描いてみてください。その丸が仮に、勅使河原さんだとします。さて次に、その丸の中に、自由意志の意の字を書いてください。もちろんこれは想像で思い浮かべてくださいということですが、その記号が、勅使河原さんに自由意志があるという状態だとします。さらに次に、丸の中のその意の字にペケ、つまりバツ印を上書きしてください。この記号が、勅使河原さんには自由意志がないという状態だとします。両方とも想像できましたか?」「あ、はい。丸の中に意の字がある状態と、その意の字にバツがついた状態ですよね?」「そうです。そしてここからが本題なんですが、今、想像してもらった両者の状態が、どちらであれ存在論的に成り立つには、実のところその丸の枠線が、その内外を完全に隔てている必要があります。別の言い方をするなら、その丸である勅使河原さんが、完全に世界から、宇宙から独立した存在である必要があります。というのも、もしそうでないなら、つまり丸の枠線が内外を完全に隔てていないなら、その内外が通じているなら、その丸は厳密には独立した存在ではなく、従って、その中に自由意志を含み持つことも、自由意志のなさを含み持つことも、共にできないからです。しかしこれはＳＥＤｘＴＯＫＹＯでもお話ししたと思いますが、もちろん世界から、宇宙から完全に独立した何かなどありえません。完全に独立した何かとは、それ自体が別個の世界として、他の何とも併存せずに完結している必要があるからです。しかし当たり前ですが、紙に丸を描いたところで、その丸は紙から独立した存在にはならず、まさにその紙において存在します。丸の内も外も、その枠線も紙において存在します。要するに丸を描いたところで、その内と外は存在論的には別個にはなりえません。以上から次のことが帰結します。丸の中に自由意志はある、丸の中に自由意志はない、この両者の前提となる丸それ自体の独立性が成り立たないので、丸の中に自由意志がある、ない、は共に成り立たない。つまり人間に自由意志があるかないか、という問い自体、選択肢自体が成り立たないわけです。その前提となる人間個体自体の独立性がそもそも成り立たないからです。こうした思考の手続きを現代哲学の専門用語では、相対性消去と言います。これは文字通り、相対性を消し去るという意味です」「相対性消去……」「ただしここで言う相対性の意味は、日常的な用法とは少し違うかもしれません。日常的には相対性とは、ここから見るのと、あそこから見るのとでは景色が異なる、というような視座の複数性を前提としたりします。しかしここで用いる意味では、ひとつの視座だけでも相対性が生じます。ここから何かを見ている時、見ている側、見られている側、という区別が通常、認識論的に生じます。つまり認識主体と認識対象です。ざっくり言って、そのように別々のものに分けて物事を捉えること、記述することが、ここで言う相対性です。自由意志の有と無、個体と環境、主観と客観、内部と外部、自己とそれ以外、何でもそうですが……」「それを消去する」「ええ、今さっきの話を続けるなら、もし仮に勅使河原さんという丸が完全に独立した存在であったなら、それ自体が完結した世界となるので、実のところ、行為というものを起こす場、つまり紙の広がりがなくなります。その丸は世界内の存在ではなく、それ以外は何もない、世界そのものになってしまうからです。そして行為が起こるための余白がないなら、その源たる意志も当然ながら、発生するわけがありません。ところがまた一方で、丸が完全に独立した存在ではないなら、根本的には内外の別がないので、丸を紙の広がりと切り分けることはできません。つまり意志を含み持つかどうか以前に、その枠の限定が存在論的には成り立たないわけです。これはもちろん、丸の中に書いた意の字を、自由意志の意ではなく、意識の意として考えても同様です。枠が根本的には成り立たないということは、どこからどこまでが意識なのか、存在論的には、その限りは定められないということです。別の言い方をするなら、紙の広がりにどんな模様が現れようとも、存在するのは紙だけということです。丸があってもなくても紙は存在していますが、紙がなければ、丸という模様が描かれることはありませんから」

ほのぼのと橙色の薄明かりを帯びた闇に浮かび上がる巨大なコップロの真下、思案げに眉間に皺を寄せるうちに、微かに小刻みに頷く勅使河原。「なるほど……SEDxTOKYOでのお話にもあったように、その手続きは多分、自由意志の有無だけじゃなく、意識と身体なんかについても適用できる」「ええ、その通りです。さっき言った想像上の、限りなく広がる二次元の紙とそこに描かれた丸を、三次元化してみましょう。その紙を地平として、描いた丸のところを円錐状に、頂点が尖ったかたちで隆起させてください。つまりその円錐状の隆起を真上から見れば、地平の広がりとその隆起の境目が丸に見える。その隆起を真横から見れば頂点が尖った山型に見える。ただし今、境目と言いましたが、それは厳密には定められません。真横から見た時、地平の横線とそこから隆起する山の、境目の角になっている箇所は単に切れ目がないだけではなく、ここからがこちら、ここからがあちら、と峻別できません。実際、どのような山も地平の延長であって、山だけを独立した存在として切り出すことなどできませんから。そしてもうひとつ、その横線は三次元的に見れば、地平として山の全方位へと広がっていくわけですが、ふもとを過ぎた辺りでぼやけて消えて、周囲の空間の広がりに溶けています。つまり地平と山が分かれていないだけではなく、地平と空も分かれていません。ここにも境界はないわけです。イメージできましたか？」「ええ、たぶん」「その円錐状の隆起を仮に、人間個体を表す存在論的丸ピラミッドと呼ぶことにします。厳密な境界はないとはいえ、その丸ピラミッドの周囲の、地平も空も分かれていない広がりが環境、その広がりから地続きに隆起した丸ピラミッドの、ふもとから頂点方向へと窄まっていくにつれて、身体、潜在意識、顕在意識となっていきます。丸ピラミッドの尖鋭性、頂点の尖りは顕在意識の統合性、集中性を表しています。といってもこれはあくまで存在論的な、抽象的な図解です。さてこの時、その人間個体、つまり丸ピラミッドは周囲の地続きの広がりから様々な感覚刺激を受容したり、逆に頂点の方から意識的な行動を取ったりする。しかし頂点からの働きかけにしても、それは能動ではない。ちょうど波の頂に浮きが載っていて、その浮きが主体性を錯覚させる意識であるかのようなもので、波によって浮きは揺らされ、その浮きの揺れによって、また波も影響を受けるだけです。ただし今の比喩だと浮きと波は分かれていますが、実際には分かれていない。だから能動だけではなく、受動もない。自律も他律もない。AとBが分かれていないので、AがBを何々する、AがBによって何々される、その双方の反転、すべてが成り立たない。ここまでは大丈夫ですか？」「ええ、今日の午後にも仰っていたことですね」「そうです。そしてもうひとつ前に言ったことを繰り返すと、地続きの広がりが、その丸ピラミッドをそうたらしめている。つまりもし、火災などで環境が急激に悪化したらその丸ピラミッドは死んでしまって、顕在意識も潜在意識もなくなり、頂点が失われてその尖鋭性が消えて、真横から見れば身体のみの、ドーム型みたいになってしまう。火葬されればそのドーム型の隆起すらなくなり、存在論的にのっぺらぼうの、空間の広がりだけが残る。逆に言えばその世界の広がりにおいて誕生して、そこから一歩も出ないまま、生存可能な環境によって丸ピラミッドとしてすくすく育てられて、死ぬまで生かされている。まず受精卵や胚の段階で先に身体があって、そのあとに意識が尖りとして出現する。深い睡眠や気絶など、顕在意識が覚醒していない時は頂点の尖りが一時的に、まろやかにぼやけている。逆に覚醒時の場合、顕在意識は丸ピラミッドの、裾からの窄まりに従って、つまり身体や潜在意識の機序構造に従って、その延長上に生じる頂点方向への尖り、尖鋭性そのものであり、その尖りで何かを指したり、指したものとそれ以外を分けたりして、対象化や区別を行っている。自己陥入的にみずからの身体を指して、自己認識も行う。ただし頂点方向への尖りが頂点方向への尖り自体を指すことはできないので、顕在意識の本質、統合性や集中性そのものは決して意識できない。つまり厳密にはメタなどなく、自己指示は身体、および自称代名詞などの言葉を通じて、擬似的にしか行えない。さらに意識はあくまで頂点方向への尖りなので、その真逆、つまり裾方向へと広がっていくあり方はできない。お辞儀をするようにして裾を覗いても、それはあくまで頂点方向へ尖ったままであって、裾方向へと広がっていくような認識の仕方はありえないわけです。擬似的には瞑想や薬物などによって、自我が薄れて世界へ広がっていくような感覚に浸ることくらいはできるでしょうが」「なるほど、ヨガの瞑想みたいな……」「ええ、まあそうです。そしてこの不可能性のために、頂点方向にとって裾方向は言わば死角となってつい、自分とは別のもの、つまり意識として尖る認識とは区別された領域、外界だと信じ込みがちになる。ひるがえって自分が物理的外界とは別の、心的な内部世界を持っていると信じ込みがちになる。こうして認識主体と認識対象、主観と客観などの分化を錯覚する。あるいは認識から隔てられた真の外部なんてものを妄想してしまう。しかし実のところ、裾は地続きに広がっているので、意識と身体、身体と環境は存在論的に分かれてはいない。つまり内部も外部もない。日常用語で言えば、ただ世界だけがある。私たちは尖った頂点から世界を見下ろしているのではなく、世界から連綿と隆起して、頂点方向へ尖っているだけ。意識が頂点から末広がりに身体、環境へと滲み出しているのでなく、まず世界があって、そこから一歩も出ないまま、身体から頂点方向へ尖って意識をなしている。その頂点は認識の中枢、原点や起点などではなく、むしろ周囲の広がり、そして山裾からの窄まりによって生み出された、崖の突端のようなものにすぎない。ただその統合性や集中性、つまり頂点方向への尖りをその尖り自体が指すことはできないので、指せない何かがあるかのように幻想できてしまう。尖鋭性をなす頂点の、その点は理想的には大きさを持たないので、実際には世界と隔てられていなくても、あたかも世界とは別のように扱える。客観的な世界には一切属していないかのように。このように図解して考えると、意識と身体、身体と環境といった区別、相対性は存在論的には成り立たないことが帰結します。ちなみにこれは還元ではありません。そもそも分かれていないので、還元という操作が成り立たないからです。還元というのはAをBに還元するわけですが、そもそもAとBに分かれていないので還元自体が成り立たない。従って、還元する、還元しないという相対性もまた幻想として消去されます」

「当然ながら、二元論なんて成り立たないわけですね。現代では当たり前ですけれども……」「ええ、もし何かと何かが別個のものなら、それぞれは完全に独立完結していなければならないので、併存はできません。そしてもし何かと何かが併存しているなら、それらは根本的には分かれていません。つまり世界だけがある。今さっきの例を持ち出すなら、丸ピラミッドの尖鋭性、つまり意識の尖りがなくなっても、ドーム型のように鈍った形の隆起、つまり身体、そしてそれと地続きの広がりは残りますが、その逆はありえません。つまり地続きの広がりだけが消えて、丸ピラミッドだけが残るとか、丸ピラミッドだけが消えて、その尖鋭性だけが残るとか、それは描像できないわけです。というのも地続きの広がりという素地なしに丸ピラミッドは描けませんし、山裾から窄まっていく丸ピラミッドなしに頂点方向への尖りは描けないからです」「意識がなくなった身体、つまり死体は現にありますけど、身体がなくなった意識なんてないですからね。あるいは、身体が荼毘に付されても世界は残るけれども、世界がなくなって身体だけが残ることはない」「その通りです。さらに言えば、丸ピラミッドは周囲の広がりと地続きなので、私秘的なものとか、この私とかこの感じとか、その種のキャッチフレーズもまやかしです。根本的には境界がないので、丸秘に囲われるものなどなく、そもそも内外の別は成り立ちません。そして頂点方向への尖りはその尖り自体を指せないので、意識に関して、この、とか、そのもの、なんて自己指示は成立しない。加えて言えば、他人の意識を経験できないことをもって、自分を他人とは並び立たない、特別な存在だとするのも誤りです。ただ単に連続した広がりにおいて、存在論的に、意識方向に尖鋭化されていて、他人の尖りとは一体化できないというだけです。他人の尖りと一体化するには、まず他人の環境と完全に同一化して、次にその人の身体と完全に同一化して、次にその人の潜在意識と完全に同一化して、さらに……と丸ピラミッドの下の方から順々に、それらのあらゆる来歴も含めて、完全に同様の手続きを踏む必要があります。世界から独立した人間などいませんから、その世界において空間的にも時間的にもまったく同じ来歴を踏襲しなければ、同じ意識というものは成り立ちません。しかしそんなことは物理的に、原理的に不可能です。同じ人間が同時に同じ場所に重なって存在することなど、想像すらできません。もっとも、現実ではそれに近い例もあります。身体の一部が結合して産まれた結合双生児の場合、二つの丸ピラミッドが並び立つどころか、丸ピラミッド同士においてある程度一体化してしまっているわけですが、そのようにして身体の、感覚器官や内臓、血流などを一部共有していることによって、この種の双子は、感覚や情動もある程度共有している。それどころか、脳の一部が繋がって産まれてきたことによって、思考や視覚までもが、ある程度共有されている希有な双子も確認されています。その場合、半ば結合した双子の丸ピラミッドの、上の方が二股のように尖っている感じでしょう。もちろんその双子ですら、互いに同一の意識ではない。しかしそれは単に、世界の広がりにおいてまったく同じ場所、同じ時間に、まったく同じ形態、同じ状態の丸ピラミッドとしては存在できないというだけの話です。つまり他人の意識が経験できないのは、世界の広がりにおいて、そこから独立せずに、まさに並び立っているからです」

じっと聴き入ったまま押し黙り、小難しげに唇をすぼめてから、やがて口をひらく勅使河原。「つまり……私の最初の疑問に戻らせていただくと、人間には自由意志がない、というのも違って、自由意志がある、ない、という相対性が実はない、ということですよね？　なぜなら、人間個体という枠が厳密には成り立たないので、その中に自由意志を含み持つことも、自由意志のなさを含み持つことも、共にできない」「ええ、そうです」「しかしそうなると、単に自由意志が幻想というより、もっと絶望的な話を突きつけられている気がしてしまうんですけれども……」「この時点ではそうかもしれません。しかしそれについては、次のように考えてみてください。自分という枠、さらには個体個物という枠が存在論的に、根本的には成り立たないということは、日常的な表現を用いれば、宇宙だけ、世界だけがある。

ではその世界には、決定論は適用できるか？　先はもう決まっているのか？」「決まっていないんですか？」「まあそう焦らないで、ここで最初の絵、最初の話に戻って復習しましょう。限りなく広がる二次元の紙の上に、丸が描かれている。その丸が個体です。そしてこの丸の枠線が内外を完全に別個のものとして隔てられないということは、すなわち存在論的には内部も外部もない。その内外の別、相対性は幻想だということです。さてその時、その丸という幻想、個という幻想を消去して表すには、どのような操作を加えればいいか？　それは丸の内部をどんどん狭めていって、遂には内部が一切ない状態、つまり点として表すことです。点というのは大きさがない、つまり内部がないものとして扱われます。そして内部がないということは、それと相対的にしか定められない、外部もまたないということになります。そして大きさがなければ、実在しないも同様なので、幻想として掻き消えます。こうして限りなく広がる紙だけ残り、つまり世界だけがあるという、さきほどの結論に至ります。ちなみにこの操作の逆として、丸の内部をどんどん大きくしていって、紙自体をその内部にすべて取り込んでしまえば、それもまた世界だけがあると言えなくもない。しかし実は、紙の広がりには限りがない、限界が定められないので、内部にすべてを取り込むことはできない。別の言い方をするなら、世界には全体はない。というのも、枠線をどれだけ広げても、枠線がある限り、常にその外ができてしまうからです。これは非常に重要なことなので、よく覚えていてほしいんですが、詰まるところ、全体というのは部分の一種にすぎないんです。部分というのは枠線による囲いですから、すべてを囲う全体という概念は、実は部分の一表現にすぎません。私たちは個体個物と世界という対比を、部分と全体という見立てで捉えがちですが、これは誤りです。敢えて表すなら、代わりに点と無限になります。点には内部がないので、その外部もない。無限の広がりには枠がないので、これまた内部も外部もない。内外という相対性がない。つまりこの意味では、点と無限はその性質において同種です。部分と全体がその性質において同種であるように。といっても後で説明しますが、ここで言う無限は数学的な無限、どこまでも次が数えられるとか果てしなく分割できるとか、そういったものではなく、限りが定められないという意味での、存在論的な無限です。さてここで、ひとつ質問をします。今説明したばかりの、存在論的な点と無限はいったい、どちらが本質的なものだと思いますか？」

しばらく黙考する勅使河原。「それは……存在論的な無限の方じゃないかと。点の方はつまり、本来は世界から独立していない個体とか個物とかを、敢えて個として表すなら、というものでしょうから。一方で無限の方は、つまり限りなく広がる紙は、世界ですから」「さすが、その通りです。当たり前のことですが、実際、大きさのない点なんて存在できません。紙に点を描いたら、大きさがあります。頭の中で思い浮かべるだけとか、抽象概念だとか言って逃げようとしても、そうして思考する頭は物理的に、広がって存在していますから、大きさから逃げられません。これは点というのを単に個体、個物とした場合だけではなく、その構成要素として見た場合も同様です。つまり個体とか個物をその構成要素にどんどん分解していって、部分としての大きさを限りなく小さくしていっても、大きさがあるかぎり分解できてしまう。そしてそれ以上分解できないよう、大きさをなくしてしまうと、もはやそれとしては存在できない。つまり溶け消えて無限の、限りを定められない世界の広がりだけが残る。結局、点というのは矛盾表現であり、幻想なわけです。さてそうなると、この世界の連続性について考え直す必要が出てきます。一般にこの世界の連続性、切れ目のなさは、相対性のある連続性として描像されます。一次元に単純化して考えれば、連続した直線があって、そのどこかに一点を定めれば、その点とそれ以外、その点のこちらとあちら、というような相対性が生じます。直線上の複数の点同士の相対的な関係によって、目盛り、位置や距離、比といった数量を定めることもできます。もし直線が無限に延びているなら、この場合の無限は数学的な無限、言い換えるなら相対的な無限です。しかし点なんてありえないとすれば、相対性は生じなくなる。つまりそれは、言わば非相対的な連続性、非相対的な無限です。ゼノンのパラドックスはご存知ですか？ たとえば運動のパラドックスは？」「ああ、はい。ある目的地に到達するにはまず、そこまでの半分の地点に至る必要がある。その先に進んでいく時も、残りの距離の半分に至る必要がある。その次もまた残りの距離の半分、その次もまた残りの距離の半分……とどんどん残りの距離が半分になっていっても、延々とそれの半分の地点がまた、想定できてしまう。だから目的地に着くことは永遠にできない」「そうです。これはある長さの線分を描いた後、まずその始点から半分の地点まで、コンパスで半円を描き、次にその地点から残りの距離の半分の地点まで、またコンパスで半円を描く……こういう作業の繰り返しとして想像できます。半円はボールの弾む軌道に似た感じで、先に進むにつれて、半径がどんどん半分に、小さくなっていくわけです。実はこの時、本当に行われている運動とは、ある長さの線分における直進ではなく、半径が半減する半円の連続によって表される、分割という運動です。このパラドックスを論じている時、その論者はまさに線分において直進しているわけではなく、その線分をメタ的に対象化して分割している。つまりそこで生じている、行われている本当の運動は、分割なんです」「たしかに、そうですね。本当に直進していたら目的地に着いちゃいますし」「さて、そこでもし、この分割という運動、つまり半径がどんどん半分になりながら連なっていく半円の連続が生成されること自体に、分割を適用したら、どうなるでしょう？　もし分割なんてものがありうるなら、分割すること自体にも、分割を適用できなければおかしいはずです。つまりまず、最初に描く半円の、始点からその中間地点まで別の半円を描いて、次に残りの四分円の、その中間地点まで別の半円を描いて、次にさらに残りの、八分円の中間地点まで……もうお分かりかと思いますが、当初の操作、線分の分割自体が不可能になります。つまり最初の線分の連続性を、半分、また半分と相対的に分割していくことができるように一見、思えますが、実は分割するという操作自体が、分割不能な、非相対的な連続性に基づいて行われている。そしてその、分割するという操作自体にまず、前提としての分割を適用すると、分割がままならなくなる。もちろん、分割することを分割することを分割しようとしても、分割することを分割することを分割することを分割しようとしても、同様です。いくらメタ的に基礎付けようとしても、無限後退みたいになって、分割は基礎付けられない。以上から、そもそも分割は不可能ということ、別の言い方をするなら、相対性など成立しないということが帰結します。これは結局、頂点の尖りで何かを指して相対性を錯覚してしまう仕組み、つまり丸ピラミッドがその裾の方で地続きの広がりに溶けて、そもそも分かれていないゆえに、実は相対性が成立していないのと同様です。分かれていないということは、対象化する主体と対象化される客体という相対性が幻想であるということ、つまり根本的には、対象化なんて成り立たないということです。メタ化やら自己言及やらも含めて、そもそもそんなことは成り立たない。それが不可能だからこそ、見せかけの無限後退に陥るわけです」「ああたしか、ＳＥＤｘＴＯＫＹＯでも仰ってましたね、それは」「ええ、かなり抽象度が高くなってきましたが、頑張ってついてきてください。要するに相対的な連続性、無限に分割できる連続性など幻想にすぎない。非相対的な連続性が真実だとこの考えは言っているわけです。今のパラドックスの例では線分を用いて、つまり一次元でそれを説明しました。しかしこれは三次元空間でも同じです。空間には部分も全体もない。無限に分割できるのではなく、そもそも分割などありえないんです。相対性は幻想にすぎない。そしてこれは言うまでもなく、時間も同じです」「時間も?」

ふと黙り込んだ直後、またがさごそと動く気配。ペットボトルの水をごくごくと大量に飲む嚥下音。ふうと溜息をつき、濡れた唇をひらく音。「細かい説明はなるべく省いて、そろそろ結論に向かいましょう。さきほども言ったように、大きさのない点、つまり零次元なんて実際にはありえない。一次元の線というのもまた、実際にはありえない。なぜならどんな線も紙に描いたら、必ず幅をもつ。二次元の平面もまた同様です。どんな平面的なものも、たとえば紙も、現実には厚みをもつ。頭の中で想像するにしても、その頭には幅も厚みもある。では三次元はどうか? 三次元というのが意味を成すのは、他の次元との相対性においてです。点が線になり、線が面になり、面が立体になる。縦だけなら一次元、縦と横なら二次元、縦と横と奥行きなら三次元。逆に言えば、他の次元がなければ、三次元も基礎付けられなくなる。ゼロや一や二があるから三もある。その逆を言えば、ゼロや一や二が現実にはありえないので、三もない。N次元のNが消えるので、次元というもの自体が成り立たない。こうして次元という概念、物差しは幻想として消え去る。これも相対性消去です。さてこうして非相対的な、そもそも分割不能かつ、限りの定められない空間だけが残りましたが、それだけでは世界とは言えない。なぜなら一般に世界とは、空間が時間の推移に従って変化していくものとして描像されるからです。わかりやすい例で言えば、宇宙の原点からインフレーションの急膨張を経て、その後も少しずつ膨張しながら歴史を延長していくあの、釣り鐘型に広がっていく図です。しかしここでは時間について考えるので、取り敢えず空間の大きさは無視して、まずは一次元の直線の時間軸を想定しましょう。さてそこで、空間が部分と全体という相対的な見方から、相対性消去の手続きにより、存在論的な点と無限になり、さらに点も幻想として掻き消えたように、時間もまた現代哲学では、相対性が徹底して消去されます。その手続きは空間に対してのそれとほぼ同様です。時間というものを描像する時、二つの志向があります。ひとつは空間において全体の把握を志向するのと同様、過去から未来にわたる全歴史を眺めようとする視座。もうひとつは空間において部分への無限分解を志向するのと同様、ある時点を定めようとする視座。しかし前者の場合、空間において全体という枠線を定めたらその外ができてしまうのと同様、少なくとも思考の上では、宇宙の始まりのさらに前、未来のそのまた未来といったふうに、限りなく想像できる。つまり全体という枠が消えて、時間軸の双方向に無限に延びていく。そして後者の場合、空間において部分という枠など幻想であり、従ってそれが内部を持たない、大きさのない点にならざるをえないのと同様、時間軸においてある時点が部分として幅を持ってしまうと、その外のはずの、そこより過去、そこより未来との区別がつかなくなる。たとえば現在に幅があると、それがさらに、その幅の中で過去と現在と未来に分割できてしまって、つまり外に区切ったはずの過去と未来が内部に生じてしまって、当初の幅自体は純粋な現在とは言えなくなる。ゆえに現在は幅を持たない点とならざるをえない。ここまではいいですか？」「はい、たぶん」「さてそこで、空間の場合、存在論的な点と無限では、無限の方がより根本的、基底的でした。点はあくまで幻想としての、矛盾表現であって、実際にそれを空間に定めてしまうと、点とそれ以外、ある点と別の点といった相対性が生じてしまうからです。丸ピラミッドの例で言えば、連綿と続く広がりから、個体や個物、構成要素としての無数の丸ピラミッドが隆起して尖って、頂点という点が作られるので、根本的にはその広がりだけがあり、つまり世界だけがある。一方で、まず個々の無数の点があって、そこから末広がりに丸ピラミッドが、その頂点の方から作られて、最後に世界という広がりとして繋がったというのは、想定できない。まず無数の点を描いた時点で、その素地となる紙の広がりが先にあるわけですから。ではしかし、時間の場合はどうか？　過去から未来へと限りなく延びる時間軸がまず先にあって、その上において現在などの時点を定められるとするなら、その点は幻想であり、時間軸の方がより基底的となる。一方で、現在という点がまずあって、それが推移して時間軸を描いていくとするなら、時間軸の直線は幻想であり、点の方が基底的となる。ちなみにこちらにおいて時間の点を現在に限定するのは、もしある時点と別の時点という複数の点があると、その両者の関係によってまさに時間軸ができてしまうからです。結局のところ、過去や未来のある時点というのは、現在の投影として想像されるものですから、時間に存在論的に幅を認めない場合、点は現在のみに限られます。さてその上で、色々言いたいことはあるかもしれませんが、ここでは時間の場合、空間とは逆に、無限よりも点の方がより基底的だとします。なぜなら、ただ現在という点だけなら、それ以外がないので相対性は生じませんが、時間軸が限りなく延びているなら、その中のある時点とある時点、未来と過去といったふうに相対性が生じてしまうからです。そしてもうひとつには、時間軸の方がより基底的だとすると、あらかじめ過去から未来へと広がった時間が存在することになり、世界から変化がなくなってしまうからです」「それってつまり、変化する現在だけがある、という主張ですか？いかにも前時代的な哲学者が好きそうな結論ですけど」「ええ、日常的な表現で言うなら、変化する現在という、幅を一切持たない点だけがある……と言いたいところですが、しかし幅を持たない点、つまり大きさを一切持たない点など存在しえない。さらに言うなら、もちろん宇宙において、絶対的な一様の現在など定められない」「哲学ではなく、物理学的には当然そうですよね。相対性理論がありますから」「ええ、しかしここでは哲学的な説明をしているので、どうするかと言えば、現在すらも消します。そこでまず分かりやすいように、時間軸の直線、これを別の描像に変えて、一冊の書物として思い浮かべてみてください。かのガリレオ・ガリレイがかつて宇宙を書物に喩えたので、それを借りるわけです。宇宙に始まりがあるとしても、その前もあるかもしれませんし、私たちは過去のさらに過去を想定できてしまうので、ここでは便宜上、過去方向にも未来方向にも、無限にページが続く書物とします。ページが紙のように厚みを持ってしまうと、さらに分割できてしまうので、ここでは便宜上、その書物は厚みのないページ、あるいは近似的に、無限小の厚みのページから構成されるとします。この書物の一瞬一瞬のページが連続して流れることで、宇宙の時間の推移、その変化がパラパラ漫画のように描像できるわけです。ただし一瞬一瞬の各ページには任意の数が振れるので、この無限は数学的な意味であり、従ってこの時点では前後関係、目盛りなどの、相対性があります。この相対性をどのように消去すればいいでしょうか？　現在すらも消去する前に、まず現在だけにするには？　それは実のところ、書物を構成する一瞬一瞬のページが流れることでパラパラ漫画という幻が立ち上がるのではなく、むしろ書物の方が幻想であり、パラパラ漫画だけがある、と考えることです。映画で言うなら、まず一コマ一コマがあって映像が生成されるのではなく、変化する映像だけがあって、そこからコマという構成要素、相対性が幻想される。しかしもちろん、これだと宇宙に絶対的な現在があることになってしまいます。宇宙全体の一様な現在を映し出す映像があることになってしまう。従って、その現在すらも消去します。この宇宙全体の、変化する現在という映像を描像している時、当然ながらそれを描像するには、つまりその映像を眺めるには、宇宙の外からの視座が必要です。しかし宇宙の外の視座などありえません。私はこの長い長い話の最初の方で、相対性というのはひとつの視座だけでも生じると言いました。つまり仮に、宇宙を一様なものとして外から眺められたとしたら、そこにも相対性が生じてしまう。これは非常に重要な肝なんですが、全体が部分の一種でしかないように、実は絶対性というのも相対性の一種にすぎないんです。一般的な相対性が世界の内部関係によって生じるものなら、絶対性というのは世界の外部関係、世界とその外という相対性によって生じます。しかしもちろん、世界の外などない。外から眺める絶対的な視座などないので、宇宙全体の絶対的な現在の姿なんてない。こうして、世界内の相対性を消去した果ての、パラパラ漫画のような映像さえ、世界外の相対性も消去されることによって、幻想として掻き消えてしまいます。私たちは究極的には、何も描像できません。ひとつ勘違いしないでほしいのは、描像できない真の映像、真の宇宙の姿がある、というわけではないということです。姿というのはそれを眺める視座と切り離せませんので、視座がなければ姿というもの自体がそもそも生じません」「……そうなると、世界それ自体には現在も、過去も未来もない。だから、未来は決まってもいない、ということですか？」「ええ、まあそうです。宇宙がもし書物であったら、未来という先のページがあります。その先のページが既に書かれていたら決定論、まだ白紙だったら非決定論となる。しかしそもそも、宇宙が書物ではなく、ページなんてなかったら……決定論、非決定論という対比自体、つまりその相対性も成り立たなくなります。だから正確に言えば、決まっていないのではなく、未来なんてないわけです。過去や未来というページなんてない。ゆえにそれらと相対的にしか定められない現在すらも姿を消す。過去から未来にわたって広がった時間、つまり空間化された時間を消去すると、世界自体の発展を描く場がなくなります。従って未来の展開も、選択肢や可能性といったものも消えてしまいます。平行世界的な無数の分岐どころか、唯一の道すら消える。当然ながら、時間軸も何もないので、時間の矢を描く余地など一切なく、それもまた幻想にすぎません。また各ページ間の比較という相対性も幻想となるので、空間の大きさも意味を成さなくなる。そういう意味では大きさのない点に還るというか、むしろ原初の点から本質的には、何も変わっていないとさえ言えるかもしれません」「空間の大きさも意味を成さなくなる？」「ええ、それはちょうど、次のように想像すればいいでしょう。まず目を閉じて、その瞼の裏の闇の中で、原初の点からインフレーションの急膨張を経て、止まらずに拡大していく宇宙の姿を思い浮かべてみてください。それは相対的に、つまり勅使河原さんに向かって大きくなっていきます。しかしそれを眺めている勅使河原さんは実のところ、その宇宙の中にいる。従って、拡大していくその宇宙の姿を外から眺める、こちら側の視座が消える。視座がなくなればそこから眺める姿も消えるので、その瞬間、時間も空間も幻想として掻き消える……」

　おもむろに目を閉じて、しばらく黙り込む勅使河原。「ああ、なるほど……眺めているこちら側が、ふっと消えると、あちら側も……」「もちろん、その宇宙の中で、地球にいる勅使河原さんと、遠く離れていく銀河とか、そういう相対性によって、時間の推移や空間の距離は生じます。しかしその世界内相対性もまた、根本のところでは幻想なわけです。走る電車の中とその窓から見える風景、これは逆方向に流れます。同じ方向に動いていても、速度の異なる電車が並んで走れば、差がついていく。しかしそうした相互の、AとBは存在論的には分かれていない。その分かれていないAとBを不可分の変化として捉えるには、両者を丸ごと眺める視座が必要になる。そうやって相対性を消去していくと、最終的には世界内のあらゆる個体個物、あらゆる構成要素を分かれていない変化として、丸ごと眺める視座が必要になる。つまり世界自体を眺める、世界外の視座が必要になる。しかしそんなものはない。ゆえに世界内にも、世界外にも相対性がなくなった境地では、あらゆる視座というもの、そしてその対として幻想される、あらゆる姿というものも消え去る。私たちの認識も言語も、様々な数量も比も目盛りも、科学的な理論も実験の相互作用も、すべて相対性に基づいています。従って何かを現象論的に記述したり、数学的に理論化する上ではその世界観がもちろん相応しい。しかしそうした相対性自体が存在論的には、非相対性の世界において成り立っている。この世界を基礎付けるためにいたずらに次元を増やしたり、あるいは平行世界的に無数の分岐やら歴史やらを想定して、その中の一つとしてこの世界を位置付けたり……そういうのは結局、根本的には相対性が成り立たないところにどうにか、相対性を持ち込もうとする無駄な足掻きなのではないかという人もいます。結局のところ、根底においてこの世界は関係性、つまり相対性で成り立っているのか、あるいは関係性、相対性など幻想にすぎないのか、突き詰めればこの二つのヴィジョンが両極にあるわけです。といっても後者の場合、相対性を排すると何も記述できず、何も意味を成さなくなるので、何の役にも立ちません。たとえば、存在論の存在とは在るということですが、その在るは無いがあってこそ相対的に意味を成す。しかしその相対性は実は幻想です。なぜなら、無いと言った時点でその無いということが存在するので、それは在るであり、従って無いではない。在るは在るであり、無いも在るであるなら、在るのみがある。しかし無いがないとその逆の、在るは定義できない。無いがないと在るすらも消えてしまう。こうして在ると無いという相対性が消去されて、意味を成さなくなる。あるいは二元論は誤りだといっても、一元論も正しくはない。なぜなら一というのはそれ以外の数があってこそ定義できるので、二元論、あるいは三元論でもそれ以上でも零元論でも、一以外の数をすべて排斥すると、それと相対的にしか定められない、一も基礎付けられなくなる。つまり次元の話と同じで、N元論のNが消えて、何たら元論という概念自体が意味を成さなくなる。どうです？　屁理屈みたいじゃないですか？　でもこういうふうに、現代の純粋哲学は諸概念の無効化という方向以外に、もうやることがなくなってしまったんです。この徹底した無用さに耐えきれなくなって、私も脳科学という、少しばかり実用的なことが語れる分野に舞い戻ったというわけです」と照れ臭そうに乾いた苦笑を響かせる鈴木。その余韻の沈黙の中、すやすやと微かな呼吸音だけが繰り返される静寂。「……あれ、勅使河原さん？　もしかしてもう寝てしまいましたか？　勅使河原さん？」

7

澄み渡った青空の下、秋葉原駅のつくばエクスプレス出入口前で自動運転タクシー「連れテック」から降りる二人。「本当にどうもありがとうございました。お見送りまでしていただいて」「いえいえ、また機会があったら一緒に温泉でも何でも」「鈴木さんの昨夜のお話の、最後のイメージのままに寝落ちしたら、何だか気持ちが吹っ切れました。この世界が書物じゃないなら、私は物語の中を生きているわけでも、その登場人物でもない。過去のページも今のページも、次のページすらもない。それって何だかむしろ、何も決まってないような感じですよね。もちろん、白紙の未来が広がっているわけでもないから、自由とも言えないものなんでしょうけど」「まあ、人生なんてあれこれ考えても仕方のないことばかりでしょう。私も大体において、直感に任せて生きていますよ。そのせいで時として、確定申告を完全に放置してしまうようなこともありますが……」

晴れやかに一礼して下りエスカレーターに乗る勅使河原。にっこりと微笑んで手を振る鈴木。駅構内へと吸い込まれていく勅使河原の頭が見えなくなった途端、ポケットをまさぐり携帯端末を取り出して、一件のEメールの遣り取りを表示する鈴木。すると

「東ケン茂木山研究室卒業生の……」と冒頭に件名が。

茂木山先生

　お久しぶりです。左曲がりの伊東こと、伊東敏文です。

　東北ケンブリッジ大学時代は本当にお世話になりました。茂木山研究室の仲間とは今でも時々、連絡を取り合っています。私自身は去年、転職して脳科学とはまったく畑違いの、「SPACE SEX」というアメリカの宇宙射精企業で働いています（太陽系外宇宙空間へ向けて、冷凍精液を打ち上げる富裕層向けの事業です）。

　それはともかく、私の年上の友人に株式会社サイバーペッティングでCOOを務める柴田日美子さんという才媛がいまして、その柴田さんが茂木山先生に急遽、連絡を取りたいということで、私が仲介役を仰せつかることになりました。以下に転送しますので、なるべく早急な返信をしていただけたら幸いです。


　どうぞよろしくお願いいたします。

茂木山健多郎さま

　はじめまして、株式会社サイバーペッティングの柴田日美子と申します。いつも様々なメディアにて茂木山先生のご活躍、拝見しております。

　おそらくご存知かとは思いますが、現在、弊社CEOの関ヶ原修治が職務をほっぽり出して失踪しております。そして茂木山先生の一昨日のブログ記事「突然のヴァケーション！」に投稿された画像において、その関ヶ原当人と思われる人物の寝姿が写っているという情報が寄せられました。私も確認してみましたところ、その画像からは、たしかに関ヶ原当人と判断できます。

　当該ブログ記事の内容から、弊社CEO関ヶ原は茂木山先生と一緒に、湯河原の温泉旅館に滞在していると推測できるのですが、如何でしょうか。

　まずはその点、確認させていただきたく、左曲がりの伊東さん経由でご連絡差し上げました。その他、詳細な事情などご存知でしたら、合わせてお答えいただきたくお願い申し上げます。

株式会社サイバーペッティングCOO兼CFO
柴田日美子

伊東経由のその文面にざっと目を通してから、近くのベンチに腰掛ける茂木山。その掌中の画面には二日前に送信済みの、柴田に対しての返信が。

柴田さま

はじめまして、茂木山健多郎です。メール拝読しました。

たしかに、関ヶ原さんと私は一緒に温泉旅館におります（私は生粋の異性愛者ですので、不倫菊門ファックなどは発生しておりません。念のため）。

ふとしたその場の流れから、二人で一週間ほど、多忙な現代社会からのエスケープを試みることにしました。人生にはそういう時もあります。

色々ご事情、ご心配はあるかと思いますが、ここはひとつ暖かく見守っていただければ幸いです。

湯河原から脳波をこめて――茂木山より

1

サイバーペッティング本社オフィス棟三階、ＣＯＯ執務室で柴田と向かい合う関ヶ原。「ゼンギュラリティ？」「つまり今、ペロリーノ次世代機開発の社内向けスローガンとして、クンニ技術的特異点という言葉を掲げてるわけだけど、そのクンニリングス、つまり舐め郎ってよく考えると、舐め子とか接吻とか、玉舐めとかパイ擦りとか、そういう他の前戯との相対的な関係において、個性や位置付けが定められる。女性器を舐めるのは舐め郎なら、その反対に男性器を舐めるのは舐め子。上の口を対象とした前戯は接吻だけど、女性の下の口を対象とした前戯は舐め郎。あるいは男女に共通する下の後ろの口、つまり菊門を対象とした前戯なら、アナル舐めと呼ばれる非常に献身性の高い嗜みもある。そういう豊饒な前戯の生態系において、舐め郎はそれ相応の地位を占めている。実践的にみても、前戯って猿の毛繕いみたいにお互い様だし、相互に引き立て合うような、インタラクティヴな営みだから、あれをやったりこれをやったり、その応酬によってＳＥＸに刺激的な彩りを与えている。そうなると何も舐め郎だけじゃなくて、他の前戯も含めて、前戯という文化自体を深めていかないと駄目で。他の前戯も含めて総合的に、前戯という文化を一種の教養にしていくことで、舐め郎もより魅力的になって、ひいてはそれを代替するペロリーノも、もっともっと魅力的な家電になっていく。特にもう、開発の最前線の現場からは離れた自分としては、産みの親から育ての親になって、ペロリーノがよりいっそう、世の中に受け入れられていく土壌を作っていきたい。そのためにはより大きな視野を持って、前戯という文化自体をもっともっと、深めて広めて、さらに言えば、新しい未開の地を開拓していきたい。多様性って、色々なものがあるっていう共時的な多様性と、新しいものがどんどん出てくるっていう通時的な多様性があると思うんだけど、前戯の場合、どうしてもマニュアル化しがちで、新しいものってなかなか、生まれてこない。性交体位とかも基本、既にあるものをなぞりがちで、初体験でいきなり、誰も考えたことのないような斬新な体位を編み出す十代の天才とかって、歴史上聞いたことがない。それはやっぱり、SEXって夜の相撲って言われたりするように、人体同士の組み合わせだから、その本番に至るための前戯も人間の身体的特性、機能的制約によって、かなり限定される。ある程度編み出したらもう行き詰まる。もちろんペロリーノみたいな機械もその限界を突破するひとつの手だけど、結局、今のところはまだ、舐め郎っていう既存の前戯の模倣、再現に留まってるじゃない？　だからそこで、丸腰でも道具を使ってでもいいんだけど、既存の前戯の領域を思いっきり突き抜ける勢いで、もうまったく新しい、見たことのないような未来の前戯の開発を目指してみたい。もしかしたらもう、それは裸足とスニーカー、刀と銃、垂直跳びと飛行機くらい違う、桁違いに先進的な前戯になる可能性もある。でももし、何らかの方向性で何らかの斬新な前戯を発明できたら、そこで初めて既存の前戯の模倣じゃない、本当の意味での革新的な全自動前戯機を作れるかもしれない。それが目指すべき前戯技術的特異点、すなわちゼンギュラリティ」

ほとばしる熱意に説得されるように、しきりに頷く柴田。「なるほどね。でも具体的には、どうやってそれを？」「今のところ二つ考えていて。一つにはまず、文化的な種蒔きとして、前戯以外の様々な文化の中に前戯を見出していくことで、言わば概念としての、物の見方としての前戯っていうものを、世の中に広めていく。たとえば現時点で考えているのは、前戯フェス。といってもステージにパフォーマーを上げてエア前戯をさせるとかじゃなくて、色々なミュージシャン、歌手とかバンドとかを呼んで、滅茶苦茶盛り上がるような代表曲、名曲を歌唱、演奏してもらうんだけど、そのサビの直前で、どの曲もあれっていう感じで終わる。イントロの後すぐサビの曲は単にイントロだけ。いきなりサビから始まる曲はもはや演奏すらしないで、ステージに出て観客の声援に応えて、各自準備をしたら、ワン、ツー、スリー、フォーで楽器を置いて帰るみたいな。つまり前戯としての音楽。あるいは期間限定の前戯レストラン。つまりコース料理なんだけど、メインがない。前菜、スープと来て、まあパンくらいは出るけど、その次の魚料理、肉料理は来ない。もちろんデザートもなし。ただしその、前菜とスープは異常なくらい凝っていたり、希少な食材を惜しげもなく使っていたりする。あるいは前戯映画祭。予告編だけなんだけど、それが全部、架空の映画の予告編でしかも、物凄い期待感を煽るような……」「なるほどね。つまり文化事業というか、一種のメセナ活動をやりたいと」「そういうこと。前戯ってどうしても本番あってこそみたいな、脇役的な存在にされがちだから、むしろ前戯を主役として、そこにスポットライトを当てることで、概念としての、物の見方としての前戯を世の中に意識付ける。それでそういう催し物を通じて、当然うちの会社や製品も宣伝すると共に、その参加者全員に、不用意な舐め郎や舐め子による感染症の危険性とか、古今東西の多種多様な前戯とかが解説されたパンフレットを配ったりして、啓発活動もする」「まあ資金的な問題もあるけど、フェスなら既存のフェスに協賛して、その会場の一部でやるとかすれば、やりやすいでしょうね。出演者もコピーバンドに依頼するとかにすれば、フィーも下げられるだろうし」「それは年に一度か二度、毎回違う催しをやるくらいでいいと思う。たとえば毎年九月二日のクンニの日とか、あと毎年二月九日のファックの日、この両日から一定期間ずつやるとか」「ああ、それはいいかもね。それで二つのうち、もう一つは?」「それは今さっきもちょっと言ったように、新しい前戯を発明する。今までにない、革新的な前戯。理想を言えば、その前戯があったらもう、本番ファックは後戯になっちゃうくらいの……」

ぐっと前のめりに両手を広げる関ヶ原の勢いに気圧されたように、くすっと苦笑を漏らす柴田。「何だか、無断欠勤のおかげで完全に充電されたみたいね。創業したばかりの頃の熱さを取り戻した感じ」「ああ、たぶん一時的なシャットダウンが必要だったんだと思う。つまり休息というより、切り換える時間。CPUで言えば再起動してRAMに溜まったゴミを一掃するみたいなね……」

2

サイバーペッティング本社オフィス棟二階、第一会議室に集まった関ヶ原、柴田、CEO秘書と兼ねて経営企画室副室長CEOに昇進した広永、事業企画部新入社員CEOの稲荷川スティーヴンソン愛子様々とVIP千手観音早苗、宣伝部平社員CEOの杉森盛銛子、営業部平社員CEOの薬丸三角四角光司。「ええとそれでは、これから手がけるCEO直轄の新しいプロジェクト、前戯イノヴェイションに関する初の会議を始めたいと思います」と口を切る広永。「それでまず、メセナ活動の前戯文化振興と新前戯開発の次前戯事業、この二つの活動を両輪としていくわけですけれども、それについて関ヶ原さんから――」「はい皆さん、これからどうぞよろしくお願いいたします」と迅速に一礼する関ヶ原。「よろしくお願いいたします」と頭をぺこりと下げる一同。「それでですね、まあ基本的に、皆さんには前戯文化振興と次前戯事業のうち、どちらかというと前戯文化振興の方に重きを置いて従事していただく予定です。といっても、時期はともかく既に開催が内定した前戯フェスや前戯レストランをはじめ、おそらくほとんどの企画は内製できませんから、外部の制作会社やPR会社なんかと業務提携してやっていくことになる。まあそれはこれまでも、ペロリーノの広告宣伝、啓蒙活動なんかを通じて、特に宣伝部、営業部はやってきた実績がありますから、その規模の大きい版というかね、そういう感じで是非、鋭意挑戦していってください。あと今回、この前戯イノヴェイションのために新入社員をお二人、採用させていただいて、今のところ仮に設けた事業企画部所属なんですけれども、このプロジェクトが上手いこと回り始めたら、子会社として切り離すことも考えていますので、創設メンバーとしてその子会社のDNAを作るくらいの意気込みで、頑張っていきましょう」「はい」「はい」と引き締まった面持ちで頷く稲荷川スティーヴンソンとVIP千手観音。「それでもう一方の次前戯事業、こちらの方は新しい前戯を生み出していこう、という私のある種、道楽みたいな側面もあるネクスト・ライフワークとして立ち上げるものなんですけれども、ただこの名称も、慈善事業とかけて次前戯事業にしているくらいで、生半可な気持ちでやるわけではありません。また前戯文化振興の方と同じく、新しい前戯を一般に提案したり広めたりする際には、色んなメディア展開、事業展開も構想していますので、その際には当然、皆さんの力を存分にお借りすることになるかと思いますし、外部との連携や協働も必須になるかと思います。なのでその前提として、現時点でのヴィジョンや基本的なコンセプト、これについて取り敢えず、皆さんと共有しておきたいなと。それでですね……」

プラシーボ・エナジードリンク「気の聖水」の缶をぐいっと呷り、颯爽と椅子から立ち上がって上座の壁際に設置された「電ボ」に歩み寄る関ヶ原。その広々としたボード画面にスタイラスペンで引かれる大きな十字の交差。さらに縦線の上下にはそれぞれ「実用的」と「非実用的」の書字、横線の左右にはそれぞれ「日常的」と「非日常的」の書字が。

「この東西南北みたいな、縦軸と横軸からなる二次元座標図を見てほしいんですけれども、新しい前戯って大体、この四つの方向性で性格付けられると思います。まずこの横軸の左方向の、日常的。これは文字通り、その前戯が日常的にできるという意味。つまりその身ひとつで手軽に実行できたり、あるいは道具を用いるにしても、それが身近な物、日々使用できる物、入手困難ではない物。その反対として横軸の右方向の、非日常的。これは特殊な設備が整った施設じゃないと体験できないような、そういう希少性の高い前戯。あるいは誕生日にケーキを作るついでに生クリームを乳首につけて舐めるとか、たまにやるからこそ刺激的な前戯。次に縦軸に移ってその上方向の、実用的。これは前戯としての効果が高い、つまり強く興奮をそそったり、快楽を潤滑に引き出したりするもの。ペロリーノはこの方向の価値が非常に高いからこそ、性意識の高いユーザーさんに評価されました。それで最後に縦軸の下方向の、非実用的。これは前戯としての物珍しさとか意外性とかはあるけれども、あまり効果は高くないもの。例を挙げれば、前戯って自慰行為でやることと似ているので、それで説明すると、昭和の時代には男性の自慰行為として、人肌に温めて切れ目を入れたこんにゃくを性具として利用するという文化があったらしくて、でもそれは実際に体験した人の話では、大して気持ちよくはなかったと。つまり自慰行為としての、ある種の開拓性、逸脱性はあったんだけれども、全然実用的ではなかった。だから仮に、前戯として人肌に温めて切れ目を入れたこんにゃくを使う、こんにゃく前戯というものを考えるなら、これは非実用的だから縦軸の下の方向。こういうふうな方向付けで前戯をとらえていく」「なるほど」と相槌を打ってメモを取る稲荷川スティーヴンソン。

「でその上で、次前戯事業も文化事業の側面があるとはいえ、会社としてやっていく以上、ゆくゆくは多少の利益は上げられるようにするつもりですし、あと少なくとも、性的好奇心が旺盛な人々の間で認知されていかないと文化として成り立たない。そう考えた時に、この座標図ではやはり、日常的と実用的、この二つの方向に寄ったものを主として提示していきたい。そこで参考になるのが、まあペロリーノも大きく分ければその範疇に入るわけですけれども、性具による前戯の普及例。特に現代史上、最も大きな成功を収めたのは何と言っても、電マという女性向けの、自慰にも用いられるクリトリス刺激型のヴァイブレーターですね。ちなみに、この中に使ったことがある方は?」「あります」と即座に手を高々と上げる稲荷川スティーヴンソン。「あります」「私も何度か」と控えめに挙手するVIP千手観音と柴田。「黙っている方も多分、心の中では挙手されてるような気もしますけど、あれは元来、電動マッサージ機であって、断じて性具ではなかったわけです。でもそれがアメリカで自慰用の性具として人気になって、日本でもAVなんかで前戯に用いられて、一般に普及した。やっぱり手や口をはじめとした人体のみを使った人力前戯、これってもう出尽くしていて先がない。前世紀に出現したAVという映像文化を通じても、まんぐり返しとか潮吹きとか、様々な人力前戯が行われてきましたけれども、実際のところ、古い文献とかを読むとそんな技は既に、千年以上前からやられていたりする。おそらくは文献なんて残りようがない時代、もう遥か古代の、もしかしたら洞窟の中で暮らしていた時点で全部、やり尽くされてしまっている。人間に尻尾とか角が生えたりして、新たな身体部位が出現しない限り、もうフロンティアはない。だから道具による拡張、あるいは目隠しとか手錠みたいな、拡張の逆の制限……そういう道しか前戯には残っていないと考えるわけです。それだとまあ、その道具を製品化して販売することもできるでしょうし、それこそTPLのダイバーペッティングを拡張して、アダルトグッズ売り場を設けたり……」「なるほど」と相槌を打ってメモを取る稲荷川スティーヴンソン。
「ただですね、非日常的、あるいは非実用的、この方向に突出したものも除外はしない。たとえば男性が股間にだけ穴が空いたジャンピングスーツを着て、あらかじめ勃起を促進する薬を飲んで、とても魅力的な女性インストラクターに前に抱きかかえられる形で、上空四千メートルからスカイダイヴィングをしながらペニスをしごかれる。最初は怖くてもパラシュートが開いた辺りでいい感じに興奮してきて、着地するなりファックに雪崩れ込む。こういう前戯が試みられたら、それってかなり非日常的です。というか、非日常的すぎて、ほとんどの人はおそらく積極的には体験したがらない。でも電マなんかよりよほどインパクトがありますから、一発企画としては、世の人々の注目を集められる可能性が高い。つまり何が言いたいかというとですね、次前戯事業として発案した新しい前戯、これを一般に広く提示していく最良の形はなんだろうと考え抜いた結果、それを十八禁のアダルト映像として、作品化して発表していこうと、こう方針を定めました。そしてそうなると日常的、実用的とは真逆の、インパクトだけがあるような、そういう前戯もあった方がいい。というより、その映像シリーズを周知させるため、話題にしてもらうためにはむしろ、そういう前戯も絶対に必要になってくるわけです。あとはやっぱり、ある種の馬鹿馬鹿しさを突き詰めた前戯も実現することで、かえってこのヴィジョンの、既存の常識から飛び出そうという意気込み、真剣味、それを伝えられるんじゃないかとも思うわけです」「なるほど」と相槌を打ってメモを取る稲荷川スティーヴンソン。

サイバーペッティング本社オフィス棟二階、第一会議室に集まった関ヶ原、柴田、広永、稲荷川スティーヴンソン、VIP千手観音、杉森盛、薬丸三角四角。「ええと前回、次前戯事業として発案した新しい前戯、これを十八禁のアダルト映像として作品化するという方針を述べたんですけれども、それについて、ここ一ヵ月弱で新たな展開がありました」と重要そうに明かす関ヶ原。「新入社員のお二人以外はご存知でしょうけれども、アダルト映像制作会社の名門、SODCさんからオファーがあって以前、うちのペロリーノがAVに出演したことがありました。マジックミラー号と呼ばれる、内側からは外が見えるのに、外からは内部が見えないという、特殊な荷台をそなえたキャンピングカーを用意して、そこに素人という設定の女優さんを誘い込んで、淫ら極まりない行為をさせる。そういう、もはや古典となったAVシリーズのヴァリエーションですね。つまり全自動前戯機の体験ブースという設定で女性をマジックミラー号の荷台に誘い込んで、ペロリーノにその女性器を舐めさせて、いい感じに濡れて興奮してきたところで、隣で勤勉にアンケートを取っていたスタッフの男性とファックしてしまうという展開……もちろんどうして体験ブース内のすぐそばで、しかも異性のスタッフがリアルタイムでアンケートを取っているんだという、そんな突っ込みは無粋です。それはともかく、SODCさんは伝統的に企画物AVに特化されていて、非常にクリエイティヴな気風で名高い。しかも一般の素人から企画を募集して、それに基づいて作品を作るレーベルなんかもある。そこで前回の会議の直後、こちらから先方にコンタクトを取って、柴田さんと広永さん、あと専門の弁護士も伴って何度か東京に行って協議して、こちらが資金を拠出することを条件に、制作を委託することで先日、合意しました。もちろんお金は出すので口も出せます。特に企画のコアとなる部分、新前戯のアイデアに関しては、完全にこちらの発案によるもので、その他に関しても企画内容の詳細、キャスティングなどにも注文は付けられる形ですので、前戯イノヴェイションのヴィジョンをそのまま実現できる。この根回しが整ったので本日晴れて、約一ヵ月ぶりに第二回の、前戯イノヴェイション会議を開催したわけです」「なるほど」と相槌を打ってメモを取る稲荷川スティーヴンソン。

「ただですね、あくまで新しい前戯というヴィジョンを具現化して、それを提示するためのアダルト映像化ですから、本番ファックはなしか、あるいは前戯で興奮して挿入したところで、フェイドアウトしていくような、そういう余韻を残す感じにしたい。しかし一方で、それだとAVというジャンルとしてはインパクト、訴求力が弱くなってしまう恐れがある。ではどうするか。実はですね、疑似ドキュメンタリーやリアリティ番組みたいな企画物AVを多数、制作されてきた実績を活かして近年、SODC本体からスピンオフしたMOCという子会社が、動画配信サーヴィス向けに、民放なんかでは流せない類の、成人指定の番組制作を手がけている。それも多くは疑似ドキュメンタリーやリアリティ番組の体裁を取っているんですけれども、通常のAVとは違って設定や脚本、ドラマの作り込みがきちんとしてて、性行為がAVほど仰々しくなくて、でも濃厚な濡れ場は満載みたいな……要するに企画物AVの創造力はそのままに、それにもっとリアリティを付与した感じの、そういう番組。たとえば『焦ラスハウス』とか……」「あ、観たことあります」と驚いた表情で口に手をあてる杉森盛。「自分も、観たことがあります」と続いて小さく挙手する薬丸三角四角。

四人の若手AV女優と四人の若手僧侶（実際は短期間だけ寺で修行した劇団員）がとある古ぼけた別荘の中、禁欲の戒律のもと、互いの成長を目的として共同生活を送る――それが『焦ラスハウス』の設定。課せられた別荘の修繕を日々こなしながら、女優はどうにか戒律を破らせようとあの手この手で誘惑、僧侶はそれを無視してひたすら修行。僧侶たちは一日二回、各十五分の瞑目座禅を全裸で行う宗派に属しており、その間だけ、女優もあくまで技を磨く修行として、手と口を用いた直接の愛撫を仕掛けることが許可。不覚にも射精した僧侶は即退場処分。修繕完了まで「イキ残った」僧侶は希望する女優とのファック権を獲得。その煩悩の熱い解放が幕切れとなり、視聴者の興奮も最高潮に。

「なので実際にはその、MOCという子会社に業務委託する契約で、アダルト映像ではあるものの、きちんと作り込んだ疑似ドキュメンタリーみたいな、つまり成人指定の番組を作る。それの細かい設定とか仕様とかはまた後日、正式に決まってからお知らせします。ある程度決まってる部分もあるんですけれども、一応まだトップシークレットということで。さらにですね、このMOCさんは色々な動画配信サーヴィスから制作を受託しているんですけれども、特に一昨年、日本にも進出してきたあのウェットフリックス、ここと良好な関係にあって、五年間で最低何タイトルは配信権を買いますみたいな、そういう契約を交わしている。それでMOC側から企画の持ち込みができて、ゴーサインが出れば制作にはあまり干渉されずに、かなり自由な表現ができるらしい。今さっき触れた『焦ラスハウス』もウェットフリックス独占配信ですよね。それでこの、うちの企画もMOC経由で内々にウェットフリックスに提案してもらったら、非常に面白がっていただけて、配信しますと」「本当ですか?」と目を丸くする杉森盛。「まあうちの妻が以前、アメリカ本国のウェットフリックスで番組化されたことがあって、それを先方も覚えていたみたいで。しかもうちが出資してMOC制作ですから、向こうは配信権を買うだけで、それ以外は何もしなくていいわけですよね。たぶん進出してきたばかりなので、日本制作のものを増やしたいっていう事情なんかもあるんでしょう。そういうわけで、その業務提携に関しても、このメンバーに従事していただくことになりますから、よろしくお願いいたします。あともしかしたら、うちも映像制作に関しては素人なので、意思疎通を潤滑にするためにもMOC側から知識経験のある方をお一人くらい、出向という形で迎え入れる可能性もあるかもしれない」「なるほど」と相槌を打ってメモを取る稲荷川スティーヴンソン。

3

サイバーペッティング東京オフィス、会議室兼応接室に集まった関ヶ原、柴田、広永、MOC取締役副社長兼プロデューサーの平松富江、企画制作部ディレクターの胡桃沢賢治。各自に配布されたタブレット型端末に表示された企画書。それに目を落としながら口をひらく平松。「ええとそれでは、前回までの打ち合わせで番組の骨子が固まりましたので、最初にその再確認をしておきたいと思います。番組名は『前戯イノヴェイション』となりまして、配信はウェットフリックス。第一シリーズの予定エピソード数は六つで、一回の尺は五十分弱を予定。そして番組概要、その内容の構成につきましては、まず一般から募集したという設定の、性生活や性的価値観の不一致、あるいは前戯レスなりセックスレスなり、そういう悩みを抱えた親密な関係の男女、これが毎回一組登場する。そしてその男女のもとをレギュラー出演者の、前戯プロフェッショナルズが訪問して、カウンセリング的な触れ合いを行う。このプロフェッショナルズは技術面のプロとして、なるべく経験豊富なAV女優とAV男優をお一人ずつ、知識面のプロとして性科学、性機能学などに詳しい女医の方をお一人、さらに前戯ツール、前戯グッズ開発のプロとしてサイバーペッティングCEOの関ヶ原さん、計四人をキャスティングする予定で、関ヶ原さん以外は目下、候補を検討している段階です」

「よろしくお願いいたします」と厳粛な面持ちで頭を下げる関ヶ原。それに倣う柴田と広永。「こちらこそよろしくお願いいたします」と頭を下げ返す平松。それに倣う胡桃沢。

「それでその、前戯プロフェッショナルズとの対話や交流を通じて毎回の男女一組の、馴れ初めや将来性、性格や生い立ち、お互いへの不満や気遣い、ためらいや欲望などを浮き彫りにしていく。そしてそれをもとに、前戯プロフェッショナルズがその男女一組に対して、彼らの関係の停滞を打破するような、新しい前戯を考案、処方箋として提示して、特に技術面担当の二人がその職能を活かして、生々しく実演してみせたり、マンツーマンで実技指導をしたりする。さらにその新前戯を取り入れたSEXにふさわしい場所……慣れ親しんだ自宅の寝室、高級ホテルの贅沢なダブルベッド、思い出の土地、思いも寄らないような僻地、まあ色々考えられますけれど、そのエピソードのストーリー、ドラマの流れから自然と導き出されるロケーション、これも用意する。そして与えられた新前戯を実行する濡れ場はしっぽりと、女性向けAVの制作経験が豊富な監督、カメラマンに撮ってもらう。ただしエクストリームな前戯の場合など、エピソードによって柔軟に対応。前戯がメインなのでそこを全力でいやらしく見せて、挿入して間もなくフェイドアウトが基本。事後の男女の、仲睦まじく寄り添った姿とか、未来への希望を湛えた吹っ切れたような表情、余韻を残す台詞などで終幕する」「うん、いい感じだと思います」と微笑んで頷く関ヶ原。同調して頷く柴田と広永。

次に口をひらく胡桃沢。「それで実際、制作を取り仕切らせていただく私の立場から今回、幾つか擂り合わせたいことがありまして、まず登場する男女一組の設定も、展開されるドラマも、言うまでもなく、そのエピソードで披露される新前戯ありきで考えていく必要があるわけですね。どういう新前戯かによって、それに従って脚本を作っていく。なので今回、サイバーペッティングさん、関ヶ原さんからじかに、その新前戯案を仮にご提示いただくというお約束でしたけれども、それについて……」「ああはい、ではご説明いたします」と颯爽と立ち上がり、上座の壁際に設置された「電ボ」に歩み寄る関ヶ原。その広々としたボード画面に表示される「新前戯案」と題された箇条書き。

- 疑似処女膜前戯
- 第三者経由前戯
- 塗る飴を用いた五感前戯
- 天狗前戯
- 聴く前戯
- AI前戯

「すみません、本当は事前にリストをお送りしたかったんですけれども、エピソード数に足りる六案、これを揃えるのがギリギリになってしまって……まあ正直、新しい前戯なんてそうそう、思いつけないなと」と苦笑する関ヶ原。つられて苦笑する胡桃沢。

「ただ今さっき、胡桃沢さんが新前戯ありき、と仰いましたけれども、私の発案の方は逆に、その企画書に煮詰めたような、番組のフォーマットに助けられた面もありまして……まあそれも含めて、こちらの思考回路というか、発案過程も交えてご説明できたらなと思います。それが今後の脚本作りなんかにも活きるかな、とも思うので」「是非、伺いたいです」と興味深そうに合いの手を入れる平松。「まずですね、前戯でもそうでなくても、新しい発想、新しい発明ってどうやって歴史上、生まれたり普及したりしてきたかと言うと例外なく、既存の何かの組み合わせなんですよね。まったくの無から生じるものなんてありませんし。それでそうなると今回、前戯というのはまず外せませんから、それとの組み合わせとして、むしろ性的じゃない事柄、性的な範囲の外を探索して、そこで見つけたものを前戯と合体させる、あるいは前戯に転用する、そういう意識を持ちました。さらにこの番組は私、関ヶ原がそのまま出演しますので、テクノロジー企業のCEOとしてやっぱり、前戯とテクノロジーの組み合わせ、これを主たる方向性として考えてみたい。その結果、最初に見つけたのがこれです」

箇条書きの「疑似処女膜前戯」を指差す関ヶ原。

「ちょっと今日は準備不足で、どの案も何のスライドも動画も用意していないんですけれども、まずこの、疑似処女膜前戯。これは私の知人にナノファイバーの研究者がいまして、大学教授で、化学メーカーと共同開発なんかもしていて。たとえば化粧の下地として、ナノファイバーで皮膚を被膜した上に普通の化粧をすると、ぺらりと剝がせるので、濃い化粧が必要な職業向けの、化粧落としの手間が省けて肌荒れも軽減できるみたいな、そういう貼る化粧下地を製品化したりとか。あるいは医療用の、傷や手術痕を修復するためのナノ絆創膏みたいなものとか。それでそういう系統の素材として、もうちょっと丈夫で伸縮性もそなえたナノシートもあって、これも肌に接着できる。だからそれを剃毛した女性器の上から、ぺったりと貼りつける。すると割れ目が透明の膜に覆われるわけですけれども、この膜を特殊な多層構造にすると、亀頭を押しつける程度ではぐっとたわむだけで、まず破れない。ところが水分には弱くて、つまり女性器の方が濡れて愛液が溢れ出たり、男性器から我慢汁が出たりして濡れると、ふやけるみたいにして強度が落ちて、そのうちに突き破れる。だから破れるまで性器同士を擦り合わせたりして、敢えて挿入にもうひと手間かけるみたいな、そういう前戯が愉しめる。もちろんこれは体内に残っても自然に分解される、安全な成分のみで、シートの周辺部だけ接着するように作ることも可能だそうです。これはもう試作品の製作を依頼してまして、安価に量産できるならうちの方で販売することも考えています。まあ処女膜って言葉のイメージが一人歩きして、何となくファンタジーがありますから、そういう、ファンタジーを冗談として愉しむというか。たとえば番組上の設定としては男女の、女性の方はとてもファック経験が豊富で、一方で男性の方は彼女が初めての相手。しかも男性は奥手な性格なので、どうしても気後れしたり、彼女の過去が気になったりしてしまう。そういう心の機微を描きつつ、前戯プロフェッショナルズが男性を勇気づける。特に技術面担当の二人が、男性に気構えとか実践的なテクニックを教え込む。そして最後はあくまで冗談の、通過儀礼のようなものとして、このナノシート処女膜を貼りつけてもらった女性と一戦交えて、その擬似的な処女を奪うことで、気後れを打破しようということになる。ところが、男性は結局のところ主導権を一切握れずに、経験豊富な女性にむしろ、好き放題弄ばれてしまう。そんな展開とオチとか……」「なるほど、いいですね」と好反応をみせてメモを取る胡桃沢。

次の「第三者経由前戯」を指差す関ヶ原。「これは海外の現代アーティストが、3Dプリンターで等身大の自分自身のフィギュアを十数体も作って、それをギャラリーの壁に飾った自作の自画像の前にずらずら立たせて、つまり自分の複製人形たちが、自分の自画像を眺めているみたいな、そういうインスタレーションをやったと。そこから着想を得ました。それでどういう前戯かというと、たとえばA子さんの、等身大人形を作って、それを一面鏡張りのスタジオみたいな場所で、その鏡に向けて立たせます。そしてそのA子さん人形の後ろに、モデルになった当のA子さん自身も、鏡の方を向いて立ちます。さらにそのA子さんの後ろに、A子さんの夫もまた鏡の方を向いて立ちます。つまり全員が同じ鏡の方を向いて、A子さん人形、A子さん自身、A子さんの夫、この順番で一列に並ぶ。ちなみに全員、服は着ていないものとして想像してください。さてその上で、A子さんが目の前に立つ自分自身をモデルにした人形、これに対して、その乳房を揉むとか、首筋を舐めるとか、陰部を撫で回すとか、愛撫を行う。その時、A子さんの後ろの夫は、目の前のA子さんがさらにひとつ前の、A子さん人形に対してまさに行っている愛撫を真似るかたちで、背後から妻を愛撫する。鏡に映る向こう側のA子さんの動作を見ながら、それをそっくり真似るわけです。背後の夫が真似しやすいように、そして焦らすような雰囲気を出すために、A子さんは目の前のA子さん人形に対する愛撫をゆっくり行う。そうすると、A子さんがA子さん人形に対して背後から行う愛撫と、A子さんの夫がA子さんに対して行う愛撫が、ほぼ同期する。A子さんは背後から夫に愛撫されながらも、半分はあたかも、自分で自分を愛撫しているような奇妙な感覚を得られる。多少遅延があっても、少なくとも背後の夫を操っているような感覚は生じる。つまり自分で自分を愛撫するようにして、相手に自分を愛撫させるわけです。これは番組上の設定としては、たとえば夫婦がいて、夫の方がずばり、セックスドールの製造会社で造形師をしている。いわだわって細かい仕事をする、いわゆる職人気質ですね。それで自分が仕事で作るゆる人形の女体、これには人形の女体に対する恐ろしく繊細にこだわるくせに、妻の女体に対する愛撫は、かなり雑だったり、乱暴だったりする。しかもその自覚が薄くて、夫の性格的にも、夫婦の関係としても、妻からは率直に意見しづらい。そんな空気が醸成されてしまっている。そこで前戯プロフェッショナルズがどうにか、夫を教え諭そうとするんだけれども、夫は疎ましがって乗ってこない。そんな中でも夫の仕事ぶりを見学したり、そのプロ意識を語らせたりして、造形に対する情熱や思い入れには敬意を示す。そんな交流があった後、まさに夫が造形したセックスドールをひそかに、夫の勤め先から一体購入して、それをAVの撮影にも使われたことがある一面鏡張りのスタジオに設置して、そこへ夫婦を連れていく。そして妻の方から真剣に働きかけて、前述のような愛撫を実行させる。つまり、夫の造形した人形を介した前戯によって、こういうふうに私の体を扱ってほしい、ということを妻が夫に、まさに実技指導で伝える。人形という第三者を経由して、夫婦のコミュニケーションが成立するわけです」「いや、なかなか面白いです。もう少し設定を練って脚本の出来がよければ、とても感動できるヒューマンドラマになりそうですね」と感心した様子で頷く胡桃沢。

次の「塗る飴を用いた五感前戯」を指差す関ヶ原。

「これはうちの会社の、デザイン担当の幹部の実家が和菓子屋でして、そこで以前から、ちょっと洒落た玩具菓子というか知育菓子というか、そういうのを売ってるんです。どういうものかというと、容器の中では常温でも粘性のある液体、ただし外気に触れると短時間で固まっていく、こういう接着剤みたいな珍しい性質の飴を開発したそうで、湿度なんかにもよりますけど、特に薄く塗り伸ばした状態だと一分も経たないくらいで、軽く固まっちゃう。これがブロック状の、豆菓子、焼き菓子、揚げ菓子、干菓子なんかと同梱されていて、その接着剤みたいな飴でブロック状の固形菓子を組み立てて、お菓子の家とかを作れる。一応は子供向け、子供でも和菓子に親しんでもらいたいと開発したものなんですけれども、むしろ海外からの観光客とかに人気があるらしくて。それでこの飴をむしろ、アダルトグッズにしてしまって、互いの肌にじかに塗り合ったり、あるいは刺激してほしい箇所に自分で塗ったりして、その上でそれを舐め合う。この過程を愉しむ前戯。もちろんただ単にそれだけだと普通すぎますので、この飴にさらに改良を加えて、ひとつには暗闇で光るようにする。すると明かりを落とした中での前戯に面白味、幻想的な雰囲気なんかが加味される。あとは香りにもこだわって、より興奮をそそったり、ロマンティックな気持ちを高めるものにする。この案は甘い飴ということで味覚、香りで嗅覚、さらに暗闇で光るということで視覚、そして舐めてその音が立つので触覚と聴覚、つまり五感すべてを刺激していて、ある種、共感覚的な性感がうっすら現れるんじゃないかと思うわけです。ただ普段使いするには問題もなくはなくて、ちゃんと舐め取らないと肌が多少、べとつく。寝具とかにも付着する。でもまあ、これは汗とか精液とかでも似たようなものなので、清潔に洗濯したりシャワーを浴びたりする習慣があるなら、あまり気にならないのではと。だからこれも今、試作品の製作を依頼してまして、販売も考えています。番組上の設定としては、男女のどちらかの職業をパティシエということにして、独立したばかりで超多忙とか、そういう理由によって性生活の豊かさが失われてしまっている。そこに前戯プロフェッショナルズがやって来て、技術面担当の二人がふざけ合いをしながら話を聞き、家事や店の手伝いをして、洋菓子を悩ましい仕草で食べたりする。その様子を私が見て、この飴の案を思いつく。そんな展開とか」「なるほど、これも設定を練れば面白そうですね」と小刻みに頷きながら紙コップのコーヒーを口に運ぶ胡桃沢。

次の「天狗前戯」を指差す関ヶ原。「これは個人的な問題として、クンニリングス、まあ我が社では舐め郎という呼び方を推奨しているんですけれども、私はこれが大の苦手なんですね。それで全自動前戯機ペロリーノを開発したわけです。でも完全に機械に代替させるんじゃなくて、その中間くらいの性具があってもいいんじゃないかと思って。要するに、あれ天狗という想像上の妖怪が日本にはいまして、あれは鼻がすごく突き出ているんですね。なのでガスマスクみたいなデザインの、鼻のところが天狗になっているマスクを作って、それを男性が装着する。そしてその鼻の突起を使って、それこそバター犬とかトリュフ犬とか麻薬を探す麻薬犬みたいな獰猛さで、女性器を攻めていくわけです。この鼻の突起部分は一眼レフカメラのレンズみたいに付け替え可能になっていて、色々な性具に相当する機能を持たせることができる。振動したり回転したり、ピストン運動したり吸引したり、あと筆みたいにふさふさの毛束をつけて、全身をくすぐることができるようにもしたり。さらにこの前戯の隠された意図としては、日本では仮装SEXが文化として盛んで、でもその場合、大抵は女性の方が特別な衣裳を着せられる。だったら逆に、男性の方が変装するようなプレイがあってもいい。それで女性の場合、たとえば制服を着て女性警官を装うとか、白衣を着て医者を装うとか、一種のお堅い社会的記号を纏うことが多くて、それとの落差として、本来全裸で営むべきSEXの淫らさが高まるんですけれども、男性の場合はむしろ、野性に返るというか、社会から外れた感じ……外部からの闖入者みたいな、そういう方が合ってる気がして。男性は視覚的に興奮する傾向が強い一方、女性は関係性とか雰囲気に興奮する。そして日常的な性の営みじゃなくて、想像の領域に踏み込んだファンタジーとしての性的嗜好としては、何て言うんだろうな、野獣に犯されるみたいな……」「その、ガスマスク風の天狗マスクというか、それは製品としてはまだない？」と訊ねる胡桃沢。「これは実は今、私自身が試作機を開発しているところです。うちのハードウェア開発担当の若手を一人借りて」「なるほど……」

次の「聴く前戯」を指差す関ヶ原。「これは最近、まあ物としては前からあったんですけれども、ワイヤレス聴診器、これが出産祝いなんかで人気らしくて。ペンダントにもなる小型の、コインみたいな洒落たデザインのもので、赤ん坊の心音を聴くわけですね。もちろん大人の心音も聴けて、タイプによってはその音のデータをアプリで解析して、健康診断的なことをやってくれたりもする。それでこれをアダルトグッズにしてしまって、そのワイヤレス聴診器を相手の裸体にあてながら、色々な愛撫をする。

すると耳に装着したワイヤレスのイヤフォンを通じて、鼓動の高鳴りが聞こえる。相手も同じようにしてくれれば、こちらの鼓動の高鳴りも相手に聞こえる。人間って表情とか瞬きとか、声の調子とかそういうのが、親しく向かい合う相手と同期してしまうことが知られていますから、相手の鼓動が高鳴れば、こちらの鼓動も高鳴る。そしてこちらの鼓動が高鳴れば、相手の鼓動も高鳴る。これはロマンティックだし、興奮するんじゃないかなと。デザインはゴムバンドで手や手首に固定できるようにするとか、あるいは超小型の、指輪型のものを作って、普通の指輪なら宝石を飾るところに聴診器があって、それを手のひら側に向けて装着して使うとか。むしろ聴診器はひとつだけにして、愛撫される側が自分にそれをあてて、その音が二人に同時に聞こえるようにしてもいいかもしれない。その辺は多分、幾つかデザイン的にも機能的にもヴァリエーションがあるといいですね。あとは聴診器機能と集音マイク機能を切り替えられるようにして、マイク機能の方で舌を使った前戯の音、濡れた女性器のぬめり立つ液音、こうしたものも拾えるようにしたら、より淫らな効果音になる。もちろんイヤフォンじゃなくてスピーカー越しに寝室に響いても盛り上がるでしょう。これも今、うちのハードウェアの別の開発者に副業として、試作品を作ってもらっています。といっても聴診器自体は既存の商品を利用するかたちで。それで番組上の設定としては男女の、男性の方が音フェチの傾向があって、まあ女性のよがり声、喘ぎ声、あるいはAVみたいな派手なフェラチオの音、こうしたものに非常に興奮するタイプ。ところが、女性の方は全然、声を出さないタイプで、AVみたいな派手なフェラチオも習得していない。男性の方が頼んでみても、わざとらしい演技なんかできないと断られる。それでも無理にやってみたこともあったけれども、馬鹿馬鹿しくて冷めてしまった。そこで前戯プロフェッショナルズの、知識面担当の女医さんが、医者ならではの提案として……」「なるほど」と相槌を打つ胡桃沢。「それは視聴者にもイヤフォンの装着をテロップなんかで促して、鼓動を含めた濡れ場の音を生々しくバイノーラルで聴けるようにしたら、観ている方もある種、一体感をもって興奮するかもしれないですね」

次の「ＡＩ前戯」を指差す関ヶ原。「これはやっぱり、ＡＩは外せないというか、一案くらいは入れておきたいなと思いまして。あとは私が日頃、出張先の講演会場なんかに辿り着くのに必須の道案内してくれる地図アプリ、これに着想を得ました。私は方向音痴なもので、駅から数分の距離でも、これがないと道に迷ってしまうんですね。それでどういう前戯かというと、実行する前戯自体はすべて既存の、普通の愛撫です。だけれども、それを地図アプリの音声案内と同様、前戯アプリの音声が逐一指示する。女性の両乳房をその周縁から、やさしい手つきで揉んでください、とか、ペニスの根元近くから裏筋にかけて、小刻みに口づけをしてください、とか、そういう音声指示をＡＩが十秒とか二十秒単位で事細かに出してくるわけです。だからそれに従って前戯を行う。これはあらかじめ性行為のプロが監修して作った色々な前戯コース、所要時間、激しさの強弱、難易度、互いの体型、好みの行為やＮＧ行為なんかによって選べるメニューが用意されていて、そのうちの一つに従う。あるいはもっと細分化された個々の前戯がモジュール的にあって、そこからユーザーが一つ一つ、順番に選んで組み立てていく。体験した後は指示された流れの質をワンステップずつ評価して、その評価をもとにＡＩが学習して、よりユーザーの好みに合った前戯コースを提示するようにもなる。もしかしたらあんまり具体的すぎる指示じゃなくて、官能小説の表現を取り入れたりして、イメージ重視で指示を出す方がかえって面白いかもしれない。そんなことも考えています。だから官能小説風の指示とか、軍隊風の指示とか、ＡＩ音声の性格が切り換えられたりしたら、ユーモラスでもある。これは正直、まだ開発に時間がかかりそうなので、番組としてはせいぜい、開発中の簡易なデモを使うか、あるいは、いわゆる演出でそれらしく見せる。まあ設定としては登場する男女の、付き合いが長くてもう新鮮味がないとか、仕事が忙しくて前戯にまで頭を使いたくないとか、そんな理由で前戯が貧しくなっている。でもＳＥＸ自体は精神的な連帯を保つものとして、互いに重要視はしている。そこで前戯プロフェッショナルズが、自分たちが最近、協力して作った良いアプリがありますよと、そういう展開になる。ＡＩに全部任せて、指示されるがままに

あとそれとですね、この前戯プロフェッショナルズの、キャスティングについて……技術面担当の女優さんと男優さん、これはまあキャリアを積んだお二人、あるいはAV自体はもう引退されて啓蒙活動とかに従事されている方なんかも含めて、それなりに華があってお人柄も良いような、そういう候補を選定中なんですけど……ただAVにあまり親しんでいない人たちにまで、広く顔や名前が知られている誰かとなると、それはなかなか難しい。あとは事前にそこまで色がついていなくて、この番組で個性を花開かせる、そういう方が望ましい気がしまして」

「ああ、それは私もそう思いますね」と頷く関ヶ原。「それはよかったです。で、そうなると四名に加えてもうお一方、どなたか一般にも顔や名前が広く知られているような、そういう方がレギュラー出演してくださるといいんじゃないか、理想的なんじゃないかと、そう考えるに至りまして。もちろんこちらであたってみてもいいんですけど、企画が企画だけに、たとえば関ヶ原さん、あるいはサイバーペッティングさんと何らかの繋がりがある方で、そういう、いわゆる有名人というか、そういう方って、いらっ

しゃるかなと」

こなしていけば、何も考えずに体を動かすだけで、しっかりと組み立てられた前戯が行われる」「何か、ディストピアですね……」と苦笑交じりに呟く胡桃沢。

「まあ大体、こんな感じで、そこまで突き抜けたものってないんですけど、でもまずはこのフォーマットを成立させることだなと思いまして、エピソードとして成り立ちそうなもの、絵的に面白いものという前提で考えた部分もあって。それで今回の案は全部、私が探索した範囲で考案したものですけれども、社内公募とか、色んな分野の研究機関、企業にコラボを呼びかけるとか、一般から募集するとか、そういうのも後々、やっていけたらなとも考えていて」

「まだ全然時間はありますから、追加のアイデアを思いついたら、是非」と両手を揉み合わせて微笑む平松。「実際に使う場合、この新前戯の名称はもっとキャッチーな感じに変えても?」と訊ねる胡桃沢。

「ええ、もちろんそれは。今回は説明のために、分かりやすく簡素な名称にしただけですので」

ふんふんと小刻みに頷きながら、しばらく熱心にメモを取り、それからふと目を上げる胡桃沢。「あ、

しゃったりしますかね？」「有名人……」「ええ、女優さん男優さんがいて、残りのお二人が女医さんと関ヶ原さんですから、SEXと医学、SEXとテクノロジー、この両者の橋渡しをしつつ、それを視聴者に分かりやすく伝えられるような、知性的で性的な話もいけて、それでいて人間らしく下世話な感性もあるような……」「うーん、知性的で性的な話もいけて、下世話な感性もある有名人……」とおもむろに首をひねった直後、はっと目を見ひらいて、アハ、と呟く関ヶ原。

4

イタリア料理店「フィオーレ・ディ・カスターニャ」店内奥の個室にぽつんと座り、茂木山健多郎著『脳髄から痺れる脳科学的SEXの極意』を真剣な顔つきで読み耽る関ヶ原。すると勢いよく引き戸が開き、著者の茂木山本人が。ぱっと目を輝かせる関ヶ原。「ああ鈴木さん、どうも！」「いやあ、勅使河原さん、お久しぶりです」「すみません、急にお呼び立てする形になってしまって」「いやいや、こちらこそ東京までお越しいただいた上、お待たせしてしまって。ちょっとさっきまで勤め先の研究所で、海外から採用する研究員の応対に駆り出されていまして。一応はすでに採用は決まっているんですが、実際に対面して職場を案内したりしながら、お互いに最終的なフィーリングを確認するというか」「お忙しいところ本当に恐縮です。でも私もちょうど今日、母校の東京ハーバード大学で講演会があったものですから」「そうだったんですか。しかしその新しく加わる研究員、なかなか面白い奴だったんです。ジャン＝ピエール・ピュタンというフランス人なんですが、十六歳の時に人間の尿を人工ペリエに変える装置を発明して、今は人間の大便を栄養満点のエナジーバーに変える装置の開発に取り組んでいるんです。非常食や宇宙食といった用途を念頭に置いて」「さすがフランス人ですね」

向かい合ってテーブルにつき、微妙に照れ臭そうに視線を交わす二人。「それでなんですけど、鈴木さん」「はい、何でしょう？」「先週末にメールでご相談させていただいた例の、出演依頼の件……」とにわかに顔を引き締めながら切り出して、ごくりと生唾を飲み込んでから、まっすぐに相手を見つめる勅使河原。「どうしても直接お目にかかってご説明したくて、本当に急なんですけれども、まあ、こうして再会の食事がてら、お時間を割いていただいて。つまりその、感触の方は、どんなものでしょうか？　もちろんまだ先の話なので、前向きにご検討いただけるかどうか、というだけでも……」「ああ、それは……いや、私も考えてみたんですが……」と伏し目がちに口ごもり、険しく眉間に皺を寄せる鈴木。とたんに不安げに顔を曇らせる勅使河原。厳しい表情のまま下を向いて十秒ほど黙り込んだ後、不意に鼻の下に握り拳をあてるなり、ぴくぴくと肩を震わせる鈴木。怪訝そうに少し身を乗り出す勅使河原。「もちろん……ぷはっ……もちろん、快く引き受けさせてもらいますよ、はっはっは！……」と可笑しそうに吹き出す鈴木。「何だ、ふざけないでくださいよ」と呆れたように肩の力を抜く勅使河原。「いやいや、私も次第にＮＤＨＫや民放からは出演依頼が来なくなって、こいつは一般向けの素材じゃないなと気付かれてきたところですし、ウェットフリックスで配信されるような、ドープな番組にレギュラー出演できるのは大歓迎です」「ありがとうございます。じゃあご内諾いただけたということで、条件面は詳細が整い次第、なるべく迅速にご連絡いたしますので、来年の年明け以降のスケジュールは前もってあまり、詰めすぎないようお願いできたら。それでまだ内密なことなので、事前にメールではお見せできなかったんですけど、これが現段階での、新前戯の案です」

手渡された書類にじっくりと目を通す鈴木。「まだこれはあくまで候補の段階なので、たとえばもし、鈴木さんの方でも何か新しい前戯を思いつかれたりしたら、私の方にメールか何かで教えていただければ、それも検討できます。脚本を依頼するまでにまだ、少なくとも半年はありますので」「この、ＡＩに指示される前戯というのはなかなか、興味深いですね……」と顎をさすりながら呟く鈴木。「つまりよく考えてみると、前戯というものは学校ではいまだに教わらない。それこそプロが監修したＡＩに事細かに指示でもされないと、基礎的なやり方や展開すら、体で覚え込まないままになってしまう。本来なら義務教育の、保健の授業で知識面の性教育を行

う と共に、体育の授業の一環として、前戯などの技術面も実技指導を交えて教えるべきでしょう。もちろん生徒同士に保健室のベッドで実戦を交えさせるわけではなく、たとえば柔道の寝技のように、体の使い方や危険な技の禁止などを擬似的なSEX組み手のような形で教える。そうでもしないといつまで経っても、駅弁ファックやらディープスロートやらフィストファックやら、過激で大げさなポルノの真似事を試みる輩が後を絶たない。いわゆるマグロの女性とか、三分ファッキングで済ませるような男性が多いのも、前戯を学んだ経験がないから、それが教育課程に含まれていないからという側面が大きいんじゃないでしょうか。もちろんAVにだって教科書的なものもあるでしょうし、特に女性向けの、ドラマ仕立ての作品なんかは比較的、現実に即したものも多いと聞きます。しかし理想的には、そう……柔道ならぬ前戯道のように、AVや性風俗を通じて実戦経験を多数積んだ方々が、言わば師範になって前戯のイロハを実技指導する……そんな道場みたいな施設があったらいい」「なるほど、それは面白いアイデアですね。もしこの番組が話題になって、前戯プロフェッショナルズの女優さんと男優さんが一般にも広く認知されたら、彼らに投資して、そういう前戯道の教室を都心の駅前で開いてもらってもいいかもしれない。不純異性交遊を本格的に開始する大学生とか、婚約したばかりの二人とか、倦怠期の夫婦とか、種類別にコースを作って、ふさわしい内容の講義と実技指導をして、技の引き出しや組み立て、適切な体位の取り方や変え方なんかを骨の髄からみっちり覚え込んでもらう。フィットネスクラブの成人向け講座として、ボクササイズみたいに、エア・セクササイズというペアで行えるエクササイズを開発してもいいかもしれない」「ええ、もしそういったことが実現したら、それもまた素晴らしい前戯イノヴェイションなんじゃないですか？　実際にそんな教室を開講することになったら、私を名誉師範か何かにしてください」と茶目っ気たっぷりに虚空を揉みしだく鈴木。

箱型給仕ロボット「HAKOBOYA」の蓋を開けてシャンパンクーラー「冷やシンス」に包まれた白のスパークリングワイン、さらにアンティパストの特大盛り合わせの皿をテーブルに載せる二人。蓋を閉じて「バイバイ」ボタンを押して去っていくロボットを見送り、個室の引き戸を閉める関ヶ原。注意深く慎重にポンと栓を抜き、微細な泡の立つ液体を互いのグラスに注ぐ鈴木。「では、我々の再会を祝しまして」と微笑んで乾杯する二人。「しかしCEOの座を相変わらず続けられて、しかも随分と楽しんでおられるようで何よりです。前戯イノヴェイションという新事業も始められて」「ええ、まあ……」と照れ臭そうに目を伏せる関ヶ原。「それもこれも、鈴木さんと過ごしたあの、ヴァケーションのおかげです。脳髄からリフレッシュできましたし、四十八手について話していた時、鈴木さんが体位のイノヴェイションはもう止まってしまったのかもしれないと仰って……そこから実は、前戯のイノヴェイションを起こしてやろうと思い立ったわけです」「いやいや、私は一緒に遊んだだけですから。ところでその新しい前戯を考える事業は、次前戯事業と名付けられたとかで?」「そうです。あのビル・ゲイツとかは成功した後、慈善事業に力を入れましたよね。だったら私は次前戯事業だと」「なるほど、そういう意味合いで」とにやりと笑う鈴木。「何にせよ、新しい挑戦というのは素晴らしい」「それに実は、これは少し前、テクノロジー系のメディアで記事にも出たんですけど、うちもそろそろということで、来年の株式上場を検討していて」「それは大きな転換点ですね」「ええ、一昨年くらいからうちの柴田はその気満々だったんですけど、私の方がまだ早いんじゃないかと思っていて。でも私も来年で四十になりますから、いいきっかけかなと」「ではまだ気が早いかも知れませんが、それについても前祝いで乾杯しましょう!」

そのうちに「HAKOBOYA」がまた料理を運んできて、テーブルの上にはチキンケバブのピッツァと真鯛と空豆のパスタが。気取らずに取り分けてもぐもぐ食べながら、白のスパークリングワインを喉に流し込む二人。「そう言えば鈴木さん、あの例の、小説の方はどうなりました? たしか『サピエンス前戯』でしたっけ?」「ああ、あれは実は頓挫してしまって……」と決まり悪そうに唇をすぼめる鈴木。「現実とパラレルな形で書き始めたせいか、結局のところ、私も勅使河原さんも同じ肩書きを続けていくことになって、勢いが落ちてしまったというか」「それは何だか、すみません」「いえいえ、実は性懲りもなく、もう次の話を書き進めているんです。多忙のあまり三年間、確定申告を完全に放置してしまったメディア文化人がある日、申告できなかった膨大な経費の領収書を納めた箱を棚の中に発見する。その封を解いて中身を眺めていくうちに、その領収書を切ってもらった時々の豊饒な思い出がありありとよみがえってきて、紆余曲折の長大な追憶が始まる。そんな筋書きで、題名は『失われた経費を偲んで』です」「とても面白そうですね」「それに序盤だけ書いた『サピエンス前戯』の方も、実はうちの研究所の、小説自動生成AIの研究をしている同僚に材料として提供したので、まったくの無駄にはならなかったんです」「小説自動生成AI?」「ええ、文章自動生成システムの若手専門家で、外に自分の会社も持っている森崎龍樹という奴がいるんですが、ある程度の長さ、途中まで書いた未完成の小説を材料として与えると、その続きを自動生成してくれる、そんなAIの開発に取り組んでいるんです。元々は忙しなく流れが速く、絶えず更新されていく情報を摂取しなければならない現代、昔風の長々とした小説なんて読んでる暇はないということで、小説作品の文章、特にその地の文を圧縮するAIを開発して、それはそこそこ上手く行っている。つまりたとえば、同じ創作物でも小説ではなく漫画の場合、コマ割りや簡単な構図、登場人物や背景の最低限の記号的下描き、台詞やナレーションなんかだけで構成されるネームというものを、話を考える段階でざっくり描いて、その後、それを精緻に肉付けしていってきちんとした原稿に仕上げたりしますが、その過程を逆転させれば、完成原稿の解像度をがくんと落として、それをネーム化することになる。言ってみれば、そうやって解像度をがくんと落として立体的な情報を減らす、これを小説の文章に対して行うことで、完成された作品をぎゅっと圧縮できるわけです。これは実際、漫画のネームに着想を得ていて、さらに芝居の脚本、つまりト書きなんかも参考にしたり、あるいは映画やドラマといった映像作品をあらすじとして文章化するアルゴリズムにも大きな影響を受けている。ろくに本なんか読まずに映像ばかり受動的に観て、それすらきちんと視聴するのが面倒で二倍速や三倍速にして、やがてはそれすらも面

が。「確認」ボタンを押して処理を完了してから、上だけの制服を脱いでゴミ袋に捨て、そそくさと帰り支度をして売り場へと出ていく表梨。その背にはずっしりと中身の重そうなリュックが。

常温酒売り場に佇んで束の間、安物のワインやウイスキーの瓶を眺めるうちに、「コンビニってやつは大したものがないな……」と苦笑交じりに呟いて外周の通路に出て、冷蔵酒の飲料棚の前にまた立ち止まる表梨。すると派手派手しいデザインの缶チューハイの並びが。「やっぱり最後の日もこれがお似合いか……」と微かな声で呟き、扉を開けて「超越STRONG」のロマネコンティ風味を一缶手に取る表梨。その五百ミリリットル缶には「ぶっとびの18%！」との表記が。

カメラ年齢認証（顔の映像から年齢をAI判断。データは保存せず、未成年と識別された場合は店員を召喚）付きのセルフレジに缶チューハイを置き、携帯端末で瞬間電子決済をする表梨。するとその決済音に気付き、窓際の閉鎖済みイートインスペースから顔を出す浅黒い顔が。「ああ孝太郎さん、お疲れ様です」と微笑んで頭を下げ、てくてくと歩み寄ってくる制服姿の、胸に「ハッサン」と記された名札をつけた中年男。その手にはテーブルを拭くための布巾が。「ああ、お疲れ様」と短髪の白髪頭をわずかに下げる表梨。二人以外誰もいない店内。「またそんなもの飲んで、駄目だよ……十八パーセントだよ、アルコール度数……」と顔をしかめて苦言を呈するハッサン。「飲まなきゃやってらんないんだよ」と皺ばんだ頬まわりをひきつらせるように笑うと、古ぼけた上着のポケットに缶チューハイを突っ込んで、自動ドアへと歩き出す表梨。「じゃあ、後はよろしく」「はい」「なるべく裏で寝てろよ。オッサンの夜勤は体壊すから」「孝太郎さんもどうかご自愛して。もういい歳なんだから」「いや、その歳がなかなか取れないんだよ」

六十歳以上は二年に一歳しか加齢できない法改正「いつまでもいきいき法」が施行されて以来、劇的に改善されつつある日本の高齢化と社会保障支出。同時に導入された給付付き税額控除、応能負担原則に基づく社会保険料算出の上限基準撤廃と累進式、利子配当及び株式譲渡益に対する資本所得増税により、再分配も強化。加えて労働力人口減を補う数十年来の技術革新として、データ処理分析業務のＡＩ自動化による生産性向上、高度な動作計画技術や柔軟な伸縮関節をそなえた安全性の高い協働ロボットの活躍、自動運転配送を利用したコンビニ受取やドローン宅配便、肉体労働を補助する着用型人工筋肉及び人工筋繊維衣服（特にＵＮＩＱＬＯのパワーテック）の普及なども。それらの恩恵を受けて未来に希望を灯す新世代の一方、進行する旧世代貧困層の実質的高齢化、救いなき勤続疲労、貧富の差で広がる健康格差。その結果として積極的孤独死の蔓延や平均寿命の急低下が。

「夜間売場無人」の掲示を出すハッサンに手を振り、いそいそと表通りに出て、高級自動運転タクシー「連れテックＬＵＸＥ」に乗り込む表梨。専用アプリで指定された行き先は所要時間三十分見込みの繁華街。「本当に予約通りに来るんだな……」と時刻表示を確かめて呟き、ずっしりとしたリュックを脇に置いて、物珍しげに高級感漂う車内を見回す表梨。すると「では、発進いたします」と物柔らかな口調の合成音声が。「おう、行ってくれ」と小声で答え、座り心地よさそうにリクライニングシートにもたれかかって、缶チューハイのプルタブをプシュッと起こす表梨。なめらかに走行する客以外無人の車体。ごくごくと美味そうに呷られるアルコール。「こいつはいいな……」

イタリア料理店「フィオーレ・ディ・カスターニャ」を出たところで突然、振動する勅使河原の携帯端末。取り出して画面を見るとＭＯＣの胡桃沢からＥメールが。「あ、ちょっとすみません」と鈴木に一言断って文面に目を通すなり、ぱっと嬉しそうに顔を輝かせて、ぐっと片手の拳を握り締める勅使河原。「どうしたんですか？」とほろ酔いの面持ちで訊ねる鈴木。「いや、実はさっき鈴木さんに出演の内諾を頂いたのと同じ、前戯プロフェッショナルズの一員として、制作会社の方を通じて、若手ＡＶ男優の馬並幾多郎さんに出演依頼をしていたんです。そうしたら、そちらも出演の内諾をもらえたと今、メールがあって」「馬並幾多郎さん……私はＡＶ男優には詳しくないんですが、何となく聞いた覚えがあるような気が……」「ここ最近、ひそかに注目されてきている方なので、それで耳にされたんじゃないでしょうか。AV男優って普通、作品制作の都合上、射精の頃合いを自在に制御できる能力が求められるみたいなんですけど、馬並さんはその名の通り、馬並みに早い方なんです。それでも感度を鈍らせて射精を遅らせる塗り薬とか、そういうのは一切使わずに、あくまでありのままの、自分なりのペースで出してしまうことをポリシーに活動されていて。その分、こまやかな前戯に力を入れたり、回数を多くこなしたり、後戯としてちょっとした手品を披露したり……そういうところが前戯プロフェッショナルズにぴったりだと思って」「ああ、現代はむしろ、男も弱みをさらけ出せる方が格好いいという風潮になってきていますからね。もちろんそれを補って余りある何かとか、逆手に取って魅力に変える才能なんかがないと、芸能の世界ではやっていけないんでしょうが」「ええ、馬並さんは射精しそうになってから射精するまでの間、とても切なげな表情を見せる美男子なんです。その辺が女性に人気で、女性用AVを中心にご活躍されていて。それに下の名前も幾多郎で、鈴木さんの通名の健多郎と一文字しか違いませんから、本当にたまたまですけど、多郎コンビになるところがいいなとも思って」「そう言われると親近感が湧きますね」「女優さんと女医さんも多分、遠からず決まると思いますから、そうしたら一度、どこかで顔合わせをしましょう」「それは楽しみです」

満面の笑みを浮かべて携帯端末をしまい込む勅使河原。「それにしても今日は良いことばかりで嬉しいです。鈴木さんにも、そして馬並さんにも出演OKを頂けて」「それならいっそ、もう一軒どうですか？」とにやりと笑う鈴木。「その馬並さんの件、祝杯を上げるという意味で」「いいですね！　でも、鈴木さんはお時間の方は？」「いやいや、私は門限なんかありませんし、明日は仕事が午後からなので、多少の夜更かしは大丈夫です」「それなら是非」「それでは駅の向こう側の、246沿いのビルの一階にたまに行くバーがあるので、そこにしましょう。鮨屋の居抜きでほぼ内装もそのままという、完全な和風で小上がりも四席あって、なのにロボットのバーテンダーが三十種類くらいの定番ハードリカーをストレート、ロック、水割り、ソーダ割りで出すだけという、一風変わった店です」「へえ、面白そうですね」「グラスを運ぶのも片付けるのもセルフ、注文はタッチパネルで都度電子決済のみ。店主はいつも裏に引き籠もっていて、フードを提供する時くらいしか出てこない」「私は正直、付き合いの外食以外ではアルコールをほとんど口にしないもので、ハードリカーは気取りすぎな感じがして飲み慣れないんですけど、でもそういうお店なら、ウイスキーのストレートなんかでも注文しやすそうですね」「ええ、グレンリヴェットなんかは飲み慣れない方でも飲みやすいですよ。青リンゴの爽やかさと蜂蜜の甘美な風味があって」「へえ、じゃあそれにしてみようかな……」

肩を並べて夜の街を歩き出す二人。「まだこの季節、空気がひんやりして気持ちいいですね」「ええ、歩くと十五分かそこら掛かると思うんですが、まあ、いい運動でしょう。でももし、すでに結構酔っ払っていらっしゃるなら、タクシーを捕まえても」「いやいや、このまま歩きましょう。最近は通常業務に加えて前戯イノヴェイションに掛かりっきりなので、ジムにも行けずに運動不足で」「その分、秘書さんか何かとハードな不倫SEXをすれば運動になるんじゃないですか?」「言いますね、鈴木さん」と頭を振って苦笑する勅使河原。「いやすみません、ちょっと尿意を催してきたせいか冗談が下に流れて」と申し訳なさそうに笑う鈴木。

助手席ヘッドレスト裏に設置されたタブレット型端末の画面を操作して、搭載された多彩な機能を物色する表梨。すると雑談運転手AI「AI　ZUCHI」が。「豊富な相槌を打つだけですが、運転手との雑談の雰囲気を楽しめます」という説明文を読んで「開始」ボタンを押す表梨。すると「お客さん、聞き役にはなれますよ」と枯れた口ぶりの合成音声が。ふっと鼻先で笑ってごくごくと缶チューハイを呷り、美味そうに舌鼓を打って、目を細めながら口をひらく表梨。「なあAIさん」「はい」「今の世の中、どう思う?」「さあ、私には分かりません」「でもAIは良くも悪くも、世の中を変えたわけだろう?」「そうかもしれません」「でもそれにしちゃあ、大して世の中の問題は解決されていないように思える」「そうでしょうね」「意味も分からず相槌なんて打たされても意味ないのにな」「うーん、そうですねえ」「だからテクノロジーも発展してることはしてるけど、思ったほどじゃないというか、分野によっては行き詰まってる感すらある」「そうでしょうね」「ビッグサイエンスも全体的に行き詰まり気味らしい」「へえ、知りませんでした」「そして実を言うと、俺の人生も行き詰まって久しい」「そうでしょうね」「三十年くらい前か……一時期、タピオカミルクティーが突然、凄まじい復活の大流行を巻き起こしたことがあった」「そうなんですか」「ああ、俗に言う第三次タピオカブームというやつで、まさに異常なほどのタピオカ旋風だった」「そいつはすごい」「そして当時、俺は量子コンピューターのスタートアップでエンジニアをしていた」「そいつはすごい」「ところが、いまだ実用化されていないことからも分かるとおり、その社会実装の道のりは遠そうで、見方によっては怪しかった」「そうでしょうね」「そんな時、父親が亡くなってそれなりの遺産が舞い込んだ」「そいつはすごい」「そして恥ずかしながら、俺はその時、三十代の後半に差しかかっていたにもかかわらず、毎日タピオカミルクティーばかり飲んでいた」「そうでしょうね」「まさに中毒といった有り様で、タピオカミルクティーに心から魅了されていたんだ」「何となく分かります」「それでふと魔が差したわけだ。いつ物になるかも分からない量子コンピューターのエンジニアをこのまま続けるより、ここで一発、タピオカで勝負してみないかと」「そいつは面白い」「とはいえ、類似の店は雨後の竹の子のように増殖中だったし、ブームも沈静化を迎えて成熟期に入りつつあった」「そうでしょうね」「そこで俺が選んだ手は、タピオカだけじゃなく、食感の独特な粒々が入った飲み物を何でも取り揃えているような、粒々ドリンク専門店だった」「何となく分かります」「子供の頃にはナタデココのブームもあったし、缶飲料ではみかんの果粒とか、小さなぶどうの実がたっぷり入ったやつもあって、その粒々感がやみつきになるほどだった」「そうなんですか」「もちろん冬には定番のコーンポタージュ……口を付けたまま缶を逆さにして、底をポンポンと叩くあれもある」「そうでしょうね」「他にもチアシードやバジルシード、種の食感が面白いキウイやドラゴンフルーツ、細かく切ったアロエなんかもあるし、ホットなら小豆入りのおしるこ、米を甘く煮たミルク粥、もち麦のスープやら雑穀のスープやらあるだろう?」「さあ、私には分かりません」「もちろん他にもまだまだ種類はあるし、そういうのを季節ごとに色々な取り揃えで出していけばいい」「そうでしょうね」「退職金も何もない会社を辞めると同時に、知り合いがバーをやってる店舗を昼間だけ借りて始めた試営業は行列ができるほど好調で、特に若い人たちの間で話題になりもしたから、やっぱりいけるなと手応えを得た」「そいつはすごい」「ところが……」「どうしました?」「いざ本番の勝負に出よう、一国一城の主になろうと仮店舗の近くで物件を探し始めた矢先、少しでもその足しにしようと手を付けていた、仮想通貨が暴落した……」「そうでしょうね」「そこからは話すほどのこともなく、取り返そうと借金して注ぎ込んではまた損を重ねて、そうやって坂道を転がり落ちて、ショックのあまり精神も病み、以後、俺の人生は地べたに這いつくばったまま……」「そいつはすごい」「まあ、今のはあくまで別の事柄に置き換えた寓話みたいなものので、細かくは本当のことじゃないんだが、でも結局のところ、そんなようなわけで……」「何となく分かります」

脇に置いたリュックの両開きジップを限界まで下ろして、メインコンパートメントを全開にする表梨。するとウェットスーツ素材の保冷ワインバッグ(二本用)が。その二口に分かれた収納から慎重に注意深く、ほぼ同じ大きさのアルミ製ボトル、ステンレス製魔法瓶を立て続けに抜き出して、後部座席の両端に設けられたドリンクホルダーにそれぞれ置く表梨。入れ替わりに左端のドリンクホルダーから持ち上げられる缶チューハイ。その残り少ない「超越STRONG」をぐっと呷って、べろりと出した舌の上に最後の数滴まで振り落とすと、目を細めて乾いた笑みを漏らす表梨。

「なあAIさん」「はい」「この両側のドリンクホルダーに置いた物は何だと思う?」「さあ、私には分かりません」「こっちのアルミ製ボトルは車内に撒く用のガソリンの携帯缶、こっちはステンレス製の魔法瓶に細工をした爆弾で、中には火薬がぎっしり、ちょっとした起爆装置もある」「そいつはすごい」「ガソリンを撒いた後はこの、俺の胸にお守りみたいにかけてるリモコンに電池を入れて、ポチッとやればドカーンと……」「そうでしょうね」

首都高の高架道路と並行する四車線の国道に沿った歩道へと折れる二人。「あの辺です」とそう遠くない行く手を指差す鈴木。微笑んでこっくり頷く勅使河原。「そう言えば鈴木さん、何か新しい前戯の案を思いついたりしてませんか？　今ちょっと黙って歩いているうちに、脳のデフォルト・モード・ネットワークが閃きを促進したりして……」「そうですね……たとえばそう……ペニスの上から装着して、ペニスの長さを二倍に伸ばすような、そんな装着型の竿竹があったらどうでしょう？　もちろんそれで洗濯したパンティを干すわけではなく、材質もシリコン製なんかがいい。つまりその、装着して二倍の長さになったペニスの、言わば建て増しした二階部分、竿竹のところを女性器に挿入して、そのままピストン運動をする。するとその時、一見するとそれは本番ファックのようでいて、実際には二倍の長さになったその、倍増された部分のみが挿入されている。となるとこれは、ディルドやヴァイブレーターを挿入する前戯と本質的には変わらないことになります。要するに本来は本番行為の条件であるところの、竿の挿入と腰振りを道具によって前戯化してしまうことによって、いったい本番ファックとは何なのかという、概念的な揺さぶりがそこに発生する」「なるほど、鈴木さんらしい哲学的なアイデアですね。つまりペニスサックの一種みたいな」「ええ、私は使用経験がないんですが、ペニスサックというのは元来、ひと回りもふた回りも大きな疑似ペニスをペニス自体にすっぽり装着することで、愚息を巨根化したり、性感を敢えて鈍らせて持続力を高めたりする、そんな効果がある性具ですよね？　しかしそれは一見、男性の性的能力を増強するようでいて、実際には本物のペニス自体が、ファックから疎外されてしまうような働きを持っている。結局は虚飾にすぎませんから、本当の息子はむしろ、生の本番行為から遠ざけられてしまうわけです。その疎外性を思いきって誇張してみて、竿部分を二倍の長さにするわけです。詰まるところ、男性にとって自分が行う前戯とは、本番ファックに至る道のりを敢えて引き伸ばすこと、遅延化することだと言えます。なぜなら通常、男性というのは勃ちさえすれば即、挿入できる生き物だからです。ちょっと酔いのせいか、自分でも何を言っているのかはっきりしないんですが、そんなところでしょうか……」「いや、なかなか興味深いと思います。つまりその竿竹の案は脇に置いておくにしても、ペニスの挿入を遅らせることがすなわち、男性にとっての前戯だという視点。これを元に色々な道具とか装置を考えれば、何か面白いものが出てきそうな予感が……いや、あるいはそう、その竿竹に男性用貞操帯を兼ねさせて、さらにその先端に女性器の潤いを感知するセンサーを付ける。その竿竹型の貞操帯自体を女性器に挿入して、一定の度合い以上の濡れ具合をセンサーが感知すると、貞操帯のロックが解除されて――」

ドカーンと突然、爆発炎上する斜め前を走行中の一台。至近距離の大爆音にとっさに顔をそむける二人。慌てて車線変更する後続車。速度を上げて逃げ出す先行車。燃え上がる火炎に包まれて歩道側車線を暴走する「連れテックLUXE」の車体。驚愕の表情でそれを見やる二人。にわかに周囲から沸き立つ喚き声や金切り声。我に返るなり必死に踵を返す鈴木。縋りつかんばかりにそれに続き、あっと躓いてつんのめる勅使河原。そこへふらりと滑走してくる凄まじい火だるまの車体。ちらと振り返って絶望に凍りつく勅使河原。「勅使河原さん！」と張り裂けそうな叫びを上げ、振り返らずに地面を蹴って蹴って、もんどり打つように傍らのビルとビルの間に飛び込む鈴木。その直後、歩道に乗り上がってドンと鈍い衝突音を立て、その勢いのままビルの前の植え込みに激突する炎上車。次の瞬間、ふたたび**ドカーン**と大爆音が轟き、二次爆発とともに猛然と噴き上がる火炎が。めらめらと揺らめく猛火から激しく立ちのぼる黒煙。うっすらと視界を曇らせて汚れる空気。

十五メートルほど離れて路肩に停車した後続車から、緊張の面持ちで降りてくる二人の若い男女。「ねえ今、突っ込んだところに人影がなかった？」「ああ、逃げようとしてつんのめったみたいな……」と怪訝そうに覗き込むようにしながら、少しずつ歩み寄っていく若い男。「ちょっと、やめて、危ないって」と呼び止める若い女。「あっ！」と硬直した声を上げる若い男。「どうしたの？」と緊迫した声をかける若い女。「人が……倒れてる……」と震え

る声で答えながら、浮き足立った様子で振り返る若い男。「そうでしょうね……」と炎上する車内から漏れ聞こえる半ば溶けたような合成音声。次の瞬間、さらに**ドカーン**と大爆音が。「うおっ！」と叫んで慌てて小走りに駆け戻る若い男。街灯に照らされた夜の闇の中、煌々と燃えさかる高級タクシーの車体。その傍らに横たわる勅使河原の微動だにしない人体。その姿を暗ますように濛々と立ち込めていく黒煙。

その夜（日本時間）も平常通り数万台の稼働を記録するペロリーノ。主に日本全国の都市部、北米の富裕層、さらに保証なしで購入した世界未展開地域の好き者たちの、執拗に舐められる万単位の女性器。しっぽりと濡れて愛液の糸を引き、ふくよかに陰唇が膨らんで、ひくひくと物欲しげに蠢く桃色の膣口。その生命の色艶、なまめかしく潤った肉襞の輝きに誘われて、次々に挿入される勃起したペニス。すると夥しい潤滑なファックが。腰を振り振り出し入れの摩擦が繰り返されるにつれて、やがて無数のペニスから下手な鉄砲も数打ちゃ当たるとばかりに解き放たれる精液の速射乱射猛射。故意無意の非避妊射精により、まさに水を得た魚のように活き活きと膣道を泳ぎ、おおよそ死滅しながらも子宮に至り、その奥の卵管で待ち受ける卵子に一番乗りで飛び込む精子。

約一週間後、子宮内膜に着床して新たなる生命の萌芽が。

オナニーサンダーバード藤沢

異性愛者なのに、じかに同性のオナニーを鑑賞したことがある人は挙手してほしい。実を言うと僕もその類に当てはまり、今まさにこの文章を書きながら、心の手をまっすぐにぴんと挙げている。両手をキーボードに置き、その十指を駆使して文字を打ち込んでいるので、体のほうの手は挙げられない。ちょうど百五十キロのバーベルを上げながら同時に、勃起したペニスをこすり上げることができないように。その種のディレンマは世に多くある。たとえばそう、便座に腰掛けて勢いよく小便を放出しながら同時に、台所で火にかけたスープを掻き混ぜることができないように。

とはいえ、そのような目撃体験など持ち合わせていなくても構わない。いやむしろ、持ち合わせていない人にこそ、膝を詰めて語りかけるべきという気もする。いずれにせよ、あなたは一人の熱心な読者として、すでにワンダーランドに足を踏み入れたと思ってほしい。なぜなら僕はかつて、紛れもなく完璧なオナニーを目撃した者であるからだ。それは燃え上がるキャンプファイアのように目を惹きつけ、若いバナナのように青臭く、伝統のわら細工職人のように手先が器用でありながら、闘牛の角突きのように猛烈で身をすくませるものだった。今でも目を閉じれば鮮明に思い出すことができる。そして決して忘れることはできない。

もちろん厳しい目で見れば、それは一種の性的なハラスメント、あるいは痴漢行為と呼ぶこともできるかもしれない。なぜなら僕には今も昔もそんな趣味はなく、なおかつ見せてくれと頼んだわけでもないのに、藤沢雷蔵という男によって、目の前でその行為がなされたのだから。しかし正直なところ、それはあまりに唐突で自然だった。まるで風呂上がりにトレンチコートだけを羽織って夜の散歩に出た露出主義者が、そのまま通りがかりのコンビニの夜勤を手伝い始めてしまうかのように。この世では時としてすんなりとは理解しがたいことが起こる。僕はそれを応仁の乱から学んだ。

四年前から、干し芋を主食にしている。それが簡単に初対面の会話を交わした後、藤沢が僕に最初に語ったことだった。たしかにあの時、彼の膝の上に置かれた全開のメッセンジャーバッグから、限りなく空気を抜き取られた干し芋のパックが幾つも覗いていた。記憶ではナチュラルローソンの、有機栽培の干し芋スティックだったと思う。中国産で二百円くらい。しっとり肉厚で、さつまいもの自然な甘さがつまっており、表面に白い粉が発生することがあるが、これは糖分が結晶化したものなので、品質には問題ない。

僕たちはその日、とあるレンタルスペースで催された「じゃがりこをボリボリ食べながらボリウッド映画を観る」という上映会に参加しようとしていた。率直に言って、なぜそんなものが企画されたのかさっぱり分からない。ただ僕はその前日の夜、知人と夕食を共にする約束をしていて、仕事帰りにターミナル駅で街に出た直後、駅前の交差点を渡った先でそれを告知するチラシを受け取った。普段はそういう類のものはまず受け取らない。他人の握ったおにぎりには決して手を出さない潔癖症の侍のように。ただその金曜夜の駅前はひどく混雑していて、すばやく人波を縫うのに反射神経を研ぎ澄ましていたせいか、不意に脇から差し出されたそれをものはずみで、つい受け取ってしまったのだ。そして相手の姿も正視できないうちに通り過ぎた。

混雑を抜けて待ち合わせたビストロに向かいながら、僕は手書きを白黒コピーしただけのそのチラシをざっと眺めた。「じゃがりこをボリボリ食べながらボリウッド映画を観る」――下らない駄洒落じみた企画だ。開催は翌日の土曜午後。会場はここから数駅の学生街。当日券千円。全席自由先着八十名。おそらくは十分な集客の見込みがなく、週末の予定がない暇人でも引っ掛かればと最後の追い込みをかけていたのだろう。ちなみに念のために説明しておくと、ボリウッドとはインド西部の湾岸都市ムンバイの旧称、ボンベイの頭文字とハリウッドを合体させたもので、そこがインド映画製作の中心地となっている。言うなればじゃがりこに対するさつまりこのようなものだ。

もっとも、僕はボリウッド映画を別に好んではいなかった。というより、真面目に観たことは一度もなかったと思う。僕は物心ついた頃からハードな性描写に富んだ映像を好み、そのうちに、ミニシアターなどで上映される芸術ぶったその種の映画よりも、ハードコアポルノのほうが遙かに尖鋭的な表現だということに気がついた。それ以来、映画館で真面目に映画を観たことは一度もない。まともな濡れ場のある作品が少なすぎるうえ、あったとしてもその場面が短すぎる。僕が最後に映画館でガールフレンドと観たフランス映画には、たしか七分間続くレズビアンセックスシーンがあったが、退屈すぎてその途中で居眠りをしてしまった。十八禁の措置を取る代わりにノーカットで上映されたそれは残念ながら、肝心な部分が丸ごとぼかされてもいた。映画館から出た後、僕がガールフレンドに感想を訊くと彼女はこう言った。

「そうね、これなら父親とでも一緒に観に行けるわ」

奇妙なことに、彼女は父親を十五歳の時に亡くしていた。


「じゃがりこをボリボリ食べながらボリウッド映画を観る」について言えば、来場者全員にじゃがりこのサラダ味、チーズ味、じゃがバター味のうちひとつが配られることが予告されていた。しかし好みの味を選べるとはいえ、それぞれ数に限りがあり、つまるところ早い者勝ちだった。とはいえ「ご自身でお好きな味のじゃがりこをお好きなだけ、持ち込むことも可能です」という付記もあった。たしかに、映画館で山盛りのポップコーンを予告編のうちに食べきってしまう人もいるのに、上映のお供となるじゃがりこがひとつではとても足りない。

「あれは麻薬みたいなものよ」

僕が二十代の頃、勤めていた化学素材メーカーの同僚の女の子はそう言っていた。ダイエット中というのが口癖で、実際、昼休みに食べていた手製の弁当の弁当箱はまるでマッチ箱のように小さかった。それは言い過ぎにしても、少なくともインド象の一度の脱糞を丸ごとその中に収めることが不可能なほどには小さかった。

「食べ始めたら止まらないの」と彼女は眉をひそめて言った。「決して止まらない」

「そうかもしれない」と僕は相槌を打ち、その二秒ほど後、彼女の手に導かれて射精した。

彼女の手も止まらなかったのだ。

そういうわけで僕はじゃがバター味を三つ持参した。全味中、もっとも癖がなく比較的薄味なので、大量に摂取しても美味しさが保たれると判断してのことだった。ちょっと味が濃すぎるなと思いながらもスナックを食べるのが止められない——そんな羽目にだけは陥りたくなかった。そうした経験は我々の奥深くで確実に何かを損なう。それはおそらく成熟した自制心、そしていくばくかの健康といったものだろう。僕は子供の頃、舌に合わないキャラメルコーンというお菓子を食べてすぎて吐いてしまったことがある。そのスナックは僕には甘すぎて、三口目にはもう美味しいとは思えなくなっていた。にもかかわらず、僕は食べるのを止められなかった。甘いスナックを引き立てるために塩味の皮付きピーナツが同封されており、まるで当たりくじを引き当てることに中毒するように、僕はそれを求めて袋の中身を貪り続けたのだ。それは思春期のさなか、血が滲んでもはや快楽も希薄な十八回目の自慰行為をどうしても止められないのに似ている。記憶する限り、その回数がこれまで知り合った同性の口から聞かされた最高記録だった。もっとも、マスターベーションのマラソンとされる世界的大会、マスターベータソンでの男性の最高記録は三十回を超えている。僕はそれを眠れぬ夜、ウィキペディアに教えられた。

よく晴れた土曜の午後、馴染みのない学生街をずんずん歩き、次第に不安なほど人通りが少なくなってきた路地裏の一角に、開催場所のレンタルスペースはあった。看板だけが表に面していて、ビルの横手から地下に下りていく分かりにくい入口だったが、誘導する矢印の掲示に助けられた。看板の「じゃがりこをボリボリ食べながらボリウッド映画を観る」という表題には、どこかユーモラスなじゃがりこのイラスト――バケツ型の容器から数本のじゃがりこが勢いよく飛び出している――があしらわれていた。僕はそれを見てふと、世界中の国々が弾道ミサイルの代わりにじゃがりこを飛ばし合って戦争する光景を思い浮かべた。死の商人カルビー。やめられない、とまらない。

外階段を下りて地下の扉をくぐると、そこはロビーになっていて、奥の受付におかっぱ頭の女性が一人、ボーダーのバスクシャツを着てちょこんと座っていた。うまく言えないけれど、毎日欠かさず納豆とめかぶを食べていそうな雰囲気の女性だった。僕は他に誰もいないその空間をぐるりと見回して、周囲の幾つかのドアの意味――男女別のトイレ、控え室、関係者以外立入禁止――をそれぞれのプレートから読み取ると、財布から千円札を取り出しながらすたすたと受付に歩み寄って、こんにちは、と挨拶を交わした。そして皺や折れ目のない千円札を手渡すと、手際よく半券のもぎられたチケットを受け取り、さっそく右奥に見えた上映会場へ進もうとした。すると慌てた声に呼び止められた。

「あ、待って。ご来場いただいた方にはおひとつ、じゃがりこを」

そうだったな、と彼女が言い終わる前に思い出して僕は振り向き、良心的な売人に話しかける禁断症状中の麻薬中毒者のように、つい勢い込んだ口調になって訊ねた。

「じゃがバター味はありますか？」

「ええ、もちろん」

彼女はちょっとたじろぎながらも愛想よく微笑んで、受付内の空き椅子の上に整然と積み重ねられた段ボールケース群を手のひらで示した。高さ十センチほどの個々のケースはすでに天面が剝ぎ取られていて、そのひとつにつき、十二個のじゃがりこが入っていた。よく見ると、本来はケースごとに味が違うはずなのに、サラダ味、チーズ味、じゃがバター味が四個ずつ、均等な割合で収めなおされているらしい。そしてその組み合わせが幾重もの層をなして彼女の座高を少しだけ上回っている。それは武蔵小杉に屹立するタワーマンションほどではなかったが、なかなかに壮観な眺めだった。

ふと目を合わせると、ちょっとしたものでしょうとでも言いたげな表情を彼女も浮かべていた。それから腰を上げてじゃがバター味をひとつ取り、僕に差し出した。

「どうも」と言って僕は受け取った。そして手に持ったバケツ型のその容器を眺めながら、なぜバター味ではなく、じゃがバター味なのだろうと考えた。サラダ味はじゃがサラダ味でもポテトサラダ味でもないのに。

「じゃがバター派？」とボーダーのバスクシャツを着た彼女は言った。まるで出会ったその夜に性交した翌朝、ベッドの中で肩を寄せ合って話している時みたいな口調だった。

「どうかな」と僕は言った。「そういうことはあまり考えたことがないんです。じゃがバター味にはじゃがバター味なりの美味しさがあるし、サラダ味にはサラダ味なりの美味しさがある」

「チーズ味にも？」

「そう、チーズ味にも」と僕は頷いた。「ただ、人生にはどうしても物事を選択しなければならない時がある。たとえば三つの味のじゃがりこのうち、ひとつしか貰えない場合とか」

彼女はくすっと笑った。「あなたってちょっと変わった人ね」

僕は自分では分からないとでも言うように小首を傾げた。

すると彼女は後ろを向き、サラダ味とチーズ味のじゃがりこもひとつずつ取って、それぞれを持った両手を僕のほうへ差し出した。

「これも持っていって。どうせ一個きりじゃ、すぐに食べ終わっちゃうから」

僕は一人ひとつという決まりに囚われて、黙ったまま立ち尽くした。

「早く取って。誰かに見られたら困るから」と彼女は真剣な顔をして囁いた。「どうせ余るの。今日の着席の定員は百名だけど、このじゃがりこは全部で百八個あるから」

「百名？　先着八十名じゃなくて？」と僕は思わず問い返しながら、頭の中で煩悩と同じ数のじゃがりこを十二で割った。つまり全部で九ケースある。

「二十名はたぶん、主催とかその関係者たちじゃないかしら。といっても、私は受付を頼まれただけだから、詳しくは知らないけど」

僕はふうんと頷き、少し考えた。もともと内輪の集まりなのかもしれない。加えて外部から幾らかでも呼び込めればその分、費用の負担を軽減できる。あるいはじゃがりこ好きか、ボリウッド映画好きの仲間も増やせるかもしれない。

「ふたつみっつ、食べてもいいって言われてはいるの」と彼女は化粧っ気のない顔をこちらに寄せてまた声を落とした。「でも私、じゃがりこがあんまり好きじゃなくて」

僕は頷いて左手にじゃがバター味を持ち、その上に右手で受け取ったチーズ味を慎重にのせると、空いた右手で最後にサラダ味を受け取り、それをさらに一番上にのせた。そして左手で一番下のじゃがバター味、右手で一番上のサラダ味を持ったまま、真ん中のチーズ味をかるく挟み込んだ。手練れの曲芸師ならシガーボックスみたいにジャグリングできそうだった。

その時、僕は遅ればせながら、彼女の傍らに積み重なったじゃがりこのケースの層に、たった今もらった三つ以外、減ったところがないらしいのに気がついた。

「もしかして、一番乗り?」

「そう」と彼女は頷いた。「だってちょうど今さっき、私もここに座ったばかりだもの。開場が一時間前っていうのも上映会にしては早いし」

僕は腕時計を見た。正確には一時間前ですらなかった。開場の十四時きっかりを回るまで、まだカップラーメンにお湯を注いだ後くらい待つ必要があった。全席自由の先着順だったので余裕を持って来たのだ。とはいえ少し張りきりすぎたかもしれない。

「本当は今日は別の人がここに座ってるはずだったのに、急に具合が悪くなったらしくて、ほんの二、三時間前に代わってくれないかって電話がかかってきたのよ。私だってちょっとした用事があったのに」

彼女は小さく口先をとがらせて、朱色のマニキュアの塗られた指先を見つめた。ぱちぱちと瞬きをしながら。ボーダーのバスクシャツは襟ぐりが大きくひらけていて、そこから白い胸元と綺麗な鎖骨のくぼみを覗くことができた。彼女が目を上げるなり僕も目を上げた。

「始まるまでの間に、ちょっと席を離れたりしても大丈夫かな？　つまり、席を確保したまま、ちょっとトイレに行くとか、外で電話するとか」と僕は訊いてみた。「けっこう時間があるから」

「常識の範囲内なら。でも貴重品の管理は自己責任だから、座席にちょっとハンカチをかけておくとか、そのじゃがりこを置いておくとかして、あとは持っていったほうがいいかも。ちょっとトイレに行くにも」

僕はこっくりと頷き、ありがとうと言って受付の右奥へ進んだ。

ドアが開いたままの入口をくぐると、そこはちょっとした前室になっていて、奥にもうひとつ、押し応えのありそうな黒い防音扉が物静かに控えていた。中央には細長い台があり、その上には前夜受け取ったのと同じ告知チラシ（僕はそれを持参していた）、さらにレジ袋の百枚入り（白色無地でSかSSサイズ）がどっさりと用意されている。その脇には「じゃがりこの空き容器を入れる袋（お一人様一枚）」と黒マジックで書かれたスケッチブックがブックスタンドみたいなもので掲示されていた。その手書き文字は新しい元号の発表のように達筆だった。

僕は三つ重ね持ったじゃがりこをひとまず細長い台に置くと、レジ袋を一枚もぎ取り（百枚入りの包装の下部が点線で切り取られていた）、その口をひらいてじゃがりこをすべて放り込んだ。そしてその袋を片手に提げ、ずっしりとした黒い防音扉をもう片方の手で押して中に入った。

そこは何となく密閉感漂う、いかにも防音されていそうな地下空間だった。他に誰の姿もなく、ただ標準的な室内照明の明るさに満たされていた。正面奥のステージにはほぼ壁一面のスクリーンが見え、天井には沢山のステージライト、さらにスモークマシンやらスピーカーやらがぶら下がり、手前側の奥にはそれらを操作するためと思しき小部屋もそのガラス窓越しに見えた。事前にインターネットで調べたところでは、レンタルスペースやイベントスペースのほか、たしかライブハウスとも名乗っていた。なるほど音響や照明の設備が充実しているのだろう。もしかしたら実演の用途が主なのかもしれない。とはいえ今回は上映会なので、肘掛けのないスタッキングチェアが行儀よさそうに十脚ずつ十列、真ん中に通路を空けてすでに並べられていた。僕はその隊列を眺めながら束の間、立ち尽くした。映画館とは違って傾斜がないので、後ろめに座るのが最善かどうか思案せざるをえなかったのだ。

スクリーンとの距離感をはかりながら、おもむろに真ん中の通路に入り、いったん六列目まで進んでから、ひとつ下がって七列目中央の席に浅く腰掛けてみた。絨毯のような手触りの座面は薄いクッション入りで、スタッキングチェアにしては悪くない座り心地だった。僕は背負っていたリュックを下ろして、それとじゃがりこの入ったレジ袋を膝に置くと、尻を後ろへやって、より深く座りなおした。そして背もたれに軽く寄りかかり、鑑賞中のつもりで正面のスクリーンを眺めてみた。

そこにはまだ何も映し出されておらず、だからこそ何でも映し出せそうな薄ぼんやりとした長方形の空白があった。実を言うと僕は勃起していた。ボーダーのバスクシャツを着た彼女と話していた時から、まるで欲望という名の竹の子が下半身に生えるように、むくむくとペニスが大きくなっていたのだ。それは揺るぎない鋼の硬さに達して、ほとんど股間を覆う布を突き破らんばかりだった。鍛冶屋に叩かれそうなほど熱かった。

僕は深々と後ろにもたれて、正面のスクリーンを薄目に眺めながら、あたかもそこにありありと姿が映し出されるかのように、彼女がボーダーのバスクシャツを脱ぐさまを想像した。彼女はそれが自然の摂理であるかのように背に両手を回すと、ホックを外してブラジャーも取り、生の乳房をあらわにした。それは上品な和菓子みたいな形の良い乳房だった。僕は想像上の彼女の乳房に想像上の手のひらを沿わせると、その薄桃色の乳首を指先でこねくり、それからぴんと爪弾いた。彼女は眉間に皺を寄せ、びくっと身を震わせた。僕は時にやさしく、時に強く、単純な楽器でも演奏するみたいに、くりかえし執拗に彼女の乳首を爪弾いた。そのたび彼女はびくっとして、唇を噛んで声を押し殺した。僕は自分の睾丸がちょうど二つの熱気球のように、陰嚢の中でむっくり浮き上がるような感じを覚えた。現実の僕のペニスはさらに硬く大きくなり、それに呼応するように、想像上の彼女の乳首もくっきりと立っていた。そしてまもなく、想像上の彼女の手が物欲しげに、想像と現実の溶け合った僕のペニスを握り、そっとさすり上げ始めた。触れるか触れないかの手つきでゆっくりとさすり上げ、指先で敏感な箇所をなぞり、もう片方の手で陰嚢をまろやかに包み込んで、その中の睾丸を転がしもした。まるで深海生物でもマッサージするみたいに。あるいはアラジンの魔法のランプを不品行なやり方でこするみたいに。やがて熱くはち切れんばかりの僕の現実の亀頭の先端から、じわりと滲み出たものが下着に点状に染み込む感覚があった。思えばこの時、僕はある意味で射精していたのだ。それがまったくのカウパー腺液であるにせよ。

　そうこうするうちに突然、ステージ袖から男が一人、続けてもう一人現れた。彼らは僕の姿をみとめるなり、少し驚いたような表情で小さく頭を下げた。一瞬、こちらの勃起ぶりに驚かれたような錯覚に陥ったが、彼らに透視能力はない。たぶんこんなに早く来た奴がいたことに驚いたのだろう。二人とも黒髪短髪、ポロシャツにコットンパンツという出で立ちで、二十歳そこそことも三十前後とも見え、こんにち、中年未満のカジュアルな成人男性の多くがそうであるように、身分や年齢は定かならなかった。僕は彼らが主催者たちなのか施設側のスタッフなのか推し量りながら、涼しい顔で会釈を返した（この施設は基本的に、準備から機材操作から片付けに至るまですべて借り手自身に任されるが、追加料金を支払えば受付の彼女のように、人手を頼むこともできる仕組みらしかった）。

　彼らはステージに中途半端に出てくると、そこに立ったまま顔を寄せ合って何やら話し込み始めた。そしてその合間にちらちらと神経質そうに会場のあちこちへ目をやった。持参したはずのチラシでも読み返そうと、僕がリュックに手を突っ込んでその中をまさぐり始めると、彼ら二人は揃ってこちらを見た。そして口もとに手を添えてひそひそと言葉を交わしながら、ふっと互いに笑みを漏らした。それはあまり好ましい感じがしなかった。しかし僕が無表情にじっと睨み返すと、彼らは目を逸らして真顔になり、気のせいか居心地が悪そうに、袖の向こうに退散していった。おそらくは主催者たちだろうと僕は当たりをつけた。

　ようやく見つけた四つ折りにされたチラシ（それは自分でも忘れていたことに、読みさしのハードカヴァーのしおりになっていた）をひらいて見ると、記憶のとおり、主催は「じゃがりこをボリボリ食べながらボリウッド映画を観る会」とあった。僕は前夜、寝る前にその名称でざっと検索してもいた。幾つかの自己投稿可能なイベント告知サイト（需要がないようでいずれも寂れていた）、さらにごく最近作られたソーシャルメディアのアカウントが引っ掛かったが、それらに記された情報はことごとく紙のチラシと同じであり、もっぱら企画内容に限られていた。つまり彼らがいったい何者なのかという詳細は分からなかった。そしてそれは詰まるところ、ほとんど実体がないからであり、その単純極まりない名称からして、要するに単発限りの思いつきの企画なのだろうと僕は思いなしていた。まさに口を衝いて出る下らない駄洒落のように、軽はずみであるがゆえに実現されてしまったのだろう、と。おそらくは内輪の馬鹿げた乗りか何かで。

しかしこの時、じっくりとチラシを読み返すうちに、僕はいささか異なった印象を抱きもした。上映されるボリウッド映画作品は日本未公開、字幕付き、ノーカット三時間以上というものであり、加えて主催名の後に「協力」として、日本における有志のインド映画愛好団体と思しき英語の組織名が記されてもいた。これは公然と有料上映会を開く場合、権利者の許諾が必要と思われるものの、しかし我が国で過去にヒットしたりソフト化されたりしたボリウッド作品の上映は権利関係で難しく、それ以外の道を模索して有志団体の善意の助けでも得たのだろう――僕はこの時まで、たぶんそんなふうな背景をそこに漠然と読み取っていた。つまりそれが、じゃがりこをボリボリ食べながら観ることのできるボリウッド映画なら何でもよく、その駄洒落じみた企画の実現を果たすには、外部一般に対しておよそ知名度も訴求力もない内容でも構わない。ボリウッド映画でありさえすれば。

しかし実のところ、そうではないのかもしれなかった。もしかしたらもっと硬派な、原理主義といっていいほどの姿勢があって、どうせなら日本では相当の好事家か在日インド人しか知らないような、滅多に観られない作品を上映してやろうと意気込んだのかもしれない。そうすることで「じゃがりこをボリボリ食べながらボリウッド映画を観る」はその名称こそ軽薄ながら、あるいはそれゆえに、意外にも本格的な歯応えのある上映会になる。つまみやすい軽さと顎が鍛えられる硬さを併せ持った名スナック——じゃがりこのように。

そんなことをつらつらと考えながら、すっかりペニスも萎えた頃、ふと斜め後ろに気配がした。振り向くと前室のほうから、僕に続く二人目の観客らしき男が入ってきた。

それが藤沢だった。

少しホエール・ウォッチングについて語ろう。

僕は二十代の大半、その業界ではどうにか大手に数えられるとある化学素材メーカーに勤めていた。おおまかに言って温厚篤実な人柄が多く、のんびりとした社風と評されることもあり、実際、部署によっては牧歌的と言っていい雰囲気すらあった。僕は入社以来、管理部門のそんな一部署に所属して、おおよそ下らない形式的な儀式を形式的に遂行するような業務に携わっていた。

入社三年目のことだったと思う。僕は第一種衛生管理者の資格を取得することにした。業務上の必要に迫られていたわけでもなければ、上司に銃を突きつけられたわけでもない。ただ仕事に慣れてきて、おまけに一年の繁忙期と閑散期がはっきりした部署だったので、その暇な時期に一度、資格取得という体験でもしてみようという気になったのだ。とはいえ自発的にその気になったわけではなかった。同じ部署の先輩男性に勧められてのことだ。彼は僕のたしか四年先輩で、物腰柔らかだが強い芯があって、周囲の誰からも優秀と目されていた。にもかかわらず、なぜか羊の群れに擬態しているだけのような僕に目をかけてくれていて、よく食事に誘ってくれた。僕のほうも彼と関わるときだけなぜかやる気が出た。彼は就職後に向上心に目覚めて転職を考えていて、僕は就職後に自分が組織的な仕事には向いていないと感じていた。今思うに現状に甘んじず、同じ場所に長く留まらないかもしれないという志向において、我々は通じ合うところがあったのだろう。実際、彼はほどなくやり甲斐を求めて、同じ管理部門でも経営企画系の仕事がしたいと会社を辞めていった。もっとも、しばらくは羽を休めたいと転職先は決めずに。そして羽を休めに行った老舗旅館の、両親の後を継いだ元外資系コンサルの若女将と恋に落ち、いささか想定外ながら、新しい仕事を伴侶とともに見つけた。今では合理的経営をモットーとして、家業と家庭を切り盛りしている。

もちろんハッピーエンドを好まないのであれば、続きを創作してもいい。彼は結婚の数年後、休館日に露天風呂で新人の仲居と後背位で激しく交わりながら、絶頂と同時に銃でこめかみを撃ち抜いて全裸自殺した。遺体からは複数の違法薬物が検出された。死の翌日、彼のメールアドレスから自動タイマーで送信する設定にされていたEメールが未亡人及び、旅館の全従業員に届いた。それにはこう書かれていた。

「誰も俺の人生はマネージメントできない」

話を資格取得に戻せば、衛生管理者は比較的簡単な試験だった。勉強期間は二、三ヵ月もあれば十分、合格率は五割を超え、持っていて損はなく、もし転職するならその際に多少箔がつく。そんな話だった。僕は最初、帰りの電車移動中に勉強しようとも考えたが、それは待ち時間を入れても三十分ほどで、おまけにその途中で乗り換えがあった。そして自宅では集中することは困難だった。そこで僕は乗り換え駅周辺にあるコワーキングスペースに週に二度、仕事の後に立ち寄り、その環境の力を借りて試験に挑むことにした。名目上は主にフリーランスなどが仕事をする場所ではあるものの、退勤時間過ぎの平日の夜、そこには僕の他にも語学検定やら、会計やら法務やらの資格試験の勉強に勤しむ会社員らしき姿が多く見られた。遅くまで受験勉強に励む制服姿の高校生もちらほらいた。疲労に抗えず仮眠に沈む場合を除き、彼らは一様に科挙にでも挑むみたいに熱心にパーティションで区切られた机に向かっていた。その中心に学習を促進する講義動画の他、ゲームやドラマの映し出された画面が据えられていることもありはしたが。

僕も難なくそうした群れに加わり、そこが集中に適した場所だということを認めないわけにはいかなかった。つまり仕事や勉強ばかりでなく、ネットサーフィンや読書に没頭するにうってつけだった。僕はそこでウィキペディアの応仁の乱や黄巾の乱、壬申の乱や島原の乱、大塩平八郎の乱やワット・タイラーの乱、加藤の乱や無線LANの項目を読み込み、ジャウミーニャのヒールリフト動画を観て、日本性教育協会の発行する現代性教育研究ジャーナルのバックナンバーのPDFに目を通した。トー・クンの小説を読み、イブラヒモビッチの自伝を読み、村上龍の「火吹山の魔法使い」を読みながら低反発のマウスパッド上でサイコロを転がして、村上龍の愛すべき失笑ものの時代錯誤エッセイを読み捨てた。もちろん仕事の後なので脳のエネルギー補給も必須だった。付近のコンビニで買ったおにぎりや菓子パン、あるいはチョコレートを軽食にとる人々の姿がよく見受けられた。とくにボトル容器入りの、手が汚れにくい表面がつるつるとしたひと口サイズの小片チョコレートは勉強のお供界のチャンピオンらしかった。飲み放題の不味いコーヒーが無料で提供されていたので、そのお供に僕もダースのビター味を選ぶことが多かった。単品では素焼きアーモンドやドライマンゴー、時にはおしゃぶり昆布にも手を出した。食事可のスペースには大きな共用テーブルもあり、そこで人類史において車輪に次ぐ発明と言えるバウムクーヘンを──もちろんぽろぽろこぼさないよう細心の注意を払って──もさっと頬張ることさえあった。そうした合間に参考書や問題集を紐解いた。

二時間ばかり机に向かった後、僕はその駅周辺で夕食をとった。それは地場の定食屋や洋食屋、中華食堂などのこともあれば、チェーン店の牛丼屋やイタリアンレストランのこともあった。とはいえ僕は主として残業禁止日の水曜と翌日休みの金曜を勉強日としていたので、息抜きも兼ねて二週目から一人飲みにも行くようになり（まだ若くて余力もあった）、最初にふらりと入った今はなき一軒の立ち飲み屋がそのお決まりの場所に定まった。その店はラブホテル街の外れにあり、僕が訪れる時はいつも二人の、あまり見分けのつかない三十路を越えたくらいの女性が切り盛りしていたが、血のつながりはないとのことだった。顔が似ていたのか服装が似ていたのか、あるいは雰囲気が似ていたのか、今となってはそれさえも思い浮かばない。とすると単に、こちらに見分けるつもりがなかっただけかもしれない。僕はそもそも店の人間と交流することをあまり好まないタイプだった。

まもなく僕はその店で一人の女の子と知り合った。顎の小さな丸顔にはっきりとした目鼻立ち、いつもミニスカートかホットパンツを穿いている胸の大きな子で、しかしそれが肉感的な成熟を感じさせるよりもむしろ、十代のおてんば娘のような印象を彼女に与えていた。すぐ近所に住んでいて大抵、素足に突っかけたスポーツサンダルかスリッポンのスニーカーを履いていたせいもあるかもしれない。笑うと三歳児かと思うほど天真爛漫そうな童顔になったせいかもしれない。とはいえ何にせよ、ボトルの底が抜けるほどの酒豪だった。

その印象は店内の賑わいの影響も大きかった気もする。開けっ放しにした入口が象徴的なことに、店側も常連もおよそ排他的ではなく、一見客や外国人観光客にも気取らずに接して、いつも狭い中に和気藹々とした雰囲気が醸成されていた。そうした物心両面の開放性と近しさに酔いが合わされば、誰しも多少子供っぽくはなる。とりわけ彼女は人見知りせず、相手の年格好、連れがいるいないにかかわらず、誰にでも気安く話しかけるタイプだった。ただしそれは他の常連の節度をもった厚意とはいささか異なり、猫みたいに気まぐれな人懐っこさと興味本位を感じさせた。

僕はいつも壁際のできれば奥の、一本脚に大きなまな板をくっつけたような立ちテーブルを選び、コの字型のカウンターで繰り広げられる会話からは距離を置いていた。もちろん好んで参加しなければ放っておかれるわけだけれど、耳にした可笑しな遣り取りにふっと笑みを漏らしたりすると、誰かが振り向いて二言三言、それとなく輪に入れるように話しかけてきたりするのだ。そこで僕のほうは軽く受け流す。とはいえそれが嫌なわけでもない。そんなある夜、彼女は黄色い皮の鮮やかな生搾りレモンサワーを手に近寄ってきて、テーブルを挟んで向かいに立ち、そのグラスをことんと置いた。

「何読んでるの？」

僕は大抵、今さら参考書を熱心に読み返そうとしながら、野菜や魚介中心の二、三品の小皿を肴にビールを一、二杯やり、他で夕食をとっていなければ日本酒をお供に有り難い一人用の鍋をつついて、最後にそれを雑炊にしてもらう。そのうちに酔いが回ってきて、次第に字面が意味の海に浮かぶ溺死体みたいに見えてくるのが好きだった。そんな状態で答えた。

「資格試験の参考書」

それから四十分かそこら互いのことを話した。彼女は新卒後、調剤薬局の薬剤師として二年と少し勤めたが、持病の睡眠障害が悪化して日々が辛くなり、現住のマンションに引っ越してから辞めた。無職では何かと引っ越しに支障を来すからだ。それまでは実家住まいで稼いだ給料のほとんどは貯めてあり、それがなくなるまでに再就職することを目標としながら、ほぼ毎夜、寝酒を飲みに来ているという。マイスリー、デパス、ロヒプノール、エバミール。幾つかの睡眠薬の名前やその違いを教えてくれたので、アルコールは睡眠にもその薬にもよろしくないのではと言うと、でもストレスが一番良くないからと彼女は笑って流して、じつに美味しそうに三杯目のレモンサワーを飲んだ。大きな乳飲み子が飲酒しているみたいだった。

金曜は混んでいて入れないこともあったので、そのうちに僕は水曜に限って行くようになった。時間帯がちょうど合うらしく、彼女は体感では七割ほどの確率で店にいた。挨拶程度で済ますこともあれば、こちらにやって来て取り留めのない会話を交わすこともあった。もちろんそのどちらになるかは彼女の気の向きよう次第だった。互いに一杯奢り合ったり、一杯や一品を賭けてじゃんけんをしたりもした。帰り際に突然、僕を含めた顔馴染みの数人に暗闇で光るコンドームをくれたこともある。やがて僕が試験に合格すると大げさに拍手して祝ってくれた。何か褒美でも貰えないのかと冗談で言ってみると、この前あれあげたでしょと笑ったが、帰りがけに結局、近場のラーメン屋に僕を連れていってご馳走してもくれた。深夜まで営業していて眠れずにどうしても腹が空いた時、頼りにする駆け込み寺のような店らしく、その後もたびたび締めに連れ立って行った覚えがある。

資格取得に成功した後もしばらく、僕は引っ越して足が遠くなるまで月に幾度かその店に通った。ある時、ビール片手にもはや参考書ではない本を読んでいると、いつの間にか向かいにいた彼女が自分も眠れない時はよく読書をすると言って、みずから撮った枕元に置かれたゲーム理論やら行動経済学やらの文字が躍った書影を手のひらの画面で見せてくれた。

「薬学とかでもないのに、こんな難しい本を?」

「そのほうが眠れそうでしょ」と彼女は得意げに微笑み、僕の注文した焼き空豆か何かをひとつ無断で口に放り込んだ。「中身はほぼ理解してないけど」

実のところ、学生時代の恋人が経済学部生で当時その本棚から、よく眠れそうな本を数冊貰ってきたとのことだった。僕はビールを一口飲み、上唇についた泡を舌でぬぐって訊いてみた。

「効果のほどは？」

彼女は気まずげに微笑んで首を傾げた。どこかの外国人みたいに黒目をぐるぐるさせながら。


そうした中で際立って思い出深い一夜がある。その日は僕のほうが先に店にいた。そこへ彼女が開けっ放しの入口から入ってきて、ちょうど顔を上げた僕と目が合った。その時の彼女はいつもとは異なり、細密なモノトーンのドット絵のような、複雑な花柄が浮き上がったさらっとした風合いの夏物のニットワンピースを着て、胴のくびれをコルセット風の物の良さそうな革ベルトで締めつけ、いかにも上品なハンドバッグを提げ（もっとも、引き出物でも入っていそうな紙袋も提げていた）、ハイヒールのパンプスを履いていた。彼女はカウンターに立つあまり見分けのつかない二人に挨拶すると、僕の目の前に立ち止まり、腰に手を添えて気取ったポーズを取ってみせた。

「どう？」

見慣れない姿にちょっと驚いてみせながら（そうしなければならない気がした）、誰かと思ったと僕が慣用句を口にすると、彼女はレモンサワーを注文して、兄が婚約者を実家に連れてきてその顔合わせがあったのだと説明した。

「そういうのは普通、土日に集まるものじゃない？」と僕は言った。その日も水曜だったのだ。

「母親が皮膚科医で週の真ん中が休みなの。土曜の午後と日曜もだけど、診療以外の仕事やら趣味の予定やらがあったりして、近々ならどうしても今日がいいって駄々こねて。それで兄のほうが有休を取ったっていうわけ。婚約者の人は今は出勤自体していないけど」

「もしかして、同じ？」と僕は彼女を指さした。

彼女は首を振り、腹部の前で膨らみを形づくる仕草をしてみせた。僕はなるほどと頷き、控えめにビールグラスを掲げてそれを祝った。

そうこうするうちにあまり見分けのつかない女性の片方が、僕の注文した料理と一緒にレモンサワーを運んできた。彼女はまず美味しそうにそれを一口飲み、割り箸をぱきっと割って、とくに断りもなく料理も一口食べた。たぶんほうれん草と生きのこのサラダか何かだったと思う。青い葉っぱを芋虫みたいにむしゃむしゃと食べる口もとが記憶に残っている。彼女はその行為を毒味と言っていた。僕よりも先に箸をつけたからだ。それからさらに、すでにテーブルにあった僕のよく頼んだ小皿、わさび漬けの板わさやら焼き獅子唐やら何やらもひとつずつ味見しながら、レモンサワーを飲み干すと、ふうとひと息つき、ふと思い詰めたような顔でこちらを見た。

「ねえ、パスタは好き？」

僕は少し考え、曖昧に頷いた。それをこれから食べに行きたいと言うのだろうか。実のところ僕は夜にパスタを好むタイプではなかったのだけれど（コース料理の一品としてなら気にならなかった）、逆らうのは得策ではない。しかし彼女の口からは予想外の言葉が発せられた。

「そばパスタは？」

「そばパスタ？」と僕は思わず聞き返した。

彼女はなぜか真剣な顔つきで頷き、ちらりとカウンターの賑わいを一瞥してから、足もとの荷物入れに手を伸ばして、引き出物でも入っていそうな紙袋を持ち上げた。そしてその中からたしかに「そばパスタ」と銘打たれた乾麺の袋を取り出した。ボール紙を細長く切り揃えたような平麺がぎっしり入っていた。

「信州の知り合いから送ってきたらしくて、実家で三袋貰ってきたの」

「ひと袋？」と僕は手を差し出しながら、貰えるのかと思って言ってみた。

「というか」と彼女は言った。「ちょっとうちに食べに来ない？」

「今から？」

「今から」

約十五分後、僕は彼女の住むマンションのエレベーターに一緒に乗っていた。オレンジに似た爽やかで甘酸っぱい香りがほんのり隣から漂った。間近で見たニットワンピースはとても凝っていて、僕がそれを褒めると、これはジャカード織っていうの、すごい高かったのよ、と彼女は言った。値段を訊くとたしかに高かった。僕は思わず口笛を短く鳴らした。

「無職が高い服を着たら悪い？」

「いや、まったく」

まもなく静寂のこもった部屋に入り、僕は一日中履いていた革靴を脱いだ。彼女は僕のスーツのジャケットを脱がせ、それをハンガーにかけ、それを上がり口脇の壁に取り付けられた中指を立てたようなフックにかけた。ネクタイはすでに外して鞄にしまっていた。

部屋の中はとても片付いていた。というより、余計な小物があまり見当たらなかった。小綺麗なカウンターキッチンが備え付けられていて、彼女はそこにそばパスタの入った紙袋を置くと、居間の奥の片隅に据えられた涼しげな一人掛けの籐椅子に目を惹かれた僕をよそに、その反対側の壁際のベッドに歩み寄った。

「座りたいなら座って」と彼女は言った。「でもちょっと反対を向いていて。簡単に着替えるから」

「オーケー」と言って僕は籐椅子に近づき、軽々としたそれを壁側へ向けなおして腰掛けた。するとちょうど目の前にさして大きくない本棚が来るかたちになった。そこには彼女の趣味嗜好と思しき酒や食や料理の本、なぜか同じのが二冊ある整理収納法の本、美容や健康に関する本、動物や植物の図鑑、ファッション系の写真集、そして専門の薬学関係の書籍などの他、どう見ても彼女の趣味とは思えない本もあった。「フィネガンズ・ウェイク」「失われた時を求めて」の途中の一巻だけ、現代音楽理論やクラシックの楽譜集（彼女は創作の類は読まず音楽もほとんど聴かないと以前言っていた）、そして経済学関係の書籍。それらは眠れぬ夜に眺める用として、別々の幾人かに譲り受けたのかもしれない。「図解・感覚器の進化」はどちらか微妙だった。僕が経済学のあたりから適当に一冊を手に取ってみた時、背後からはっきりと衣擦れの音が聞こえてきた。

数十秒か、あるいはカップラーメンにお湯を注いだ後くらい待ったかもしれない。

「もういいわよ」

何かがほどけたような声がして振り向くと、彼女はいつも店で見るような、キャミソールにホットパンツという姿に戻っていた。脱いだワンピースは傍らのハンガーラックに丁寧に掛けられていた。彼女は少しばかり髪を手櫛でとかすと、それを後ろでまとめてゴムで結わえ、キッチンに向かいながら、僕を手招きで呼んだ。

「手伝ってもらいたいことがあるの。さっぱりしたものが食べたいから、大根をおろしてくれない？」

　ところが僕は立ち上がることができなかった。彼女が着替えている間に完全に勃起していたのだ。まるで股間に万引きしたすりこぎをこれ見よがしに隠し持つみたいに、一本の硬い棒がそこをくっきりと隆起させていた。しかもそれは久しく経験した覚えがないほど激しい勃起だった。ワイシャツを引っ張り出して前に垂らせば半ば隠せるかもしれなかったが、いきなりそんなラフな格好を打ち出すのも不自然に思えた。

「フェットチーネみたいな麵だからクリーム系の濃いソースが本当はいいんだろうけど、そばだから純和風でもいけると思うのよね。ねえ知ってる？　イタリアの北のほうにもそばのパスタがあるのよ」と彼女は喋り続けながら、冷蔵庫の脇の輪っか型フックにかけていた藍色のエプロンを取り、それを身につけた。それから一向に腰を上げようとしない僕のほうを向き、怪訝そうな顔をして見つめた。「どうしたの？」

　もちろん僕はペニスに熱い血潮が流れ込み始めた時、その膨張を鎮めようと試みた。眠りを誘いそうな難解な本なら、興奮に対する鎮静化作用もあるかもしれない。しかし手に取った市場設計に関する経済学の一冊を熱心に読もうとしても、心地よい酔いのせいで、いつものように字面が意味の海に浮かぶ溺死体みたいに見えてくるだけだった。視線が上滑りして難解さすら立ち上がってこなかった。しかもそれはとても手触りの良い本で、ぱらぱらとページをめくるうちに、その感覚が一枚また一枚と服を脱がしていくのに似ている気さえした。最後の章までめくるだけめくっていくと、前の持ち主のものか、ふと手書きでアンダーラインの引かれた箇所が目についた。貧困を嫌悪している政治的に極左の人々は、貧困を固定化する政策を支持している。市場を尊重する自由放任主義の熱狂的な支持者たちは、市場の崩壊を引き起こすシステムを提唱している。たしかにその通りかもしれないと僕は思った。初めて意味をつかんだ。しかしペニスは意味とは無縁に充実した勃起を謳歌していた。背後には生身の着替える気配があった。

「ねえ、どうしたの？」

僕はその声に我に返り、熱い股間のみなぎりを血のつながった他人のように感じながら、キッチンに立つ彼女とまっすぐに視線を見交わした。

「ひとつ正直に言っていいかな？」

「何？　和風のパスタは嫌い？」

「今、ちょっと勃起しているんだ」

彼女はきょとんとして、そして笑った。それも相好を崩した童顔の笑みではなく、ふっと鼻先で一笑に付すように大人びた表情をあらわして。それからやれやれと言わんばかりに頭を振り、こちらに出てくると、ベッドと籐椅子に挟まれて位置するテーブルの上のラップトップを開き、手早く三十秒ばかり操作してから、それを持って僕のそばに近寄ってきた。僕は依然として突き上げられたままの股間の張りを見て、礼儀として脚を組むだけ組んだ。そうすれば余分な布が隙間を孕んでいるだけに見えるかもしれない。

「これにでも相手してもらってて」

そう言って彼女は開いたままのラップトップを僕の目の前に差し出した。するとその画面には海外のポルノ動画サイトが表示されていた。しかもそれは一人の登録者のユーザーページで、プロフィールには黒髪の中国系アメリカ人風の女性の顔写真が使われており、そのユーザーの投稿した動画が幾つも並んでいた。

「何というか」と僕はラップトップを受け取り、それを膝の上に置いて言った。「こういうのはよく観るのかい？」

「昔、といってもそんなに昔じゃないけど、子供の頃からずっと海外で暮らしてた帰国子女と付き合ったことがあるの」と彼女はキッチンに戻りながら答えた。「三ヵ月くらいで振られちゃったんだけど、あっちの人って、日本人とは違う感じがして。それで勉強のために観たの。すごいのよ、その人」

「その人？」

「そのページで動画を投稿してる人。ついブックマークしたのよ、あんまりすごいから」

僕が黙ったまま、試しにひとつ動画を再生してみると、プロフィールとそっくり同じ顔立ちの女が現れて、カメラに向かってハイと手を振った。とすると顔写真はポルノ女優のそれの無断転用などではなく、当の投稿者自身というわけらしかった。カメラはソファを横から撮影しており、そのソファには黒いボクサーパンツだけを身につけた白人の男がすでに座っていた。男の顔は顎だけが見え、それより上は画面の外に切れていた。投稿者の女は男と向かい合うかたちで膝をつくと、その股間をつんつんと指先で突き、それから赤子を寝かしつけるようにやさしい手つきで撫でさすった。しかし男のそれは布越しにはっきりと分かるほどに起きていた。きつくたくし込まれたベッドシーツの下に閉じ込められたまま強引に起床しようとする人間のように。女は横のカメラを見て、にやりと目配せをしてみせると、黒いボクサーパンツに手をかけ、それをゆっくりと脱がした。すると柔軟なエッフェル塔のようにペニスが揺れながらそびえ立った。二十五センチ、と僕は心の中で推定をつぶやいた。いや、二十五センチ強。ほとんど畑で獲れるとうもろこしに比すると言っていいそれを女はつかむと、大地の恵みに感謝するように、その太やかなペニスの根元から先端に至るまで、小刻みに音を立てて口づけを贈っていった。男は辛抱堪らんという震えた声を漏らした。無精髭の生えた顎がのけぞった。

　そこから先のことは手短に留めたい。ただ大まかに言って、女は亀頭を深々と咥え込み、おそらく舌を蛇のように執拗に躍らせながら、もずくを吸うような露骨な音を立ててその顔を上下させ、それと同時に、片手でリズミカルにこねくり回すように竿部分をしごき、もう片方の手で睾丸を巧みに繊細にもてあそんだ。そのたびに男は甘くとろけそうな、か弱く消え入りそうな可憐なあえぎ声を漏らした。肘掛けをつかむ手にぐっと力が入り、その指先がのめり込み、喉仏が突き出るほど顎がのけぞり、次第に腰の力が抜けていき、少しずつ少しずつ、じりじりとソファからずり落ちそうになっていった。きわめて絶妙なことに、動画の中の女がペニスを咥えた顔を上下させながら手でしごく律動に合わせて、キッチンの彼女が勤勉に大根をすり下ろす音が部屋じゅうに響き渡った。じょり、じょり、じょり、じょり、じょり、じょり。やがて男はあっあっあっあっと身の危険を感じさせるほどに高まっていき、その差し迫った声に女が思わず口を離して、アッハッハッと堪えきれず笑い声を上げながら、それでも残酷に速やかに手を動かし続けた結果、ちょうど活火山の噴火のように、あるいは小籠包の暴発のように、いきなり物凄い勢いで大量の精液が飛び出した。

それは僕が今まで目撃した全射精の中で疑いなくベスト3に入る気持ちよさそうな射精だった。額縁に入れて飾っておきたいくらいだった。クジラが潮を吹くように、男の精液は本当に勢いよく噴出されて派手に盛大に飛び散った。それは笑っていた女の顔面にも容赦なく飛びかかり、その眉間辺りを直撃した。たぶん芭蕉なら一句詠んでいただろう。しかし女は浴室かどこかに直行した。

藤沢がその時に穿いていた細身のブラックジーンズにも、大量の精液が飛び散ったような白いペンキ加工がなされていた。上半身は漆黒の宇宙に浮かぶ地球写真のTシャツ、その上から極彩色のタイダイ染めの半袖シャツを羽織り、肩掛けベルトを長めに伸ばしたデジタル迷彩柄のメッセンジャーバッグを斜めがけにせず、右肩からまっすぐブランコのように脇に垂らしている。足もとはナイキのハイテクスニーカー。髪型は清潔なツーブロックのテクノカット。すらりとした長身の体軀も相まって、その姿は三十四世紀辺りのＺＯＺＯＴＯＷＮから抜け出てきたかのように見えた。

藤沢は黒い防音扉を背に立ち止まり、時空の裂け目からふらりと迷い込んだ記憶喪失者みたいな表情で場内を見回すと、右肩の肩掛けベルトを掛けなおして、少し前の僕と同じく客席真ん中の通路を進んできた。そして僕の傍らで足を止めると、正面のスクリーンを数秒眺めてから、こちらをちらと見て、通路を挟んで左隣に腰を下ろした。つまり同じ七列目中央の席だ。その選択もまた僕に少しばかり異質な印象を与えた。たとえば電車内に乗客もまばらな時、普通はわざわざ他人と隣接したりしない。ところが藤沢はそうした。しかもメッセンジャーバッグは右肩に掛けたままで、その底が通路の床についていた。

とはいえ藤沢はすぐに肩掛けベルトを下ろすと、メッセンジャーバッグを持ち上げて膝に置き、結束ベルトのバックルを外してフラップをひらいた。すると全開にされた入れ口から干し芋のパックが幾つも覗いた。そのパックには干し芋の写真が使われており、しかも見覚えがあったのだ。それはおそらくナチュラルローソンのもので、僕も以前、おやつを買いに行った店内で心惹かれたことがあった。本当に美味しそうな写真が使われていたからだ。しかし僕はその時、コーヒーに合うものを探していて結局のところ、たしかアーモンドチョコか何かを手に取ってレジに向かった。それは今振り返ってみても適切な選択だったと思う。コーヒーと干し芋の間にすぐれたケミストリーは起こりえないだろうから。しかし何にせよこの時、僕は不躾なことに隣から他人の鞄の中身をじっと凝視してしまっていた。まるでサウナの隣席でおもむろに皮を剝いた人の亀頭を見るように。

まもなく藤沢はこちらの視線に気付き、怪訝そうに見返してきた。僕は目を逸らすどころか、まともに見つめ合ってしまった。間近で見た彼の顔貌はとても整っていて、少なくとも数百グラム以上の干し芋を所持しているという事実とうまく噛み合わなかった。干し芋という食べ物にはその名の通り、拭いがたく芋臭い感じがある。しかし藤沢は一般的にみて容姿端麗と言っても、どこか影が薄いというか、印象の芯がはっきりとしないところがあった。静止画でばかり消費されるぱっとしない二枚目俳優というか、メロドラマの当て馬役というか。もしかしたら顔立ちが小綺麗に整いすぎていて、それゆえ焦点の合った強い個性が立ち現れないのかもしれない。そのせいか僕はずいぶんとじっくり間近で彼の顔を見定めようとしてしまった。間違いのない間違い探しでもするように。

それでも実際には数秒のことだったと思う。藤沢は上品な微笑みを浮かべて会釈してきた。それで僕も会釈を返した。気まずげにちょっと視線を逸らしてからまた横目に見ると、藤沢はどこからか取り出したレジ袋（白色無地でSかSSサイズのあれだ）にちょうど、干し芋のパックをひとつ移し入れたところだった。そしてレジ袋の中でパックの上部を切り、親指と人差し指でスティック状の干し芋を一本つまみ出すと、ちょっとした古美術でも手に取ったみたいにしげしげと眺めてから、口に放り込んでもぐもぐと食べ始めた。その干し芋は官能的なまでに甘そうな深い黄金色をしていて、ところどころ粉雪のような純白の糖分の結晶をまとっていた。僕は干し芋に一番合う飲み物は何だろうと考えながら、一本また一本と止まらない勢いで口に運ばれる黄金色のスティックに目を奪われていた。

そのうちにふと、また一本を頬張った藤沢と目が合った。たぶん自分でも知らないうちに物欲しげな顔をしていたのだろう。彼はもぐもぐと咀嚼しながら、レジ袋ごとこちらに差し出して、ひとつ食べるかいと目で問いかけてきた。僕は少し考え、自分の膝上のレジ袋を思い出して、首を横に振りながらじゃがりこをひとつ取り出してみせた。藤沢はなるほどとばかりに頷き、また自分の干し芋を食べることに集中した。隣からくちゃくちゃという咀嚼音がやけによく聞こえて、見るとその口はきちんと閉じられていたが、いささか耳に障るものだった。しかし同時に、僕はその音に空腹を掻き立てられもした。とはいえ上映中に十分な量を取っておくことを考え、じゃがりこには手をつけなかった。

やがていきなり、天井かどこかのスピーカーからシカゴの「ストリート・プレイヤー」が流れてきた。僕はその曲がわりと好きで、耳ざとく聞き分けた時点で気分が上昇気流に乗るのを感じた。実際、思わず身を揺らしたくなるご機嫌なディスコ調なのだ。おそらく主催者たちが待ち時間を考慮して、気散じにかけてくれたのだろう。

そう思ったとたん、まさにさっき見た男のうち一人がステージ袖から顔を覗かせた。どうも場内の音量を確認しに来たらしく、耳をそばだてる素振りで数歩進み出た後、客がもう一人増えたことに気付いてか、はっとした表情でこちらを見た。そしてすぐに明らかに、藤沢だけを選択的にじっと見つめ始めた。藤沢は向こうをちらと認識しただけで、相変わらず干し芋をもぐもぐと食べ続けた。ときおり糖分の結晶の粉のついた指先をしゃぶりもした。僕は「ストリート・プレイヤー」のイントロに乗ってひそかに足踏みでリズムを取りながら、その構図にいくぶん可笑しみを覚えた。「じゃがりこをボリボリ食べながらボリウッド映画を観る」に来ておきながら、干し芋をもぐもぐ食べているのだから。食感もかりっとしたものとしっとりしたもので対比が利いている。

しかしステージ上の男はそうは感じなかったようだった。じりじりと眉間に皺を寄せ、険しい顔つきになり、しまいにはほとんど睨みつけんばかりだった。そして不意に踵を返して足早に奥に引っ込んだかと思うと、数秒後、もう一人の男を連れて再び現れた。そればかりか、二人揃ってステージを下り、やはり険しく眉をひそめたまま、客席中央の通路をすたすたと前から歩いてくる。僕はと言えば歌い出したピーター・セテラの伸びやかなヴォーカルを耳が羽になった気分で聴き、ひそかに足踏みでリズムを取り続けながら、完全に他人事の顔をして事態の進展を眺めた。彼らの尖った視線はただ隣にだけ向けられていて、僕のほうはまったく眼中にない様子だった。

「あのちょっとすみません」と先に立つほうの男が詰め寄るなり、区切りのない早口で藤沢に話しかけた。「ご存知かとは思うけどこの上映会はじゃがりこを食べながらという趣旨なので、他の食べ物はご遠慮ください」

藤沢は目を上げて相手を見つめながら、なおも平然と咀嚼を続け、しかし飲み込むまでまだ時間を要するのか、口もとを手で隠してもごもごと言葉を押し出した。「でも、上映はまだ」

「上映どうのこうのではなく、そもそも持ち込みが禁止なんです。普通の映画館だって上映がまだでも、館内で販売している物以外は食べてはいけない。今回はじゃがりこと、あとペットボトルや水筒の飲み物に限っては持ち込み飲食可になっていて、それ以外は全部駄目です。チラシなどでもそう告知してあります」

たしかにチラシにはそのことが明記されていた。非の打ち所のない毅然とした対応だった。

しかしディスコ調の「ストリート・プレイヤー」に心躍っている自分にはいささか、その杓子定規は味気ない感じもした。

「なるほど」と藤沢は口の中の干し芋を飲み込んで相槌を打った。それからレジ袋の中のパックを覗き込んだ。「でももう開けてしまって、あと二本なんです。口を閉じるジップも付いてないし、これだけ食べちゃっても構いませんか？」

男は断固として首を振った。「駄目です。そのレジ袋の持ち手を結べば閉じられるでしょう？　それか、いったんこの施設の外に出て食べてきてください」

藤沢は黒い防音扉のほうを振り返り、鼻から溜息を吐いて、仕方ないとばかりに小刻みに頷いた。そしてレジ袋の上部を手でぎゅっと握り締めると、目を上げてまっすぐに男を見据え、黙ってもうひとつ頷いてみせた。それを見て男もふんと鼻息を吐き、後ろのもう一人の男に目で合図して、揃って踵を返していった。

ところが二人がステージに上り、その袖から奥の控え室か何かに消えたとたん、藤沢はレジ袋をそっとひらき、その中のパックから干し芋をつまみ出した。するとちょうど残りの一本に、もう一本が少しだけ上下にずれた形でくっついてきた。藤沢はちょっと意表を突かれたのか、あるいは一口で食べるには大きすぎるとでも思ったのか、しばし彫刻さながらに静止した。そうかと思うと僕を横目に見て、にやりと笑みを浮かべた。それはある種の目配せとも映った。そしてその印象は正しかった。藤沢は片方の端をつまんだまま、くっついたもう片方の端をこちら向きに差し出すと、ほら、取れと言わんばかりにそれを小突くように動かしてきた。僕は当惑した。どちらかと言えば決まりは守りたいタイプなのだ。しかし「ストリート・プレイヤー」のアップリフティングな曲調に扇動されてか、ふと魔が差して出来心が頭をもたげ、猫じゃらしに手を出さずにはいられない猫のように、それをちょいとつかんでしまった。次の瞬間には目を見交わして呼吸を合わせて、くっついた干し芋を引っ張り合った。するとそれは割り箸のように見事に二分された。そして我々はまた目を見交わすと、おのずと罪人めいた猫背になりながら、それぞれの干し芋を揃って口に押し込んだ。

その時だった。後方から急に足音が立った。それが近づいてきた。僕は縮み上がらんばかりに背にぞわぞわとしたものが走るのを感じた。しかしそれも音楽の高揚のせいか、恐れよりも興奮に近いものだった。

「ちょっとちょっと、駄目だって言ったでしょう!」

振り返るとさっきの男が厳しいバレエ指導者みたいにいきり立っていた。どこから出てきたのかとその背後を探り見ると、側壁最後方にカーテンに仕切られた勝手口のようなところがある。たぶん側壁の向こうが通路になっていて、それがステージ袖の奥の控え室か何かにつながっているのだろう。それはロビー方面にも突き抜けているのかもしれない。男はそこを通っていて、カーテンのところからこちらを覗き、我々の不届きな所行そのものか、あるいは怪しげな挙動をみとめた。そして気配と足音を殺して迅速に出てきて、動かぬ現場を押さえたのだ。

そこからは電光石火だった。我々は両手に何も持っていないことを示しながら――もっとも同時に、隠しがたく干し芋を頬張ってはいた――軽く頭を下げて降伏の意を表したが、即刻の退去を命じられ追い立てられた。ロビーに出たところで僕が干し芋をごくりと飲み込み、入場料について訊ねると、男は直接には答えず、何が何だか分からない様子で目を丸くする受付の彼女に、荒々しい剣幕でその全額返還を命じた。彼女はこわばった顔をして、いったいどうしたのよと目で問いかけながら、慌ただしくも事務的に千円ずつを差し出した。僕はそれを受け取って小さく肩をすくめてみせた。藤沢は素知らぬ顔をしてまだもぐもぐやっていた。

「ストリート・プレイヤー」を最後まで聴き通せなかったことにいくぶん後ろ髪を引かれながら――この曲は中盤にサンバ調のパーカッション部分があって、それがまた踊らせるのだ――、藤沢の後に続いて外に出る階段を上っていった時、後ろから「ちょっと待って！」と慌てた声がした。振り返るとボーダーのバスクシャツを着た彼女が小走りに駆け上がってきた。

「じゃがりこ」と彼女は微かに息を弾ませて言った。「いちおう返してもらわなきゃと思って」

僕はそれを片手に提げておきながら、すっかり忘れていたことに気付いた。たしかにこれも入場料に含まれていると解釈するのが妥当だ。こっくり頷いて三つの味が入ったレジ袋ごと差し出した。

「まあでも、ひとつでいいわ」と言って彼女は袋の中から一番上のサラダ味だけを取り、あの男たちの残る施設内のほうをちらりと振り返った。「それにこれはちょっと出てくるための口実なの」

そして彼女は自分も参加する予定の自己啓発セミナーに僕を誘ってくれた。それは少し聞いた限りではこの世のものとは思えないくらいとても魅力的な内容だった。しかし僕には啓発しうる確固たる自己などあるのだろうか。あるとして、啓発の果てに何を目指すべきか。その点、とっさには確信や展望が持てなかった。従ってさしあたり簡便な連絡先を交換するに留め、考えておくよと返事をするほかになかった。外に出てしまった藤沢のほうを僕が見上げると、「あの人はそもそもじゃがりこをもらわなかったの」と彼女は言った。それから顔を寄せ、小声で「ちょっといけ好かない感じの人よね」と付け加えた。そうかもしれないと僕は相槌を打った。彼女は出し抜けにくるりと身を翻して階段を下り、見習い天使のような笑顔で手を振って戻っていった。

階段を上りきって外に出ると、表の路上で藤沢がペットボトルの緑茶を飲んでいた。どうやら僕のことを待っていてくれたらしく、眉を上げて目礼してきた。僕は「ストリート・プレイヤー」のサビをひそかに口ずさみながら、ビル横手の狭い通路を抜け、我々以外に誰も見当たらない路上に立った。相変わらず空はよく晴れていた。

「何だか悪かった」と藤沢はキャップを閉めながら言った。「巻き込んだみたいで」

「構わない」と僕は言った。「実は映画にはあんまり興味がないんだ。ボリウッドだろうがハリウッドだろうが」

「でもせっかくの予定を狂わせてしまったのは事実だ」と藤沢はメッセンジャーバッグを開けながら言うと、その中にペットボトルをしまった。「ところで、アルコールはいける口かい？」

「まあ、ある程度は」と僕は答えた。「つまり、それなりにアセトアルデヒドは分解できる体質だと思う」

「なら、それで埋め合わせをさせてくれないか？　もちろんこっちの奢りで」

僕は少し考え、さしたる抵抗も覚えずに頷いた。そして腕時計をちらりと見た。まだおやつの時間にも早かった。

「昼間からやってるような店に？」

「いや」と藤沢は首を振った。「一駅隣に仕事場があるんだ。仕事場と言っても、自分だけの。そこにちょっとした酒棚がある。平日はいつも夕方過ぎまで仕事をして、一杯やって自宅に帰る。マンションの一室だよ。そこでどうだい？」

「なるほど」と僕は相槌を打ち、ひとつだけ質問をしてみた。「そこでどんな仕事を？」

「投資が主で、あとはちょっとした輸入代行とか、ネット経由の広告収入とか。つまり基本的に、誰とも顔を合わせない。だからせっかくホームバーみたいなものがあるのに、今まで誰かに酒を振る舞ったこともない。それでいい機会だから、振る舞ってみたいと思いついた。どうだい？」

僕はまた少し考え、さしたる抵抗も覚えずに頷いた。すると藤沢は黙って駅の方向を指さした。肩を並べて道なりに歩き出しながら、藤沢はちょっとした身の上話を続けた。

藤沢は世間では一流とされる私立大学を卒業後、その業界において双頭をなす大手広告代理店のうち片方に入社した。特にやりたい仕事があったわけでもなければ、まして憧れがあったわけでもない。ただ単に有名だったから、入れたら面白いと思ったから志望して、いくらか皮を被ったら本当に入れてしまったのだ。しかし事前にも見聞していた通り、そこは激務だった。

そして藤沢曰く「働く野蛮人の猿山」だった。それは（少なくともしばらくの間は）観察対象としては面白味がありそうだったが、何より耐え難かったのは単純に睡眠時間が欠乏することで、最後に寝る間を多少惜しんで努力したのが十代半ばだった――受験勉強に励んで大学附属の高校に入った後、エスカレーター式に内部進学をした――藤沢にとって、そんな生活は長くは持たなかった。半年粘って辞めた。

そして藤沢は両親の営む不動産管理会社に入った。両親はマンションを何棟か所有しており、世間一般からすればそこそこの資産家と言えた。そこに籍を置き、業務を手伝った。とはいえ大した業務ではなく、やがて貯めた給与（といっても「額の大きい小遣いみたいなもの」だと藤沢は言っていた）を元手に株式投資を始めた。時勢や潮流に乗れたことも大きいだろうが、そちらの方面では多少の才があるようだった。藤沢曰く「数年間こつこつと地道に」やって、ほとんど座っているだけでそれなりに余裕のある暮らしを送れるほどになった。現在ではそれに加え、サプリメント通販の広告収入や海外製高級家電の個人輸入なども手がけている。とはいえそれは主に小遣い稼ぎであり、日々やるべきことがないと人間は簡単に堕落するからだ。

一方、僕はと言えばその時、それまで勤めていた会社を辞めたばかりだった。理由は敢えて言うなら、金属疲労のようなものかもしれない。二十代最後の年に差しかかり、急にもうこれ以上この会社にはいられない、そろそろ潮時だと強い確信を伴って感じられたのだ。僕はその化学素材メーカーに小学校より長く、つまりそれまで属した如何なる組織よりも長く在籍した。おそらくそれくらいの年月が僕にとって、同一の組織に継続的に所属する限界なのだろう。何十年も同じ革靴を丁寧に手入れして履き続ける人もいれば、数年ごとに買い換える人もいる。何

そういうことだ。実際のところ、スニーカー通勤が当たり前にでもなればそれが時代精神となり、ひいては後者の割合が増え、そのスパンもより短くなるかもしれない。

もっとも、僕は取り立てて自発的失業後の展望を持ち合わせてはいなかった。それなりに貯金もあり、しばらくは気ままに過ごそうと甘く考えていた。グラブ・ジャムンのように甘く。しかし藤沢の言うとおり、日々やるべきことがないと人間は簡単に堕落する。僕はカーテンを閉め切った部屋の中、一日の間に幾人もの女性を代わる代わる呼び出してはベッドやソファの上で乱れさせ、そのあられもない姿を目に焼きつけた。ろくに食事もとらず、衣服もまとわず、宅配業者の呼び出しにも気付かないほどだった。そうしてハードな性描写に富んだ映像に意識を集中し続けた。まるで暗い井戸の底でたった一人、ノーベル・ポルノ賞の極秘審査をしているみたいだった。そこでは虚無と深淵がぱっくりと口を開け、あらん限りの時間と精力と目の潤いを呑み込んでいった。ちょうど欲望の総合商社のように、種々様々な着想や企画に基づいた趣向がその分野には溢れていた。その並外れた創造性は未来永劫、汲み尽くされることがないように思えた。これだけは中国にも追いつけまいと確信させられた。

そうしたことまでは口に出さなかったが、暇を持て余した末、一時的にやるべきことを求めて派遣型の便利屋に登録したことを僕は話した。それは失業保険の給付制限期間中の小銭稼ぎでもあった。すでに幾つかの雑事を請け負っていて、前日も比較的裕福な高齢夫婦の家に赴き、庭の芝刈り、大量の古本の箱詰め、水回りの掃除など、午後に三時間の仕事を済ませてきたばかりだった。幸いなことに僕は彼らに気に入られたようで、三十分ばかり居残って世間話に付き合うと、お土産にクルミ入りキャラメルをバター生地で挟んだ鎌倉の名菓をくれた。小分け包装の八個入りが六個残っている箱だ。「貰い物なんだけれど、実は私たち、甘い物があんまり」と夫人は言って、夫君に「ね？」と目配せした。僕はこの朝、けっこうカロリーの高いそれを朝食代わりに全部食べきり、狂おしい恋に胸を焦がすのにも似た、かるい胸焼けに苦しんだ。ファム・ファタルのように罪深いお菓子だった。

それから僕はふと気になったことを訊ねてみた。

「そう言えば、なぜさっきは干し芋を？」

藤沢は答えた。「四年前から、干し芋を主食にしている」

それはまるでウィキペディアの、ぱっとしない二枚目俳優のページに設けられた「人物」か「エピソード」の節にある一文が読み上げられたみたいだった。その一文は広大なウェブのどこかに放置されたインタヴューから引用されている。しかし実のところ、キャラクター作りの一環としてでっち上げた嘘にすぎないのだ。

「本当に？」僕はそんなことを考えながら、無粋にも単純に聞き返してしまった。せめて「ボディビルダーが鶏のささみをそうするみたいに？」とでも言えばよかったかもしれない。

「いや」と藤沢は言葉を濁して、それから微かに乾いた笑みを漏らした。「子供の頃、大人になったら好きなおやつを好きなだけ食べられると思ったことはないかい？　棚に売っているやつをごっそり買い込むんだ。あるいはコンビニにでも売っていれば立ち寄るたびに買い足す。もちろんネットで箱買いしてもいい。賞味期限間近のものを送りつけられない保証があれば。とにかくそうするとその結果、おやつとしてそればかり食べることになる。そしておやつとしてのそれを食べ過ぎて、夕食を少なめにしたり抜いたりすることもあるかもしれない。さらに朝食は野菜ジュースだけ、昼は外食で日々色々、夕食に白米は食べないとかにでもなれば、一般的な意味での主食はその食生活において不在となる。となると実質的に、それがおやつとしてのまま、主食の座に取って代わっているとも言える」

「なるほど」

たしかに飽食の時代には主食の地位は不安定になりがちかもしれない。特に繁栄し多様性の育まれた都市には多彩な料理店が存在する。日替わりに白米、パン、大豆、プランテン、キャッサバ、キヌア、トルティーヤを口にするなんてこともないとは言えない。そのように外食の多様性を謳歌する誰かが日々欠かさず、職場でおやつにブラックサンダーでも齧っているなら、それがその人の主食と言っても差し支えないだろう。それがピエール・マルコリーニやジャン＝ポール・エヴァンのチョコレートであれ、信玄餅であれカヌレであれ、ルマンドであれカントリーマアムであれ、あるいはじゃがりこであれ。

駅に着いてすぐやって来た電車に飛び乗ると、ふっつり会話が絶えた。藤沢はベストセラー小説の中吊り広告をしばし見上げ、眉をひそめて溜息をつくと、三体問題の解き方でも考えるような顔つきで、窓の外を流れゆく景色に視線を預けた。僕もじゃがりこの二つ入ったレジ袋をリュックにしまってから、それにならって窓の外を眺めた。商店街が乱交パーティーのよう

れたまま、人波に乗って遠ざかる後ろ姿を見送ることになった。もちろんそのまま猫ばばする瞬、いきなり尻を触られたように錯覚して立ちすくんでしまった。それでいささか呆気にとらはそれを強引にこちらの尻ポケットに押し込むなり、背を向けてもう歩き出していた。僕は一そのうえ藤沢は財布から五千円札を取り出して僕に突きつけた。僕は固辞したものの、藤沢

ニ。それで一のオーニ」

「部屋番号は一〇二。語呂合わせで一階の鬼。マルがアルファベットのオーで、二はそのまま

いた。

告げ、マンションの名前を教えた。僕は地図アプリにその位置を表示させ、それを保存してお先に行く、何しろ人を招くことを想定していない場所だから、と藤沢は思い出したように僕に

ところがいざ入店しようとした矢先、ちょっと部屋を掃除する必要があるかもしれないから

のエネルギー補給として甘い物なら多少は置いてある。でもそれも大したものじゃない」

「いつも一杯やる時にほとんど物は食べないから、何にも在庫がないんだ。もっとも、仕事中

「もし何かつまみが要るなら、あそこで買って行こう」と藤沢は成城石井を指さして言った。

あった。戦国大名としてもやっていけそうな名前のスーパーマーケットだ。

は様々な飲食や雑貨の専門店が並んでいて、その中にはこぢんまりとした成城石井の一店舗も

降車した我々は駅構内を歩き、西口のさらに先まで延びている地下通路に出た。通路沿いに

のように滑り込みたいと思わずにはいられないなめらかさで。

して気がつくと二駅目のプラットフォームが滑り込んできた。願わくばどんなチャンスにもそ

な賑わいを見せていた。いつの間にか空が薄い精液を塗り広げたように曇りを帯びていた。そ

こともできた。それでその月の電気代くらいは払えたかもしれない。しかし僕は成城石井でけっこうな時間をかけて、大抵の洋酒に合いそうなチーズやナッツ、ドライフルーツを限度額いっぱいに見繕った。それがその日の主食になるかもしれないと思いながら。

地下通路の突端の出口から地上に出て、通りを五分ばかりまっすぐに進み、道順に従って脇の路地に折れた頃、ふと首筋あたりが微かな水滴に打たれた気がした。振り仰ぐと雲行きがさらに怪しくなっていて、僕は足を速めた。幸いにもそこから三分ばかりの間、ぽつ、ぽつ、と間欠的にか細くか弱い針みたいな雨を感じるだけで済み、リュックから折りたたみ傘を取り出すまでもなく、比較的新しそうなマンションの前に辿り着いた。空気はやや不快に湿気を含み始めていて、僕はうっすらと汗ばんでいた。

外にひらけたエントランスに入り、オートロックのインターホンに近寄ると、その手前に凹んだスペースがあり、そこに郵便受けと宅配ボックスが並んでいた。一のオーニ、と僕はつぶやき、覗き込んで一〇二号室の郵便受けを見た。すると他の部屋はほとんど匿名なのに、そこには「藤沢雷蔵」という名札があった。僕はその時、初めて藤沢の名前を知った（もちろんそれが本名という保証はないにせよ）。それからインターホンの前に立ち、まず1のボタンを押すと、続けてオーニとつぶやきながら0と2のボタンを押した。仕上げに呼び出しボタンを押すと音が鳴り、すぐに遠隔操作でドアが開いた。言葉の遣り取りはなかった。

中に入るとそこは広々とした空間だったが、廊下も部屋のドアもエレベーターも何もなく、僕は一瞬、騙されて閉じ込められたような錯覚に陥りそうになった。もう出られない外界を眺めさせるように片側がガラス張りで、建物脇の植え込みの綺麗な緑が見え、薄暗い自然光が不気味に美しく差し込んでいた。しかしよく見るとその反対側にもうひとつ透明の自動ドアがあり、その傍らの壁にまたインターホンがあった。要するに二重オートロックというやつだった。僕は落ち着きを取り戻すと、そうした方式のマンションを訪ねたのが初めてだったので、物珍しさからその空間をもう一度、ゆっくりと見回した。するとその時、ガラス張りの一面を雨粒がはっきりと打った。さらにもう一粒。二粒、三粒、四粒。しかし僕はその増殖をそれ以上眺めはせずに、ふたたび102と入力して呼び出しボタンを押した。またすぐに遠隔操作でドアが開いた。

その先の廊下にはクールなマグネット式筆箱の蓋みたいなドアが並んでいて、その二つめが一〇二号室だった。そこには表札は出ていなかった。面倒臭さを覚えつつも三度目のインターホンを押そうとした矢先、内側からガチャリと音がして玄関のドアが開けられた。僕は面食らった。藤沢はまるでヒグマの毛皮のような焦げ茶のバスローブを着ていて、奥からはブリトニー・スピアーズの「トキシック」が聞こえてきた。

「シャワーを浴びてたんだ」と藤沢は言った。「何だか急にじめっとしてきたから」

「ああ、雨も降ってきた」と僕は外を指しながら言った。「天気予報だとどうだったんだろう？　よく晴れてたから、出かける前にたしかめたりしなかったけど」

スリッパを履いて部屋に通されると、広さは九畳ほどで壁際に大きなL字型デスク、その前にアーロンチェア（かその類の高級そうな多機能チェア）があり、デスク上には六画面のマルチモニター、キーボードにマウス、ラップトップとタブレットも一台ずつ、それにプリンタと固定電話が設置されていた。どうやら本当に投資家らしかった。傍らにはちょっとした引き出しと書棚もあり、そこにも投資や経済関係の書籍が背表紙を並べている。奥にはもうひとつ六畳ほどの部屋があり、間の仕切り戸がひらかれていて、そのために十五畳ほどのワンルームに近くなっていた。奥の部屋にはずらりと酒瓶やグラスの並んだキャビネット、スタンドに載ったスピーカー、中央にローテーブル、それを挟んで一人用の革張りソファがふたつ。一番向こうのベランダか何かに出るガラス戸には縦型の木製ブラインド、その脇にもうひとつの戸のような大きな姿見。両部屋ともに片側が一面、物入れかクローゼットになっていて、明らかに収納も非常に充実していた。僕がリュックと成城石井のレジ袋を足もとに置くと、その近くには武装したフリスビーのようなロボット掃除機が静止している。そして壁上方のエアコンが静かに作動していて、快適な涼しさがつくり出されていた。

「何を飲む？」と藤沢はバスローブのショールカラーを立てて言うと、ローテーブルの上のリモコンを手に取り、ピッとエアコンの何かを調節した。「ワイン以外の洋酒ならお好みの銘柄かどうかはさておき、そこそこ揃ってる。カクテルも簡単なものなら注文してくれ。といってもリキュールはあまり種類がないし、あとは冷蔵庫にトニックとソーダ水、ライム、レモンジュースくらいしかない」

僕が少し考えるうちに、藤沢はスピーカーに繋がれた携帯端末を操作して、まだ途中の「トキシック」を別の曲に切り替えた。僕はわりとその曲が好きだったので、残念に思いながら口をひらいた。

「ビールはないかな？　けっこう歩いてきたから、最初の一杯は」

「冷蔵庫の中にヱビスがある」と藤沢はこちらの理由の説明を遮るように言った。

「それと、お手洗いを」

「冷蔵庫の向かいのドア」

僕がそちらへ向かうのと前後して、スピーカーから流れる新しい曲が輪郭を形作り始めた。控えめに誘いかけてくるようなリフに乗って、イリュージョンと囁くように繰り返すセクシーな男のヴォーカル。レトロなゲーム音楽を思わせなくもないベースの効いたシンセのイントロ。ちょっと足を止めて耳を傾けた時、歌い出された哀愁を帯びたメロディはどこかで聞いた覚えがあるような気もした。

引き戸を開け閉めして短い廊下兼キッチンに出ると、僕は右側の冷蔵庫とキッチン台を眺めた。コンロはガスではなくIHクッキングヒーターで、鍋を置くところにレコード盤のような黒い円形のしるしが描かれていた。冷蔵庫を開けるとピーナッツチョコが一袋以外、パック入りゼリー飲料も含めて本当に飲み物しかなく、一番上の段にヱビスの缶ビールが三つあった。僕はキンキンに冷えたそれをひとつ取り、キッチン台の上にとりあえず出しておくと、冷蔵庫の向かいのトイレに入った。少し考え、立ったまま小便をした。そしてトイレットペーパーで便座に飛び散ったものを念入りに拭き、すべてを水に流した。その間にも部屋のほうから微妙に妖しげな、哀愁を帯びたメロウな曲が聞こえていた。僕は手を石鹼で洗いたくて、トイレを出るとシンクの反対側に位置する洗面所に入り、液体石鹼をよく泡立てて念入りに手を洗った。それは実のところ、ざぶざぶ洗面するには不便な半分に切った地球儀くらいの置き型の手洗い器だったけれど、見た目に洒落てはいた。全体的に言って、この部屋は僕の住む部屋よりも洗練された印象だった。広さも上回っていた。できるならここに引っ越したいくらいだった。こんな部屋でひとり仕事をするのはどんな感じだろう、と僕は思索的なかわうそのように手を洗いながら考えた。気ままにシャワーを浴び、バスローブ姿で六画面のマルチモニターの前に座り、チャートをチェックして、日が暮れた頃に一杯やる。それは優雅で羨ましい生活のはずだったが、想像しようとしても現実味がまったく湧かなかった。隔たって聞こえてくる微妙に妖しげな曲調が、その現実味のなさと妙に調和した。

タオルがなかったので自分のハンカチで手を拭き、結露したヱビスの缶ビールを取ると、引き戸を開けて僕は言った。

「ちょっと洗面所も借りたよ。石鹼で手を洗いたくて」

「ああ、どうぞ」と藤沢は快く言った。二つの部屋の境に後ろ向きに立っていた。

「ところで、この曲はなんて名前？」と僕は訊ねた。

「ジャスト・アン・イリュージョン」と藤沢は背を向けたまま答えた。「イギリスの三人組グループ、イマジネーションの曲で、昔ヒットしたらしい」

ふうんと僕は頷き、できるなら覚えておこうと曲名とグループ名をセットにして、頭の中で刻みつけるように復唱した。

「まあ、そろそろ音楽は止めよう」

藤沢はスピーカに歩み寄り、それに繫がれた携帯端末を操作して曲を止めた。最後まで聴きたかったのでいささか残念に思いながら、僕は喉の渇きを覚え、缶ビールのプルタブを起こした。静かになった部屋にプシュッと音が立った。そのとたん藤沢が振り返り、二つの部屋の境にこちら向きに立つと、するりと腰紐をほどいてバスローブを脱ぎ、後ろのソファに放り捨てた。痩身気味だが引き締まった全裸があらわになり、驚いたことにすっかり勃起していた。こちらから見てやや右曲がりの、規格外のきゅうりのようなペニスだった。おまけによく見ると陰毛の茂りが背景になく、それどころか胸毛も腿毛も、それまで気付かなかったことに臑毛も生えていなかった。とするとおそらく腋の下も肛門周りも脱毛されているのだろう。そのすべやかな裸体は進化した未来人を思わせた。実際、十秒ほど互いに微動だにしない沈黙が流れて、そのぶん未来に進んだ。戸外から激しさを増す雨音が聞こえ、いつの間にか本降りになっていることに気付いた。折りたたみ傘は持っているはずだった。

「なるほど」と僕は背後の玄関から出口へと至るルートに意識をやりながら、視線を相手から逸らさず、努めて平静に言った。そして気付け代わりにビールを二口、ごくりごくりと飲んだ。

「脱毛サロンにでも通ったのかい?」

「ああ」と藤沢は勃起したペニスを隠そうともせずに答えた。「首から下の永久脱毛を何年か間を置いて二回やった」

「綺麗に見える」

「そこからだと距離もある」と藤沢は落ち着き払った様子で言った。「何であれ、痛みや金と引き替えさ」

それからまた十秒ほど、互いに微動だにしない沈黙が流れた。ガンマンの決闘の直前みたいだった。もっとも有り体な比喩を使うなら、僕のほうの銃は萎びていた。

雷鳴が轟いた。

僕は一メートルほど横の床に置いたリュックをちらりと見て、先に動いた。とはいえむやみやたらに慌てはせず、すっと自然なすばやさで歩み寄り、肩ベルトの片方をつかんだ。

「勘違いするな」と藤沢が言った。「Aセクシャルなんだ」

「Aセクシャル？」と僕は鸚鵡返しに言って、缶ビールを左手に持ったまま、右手を使って右肩にだけリュックを背負った。「無性愛を意味する？」

「ああ。といっても、その言葉が指し示すところは幅広い。その範疇に属する個々人にも色々な違いがあるし、言葉のほうだって色々に使われるから、厳密な意味なんて定められない。でも大まかに言って、他人に性的関心を抱かないということだ」

「なるほど」と僕は相槌を打ち、また視線を相手から逸らさず、さりげなく玄関にすぐ出られる位置に戻った。「ひとつ訊いていいかな？」

「どうぞ」

「性的関心を抱かないなら、なぜ勃起しているんだ？」

「性欲というか、性衝動はある。もしかしたら人並み以上かもしれない。ただ他人には一切、それを向けないだけさ」

そう言って藤沢はL字型デスクの上の、六画面のマルチモニターを指し示した。すると気付かなかったことに、その六つの画面がひとつの大画面と化して、そこに全裸の藤沢自身がうっとりと目を細めてベッドに寝そべり、一点の曇りもなく無修整の、勃起したペニスを握り締めているあられもない姿が映し出されていた。十八禁のカレンダーにでも使えそうな画像だ。僕がトイレに行って手を洗っている間に設定したのだろう。

「つまり」と僕は少し考えてから言った。「自分に？」

「大まかに言えばそうかもしれない。自性愛、オートセクシャルなんていう言葉もある。でも実のところ、自分ではそれには当てはまらないとも感じる。何と言ったらいいか」

藤沢は思案げな表情で右手を股間にやり、その指先で猫の顎の下でも撫でるように、勃起したペニスの裏筋をなぞり上げた。するとペニスはさらにぐんとそそり立った。取り外して棍棒にすればどんな泥棒も撃退できそうな力強い勃起だった。

「喩えて言うなら、それはスポーツ選手が自分でも驚くほど凄いパフォーマンスを発揮できる時の感覚に近いかもしれない。どこからともなく渾々と力が湧き出て、研ぎ澄まされた集中は途切れることなく、体は自分の思い通りに、いや、それどころか自分の予想を遙かに超えた動きを自然にみせる。練習でも上手くいったことがないようなスーパープレイが飛び出て、まるで失敗する気がしない。それは激しいトレーニングを積んだ末の成果かもしれないし、ドーピングの効果かもしれない。でも何にせよ、絶好調なんだ。そんな時、その選手は全能感にも似たエネルギーのみなぎりを自分自身に感じているはずだ。テニス選手ならファーストサーブもリターンも決まりまくる。野球のピッチャーなら指先にボールが引っ掛かり、狙ったところに思った以上の剛速球がばしばし投げられる。サッカーのゴールキーパーなら人間業とは思えない反射神経で神がかり的なセーブを連発する。ボクシングなら相手の攻撃を苦もなくかいくぐり、自分のパンチは的確に強力にヒットする。まさに無敵だ。自分にとって性衝動がみなぎっている状態は、おそらくそうした感覚に近い。勃起すること自体に勃起してくるんだ。絶好調のスポーツ選手が、自分の抜群のパフォーマンス自体にアドレナリンが出て、さらに素晴らしいパフォーマンスを発揮するように。それはたぶん、自分自身に性的魅力を感じるというよりも、もっと純粋な芸術に似たものかもしれない。真に純粋な芸術には目的も対象も何もない。敢えて言うならそれ自身が目的であって、どこにも向けられていないから。それと同じように、この勃起のみなぎりは誰にも向けられていない。この自分自身にさえも。ただ純粋にみなぎっているんだ。何のおかずもいらない。要するに俺自身が芸術みたいなものさ」

藤沢は淀みなく語りながら、またペニスの裏筋を指先でつっとなぞり上げた。するとペニスはまたさらにぐんとそそり立った。その亀頭は息を詰めた赤鬼のように怒張していたが、一方で藤沢の顔は少しも赤らんではいなかった。つまり先に飲酒して酔っている可能性はなさそうだった。アルゼンチンの巨大なチョリソーにも似た逞しいペニスの、浮き上がった血管の生々しさと張り詰めた亀頭の迫力に気圧されながら、僕は思わずその勃起ぶりに献杯しそうになった。こんな経験は初めてだった。

しかし僕は缶ビールを右手に持ち替え、左肩にも肩ベルトをかけてリュックを完全に背負うと、なおも視線を逸らさずに相手を見つめたまま、後ろ手に玄関に出る引き戸を開いた。

「帰ったほうがよさそうだ。邪魔したら悪い。このビールだけ貰っていくよ。どうもありがとう」

藤沢はふっと鼻先で笑った「観ていけよ。せっかくだから」

「何を?」

「俺のオナニーを」

「なぜ?」

「一種のコンテンポラリー・ダンスだと思えばいい。少なくともハリウッド映画よりは興味深いだろう? いつもは鏡の前でやる。自分でそれに見惚れながら、同時にそれに磨きをかけもするんだ。鏡の前に立つ自分と鏡の中にいる自分が、両者とも観客であり演出家でもあるように。それを何百回も繰り返して、今じゃ結構、磨き抜かれてきた」

たしかに奥の部屋の縦型ブラインドの脇には一枚の戸のような大きな姿見が立てかけられていた。もうひとつの世界への入口みたいな、その鏡面はぴかぴかに磨き上げられているように見えた。

「もちろん誰かに見せるための練習としてじゃない。それは自己完結していて、いつだって本番だ。ただ今日はたまたま、そういう気分になった時に悪くない他人が居合わせた。それなら、観られるのも一興かと思ったんだ。もちろん無理強いはしない。帰りたいならどうぞ。でも正直、こんなチャンスは人生に一度しかないはずだ。ハレー彗星より希少かもしれない」

やれやれ、と僕は思った。この男はいったい何を言っているのだろう?

しかしあまりに想定外の展開に現実味がまったく湧かなかった。それにもしかしたら、わずか半年ばかりとはいえ、大手広告代理店での激務とそれを許す異常な企業文化、業界文化によって、彼の魂の奥深いところで何かが決定的に損なわれてしまったのかもしれない。その結果、たがが外れてしまった可能性もある。もしそうだとしたら、これは現代社会の歪みが一人の人間を通じてまさに現れていることになる。そして僕もその現代社会を生きている一人なのだ。だとしたら、曲がりなりにもその歪んだ社会を構成する一員として、僕は藤沢のオナニーから目を背けるべきではないのかもしれない。社会の歪みは制度的、構造的にはきっちりと是正を求めていくべきである一方、それが個人間の一時的な接触において現れた場合には、互いに寛容にやり過ごすか、余裕があれば柔軟に受け止め合うべきだろう。そうして少しずつ弾力的に歪みを解消していくほかにない。混み合うダンスフロアで衝突をいなして踊り続けるように。そしてそれが無秩序な混沌にも画一的なマスゲームにも陥らないように。もちろん、こんな推測は間違っているのかもしれない。僕は今すぐ帰宅して洗濯物を取り込むべきなのかもしれない。しかし人生で正解が分かることなどいったいどれだけあるだろう。この世では時として、すんなりとは理解しがたいことが起こるのだ。

僕はまだ二口しかビールを飲んでいなかった。酔っ払って思考や判断が極端に鈍っているわけではないのだ。そう確認してから、僕はまた二口ビールを飲んだ。そしてもう一度、背後の玄関から出口へと至るルートに意識をやり、いつでも身を翻す覚悟を同時に決めて、快く苦み走った口をひらいた。

「オーケー、どうなるか見てみよう」

その言葉を聞いて、藤沢はちょっと驚いたように眉を上げた。ほんのり口もとに微笑を浮かべもした。しかしすぐ、ふっと安らかな表情になり、目を閉じてゆっくりと大きく深呼吸をし始めた。その時、また激しく雷鳴が轟いた。その余韻のうちに降りしきる雨音も耳についた。藤沢はもうひとつ大きく深呼吸をすると、おもむろに、まるで翼をひらくようにゆるく両腕を広げ、その手のひらをかるく丸めた。それからテルミンでも演奏するみたいに、その手を勃起したペニスに左右からゆっくりと近づけ、さらに微妙に羽ばたくように、ゆらゆらと繰り返し揺り動かした。僕は息を呑んだ。指一本触れてもいないのに、亀頭の先端にきらりと光るものがあり、湧き出したそれがそこから、まっすぐにつーっと垂れ始めた。その透明の体液は繊細ながら粘り強く、亀頭のもたげられたへその高さから、股間、太腿、膝と途切れずに垂れていく。まるで地獄に下ろされる一本の蜘蛛の糸のようだった。

さて僕はこれから、あの時の僕にならって、ビールの一缶でも呷ろうと思う。そうでもしなければ、素面ではとてもこの続きを書き記せそうにないから。今、あの時に目撃した完璧なオナニーの光景を反芻しながら、僕の指先は微かにふるえ、キーボードを打つのにも支障をきたしそうになっている。思うに真に美しいものは恐怖に似ている。それは心をざわつかせ、戦慄をも誘いながら、それでもなぜか人を惹きつけてやまない。雪原の中で鮮血にまみれて獲物に牙を立てる獣のように。

ところで買い置きがないので、近くのコンビニに行って缶ビールを買って帰ってくるのに十分弱かかる。

友よ、絶頂はまだまだ遠い。

その後の展開

その後、僕は眼前で繰り広げられる藤沢の本番オナニーを目撃する。

それは言語を絶する天地創造のようなオナニーだった。そこでは無限の手技の銀河が渦を巻き、絶滅したはずの首長竜が暴れ回り、誰も箸をつけないおいなりさんが垂れ下がり、鋼の裏筋が巨大な本マグロを高々と釣り上げて竜宮城の競りにかけていた。反りかえり巨大化したトーテムポールが天を衝き、勢いよく飛び立って大気圏を突き破り、火星を粉砕し木星を突き抜け、土星の輪で根元をきつく締めつけながら、不気味に血管の浮き上がった地球外生命体に変貌した。スペシャルロングのシャウエッセンが茹で上がり、滂沱たる肉汁が溢れ落ち、松茸のイデアが憑依して、精がつきそうな土瓶蒸しの香りが濃厚に鼻をついた。火起こし器に激しいピストンが巻き起こり、荒々しい狼煙が濛々と舞い上がり、そそり立つ特大サイズのマッチ棒の頭が擦られまくり、海綿体ダイナマイトの導火線に危うい火花が飛び散った。右曲がりの地軸が痙攣的に身を震わせて、一瞬一瞬に震度七の予震を刻み、活火山の火口に白濁したマグマが煮えたぎり、また絶滅したはずの首長竜が咆哮を上げながら暴れ回った。それでもまだほんの序の口にすぎなかった。藤沢の一挙一動、あらゆる素振りが来るべき絶頂を匂わせながらも、いつまでもその時を迎えずにもどかしく仄めかしの渦を巻き、僕はそれに否応なしに深く引きずり込まれていった。まるで受精を果たせるかどうか分からない長い長いトンネルに誘い込まれた一匹の精子のように。

やがて木製の縦型ブラインドの隙間から覗く外はすっかり闇に包まれており、藤沢がオナニーを開始してから優に五時間以上、文章換算で十万字以上が経過していた。

僕は背後の引き戸に寄りかかりがちに、すっかり立ち疲れていたが、むげに座り込むわけにはいかなかった。藤沢は何の支えもなくずっと仁王立ちであり、しかも同時に、片時も萎えずに勃ちっぱなしだったからだ。それは成り行きとはいえ、見届けることを約束した者としての礼儀に思えた。しかし上映会の行き帰りや藤沢宅訪問による徒歩の疲労、とっくに飲み干した缶ビールのほろ酔い、ハードな性描写に富んだ映像を前夜遅くから明け方近くまで鑑賞した影響などが相まって、膝から下が鉛みたいに重く、頭はぼんやりと鈍り、目はしきりに瞬きを必要とするほど乾き、弱々しく霞み始めてもいた。次第に眠気にも襲われていたが、この先に待ち受けるはずの途方もない射精の予感にとらわれて、僕は目を離すこともできなかった。まるで結末が知りたくてどうしてもページをめくる手が止められないように。

そして僕はひと言も発しなかった。眼前の藤沢のオナニーをある種の純粋芸術、きわめて個人的なボディランゲージの紡ぐポエトリーのようなものとして正しく受け止めるには、沈黙よりも相応しい態度は存在しないように思えたからだ。そしてその沈黙と永遠に続くかに思われるオナニーのあちら側では、まるで世界の終わりを告げるかのような容赦ない雷雨が猛威を振るっていた。

どれくらい時間が経ったのだろう？

突然、部屋の中が真っ暗になった。それは落雷による停電のようだったが、驚いて少しばかり目を泳がせ、辺りに満ちた暗闇を見定める僕の背筋に、不意にぞくっとしたものが駆け上がった。近隣一帯の停電らしく、外から滲み入る微光さえほとんどない、一切の色彩を持たないような濃く深い闇――その闇自体が不気味に囁きかけてくるように、それまで耳につかなかった藤沢のひそやかな息遣いや喘ぎが聞こえてきたのだ。それどころか繊細な指遣いや悩ましい身悶えまでもが音像として、眼前の闇の中にうっすらと浮かび上がりそうに聞き取れた。そして外の雷雨は切り離された別世界の音響のように、すっかり後景に退いていた。僕はおのずと息をひそめて、注意深く藤沢のオナニーの音像に耳を澄ませながら、それを闇の中に蠢く影として、くっきり捉えようと目を凝らした。むしろこの濃く深い底知れぬ闇の中でこそ、一切の余計な事物が削ぎ落とされた真のオナニーの姿と対峙できそうな気がしたのだ。しかしそれはじんわりと浮かび上がりそうになったかと思うと、一度の瞬きでまた遍く行き渡る闇に溶け消え、まるで失敗続きの金魚すくいみたいに、うまく捉えることができなかった。

そのうちに突然、謎の電話がかかってきた。僕が慌ててポケットの中で鳴り出した携帯端末を取り出して画面を見ると、未登録の知らない番号が表示されている。僕はすぐに通話を拒否して着信音を鳴り止ませたが、そもそも消音にしていたはずで、その不可解さに少しばかり胸がざわついた。とはいえ知らぬうちに解除してしまっていたのだろう。そう思った直後、僕は自分のいる部屋がしいんと、まったくの静寂に満ちていることに気付いた。闇の中で耳を澄ませても外の雨音以外、何ひとつ聞こえず、なおも耳を澄ませても自分の呼吸の音ばかりがやけによそよそしく、他人のそれのように聞こえてくるだけだった。僕はおもむろに、手にした携帯端末の画面を光らせたまま、それを藤沢が立っているはずの正面へと向けてみた。そのサーチライトみたいな光の照らす範囲に人影はなかった。僕はいささかの動揺と混乱を覚えながら、その光をやみくもに振って辺りを照らし出した。やはり人影はなかった。僕は懐中電灯アプリを起動して、より強い光を放ちながら真っ暗な室内をしらみつぶしに探索した。しかしひと続きになった二つの部屋のどちらにも、L字型デスクの下にも、トイレにも洗面所にも浴室にも、ありとあらゆる収納を開けてみても藤沢の姿は見当たらなかった。僕はすっかり茫然として、激しく高鳴り出した鼓動を胸の内に秘めながら、なおしばらくあちこちを探索していたが、やがて諦めて奥の部屋の一人用の革張りソファに歩み寄り、どさりと尻から沈み込んだ。もう疲れきっていたのだ。

僕はそこで鼓動が落ち着くのを待ちながら、さっき着信があった番号を確かめた。それは僕には馴染みのない06から始まっていて、謎めいた番号に思えたが、検索してみるとただの不動産投資詐欺らしかった。僕はさらに停電の情報も調べた。たしかに現実として区域一帯の停電が伝えられていた。僕はいったん腰を上げて、また懐中電灯アプリの光をたよりにキャビネットに歩み寄り、その中からちょうどよいウイスキーの小瓶を取ってくると、蓋を開けて一口だけ喉に流し込んだ。焼けつくような熱い液体が臓腑に染み入った。それからふと思い出して、向かい合う一人用ソファを照らしてみた。するとそこには脱ぎ捨てられたバスローブがあった。僕は身を乗り出してそれをつかみ取り、実在の感触と重みをたしかめると、急に薄気味悪くなってローテーブルの上に投げ出して、またソファに腰を下ろした。そして背もたれにぐったりと寄りかかり、ゆっくりと酒のにおいのする溜息を吐き出した。そのまま寄せては返す波音に耳を澄ますみたいに、闇の中で自分の呼吸と鼓動の音に聴き入った。落ち着け、落ち着くんだ、と心の中で繰り返し唱えながら。

　それからたぶん、十分と経たずに電気が復旧した。ぱっと明るくなった室内をもう一度だけひととおり探し回ってみたが、やはり藤沢はどこにもいなかった。玄関も縦型ブラインドの掛かったガラス戸も施錠されたままで、記憶するかぎり、誰かが出ていく物音は一度として聞こえなかった。わずかな足音や床の軋みさえも。とはいえ僕はスタンドに載った小型スピーカーの上に、ちょこんと置き残された藤沢の携帯端末を見つけた（その存在すら忘れていた）。しかしそれはロックされていて、いかなる情報も引き出せなかった。明らかに藤沢だけが忽然と姿を消していて、もうそれ以上、痕跡や手がかりに出くわす見込みはなさそうだった。時刻は二十一時を回っていて、にわかにひどい空腹に苛まれ始めた。考えてみれば藤沢と一本ずつ分かち合ったはずの——というのもそれが本当に起こった出来事なのか自信がなくなっていたのだ——黄金色の干し芋スティック以来、何も食べ物を口にしていなかった。そろそろ帰りたかった。僕は不意に尿意を覚え、前回と同じように小便をして、前回と同じように洗面所で手を洗った。いったい何が起こったんだろう、とまた思索的なかわうそのように考えながら。それからやけに重たく感じるリュックを背負って、全裸の藤沢と向かい合ったはずの位置に戻り、うっすらと目を閉じて一分ほど走馬灯のように、そのオナニーを思い返してみた。たしかにそれはほとんど純粋芸術の域に達していた。いや、むしろ超越さえしていたかもしれない。それは人知を超えた何らかの存在に取り憑かれたかのような、オナニーの化身の顕現とでも言うべき神話的な事象であり、いかなる即物的描写も真に迫らず、もし言葉で表すならメタファーを介してのみ、かろうじてその凄味を伝えうる類のものだった。目を開けた僕の胸に少しばかりもやもやしたしこりのように残ったのは、その絶頂を目撃できなかったことだ。あるいは床に精液を飛び散らせる代わりに、藤沢自身が飛び散ってしまったのかもしれない。

それから僕は踵を返すと、成城石井で買ったチーズやナッツ、ドライフルーツは後に残して（それは一種の神的存在へ供物を捧げるような気持ちだった）、玄関で自分の靴を履いた。靴脱ぎには何足も同じようなナイキのハイテクスニーカーが並んでいて、藤沢がその日履いていたものがどれなのか、もしくはどれでもないのか、よく分からなかった。そして僕は明るいままの無人の部屋を残して立ち去った。二重オートロックなので施錠のことなどは気にしなくてもたぶん大丈夫だろう。雨はかなり弱まってはいたものの、夜空はどす黒く不穏に曇り、ちょっと見上げるうちにもぴかっと稲光が閃き、少し離れたところで雷鳴が轟いた。僕は折りたたみ傘をさして外に出ると、一のオーニ、とふと思い出してつぶやき、郵便受けと宅配ボックスの並んだ凹んだスペースを覗き込んだ。一〇二号室の郵便受けには変わらず「藤沢雷蔵」という名札があったが、それはまるでタイムスリップしてきた戦国大名みたいな奇妙な字面に見えた。僕は一瞬、それを写真に撮るべきか迷ったが、やめておいた。その時すでに、彼とふたたび会うことはないだろうという強い確信が芽生え始めていた。おそらくは生涯二度と目にすることが叶わない美しい彗星のように、藤沢はどこかへ行ってしまったのだ。その種の物事を記録するのは野暮に思えた。

僕は空腹を我慢できず、リュックを胸側に抱えなおすと、じゃがりこのじゃがバター味をひとつ取り出して、その蓋の取っ手を前歯で嚙んでめくり開けた。そしてバケツ型の容器から数本同時に口に流し込み、折りたたみ傘の下でボリボリ食べながら、駅へ向かって歩き出した。僕はいつしか勃起していた。とはいえそれは同性のオナニーを目撃したせいでも、ましてや自分自身に対する興奮でもなく、明らかに重度の疲労に起因するもので、どことなく感覚が鈍麻したような――まるで外側がふやけたおでんのちくわぶみたいな――じつに奇妙な勃起だった。やがて横断歩道を渡る際、僕はボーダーのバスクシャツを着た彼女のことを思い出した。想像の中でそれを脱いだ彼女の、上品な和菓子のように形の良い乳房のことも。もしかしたら疲れのせいで甘い物を欲していたのかもしれない。しかし結局のところ、この日の僕の主食はじゃがりこになった。

それから僕は二〇一八年の干し芋スティックについて語る。

二〇一八年の秋、ナチュラルローソンの有機栽培の干し芋スティックを悲劇が襲う。商品製造過程の不具合により商品劣化が発生していることが判明したのだ。ただちに店頭から撤去された挙げ句、販売終了となり、手頃な値段で手軽に購入できる干し芋スティックが全国のローソンから姿を消してしまった。実はそれに先駆けて、ネット上では有機栽培の干し芋スティックに対して、う〇このにおいがする、乾燥しすぎて固いものがある、出来不出来のばらつきが激しいなどの厳しい声が囁かれていた。それは賢明な消費者がパックの美味しそうな写真に騙されず、商品劣化に気付いていたことを意味する。あるいはそうした声がじかに苦情として寄せられた結果、しかるべき調査が行われたのかもしれない。

そして回収の約一ヵ月後、ローソンはナチュラルローソンではなくローソンセレクトをそのブランドとして、ひとくち焼きいもを販売開始する。それはさつまいもそのままのおやつとして、有機栽培の干し芋スティックの後継に位置する商品と思われたが、原料は中国産から国産になり、さつまいも本来の風味とほっくり感を打ち出していた。

幸いなことに当時、スティック状の干し芋は他にもあり、たとえばセブン‐イレブンや無印良品でも買うことはできた（セブン‐イレブンは置いていない店舗も多く、無印良品はグラム単価がやや高かったが）。それに干し芋にこだわらなければさつまりこや古き良き芋けんぴも、スティック状のさつまいもおやつとして楽しめた。実のところ、芋けんぴはなかなかビールに合うのだ。

そして僕はコンビニで買い込んできた何本目かの缶ビールを飲み、おやつ棚から持ってきた芋けんぴをポリポリ食べながら、12インチシングル盤のレコードを聴く。

それは藤沢の部屋で名前を訊ねた往年の佳曲、イマジネーションの「ジャスト・アン・イリュージョン」だ。悲哀漂う幻想的なラブソングといった趣の、その曲のコーラスではこう歌われている。

「ひょっとして、ただの幻だったのだろうか？」

僕もまた同じような感慨を抱きながら、その後にくりかえし幾度も幾度も、あの時に目撃したオナニーについて振り返ることとなった。それは時が経つほどに、この世界の通常の出来事とは思えない。しかし同時に、それがたしかに起こったのだという感触はむしろ揺るぎなく強まり、昨日の夜に食べた料理よりも、これまでに交わったどんな女性の性器の締めつけよりも、生々しく鮮やかに思い出せるのだった。まるで別世界に我知らずいっときだけ迷い込んで、また我知らずそこから帰ってきたみたいに、それは人生でただ一度きりの不可思議な体験だった。

あるいはあの時、突然の停電の暗闇のさなか、藤沢はまず部屋のどこかに隠れてその後、うろたえた僕が探し回るうちに、こっそり玄関から出ていったのかもしれない。そして靴棚の上にでも置いていた鍵で絶妙に音を立てず施錠して、ほんの悪戯心から、メーターボックスの中にでも全裸のまま潜んでいたのかもしれない。それもありえなくはないことだ。あの時の疲労と眠気がまぜこぜの、ほとんど夢うつつに近いような朦朧とした意識によって、僕の記憶にある種の魔術的な効果が施されてしまった可能性も否定はできない。

しかしもしかしたら、藤沢の側に立てばあの時、急にいなくなったのは僕のほうかもしれない。そんなふうに思うこともある。藤沢はあの場から一歩たりとも動かず、脇目もふらず一心不乱にオナニーに耽り続け、やがて停電の中で射精してまた明かりが点いた時、それを鑑賞しているはずの僕のほうが彼の眼前から消えていた。それもまたありえなくはない――今の僕にはそう感じられる。もしかしたら我々は別の法則に支配された世界、別の様式のオナニーをする世界に生きていて、その別々の世界同士がたまさか、あの日に互いに通り過ぎ合っただけかもしれない。確実なことは何も言えない。そう、この世では時としてすんなりとは理解しがたいことが起こるのだから。

そして僕はエピローグを語る。

二〇一九年の秋、有機栽培の干し芋スティックは再度、全国のローソンの店頭に並ぶことになる。内容量もそれに伴う食物繊維含有量も以前より十五パーセントほど減らしながらも、まさに不死鳥の大好物のごとくよみがえったのだ。

それは言うまでもなく、しっとり肉厚で、さつまいもの自然な甘さがつまっており、表面に白い粉が発生することがあるが、これは糖分が結晶化したものなので、品質には問題ない。

「藤沢は射精したんだよ」と僕は自分に言い聞かせるようにキーボードを打ちながらつぶやいた。「信じたほうがいい」

酷暑不刊行会

1

オフィス用衝立に仕切られた応接セットの革張りソファに座り、徳平雅文は左手にもつ携帯端末の、縦長の画面にじっと視線を注いでいた。壁際には白色の扇風機がすらりと立ち、その羽根が目にも留まらぬ速さで回転して人工の風を浴びせかけ、掌中の機械の熱を少しずつ吹き払っている。側壁上方の窓は半分が網戸にされて、そこから自然のそよ風も弱々しく流れ込んでいた。

「参ったな……」

ぽつりと呟き、ボタニカル柄の半袖の開襟シャツの、ボタンを片手でひとつずつ外していくと、はだけた前から杢グレーのタンクトップが覗けた。目の前のローテーブルから氷入りの麦茶のグラスを取り、それをひとくち飲み、グラスを置いて空いたその手で膝の上の扇子をひらき、扇風機とは逆側からひとしきり自身を扇ぐ。そうしながらも徳平は左手の画面にじっと見入り、そこに表示された文章を指先で下へ送り、最下部まで読みきると最上部へと舞い戻り、また最初から読み流し始めた。

それは二月末に発表された気象庁の、暖候期予報を気象予報士が解説するニュース記事で、見出しに「記録的な猛暑の可能性」とあり、その下にも「今年の夏は60パーセントの確率で猛暑」「それもウルトラ猛暑になるかもしれません」といった文言が見えた。それから徳平はふと「気候的出現率」という言葉に指先を添えると、それを検索にかけて適当なページを幾つか開き、ざっと目を通していった。

「なるほど……過去三十年間の夏の気温を低い、平年並み、高いに三分の一ずつ分けた時、そのうちのどれに今年の夏が当てはまるか、ということか……仮に何も判断材料がない場合、均等な確率になるから、三十三パーセント……暖候期予報は三ヵ月から半年先の予報だから、不確定要素が多くて普通はそれくらい、三十から四十パーセントになる……ところがそれが六十パーセントってことは、猛暑になる可能性がかなり、いや、今年は異常なほど高い……」

ぶつぶつと小声で独りごち、また麦茶のグラスを取ると、ごくごくと残りを飲み干してその勢いのまま氷をひとつ、口の中へ流し入れた。徳平は携帯端末をローテーブルに置き、ややひらいた膝の上で両手を組み合わせると、眉間に厳しく皺を寄せて目をつむり、沈痛そうにうつむき込んだ。しばらくの間、歯に当たる音を鳴らして氷を舐め転がしながら、重苦しい黙考に耽る様子で座り込んでいた。

やがて徳平はそっと目を開けると、ガリッと小さな音を立てて氷を噛み砕き、溶け消えてゆくそれを飲み込むなり、決然と口もとを引き締めた。それから衝立の外へ顔を向けて、おもむろに上下の唇を離すと、すうっと息を吸い込んだ。

「おーいみんな、ちょっと集まってくれ」

かるく声を張り上げ、反応を窺うように数秒待つも、向こう側からは沈黙の中、マウスをぽちぽちと押す音だけが聞こえる。

「おい、ちょっと手を止めてすぐに！　重要な話だから！」

徳平が苛立ち交じりに野太い声を響かせると、それとなく呼吸を合わせるような間を置いて、こぞって椅子から腰を上げる物音が立った。まもなく衝立の端の出入口から、田中淳也、谷口志保、梅沢尚人の三人が気怠げにぞろぞろと入ってきた。

「とりあえず座って」

ローテーブルに沿ってコの字型に三つ配置された革張りソファの、向かい合う二人掛けの二つを徳平が手で示すと、片側に谷口、もう片側に田中と梅沢が腰を下ろした。

「あ、ちょっと谷口さんはそっち寄って。そこに座られちゃうと若干、風が遮られるから」

すぐ斜め後ろに扇風機が位置する谷口は慌てて、空いた隣へと座り直した。田中と梅沢は徳平の、タンクトップの深い襟ぐりから覗く胸毛を見た。

「ええと、それでね……」

徳平は小難しそうに顔を引き締めて、ちろりと唇を舐めた。

「単刀直入に言いますけど、今年は例年より一ヵ月早く、六月から休止期間にします。その間の対応はいつも通り」

他の三人はきょとんとして、微かに動揺の素振りをみせながら、ちらちらと互いに視線を交わし合った。

「えっ、ちょっと待ってください。てことは今年は、六、七、八、九の四ヵ月っていうことですか？」

田中が指折り数える手振りを交えて訊ねると、徳平は厳粛な面持ちで頷いた。

「もう本当にずっと温暖化で異常気象、毎年のごとく猛暑猛暑だけど、それが今年は例年にも増して、さらに酷い暑さになるらしいんだよ。大体もう、まだ三月になったばっかりなのに、今日なんて扇風機回さないと暑いくらいだから」

徳平は傍らで高速回転を続ける羽根を指すと、もう片方の手で扇子を持ち、それでもって反対側から自身を扇ぎ始めた。

「いや、それは今日はたまたま、三月頭なのに五月半ば並みの陽気って……明日からはまた寒く……」

「うん、それはだから、まだ三月だからいいけど、六月になったらもう、湿気も酷くなってくるし、とてもやってられないかもしれないから」

「でも、六月はさすがに、まだ暑さ本番じゃないですし」と梅沢が遠慮がちに口を挟んだ。

「例年並みになるかもしれませんし……」

「もちろん、その可能性もあるよ。でも、直前まで見計らって決めるのは無理だから。六月に入ってたとえば初旬はよくても、中旬とか下旬から堪えられなくなったら、もう地獄になるわけだし」

徳平は頑なな調子のまま、三人を順々に見据えていった。田中は不服そうに下唇を噛んでうつむき、梅沢は困惑の表情を浮かべて視線を逸らした。それから隣り合うその二人は互いに、ちらと横目に見交わした。

「徳平さん暑がりすぎる……」

谷口が眉をひそめて呟き、斜め下へ顔をそむけた。

「ああ、そうだよ、暑がりだよ」と徳平はふっと鼻先で笑いながら、ちょっと気色ばむような口ぶりになった。「でも俺が社長で決定権があるから。それに事前に、こういう会社だってこともきっちり、よくよく伝えてあって、その上で働いてもらってるからね。今まで何度も言ってるけど、嫌なら辞めてくれても一向に構わないから」

「いや、でも四ヵ月って……」と田中は額に片手をあてて言って、それから哀しげな目つきで徳平を見やり、弱々しい微笑を漏らした。「一応、正社員じゃないですか、僕らって。それが一年のうち、四分の一ならまだしも、三分の一もまともに働けなくなるって、ちょっとおかしいと思うんですけど……」

「だから、それは採用の時点で事前に説明してる。こんな零細出版社だけどちゃんと就業規則まで作って、休業についても明記してる。しかもそれで収入が減ることも考慮して、副業も全面的に許可してるし、それどころか奨励さえしてる。それも分かってるよね？　休業中にもできるような副業を持っておくか、あるいは日頃の副業で休業中の、減収を補塡する分を稼いでおく」

「いや、そうですけど、それは分かってますけど……」

「いずれにしても、もう決めたから。それに今年だけじゃなく、来年からしばらく四ヵ月で行くかもしれない。もちろんこのまま夏が暑くなり続けるなら、数年後には、五ヵ月とか六ヵ月になることもありうる。その前に俺が熱中症で野垂れ死ぬか、この会社が潰れるかもしれないけどね」

徳平は強硬な態度を崩さずに背もたれに寄りかかり、口の端に皮肉っぽい笑みを浮かべながら、片手の扇子を扇ぐ勢いを強めた。タンクトップの深い襟ぐりから突き出た長い胸毛が数本、そよそよと心地よさそうに揺れていた。

店内の壁掛け時計は七時を回り、ガラス張りの外にはすっかり夜の帳が下りて、街灯や店明かりに照らされた薄闇の中、すぐ先の通りへ向かって足早に歩く人影たちが見えた。レジ台のほど近く、二つ隣接させた小さな丸テーブルの上にそれぞれの飲み物を置き、田中、梅沢、谷口の三人は男女二対一に分かれて、向かい合うかたちで座席に腰を下ろした。

「谷口さんは、一ヵ月くらい増えても何てことないですよね」と田中が口をきった。

「まあ私は正直、むしろ会社の仕事の方が副業っていう感じもなくもないし」と谷口は答え、抹茶ラテをひとくち飲んだ。「一ヵ月長くなるのは想定外だったけど、そのぶん今年は少し休んで、どこかに旅行でも行こうかなって」

「いいなあ」と田中は羨ましげに言った。「谷口さんの場合、会社の給料がベーシックインカムみたいなものだからなあ」

「そんなことないって」と谷口は苦笑した。「会社の仕事もちゃんとした上で、副業もがっつりしてるだけ」

梅沢は隣を横目に見た。「田中さんはその分、いつもドラマ観たり居眠りしたりで忙しいですもんね」

「いやいや、梅沢君も同じようなものでしょ？　ネットサーフィンの合間にちょこっとだけ仕事してる感じで」

「いや、でも僕はさすがに就業時間中に堂々と居眠りはしませんから」

からかい合うような表情の二人を見て、谷口がくすっと微笑んだ。

「でもさ、梅沢君なんてまだ全然若いんだし、うちみたいな会社にあんまり、長居しない方がいいよ。それこそ田中さんみたいになって、他のところで働けなくなるから」

「ちょっと谷口さんまで、何ですかその言い草は」と田中が半笑いで口を尖らせた。「それに僕だってまだ二十代ですから」

「そうですね……」と梅沢は隣を無視して、神妙そうに谷口に相槌を打った。「ただ僕も新卒のところを三年で辞めて、それで今、畑違いの仕事に就いてまだ半年じゃないですか。だからやっぱり二年くらいは、経歴の上だけでも、編集者としてひとつの所で働いたっていう実績を作っておきたいかなって」

「それはつまり、次の転職も、編集者として考えてるってこと?」

「まあ、そうですかね。ただ、やっぱり出版はもうちょっとあれなんで、同じ編集っていう括りでも、ネットの方の、何かの媒体とか、広告関係とか……」

ふうんと谷口は頷き、また抹茶ラテを飲んだ。田中もアメリカンコーヒーをずずっと啜り、梅沢もホットミルクをごくりと飲んで、美味そうにほっとひと息吐いた。しばらくの間、三人は黙ったまま幾度かずつ、それぞれのマグカップを口に運んでいた。

「ところでそれで、梅沢君は六月からどうするの?」と田中がまた口をきった。

「いや、どうしようか、正直あんまりちゃんと考えてなかったんで……」と梅沢は首をひねりながら、はにかんだ表情を浮かべた。「去年は休止期間明けすぐの頃に面接受けて即採用されたから、今年が初めてじゃないですか、僕の場合。だから休業っていっても、どういう感じになるのかまだ未知の領域なんですけど……でも、社会保険料って休業の分だけ給料減ってもたしか、減ってない期間と同じだけ、引かれるんですよね？」

「うん、だから結構な割合になるよ」と谷口が言った。「まあ、もともと薄給だから、そのぶん世間並みより少ないと言えば少ないけど。何かたしか、休業のせいで賃金が減る場合、その減少が何ヵ月もずっと続くと、社会保険料を算定しなおして、後から負担を減らせるとかだったような。私も詳しくは忘れちゃったけど。でもうちの会社の休止期間って、三ヵ月だけで元に戻っちゃうから、それは無理だとかで。四ヵ月だともしかしたらあれかもしれないけど。ただ前にも言った気がするけど、私みたいに正社員やりながら個人事業主として副業やってる場合、その副業の収入については、そもそも社会保険料って発生しないの。本業の会社の方で負担するだけで、二重で取られないんだよね。だからそれはすごいよくて。でも、たとえばどこかで副業として、アルバイトでも雇われる身分になるとたしか、本業と副業、両方の会社で収入の割合か何かに応じて、それぞれ社会保険料払わないといけない、そんな感じだったと思う。だから梅沢君も何か、自営業の副業やった方がいいよ」

「なるほど」と梅沢は小刻みに頷いた。「でもまあ、僕にはそんなスキルもツテもないですけど」

「俺も」と田中は目を伏せて呟き、またアメリカンコーヒーを啜った。

「田中さんは、六月からどうするんですか？」と梅沢が訊ねた。「去年までは冬眠ならぬ、夏眠してたんですよね？　休業の分、よそで働いたりせずに」

「うんまあ、俺の場合、家賃が格安の所に住んでるから。そのぶん狭いけど」

「さすがミニマリスト」と谷口は合いの手を入れて、また抹茶ラテのマグカップに手をかけた。

「家賃もミニマル」

「ただ、休止期間以外なら徳平さんと一緒に昼飯食いに行けば奢ってもらえるから、それがなくなるのが地味にきついんだよね」

「ああ……」と梅沢は曖昧に相槌を打った。「考えてみれば、会社行かずに在宅する時間が増えたら、そのぶん光熱費も嵩んだりしますね。そういう意味でも皿洗いでも何でも、出勤が減る分だけ、外で働いた方がいいのか……」

「せっかくだし、色んな短期バイトでもしてみたら？」と谷口がふと思いついた口ぶりで言った。「今思い出したんだけどバイトの社会保険って、一箇所で継続的に働いて、かつ、月の労働日数とか週の労働時間がある程度以上の場合だけ、加入だったような気がする。だから単発とか短期バイトを色々やるなら、その副業分は社会保険料はかからない、おそらく。何かさ、むしろお金払って色んな仕事を軽く体験するみたいな、そんなサイトも今はあったりするし、そういう職業体験感覚で夏の間だけ、バイトを転々としてみるとか」

「なるほど」と梅沢は小刻みに頷き、隣を横目に見た。「田中さん、一緒にやります？」

「いやあ、俺は働きたくないよね、なるべく」

「労働もミニマル？」と谷口が微笑んで言った。

田中はこくりと頷いた。「それに実を言うと一応、副業じゃないけど、現時点で副収入があることはあるんだよね、俺の場合」

「何ですか？　競馬とか？」と梅沢が意外そうに訊ねた。

「いやいや、ギャンブルなんてやらないから」

「じゃあ何なんですか？」

「いや、実家に離れがあってね……」と田中は目を伏せて言った。「うちって三人兄弟で、自分が末っ子なんだけど、上の二人の兄貴と歳が離れてるのよ。それで俺が高校に入るくらいまで同居してたから随分と可愛がられて、しかも歳が離れてるから兄貴たちは小金持ってて、俺が何かに興味を持ったびに色々と買い与えてくれたり、それで一緒に遊んでくれたり。まあ要するに、子供の遊びに付き合ううちに兄貴たち自身もハマったりして、自分らが小さな頃にはできなかった、大人買いをしたりね。そういう一時期の諸々、たとえば今でも全然普通に流行ってるカードゲームの希少価値が高いカードとか、コレクター向けのおもちゃとかレアグッズとか、そういうのが離れに大量に眠ってて、それを掘り返してネットで売るとこれが結構な額になることに、この前の年末年始に気付いて」

「断捨離も兼ねてみたいな？」と谷口が言った。

「そうそう。あとは母親が何かで貰ったノベルティの縫いぐるみとか人形とか、父親が今じゃ全然飲まない、家買った時に見栄か何かで揃えた未開封の洋酒とか、そういうのがびっくりするくらい高く売れたりして。よく知らないけど、瓶のコレクターとかもいるらしいんだよね。ただ自分は今、狭いところに住んでるから、その事情であんまり手元に在庫が置けないとか、あと小出しにするとその分野の買い手がつく場合とかもあって、それでもうちょっと、それを時間をかけてやろうと思ってて。うちって父方の祖父母も家が広くてやたらと物持ってて、何か眠ってそうだから、それも一回、今度探索に行ってみようかなとか。父親が子供の頃の、レトロな雑貨とか古本とかあった気がするんだよね。さすがに古すぎてあれかもしれないけど」

「ご実家は近いんですか？」

「うん、電車で一時間ちょっと。だから交通費も大したことないし、行けば一宿一飯か二飯か、美味い飯食えるしね」

「へえ、いいですね」と梅沢は相槌を打った。「一種の休眠資産っていうか」

「うん、まあね」

それきり三人はふっつりと黙り込み、それぞれにマグカップの飲み物を飲んだり、何気なさそうに店内やガラス越しの外を眺めたりした。やがて不意にテーブルの上の、携帯端末がひとつ振動した。谷口はすばやく手前のそれを取り、ちょこちょこと指先で操作した。

「あ、ごめん。私この後、友達と軽くご飯食べてレイトショー観に行く約束してて、そろそろ」

「ああ、じゃあ行きますか」

田中は促すように言って、残りのアメリカンコーヒーを飲み干すと、自分の携帯端末をポケットにしまって腰を上げた。谷口も抹茶ラテを飲みきり、付属の紙ナプキンでそっと口まわりを拭うと、立ち上がってストールを首に巻き、身だしなみを整えた。思案げな面持ちでうつむきながら、梅沢一人だけが椅子に座りついていた。

「おい」と田中が後輩の肩を叩いた。「どうしたの？」

「いや、うちにも何か売る物ないかなって。親の居ぬ間に勝手に……」

「ああ、梅沢君、実家に一人暮らしだもんね」と谷口が言った。「でもだから、家賃もないしちょっとくらい休業で収入減っても大丈夫じゃない？」

「いや、ただでさえ薄給ですし、両親が戻ってきたらまた出てくから、引っ越し費用とか貯めないといけないし」

「なら何か、副業探すしかないよね」

梅沢は小刻みに頷いてそのまま、項垂れるように手前のマグカップを覗き、底にわずかだけのミルクを確かめてから、溜息交じりに立ち上がった。三人はそれぞれの鞄を取り、肩に掛けたり背負ったりした。それから揃ってトレイを返却口に置き、ぞろぞろと店外に出た。冷ややかな風が吹きつけてきた。

「暖かい日だったけどやっぱり三月だから、この時間になるとけっこう寒いね」

「徳平さんなんて半袖出社でしたけどね、何の上着もなく」

歩き出した谷口と田中の後ろで、梅沢は店の扉脇に貼り出された「アルバイト募集中」の掲示を束の間、留まってじっと見つめた。それから足早に二人との距離を詰めると、すぐ先の通りに出て歩道が幅広になったところで、追いついて肩を並べた。

《募集職種》

2

富裕層向けライフスタイルマガジンの編集者

《職務内容》

1. 企画立案

読者である富裕層の興味関心に沿ったグルメ、旅行、ファッション、ファニチャー、イベントなどに関する記事を企画します。

2. 調査・取材

編集長の許可を得て、立案した企画に基づいた調査や取材を行います。取材に際しては、ライティングや撮影を兼ねる場合もありますし、専属のライターやカメラマンをアサインする場合もあります。

3. 編集・校正

ご自身、もしくはライターが執筆した記事を入念にブラッシュアップします。

4. 入稿

取材対象に原稿の確認をしていただき、了承を得ます。その後、編集長の最終チェックを経て、あなたが手がけた記事が読者の目に触れます。

《応募資格》

紙・ウェブ問わず、メディアにおける編集経験、進行管理経験(年数不問)

タイアップ記事の企画、編集、ライティング経験があると尚可

外部への取材を行うため、コミュニケーション力に長けた方

手のひらの画面から目を上げると、梅沢はもう片方の手に持ったペットボトルのスポーツドリンクを飲み、廊下に設置された自動販売機脇のベンチに腰掛けたまま、ふうとひと息吐いた。それからペットボトルを傍らの座面に置き、そのすぐ近くに逆さ向きに置かれたキャップをつまみ持って、飲み口に被せてきっちりと回し閉めた。正面には両開きの扉が二つ並んで控え、隔てられた向こうから飛び交う掛け声が漏れ聞こえてくる。その斜め上には「第一体育室」と表示された突き出し型の標識が見えた。梅沢は項垂れてもうひと息吐き、携帯端末をスポーツ用ハーフパンツのポケットにしまい込むと、おもむろにペットボトル片手に立ち上がり、額から汗のひとすじ垂れてきた顔面を首に掛けたタオルで拭きながら、扉に近づいて片方の取っ手を引いた。

体育室内では相互に指示を出す声に加え、靴底と床が擦れるキュッキュッという音、ドタドタと走り回る音を絶えず響かせながら、ひとつのボールに忙しなく翻弄される男たちの、フットサルの試合がめまぐるしく展開されていた。長方形のコートの四囲に張り巡らされた緑の網の外、両陣営のゴール裏には数人ずつの交代選手が控え、双方ともプレイ中の仲間と同色の、赤対黄のビブスを半袖のスポーツシャツの上に着ている。さらに片方のサイドライン沿いの網の外には、青いビブスを着るか手元に脱ぎ置いている別の群れが小憩中の居住まいで、ゆるやかに寄り集まっていた。梅沢はコートの外周を辿ってそちらへ歩み寄りながら、網越しに五対五の試合模様を眺めやり、それから向かう先の、最も近くにあぐらをかいて座る二人を見やった。逞しい肉塊の浅黒い中年男、四肢のひょろりとした若々しい青年がやや顔を寄せ合うようにして、楽しげに雑談に興じている様子だった。

「いややっぱり、井川さんの天然のフィジカルは異常ですよ。何の筋トレもしてないのにそのガタイですもん。さっき俺、仲間なのにちょっと接触しただけで吹っ飛ばされましたから」

「いや、これで背が高かったらいいんだけど、幅と厚みだけだから。それに最近、寄る年波には勝てなくて、腹回りにけっこう脂肪がついて。元木君はいいよね、すらっとしてスーツとか似合いそうで」

「いくら食べても全然太らないんですよね、自分の場合」と元木は言いながら、ふと視線を斜め上へやった。「筋肉も肥大しないタイプで」

頷きながら井川も振り返り気味に、そちらへちらりと視線をやり、小さく手を挙げて朗らかに微笑みかけた。

「おう、梅沢君、大丈夫？」

「ああ、はい」と梅沢はかるく項垂れてみせながら、隣に腰を下ろした。「いや、久しぶりだときついですね、かなり……」

「まだ若いのに」と井川は苦笑を浮かべた。「でもこれからまた、月一くらいの頻度でやるから来てよ」

「はい、でも今三月だから……」と梅沢は指折り数えた。「あと二、三回ですかね。その後は涼しくなってから参加します。冷房がない施設だと夏は地獄じゃないですか、それこそサウナみたいで」

元木がにやりと笑った。「何か梅沢さん、言ってることが例の社長みたいじゃないですか」

「いや、元々自分も暑がりだから」

「何？　例の社長って？」と井川が訊ねた。

「あれ、井川さん知りませんでしたっけ？」と元木が言った。「梅沢さん、去年の秋くらいに小さな出版社に転職したんですよ。それでその今の会社の、社長が笑っちゃうくらい暑がりみたいで」

「ああ、何か転勤になりそうで嫌がってるとか、そう言えば誰かに聞いたな。それで？」

「はい」と梅沢は照れ臭そうに頷いた。「若者は三年で辞めるっていう俗説を地で行って」

「勿体ない。せっかく新卒で大手に入ったのに」

「いや、大手っていうほどじゃ……」と梅沢は小首を傾げてみせた。「ただ一応、事前に両親に辞めるって伝えたら、うちの父親もたまたま去年転勤になって、今も関西の方に行ってるんですけど、そっちに母親もついて行って、代わりに僕がその間、実家に一人で住むことになったんですよ。やっぱり五十過ぎて単身赴任って生活が荒れるみたいで、母親が心配して。で、実家を二、三年空にするわけにもいかないし、誰かに貸すとかも考えられないから、ちょうどいい留守番っていうことで」

「へえ」

「だから家賃が掛からないんで、それでつい、物凄い薄給なのに零細出版社なんかに転職しちゃったんですよね。辞める時に前の職場でひと悶着あったりして、何か心が疲れてたのもあって、こぢんまりとした所で少し休もうかなとか……」

「それでその出版社が、かなり変わった所みたいなんですよ」と元木が口を挟んだ。「夏の間だけ、出勤日数が半減するとかで」

「どういうこと？」と井川が訊ねた。

「いや、今の会社って、社長がほぼ自分の趣味で人文系の本とかを作って出してる所で、それはもちろん売れないから、まあそこそこ名の知れたとある食品メーカーの、社内報を請け負ってそれで成り立ってるんですよね。他にちょっと、自費出版とかもやってるんですけど。それでその社内報は季刊、季節に一度の刊行で正直、内容もありきたりっていうか、企画とかも基本的に相手が決めて全部送ってくるんで、こっちはそんなに大した仕事量じゃないんですよ。向こうの広報の担当者も、定年後に再雇用された嘱託社員だったりして、特に力も入れてない感じで。それでさっき、元木君もちょっと言ってましたけど、うちの会社の社長がすごい暑がりで東京の夏が大嫌いで、だから毎年七月になると、自分は仕事をうっちゃって信州の避暑地の、ブルーベリー農家か何かをやってる親戚の家に行っちゃうんです。丸々三ヵ月」

「三ヵ月？」

「はい」と梅沢は口の端で微かに苦笑した。「そうなるとその間、本作り、書籍の出版活動は日頃全部、社長が自分で取り仕切ってるから、それは完全に一時休止になって、基本的にその、社内報の仕事だけが残るんです。でもその仕事も、今言いましたけど、大した量じゃない。だから社員が僕ともう一人、男性の先輩編集者がいて、あと別に一人、女性でＤＴＰ、パソコン上で印刷物のレイアウトをするような、その担当の人、全部でこの三人なんですけど、三人とも夏の三ヵ月の出勤が、合計で半分程度に減らされて、残りは休業日になっちゃうっていう。あ、あと社長の奥さんが経理事務をやってて、その奥さんは信州には行かないんですけど、普段から滅多に会社には来ない」

井川は半信半疑のように目を細めながら、微妙な含み笑いを浮かべた。

「本当に？」

「それでその分だけ、給料も減っちゃうらしいんです」と元木が付け加えた。「ただ休業する日数の分も、何割かは貰えるんでしたっけ？」

梅沢は頷いた。「経営側の都合、会社都合による休業だから、一応法律で決まってる、休業手当っていうのが出ることになってるみたいなんですけど、通常の給料の一日当たりの、たしか六割、これが休業一日につき支給されるだとかで。ただ元々すごい薄給だから、正直厳しいんですよね」

「なんでそんな会社に転職したの？」と井川は呆れたように言った。「その、夏の間だけ出勤も給料も減るっていうのは、もちろん事前に聞かされて？」

「はい、それは面接の時点で説明はあって。あと、そういう所だから代わりに、仕事は楽だし、副業は完全に自由、しかも職場でも暇な時は好きなだけ副業をやっていいっていう、それも言われて。ただその分、給料は安いし、ボーナスも基本的になしか、あっても年に五万とか。それで実際、先輩のDTPの女性はたぶん平均して、月の勤務時間の三分の一以上、下手したら半分は職場でも副業してる感じですかね。つまり社外から仕事を請け負って。あと前職がウェブデザイナーだったらしくて、知り合いの独立した美容師さんの、美容室のウェブサイトとかも作って管理してたり」

「じゃあ梅沢君も何か、そこで副業を？」

「いや、僕は何も稼ぐ手立てがないんで……だから、楽は楽なんだけどやっぱり、また転職しようかどうか迷ってて。でも前の会社で僕、総務部で株主総会とか社内行事の準備運営とか、オフィスの配置換えとか備品管理とか、何の専門性もないことしかやってないから、今のところに三年くらい在籍すれば、少なくとも方便として、編集経験があるって言えると思うんですよね。社内報っていう企業相手の仕事もひとつあるし、それは先輩の担当なんですけど、でも最近は僕も補佐的に一緒にやらされてて、まあそれは多分、先輩が仮に辞めたら、僕が引き継ぐためかなっていう」

「でも今、改めて聞いててふと思ったんですけど」と元木が不思議そうに呟き、うっすらと口もとに笑みを滲ませた。「そんな副業できるほど暇だったり、出勤半減させたりしても成り立つなら正直……いや、あくまで素朴な疑問で他意はないんですけど、でも正直、梅沢さんを雇わなくてもやっていけるんじゃないですか？」

「いや本当、全然必要じゃない」と梅沢は即座に頷いた。「たぶん社員は全員いなくても、というか、いない方が経済的には合理的というか。うちの社長って元々、自分も編集プロダクションとかで働いてたから、一人で編集関係なら何でもできるし、それ以外は外注すればいいんだし……ただ、雑用とか簡単な校正とか、あとその、社内報の仕事をやらせておけば、自分はほぼ趣味の本作りに専念できるっていうのと、それとたぶん、一人だと寂しいっていうか、職場に何人かいて欲しいっていうのがあるみたいで」

「いかにもワンマン社長的な、配下を侍らせたいっていう？」と井川が言った。

「ああ、まあそういうのもあるでしょうけど、うちの社長って、子供がいないんですよね。だから若干、疑似家族的な場を求めてるのかなって」

「でも夏は一人だけいなくなっちゃうんでしょ?」

「はい」と梅沢は苦笑した。「出稼ぎならぬ、出休みっていうか」

「でも三ヵ月丸々避暑地に逃げるって、大学生の僕よりも夏休み多いですよ」と元木が言った。

「しかも僕なんか、七、八割バイトですから」

「羨ましいよね」と井川も同調するように呟いた。「俺も法人成りしてるから一応社長だけど、その域には永遠に行けそうにないな」

梅沢は苦笑を口もとに留めたまま、ちょっと言い淀む素振りをみせてから、おもむろに上体を寄せて、密談っぽく手招きをした。「しかも……」

他の二人はきょとんとして、それから聴く姿勢を取った。

「今年はその、社長の夏休み兼、社員の出勤半減期間が、三ヵ月から四ヵ月になるってこの前宣告されて。つまり一年の四分の一から三分の一に」

「はあ?」と井川が呆れた声を上げた。

「冗談でしょう?」と元木も鼻先で一笑に付すようにした。

「いや、本気みたいなんですよ、これが。これまでは七八九の三ヵ月だったのが、今年は例年にも増して猛暑になりそうだとかで、六月も暑くなりそうだからって」と梅沢は真顔になって言った。「実際、去年の気温でも六月を調べると、下旬は軒並み三十度を超えてるんですよね」

井川と元木はにわかには信じ難そうに目を見交わして、小首を傾げ合った。梅沢は前言を請け合うように頷いてみせながら、ペットボトルの蓋を開け、スポーツドリンクを口に含んだ。

その時、三人の横手でピピピッピピピピッと音が鳴り、そちらに固まった他の四人のうちの一人が手元のストップウォッチを止めるなり、口の脇にもう片方の手を添えた。

「ラストワンプレー！」

叫び声がコートの方へ響き渡り、ちょうどドリブルで切り込んでいた一人がやや遠目から、思いきり右足を振り抜いてボールを蹴った。重たい衝撃音がして強烈なシュートが飛んでいき、わずかにゴールの斜め上に外れた。蹴った一人は天を仰ぎ、その周囲の敵味方はすっと身構えをゆるめて、色ごとに別々に散り始めた。それを見届けるなり、サイドラインの外で青いビブスのチームがぞろぞろと立ち上がり、脱いでいた数人はそれをかぶって、続々と片隅の網の境目を掻き分け、黄色いビブス姿だけが留まるコートの中へと入っていった。

3

「今ちょっと、電話して大丈夫？」

「すみません今、電車なので、十分後以降なら」

「了解。じゃあ十分後にかけます」

「はい」

薄闇に覆われた駅前のバスターミナルの、他に誰もいない乗り場のベンチ端に腰掛けたまま、梅沢は手のひらの、相互メッセージの表示された画面を眺めていた。最後の応答は二十時十八分、画面最上部に表示された現在時刻は二十時三十四分だった。それから梅沢は天気予報を表示させると、明日四月一日の、雲と太陽の絵の並んだ「曇のち晴」という予報を見た。最高気温の予想は二十一度だった。

「明日はエイプリルフールか……」

ほとんど声に出さず呟き、おもむろに顔を上げると、ぼんやりと眺めやるような視線を物思わしげに彷徨わせた。駅出口の前の道路を渡った先、斜め向こうに見えるドラッグストアの大型店が表いっぱいに、煌々と光を放っていた。眩いばかりのその光に照らされて、飼い犬を引き連れた人影が店先の歩道を通っていく。黒々とした大きな犬だった。その時、握ったままの携帯端末が振動した。見ると着信を報せる画面には「井川さん」と表示されている。

「はい、もしもし」

「井川です、こんばんは。今大丈夫？」

「あ、こんばんは。もう大丈夫です」

「ごめんね、突然。実はさ、この前、梅沢君が転職したっていうのと、その出版社の話を聞いたでしょ、フットサルの時」

「ああ、はい」

「それで去年から、うちの息子を小さな子供向けの、英語とスポーツを組み合わせた教室に通わせてて、外国人とか帰国子女の先生と一緒に楽しく運動する、伸び伸びした感じのやつなんだけど、そこで同じく子供さんを通わせてる、専業主夫の人とちょっと、顔を合わせたら雑談するような間柄になったのよ。ジムみたいに室内だから雨でもやってて、同じ建物に、その教室と隣り合わせでカフェが入ってて、迎えに来た親御さんがよくそこで子供が出てくるのを待ってたり、出てきた子供とお茶飲んだりしてて、そこで顔見知りになって。あ、主夫っていっても夫の方、男の主夫ね」

「はい」と梅沢は訝しげに相槌を打った。

「で、その主夫の人が、ちょっと前まで大手出版社で編集者をやってて、でもそこを三十半ば過ぎくらいかな、去年だか一昨年だかに辞めちゃって、今はそれで専業主夫をやってるらしいんだけど、その人にね、この前そこのカフェで会った時、ちょっと梅沢君のことを話したのよ。いや、自分の知り合いにもそう言えば、編集者がいて、みたいな感じでね。それでこの前聞いたその、梅沢君の会社の話が面白かったから、ちょっと話の種に、話題にしちゃったんだよね。でもほら、この前は梅沢君、社名は黙秘して教えてくれなかったからさ、あくまで、名前は知らないけどそんな変わった会社があるみたいでっていう、そういう、詳細は定かじゃない伝聞調でね」

「はい、別に……そんなのは構いませんけど……」

「あ、そう、それなら良かった。でそれで、その専業主夫の人がね、今は専業主夫やってるんだけど、何か今後、フリーなのか自分で会社起こすのか、どういう形かは模索中みたいなんだけど、まあ編集者的なことをね、儲けるとかは考えてないとか言ってたからこぢんまりとなのかな、よく分からないけど、やっていこうと思ってるらしくて。それで、梅沢君がほら、副業の話をしてたでしょ？　そのことも話の中に出したら、ちょっと梅沢君を紹介してもらえないか、みたいに言われたんだよね、その人に。といっても、今すぐ何か、副業として具体的に仕事を発注したいとかではなくて、たぶん今後、これからに向けて、たとえば俺みたいな独立してやってるITエンジニアも、ゆるいものから密な関係まで、同業の繋がりがあって、たとえば前にいた会社から受託した案件を俺がディレクションして、他の仲間たちに仕事を割り振って分業させて、みたいなこともあるんだけど、たぶんそういう感じで、色んな繋がりを作っておきたいっていうことなんだと思うけど、どうかな？」

「ええと……ちなみに何の、編集をされていたんですか、その方は……」

「たしか、元々週刊漫画誌の編集者で、その後に文芸編集者になったんだったかな、森崎さんっていう人なんだけど。背が高くて腕が長くて、にこやかなんだけど何となくやっぱり、切れ者っていうか、眼光が鋭くて」

「刃物みたいな？」

「いや、刃物っていうと何か、物騒じゃない？」と井川は小さく笑った。「でもちょっと外人の血が入ってそうな、俳優とかモデルみたいな」

「その方は、何で辞めちゃったんでしょうか？」と梅沢は訊ねた。「大手で週刊漫画誌を出してるって、限られますよね……つまり、いくら斜陽産業って言っても、超有名な……」

「それは訊いてみたんだけど、言葉を濁されたような感じだったかな。でもどうもやっぱり、その斜陽産業って今言ったけど、色々と時代遅れで人材もいないみたいで、何かその森崎さんはどっちかって言うと、イノヴェイティヴな感じの人なんだよね、俺の受けた印象だと。俺もそっちには詳しくないのにＩＴ方面だからか、ＡＩの話とかをやたらと振ってきたり、昔はトイレで大をする時に漫画読んでたけど、今は専用のゴーグル着けてＶＲ観てるとか」

「……ヤバい人じゃないですよね？」

「いやいや、気さくな感じ。ちょっと帰国子女みたいな、ストレートな物言いはするけどね。

そのVRの話もたぶん、ちょっとした冗談だと思うよ。一度くらいは実際にやったかもしれないけど」

「なるほど……やっぱり大手出版社に入るくらいだから、コミュニケーション力が高い感じ？」

「そうだね、そんな感じ。まあもし会ってみてさ、何かヤバいなっていうか、違うなって感じたら、それはもちろん、一切繋がらなくていいし、俺にもそう言ってくれれば、こっちでフォローしとくから」

「はい」と梅沢は相槌を打って束の間、思案げに黙り込んだ。それから唇を舌先で湿らせると、おもむろに口をひらいた。「じゃあ、会うだけ会ってみます。何事も経験ということで……」

「ああ本当？　じゃあ、こっちで遣り取りして日時と場所の候補を決めて、それを梅沢君の方に送るっていう流れでいいかな？　間に俺が立って、待ち合わせの約束をするっていう」

「ああ、じゃあ、それでお願いします」

「了解です。先方の名前は森崎さん、森崎慎司さんね」

4

地下の駅構内から階段を上っていき、地上に出ると人通りの絶えない大通りの歩道沿いに、幾何学的な意匠を複雑に組み合わせたビルが建っていた。一階と二階の間の高さから旗看板が連なって垂れ下がり、入口前にはカフェメニューの立看板も見える。

「いかにも表参道っぽいな……」

梅沢は口の中で微かに呟き、束の間、薄曇りの空の下に佇んでモダンな外観を眺めると、歩道から少し奥まったガラス張りの表口にてくてくと近づいて、そのビルの中に入った。すると広々としたエントランスホールが設けられていた。右手には小物の物販台が見え、正面奥に一段高く、四人掛けのテーブル席がずらりと並べられたカフェスペースが広がっている。梅沢は片手に携帯端末を持ち、「本を読んで待ってるそうです」という井川からのメッセージをちらと確かめると、それをポケットにしまってから、すたすたとホールを突っ切って段を上がり、身のまわりに視線を漂わせた。すると左手のカウンター前に控える制服姿の、給仕の一人が案内顔で歩み寄ってきた。

「あ、待ち合わせです」

とっさに手振りを交えて制すると、給仕はどうぞと物腰柔らかに引き下がった。待機中、接客中合わせて同じ制服姿が数人働いていて、男女ともに下はパンツで統一されていた。

梅沢は四人掛けのテーブルとテーブルの間に歩み入り、周囲の客をざっと見定めてから、奥まったテーブル群も見渡した。正面やや右に一人きりの姿があったものの、向かい合う椅子には上着が掛けられていた。飲み物も二つ置かれていた。それからふと右端の、そちらだけ二人掛けの席の並びへ目をやると、そのひとつに座高の高い短髪の後ろ姿をみとめた。背もたれに春物のコートをかけ、顔だけ向こう側へうつむき込んでいて、対面側は空席だった。梅沢がためらいがちに、カーペットを踏んで近づいていくといきなり、気配を察したとばかりにさっと振り向いた。鋭く尻目に睨みつけてきた次の瞬間、ぱっと眉を上げて口もとを微笑ませた。

「あ、もしかして……梅沢さんですか？」

「あ、はい」と梅沢はすばやく頷き、控えめに右手を差し出して相手を示した。「森崎さん？」

「そうです、森崎です」と森崎慎司はさっと腰を上げて向き直り、にこやかに小さく会釈した。白い丸首Tシャツの上に濃灰のVネックセーターを着て、上品なデニムをすらりと穿きこなしていた。森崎は向かいの椅子を手で示した。「どうぞどうぞ、お掛けになってください」

テーブルの上には裏表紙の見える文庫本が一冊、ペンと手帳、携帯端末、ティーポットとティーカップ、お冷やのグラスが置かれていた。梅沢も会釈して対面側に回り、足もとにリュックを下ろしながら腰掛けた椅子はその背もたれとほぼ同じ高さの、すぐ後ろの段差に面していて、カフェスペースよりさらに一段高いそちらには、幅広の通路が店の入口側からまっすぐに奥まった方へと延びていた。見ると最奥には螺旋状のスロープが設けられていて、それが吹き抜けになった上階へと続いている。薄手のマウンテンパーカのボタンとジップを開け、前をはだけながら、梅沢は怪訝そうな顔で背後を指さした。

「こっち側は、何なんですか？」

「ああ、何かギャラリースペースみたいですよ。今日は何もないけど、その通路に沿った一面の壁に絵とか写真とかを展示したり、あとそっちの奥の、螺旋になってる方でも」

へえと頷きながら、梅沢はいまいちど背後の通路から奥の螺旋状スロープにかけてを眺めやり、正面に顔を戻した。すると森崎はちょいと脇を覗き込むようにした。

「あ、そのリュック、床じゃなくてこの、鞄入れにどうぞ。上から置いちゃって構わないので」

「アップルパイのタルト版みたいなやつでしたっけ?」

全部、僕が持ちますので」

「お腹は空いてませんか?　ここのタルトタタンが結構、美味しいんですよ。もちろんここは

「ちょっと僕も何か、追加で貰おうかな」と森崎が給仕を引き留める手振りを交えて言った。

「じゃあ……たんぽぽコーヒーの方で」

コーヒー風のハーブティーなども」

「はい、デカフェのコーヒーがございます。あとたんぽぽコーヒーという、少し苦味のある、

ますか?」

「どうも」と梅沢は受け取りながら、給仕を見つめた。「ノンカフェインのコーヒーってあり

レット端末を差し出した。「こちらメニューです」

森崎が頷いた時、給仕の一人がやって来て、お冷やのグラスを梅沢の前に置き、さらにタブ

てて。そのうち旅行とかも行くかもしれないし」

てないので、昔取得したのを身分証明書として使ってたんですけど、ちょっと前に期限が切れ

「ああ、はい。有休を取ってちょっとさっきまで、パスポートの申請をしに。運転免許を持っ

「何か今日は、お休みを取ったとかで?」

「いえいえ、こちらこそ、都合を合わせていただいて」

「今日はわざわざ、ご足労いただいてどうもありがとうございます」

テーブル脇の、すでに別のバッグの入った鞄入れに梅沢はリュックをのせた。

「あ、どうも」

「そうそう。ここのはアイスもついてて」

「ああ……でもいや、僕は飲み物だけで」

「そうですか？　じゃあすみません、タルトタタンひとつと、それにこのハーブティーのお代わりをセットにして」

「かしこまりました」と給仕は注文を受ける専用端末を手に持った。「たんぽぽコーヒーがおひとつと、タルトタタンをセットで、お飲み物は、オリジナルハーブティー」

「はい、それで」

「メニューはお下げしても？」

「いいですよね？」

「あ、はい」

梅沢が持て余していたタブレット端末を返すと、給仕は一礼して颯爽と離れていった。森崎はテーブルに両肘をついて手を組み合わせ、唇の合わせ目をちろりと舐めながら、ケーキ類のショウケースと一体化したカウンターの方を振り返って束の間、じっと眺めた。それからまた正面を向き、凜々しい眼差しで微笑んだ。

「ええとそれで……ある程度、井川さんからも伝わってると思いますけど、かるく自己紹介しておくと、一昨年まで某大手出版社に大体、十五年くらい勤務して、それを辞めて今、専業主夫をやってます。まあ子供がいるんで、せっかく辞めたんだからしばらく、それとの時間をじっくり持とうかなっていうのもあって。といっても保育園に入れてて、基本的に平日の、送り迎えに挟まれた日中の時間帯は全然、触れ合ってなくて、朝からひととおり家事を済ませたらこういった所で一人気ままに、読書したりちょっと映画観に行ったり、まあ充電期間というか」

梅沢は小刻みに頷きながら、お冷やを口に運んだ。

「それで梅沢さんは、井川さんから聞いた話だと、ちょっと変わった、夏の間だけ社長さんが避暑地に行っちゃって、そのせいで本作りを一時休止して、出勤が減るような出版社にお勤めだっていう……」

「ああ、はい」と梅沢は頷き、気恥ずかしげに微笑んだ。「基本的に、うちの社長が自分の趣味で人文系の本を作って出してる会社なので、その社長がいなくなると、小間使い的な社員の仕事もなくなって、それで……だから、うちで本を出してる大学教授の文芸批評家とか詩人とか、そういう付き合いのある人たちは冗談で、うちの会社のことを酷暑不刊行会って呼んだりしてますね。酷暑は酷い暑さで、不刊行は本を刊行しない。つまり社長が、夏の酷い暑さが嫌で避暑地に逃げて、その間、本作りをしないので。でも社長自身はその呼ばれ方の、酷暑を酷い暑さじゃなくて、酷い書物って書いて酷書と読むようにして、うちは酷い本は刊行しない会社、そういう意味で酷書不刊行会なんだって言ったり。ちょっとややこしいですけど」

「酷暑、酷書不刊行会……」と森崎は反芻するように呟いた。「なるほど、ダブルミーニングで」

「まあ、駄洒落みたいな」

「ちなみに出版業だけじゃなくて、日本語学校とかも経営してたりは？」

「いえ、そんな規模じゃないです。社長以外の社員は三人なので」と梅沢は笑って首を振った。

「ただそこそこ大手企業の、社内報を請け負ってて、それが安定した収入源になってて」

「やっぱり本は売れない？」

「そうですね。ただ題材が古臭いなりに、たまに新聞の書評欄で取り上げられることもあって、それで重版になったりも。といっても元々、初版部数があれですけど」

「梅沢さんも含めて、社員の編集者は自分で企画して本は作らない？」

「はい。作らないっていうかまあ、そういう会社じゃないんです。何か企画ないの、とか社長が言ってきてもそれはポーズにすぎなくて、実際にこっちが言ってみたら、そういうのはうちではやらないから、みたいな。じゃあ何をやるのかって言うと、社長がやりたいこと、つまり古臭い人文書なんですね。でも僕自身、文学部出身ですけど正直、そういうのに興味が持てなくて」

微かに苦笑した梅沢がちらと目を逸らすと、そちらから給仕が飲み物の載った盆を運んできた。

「たんぽぽコーヒーと、オリジナルハーブティーです。タルトタタンも今、すぐお持ちしますので」

森崎はわずかに頭を下げ、回収された茶器と入れ替わりに置かれた新しいポットを持つと、それを新しいティーカップへ傾けて注いだ。ほの白い湯気がゆらめいた。離れていく給仕を見送りながら、梅沢もたんぽぽコーヒーをそのポットから注いで、カップに手をかけた。慎重に持ち上げて口に含むなり、うっすら不味そうに眉間に皺を寄せた。

「でもそうなると、どうしてそういう会社に？」

「ああ……僕も去年まで、規模的には大手って言えなくもない、とある化学素材メーカーに勤めてて。入社以来総務部で東京勤務だったんですけど、同じ総務でも、地方の工場に転勤を命じられて、それが嫌で辞めちゃったんです。メーカーなのでその、工場がある方がむしろ本社なんですけど、周りに何もないような辺鄙な所で。もちろん入社時に転勤の可能性があることは重々承知してて、でも就職する時はそれもいい経験になるだろうとか、そういうある種、自己啓発というか自己研鑽というか、通過儀礼というか、そういう意味付けで自分を騙したような、そんな感じで。それでその、辞める時にまあ色々あったり、疲れたっていうのと、あと何となく、大きい企業、大きい組織の中で働くタイプじゃないのかなと思って、一応文学部出身で本も好きだったので、適当に探して面接受けてみたら、その今の社長に、うちは仕事は楽だよってはっきり言われて、あ、何かいいかなと。本人も夏を丸ごと休むくらいだから、労働を重視してなさそうだし、常識外れなところにもその時は惹かれて。まあ正直、いつもなんですけど僕、あんまり深く考えないで物事を決めちゃう方で……」

傾聴する顔つきのまま、しきりに小刻みに頷く森崎の、その斜め後ろへ梅沢はまた視線を逸らした。そちらから給仕がやって来た。

「お待たせしました、タルトタタンです」

テーブルに置かれた黒釉の大皿には、キャラメル色のリンゴ片がひしめくように生地にのった長方形のタルトタタンの一切れに、すでに溶け出しているドーム型のヴァニラアイスが寄り添って、その一面にシナモンの粉末が振りかけられていた。カトラリーの箱も置かれた。給仕は伝票を丸めて伝票入れに差し込むと、小さな置物をすっと端に置いて「お帰りの際はこれをレジまでお持ちください」と告げた。一礼して踵を返すその制服姿をよそに、森崎は見るからに甘い物好きそうに頰をゆるめ、舌なめずりまでして、いそいそとカトラリーの箱からナイフとフォーク、さらにスプーンも取り出した。

「ちょっといただいちゃっていいですか？　アイスが溶けちゃうので」

「あ、もちろんどうぞ」

「じゃあ失礼して……」

森崎は左手にスプーンを持ち、それでドーム型のアイスを下から掬うようにしながら、同時に右手に持ったフォークで逆側から押しやって、巧みに丸ごとのせた。次の瞬間にはあんぐりと大口を開け、やや迎えにいくようにして、それを一気に頰張った。それからフォークとスプーンを置くと、失礼とばかりにかるく片手を挙げてみせ、口いっぱいに頰張ったまま嚙む素振りもみせずに、じっくりと舐め溶かすように味わい始めた。

「……すみません、アイスだけすぐ食べないと溶けちゃうから」

じっと小さな置物に視線を注いでいた梅沢が正面を見ると、アイスを飲み込んだ森崎が唇をひと舐めしながら、ハーブティーのカップに手をかけていた。持ち上げてふうと息を吹きかけると、注意深く啜るようにして飲んだ。

「このお皿が、タルトタタンだからかちょっと温かい感じで、アイスがみるみる溶けちゃうんですよ。アイスって冷たいといい感じの甘さだけど、溶けると単なる甘すぎるぬるい液体じゃないですか。それが許せなくて」

真剣な顔つきの森崎に向かって頷いてみせながら、梅沢は訝しげに、小さな置物をちょいと指さした。

「これって、何のためにあるんでしょうかね？」

「ああ、トイレが向こうに離れてたり、あとそっちの、ギャラリーとかに離席する人もいるから、帰ったテーブルと区別をつけるためだと思いますよ」

森崎は答えながらナイフとフォークを持つと、タルトタタンを一口大切り取り、それをぱくりと頬張った。そのとたんに幸せそうに相好を崩した。

「ちなみになんですけど……」と梅沢はなおも訝しげに、ためらいがちに口をひらいた。「森崎さんの方はどうして、前の会社を辞められたんですか？　こんな話をするのもあれですけど、たぶんまだ今のところ、かなり高給取りだし福利厚生とかもよかったんじゃないかなって……」

もぐもぐと満足げに味わっていた森崎は急激に表情を曇らせながら、ごくりとタルトタタンを飲み込んだ。それからまたハーブティーをひとくち飲んで、物思わしげに唇を舐めた。

「梅沢さん、今、高給取りって仰ったけど、じゃあどうしてそうなんだと思います？　あるいは未来から見たら、どうしてそうだったんだと思います？」

「それは……異常なくらい儲かってた時代がしばらくあったからじゃないでしょうか？　ネットが可処分時間や文章を読む時間、あと色んな情報を得たり、他人の思考や感情に触れたりする手段を、書籍や雑誌からごっそり奪い去る前までの、いわゆる出版バブルと言われるような……」

「そうそう、そのとおり。といっても漫画は最盛期ほどじゃなくても、まだ儲かってますけどね。電書は右肩上がりだし。それに僕も漫画誌の編集だった頃には、尊敬してやまない先輩が何人もいた。それこそ漫画のコマの中にのめり込んで、登場人物と喧嘩したり酒を酌み交わしたりしかねないような、熱い姿勢を持ってたりしてね……」

森崎は不意に下唇を噛んで口ごもると、右手にナイフを取り、その切っ先をためつすがめつ下目に眺めながら、険しく眉をひそめた。

「でも文芸の部署に異動してみると、言葉は悪いかもしれないけど、まあ酷いようなのがこれでもかといてね……文芸に携わってるのに、まともに専門的な姿勢で文章も読めなければ、それについて何事かを語ることもできない、せいぜい中学生レヴェルの、幼稚な感想しか述べられないようなのがね……」

口調が尖るにつれて眼差しも鋭くなり、森崎は右手のナイフを握り締めると、その切っ先を左の手のひらに、つんつんと繰り返し突き当てた。梅沢は神妙な面持ちで目を伏せながら、またたんぽぽコーヒーを飲んだ。

「つまり、あくまでその会社の物差しでだけど、優秀な編集者は儲かる部署に行って、そうじゃない編集者は儲からない部署に行かされたり、あるいは別の職種になる傾向がある。そうすると文芸の、特に僕がいた、まだ文学なんて言葉が載ってる文芸誌なんかは、まったく儲けとは関係ないと言っていい、経済的な観点からみたら、特に儲からなくなった時代には、お荷物どころじゃない部署だから、他のところから、全然それに対して素養や蓄積を持ってないド素人みたいなのが、流されてくる割合が増える。そうすると当然、そういうのでも表向きはやっていける程度のこととしか行われなくなる。つまり、もはや内輪の伝統芸能と化した古臭いものを取り敢えず流れ作業的に続けていくか、もしくは上辺だけ取り繕いつつ、ひたすら易きに流れて浅薄に軽薄になっていくか。儲からないから質的にも量的にも人材に投資できないっていうのもあるけど、そういうところではまともな教育なんて行われないし、知識や思考の蓄積もないから、プロフェッショナリズムなんて全然培われない。当然その分野に相応しいような人間なんて採用されないし、仮に何年かに一度、その可能性がある機会があったとしても、そもそもそういう人材を見分ける能力さえ誰も持ってない。だから上っ面だけの、どうしようもないようなクズが紛れ込んでくる。医学を学んだことがなくて、医師免許も持ってない人間が医者やってる病院みたいなもので、もう腐敗してるどころの騒ぎじゃない。文学なんか興味ない、どうでもいいっていう人間が文学の看板を掲げてたりするんだから、詐欺みたいなものですよ、本当に。でも残念ながら、そうした倫理的な異常性に対する自覚もない。人柄が穏やかなだけの無能な上司にそういうことを、オブラートに包んでぶつけてみたこともあったけど、ビジネスだから、忙しいから仕方ないみたいな答えでね……」

　森崎は深刻そうに口をつぐみ、鼻からうんざりしたような溜息を漏らすと、その切っ先を見つめたままナイフを皿に置いた。

「でもそんな、まともな教育も必要じゃなくて誰でも出来る程度のことならもう、高給である意味が分からなくなる。たとえば牛丼屋の夜勤バイトが時給五千円でワンオペしてて、きちんと盛りつけもできないほど忙しかったとしたら、普通はどう思う？　時給を千五百円とかにして、三人雇えばいい。もしそれが正社員でも、誰でも出来る程度のことなんだから、せいぜい平均年収くらいでいい。そのぶん人手を増やして、就業自体がハラスメントのエスカレートするド素人には暇を出してね。もちろん実際には、そんなに賃金を急激に切り下げることはできないし、アメリカみたいに気持ちよく即レイオフもできない。何の専門的な知見も姿勢もない人間の吹き溜まりができるのも、日本的なメンバーシップ型雇用の弊害で、その雇用システムはおそらく崩壊するまで変わらない。これが漫画なら僕が血判状を作って社長室に抜き身の日本刀を持って躍り込んで、別体系の給与でジョブ型雇用した人材とごっそり入れ替えるよう改革を迫って、もちろん拒否されて、無能な世襲のボンボンを斬り殺してそれに取って代わるような、荒唐無稽な展開も面白いんだろうけど、現実はそうもいかないしね……」

森崎は次第に項垂れがちになりながら、絶望の滲んだ哀しげな口調になった。

「会社を辞めるちょっと前、ある作家さんに、こんな話を聞かされたりもしてね。その作家さんが初めて僕のいた会社の編集者に担当された時、好きな作家を訊かれて、けっこうマイナーな、それでも昔は文学全集に収録されたりもした海外文学の物故作家の名前を挙げて、どこからその人の作品が出てるんですかって続けて訊かれたから、その時に手に入る本の版元の、人文書の名門中小出版社の名前を答えた。そうしたらその編集者が小馬鹿にしたような笑みを浮かべながら、ああなるほどねえ、みたいに目を逸らして言って、その時、ああ、この人は文芸編集者なのに、小説にも文学にも全然深い興味なんてないんだなってありありと感じられて、しかもその後、何人か別の編集者に接してもみんなそういう性根が透け透けな感じだったから、これが社風なんだなって思って萎縮したって。お恥ずかしいことにね。でもその後、何年かして別の会社から本が出た時、大手書店の大型店にサイン本を作りに行ったら、そこの文芸担当の書店員さんと雑談になって同じことを訊かれて、それでまた同じ名前を答えたら、その人は普通に知ってて。サイン本を置いた売り場にも、凝った手書きPOPを飾ってくれてたりして、何というか、自分が携わってる分野に対する、まっとうな敬意や姿勢が感じられて、ちょっと感動したっていう、これは対照的に良い話で。ところがその後、これも雑談の中で知ったらしいんだけど、その人は契約社員だったかな、とにかく正社員じゃなかった。書店員って、ただでさえ薄給なのにね……」

梅沢はなおも神妙な面持ちで聴き入りながら、視線を落とした先の、薄褐色のたんぽぽコーヒーのカップに手をかけ、ゆっくりとそれを口に運んだ。森崎はにわかに苦しげに胸を掻きむしるようにした。

「そういう諸々が次第次第にこう、良心に重くのしかかってきて、ある時に突然、もういっそ自分を自分でレイオフしようと思い立って。僕自身この先いくら頑張っても自分が所属する世襲企業の経営者の首は取れないけど、ある意味、自分自身に限れば、僕が僕の経営者みたいなものだから。だからもうこの際、自分自身をレイオフしようって、こう、天啓に撃たれたみたいに思って」

梅沢は怪訝そうに眉根を寄せて、微かに首をひねり、同時に曖昧に頷いてもみせながら、目を伏せてうつむき込んだ。森崎はお冷やをひとくち飲んで、興奮気味にまた口をひらいた。

「あとは文芸誌ってやっぱり古い因習的な文化が強くて、今どきフロイトの何たらがみたいなことを言ってるのを載せるのは、どうなんだろうって思ったり。水素水売ってるのと何が違うんだろうって。しかもその狭い界隈では、それが知識人とされる文章だったりしてね。他にも、たとえばさっき言った平均年収ひとつ取ってみても、奇しくも出版バブルの崩壊と歩を合わせるように、この国では減少してるけど、そうやってこの国が貧しくなっていった一因は確実にマスコミにもあって、大手出版社も間違いなくそこに含まれる。大衆受けする公共事業叩きとかを繰り返して、財政支出がよくないものだっていうイメージを植え付けたり、就職氷河期世代とかについても、文学的に彼らの境遇や物語を語って同情や義憤を誘いはしても、経済学的な観点からの具体的でプラグマティックな政策議論なんて、一般には全然広めようとしてなかったからね。そういう意味では古いタイプの文学的、文芸批評的な思想や言論は役に立たないと言うより、むしろ有害ですらあったかもしれない。非正規労働者とかを描いた文学も、実際のところそれが醸したメッセージって、このままで仕方ないんだよっていう感傷、曖昧な叙情でしかなかった。そうやって徒《いたずら》に年月を過ごさせて事態を固定化させて、結局のところ竹中平蔵を利する類のね。それでいて、それを出してる大手出版社は高給取りだったりしたんだから、僕が言うのも何だけど本当にグロテスクで……それで、そういうところにいて忙しくしていると、どうしても僕自身もそういう内輪の因習に絡め取られがちで、でも外に目を向ければ、AIとかVRとか、行動経済学とか進化心理学とか、もちろん脳科学とか、あとTENGAの女性用のやつとか、色んな種類のサラダチキンとか突然のタピオカミルクティーの復権とか、チーズタッカルビとか、現代的な文化的動向に即した興味深いものが沢山あって。そういうのが文芸誌に出てきても所詮、ちょっとした味付け程度で本格的じゃないし、特に対談なんかだと、お茶の間や若者に人気の俗流商業文化人を時勢に乗って担ぎ出して、刺激的な居酒屋談義を展開させるのが関の山だったり。時にはハードコアなリバタリアニズムを体現してみせた掟破りの脳科学者とかも載ってたりして、面白いこともあるけど、まあ、それくらいで平成が終わっていって……」

森崎は少し喋り疲れた様子で口をつぐみ、お冷やをたっぷりと飲んだ。梅沢もうつむき込んだまま、ゆっくりとお冷やを口にした。

「まあちょっと、愚痴っぽい独り言みたいになっちゃって申し訳なかったですけど、そういうわけで辞めたんです。それで……」

タルトタタンの大皿の両脇にさっと両手を広げながら、森崎はぐっと前のめりになった。梅沢はちらと目を上げ、おずおずと居住まいを正した。

「今はまだ一応、充電期間なんですけど、でもようやく近頃、何か次のことをやろうって思えてきて。で、先輩では独立して会社作って編集者的なことをやってる人もいるけど、そもそもビジネスとしては出版って全部含めても大した規模じゃない、つまりビジネスとしてみると別に凄くも何ともない。じゃあ何で、どこが凄かったんだろう、どこが魅力的だったんだろうって思ったらそれってやっぱり、文化を創出する力、新しい感覚とか個性を生み出す源泉として、たぶん僕は惹かれたんですよね。そう気付いて、そう考えた末に、だったらもうビジネスとは完全に真逆を行く、アヴァンギャルドなフリー編集者になろうと、そう思って。そのフリーってて言うのはフリーランスというより、無料とか無償とかのフリー。つまり一切、その活動でお金を得ない、利潤を追求しない、そういう編集者になろうって決めて」

梅沢はまた怪訝そうに眉間に皺を寄せた。

「ほら、ＡＩにどんどん仕事を奪われていくみたいな、お先真っ暗なネガティヴな未来の話になった時に、いや、奪われてもいいじゃん、労働はそのうち全部ＡＩと機械がやってくれるようになって、人間はベーシックインカムを貰いながら、色んなコンテンツを作り出したり消費したり、そうやって遊んで暮らすんだっていう、逆に薔薇色の未来を思い描く、そういうポジティヴな声も聞かれましたよね？　それはでも正直、理性的に考えると少なくとも現状からすると、そういうテクノロジーに恵まれた先進諸国内で格差が広がってるし、全然ありえそうにない。まあフィクション。でもだからこそ、僕はそのフィクションをこれから生きていこうかなって。ジョン・レノンのイマジンみたいな。全然国境なくなってないし、誰もなくなるなんて信じてないけど、でも今も、ジョン・レノンのイマジンが色んな所で、色んな折に触れて流されてる。オノ・ヨーコの唱える世界平和や兵器廃絶に現実的な具体策はないけど、でも何となくパワーをもらう人がいる。結局、僕が関わってたあの文学っていうのも、そういうものなんじゃないのかなって。村上龍が、北海道に中学生が独立国家を作るみたいな小説を書いて、まあ僕は読んでないけど、それを読んで心を動かされた若人がいた。思いっきり馬鹿だよね？　書いた奴も読んで心を動かされた奴も。でもその馬鹿は、職能にも矜持にも欠けた斜陽産業の上っ面ビジネス馬鹿とは違って、遊んで暮らせる馬鹿なんじゃないかなって。ある意味、遠い未来を生きてる」

梅沢は深く眉間に皺を寄せたまま、ぽつりと呟くように口をひらき、思案げに言い淀むように唇を引き締めて、それからまた口をひらいた。「ひとつ、お訊ねしてもいいですか？」

「はい、どうぞ」

「具体的にどういうことをされるのかも分からないんですけど、まあそれは脇に置いても、その今、森崎さんが仰った意味合いでのフリー編集者っていうのを聞いてまず思ったのが、やっぱりお金の問題っていうか、収入はどうするのかなって……」

森崎はにこりと微笑んだ。

「妻が現時点で年収千五百万くらいあるんですよ。世界最大の某、消費財、日用品メーカーの日本法人でマーケティングやってて結構出世してて、まあ古い言い方だと、キャリアウーマン？　企業の評価ランキングでもトップスリーとかの常連だし、仕事の上では男女差別もなくてワークライフバランスもそれなりに取れて。外資系だからか職種別採用で、うちの妻もずっとマーケティング畑だから、専門性もあって何かあったら転職もできるし。一家の大黒柱だから、そこそこ高い保険にも入ってる。だから僕も現状、非常に余裕を持って専業主夫ができてて」

梅沢は唖然とした表情も束の間、微かな苦笑を口もとに滲ませながら、小刻みに繰り返し頷いた。

「しかも妻の実家が裕福で、今住んでるマンションも妻の両親がプレゼントしてくれて。その義理の両親も近くの別のマンションに住んでて、快く子育ても手伝ってくれるんですけど。それに僕も正直、分不相応とはいえ高給取りだったし、趣味は読書とジム通いだけで大して金がかからないから、退職金とかも合わせて貯金がかなりあって、まあそれが僕にとっての、出版バブルみたいな。だから今は、まあ僕自身が家庭内文芸誌みたいな……家事っていう重要な仕事はしてるけど、全然稼がないから。うん、そういう、要するに僕自身が過去の遺産を食いつぶしながら、人間文芸誌としてやっていく感じ？　言わば、森崎慎司っていう文芸誌がこれからスタートする。それも未来へ向けて、遊んで暮らすように。それでも一応、一攫千金も狙って年に二回、サマージャンボと年末ジャンボは買おうかなって思ってますけど」

梅沢はうつむき込みながら、片手で口もとを覆い隠した。表情を取り澄ますように眉間に皺を寄せて、ことさら目つきを鋭くした。

「で、梅沢さんが今さっき、どういうことをやるのかって仰ったけど、ちょっとこれを見てもらえます？」

森崎はテーブルの上の手帳を取り、右手の指先をちろっと舐めると、ぱらり、ぱらりとページをめくっていき、まもなくその手を止めた見開きを対面側へ向け直して、すっと差し出して置き押さえた。梅沢はそこに綴られた手書き文字を覗き込むように見つめた。

ソリンジャー

『パイ揉みばかりでイカされて』

『オナニーと僧衣』

『バナナフィニッシュにうってつけの膣』（※短編集『邪淫・ストーリーズ』巻頭作）

「何だと思います？」

「ええと……」と梅沢は表情を硬くして口ごもり、それから微笑む森崎をちらと見た。「サリンジャーと、その作品のもじりですか？　ポルノ風味の……」

「そう、そのとおり。こういうのを今、次にやることとして構想してて」

「こういうの？」

森崎は頷いた。「文学って正直、見方によっては、全然衰退してないとも言えますよね。つまり、昔は紙の本や雑誌で読まれていたのが、ネットに場を移しただけで。それも詩とか小説とか批評とかから、色んな個人の雑記とかネット記事とかに主たる文章のジャンルが変わっただけで。あるいは昔の文学青年、文学少女とかはランボーやらボードレールやら何やら、そういう詩人の詩の一節に沿って線を引いたりした。でもそれって現代、自己啓発書に蛍光ペンでマーキングするのと、別に変わらないんじゃないかって。つまり逆に言えば、昔は詩集が自己啓発書のひとつだった。でもそれでも、小説なら小説独自の、といっても小説一般に共通して認められる、多くの場合そうなりがちっていう凡庸と同義の普遍性じゃなくて、そこからはみ出したそれぞれの個性的な、文章の癖やこだわり、技巧や閃き、そういうのはそこにしかないから、博物館的であっても、なるべく次世代に遺していきたい。でも、作品そのものは図書館とか青空文庫に所蔵されるだろうから、僕はまずそこへの、入口をひとつでも作ってみようかなと」

「入口……」

「そう。この前、海外文学に初めて興味を持った人がたとえば『海外文学　名作』とかで検索しても、それを上手いこと網羅して纏めた定番的なサイトがないことに気付いたんですよ。ウィキペディアはあるけど、あれが音楽で言ったら昔のディスクガイドみたいな役割を果たすとは思えない。かといって、真面目にそういう紹介目録を作っても、これからの若い子はほとんど興味を持たないんじゃないか、とも思って。やっぱり年配の世代はまだ文学に親しんでる人もいるけど、それはもう懐古趣味に近いし、かといって今のネット世代はソーシャルメディア隆盛以降の、扇情的なもの、自分に馴染むもの染み入るものにばっかり触れてるから、もう望みはない。だからもっと未来。煙草だって昔はバカスカ吸ってたけど、今は税金も上がって健康にも最悪だから吸う人もすごい減った。それと同じで未来にはネットも、ソーシャルメディアなんかは麻薬とかパチンコとか、立ち小便とか暴走族みたいなものとして規制されたり、見下されたりして、ハードな長文文化とかがまた、復活するかもしれない。そうなった時に、その新たな担い手のひとつの源泉として、文学の遺産がまだ細々とでも残ってたら。それで今はフェイクニュースとか流行ってるけど、でもそれは騙すのが悪いっていうだけで、騙さないならほぼ小説と同じですよね？　初めっから嘘だって、冗談みたいなものだって分かってるなら。あと実在の名前を出して名誉毀損とかしないならね。何かそういう感じで、僕の好みは完全に別にして、こういう海外文学の名作と呼ばれるものたちをポルノ風にもじって、架空の作家の架空の作品として、架空のあらすじ付きで、時代別言語別とかでソートできる、目録的なサイトを作って運営してみようと思いついて。それでもちろん、元ネタの作品への動線も作って、まだ売ってれば買えるようにもして」

「……それは、本気で？」

「もちろんもちろん。それでたとえば、こういう海外文学の有名作品の、ポルノ風のもじり。これをたとえば梅沢さん、考えたりしてみません？　僕自身はフリーだけど、もちろん他の人に手伝ってもらうときは報酬は払うから。まあ一タイトルにつき、とりあえず千円かな。といっても支払いは、採用された場合だけ。僕がすでに考えた作品と被っても、梅沢さんの方が出来が良ければ、そっちを採用する。クオリティの基準はこれくらい」

森崎は片手で置き押さえたままの、手帳の見開きを顎を使って示した。梅沢はまたそれをじっと見つめた。

「ちなみにたとえば、他にはどういう……この、ソリンジャーの以外だと……」

「ええとね、同じ二十世紀アメリカ文学だと、たとえばレイモンド・カウパーの『挟むから静かにしてくれ』『大性交』『座位について語るときに我々の語ること』とか、ノーベル文学賞受賞者ならたとえばシャブリエル・ガルシア＝マラケスの、『ファック面の孤独』『欲情の秋』『予告された白人の自瀆』とか、あとイギリス文学だとヴァージニア・セルフの『ダロウェイ不倫』『豊パイで』『オーマンコ』とか。セルフっていうのはほら、近年女性向けに、マスターベーションのことをセルフプレジャーって呼ぼうっていうのがありますよね？ あと『豊パイで』っていうのは『灯台へ』のもじりなんですけど、豊満なオッパイの略語で豊パイ。まあ巨乳の言い換えですね……ちょっと苦しいから、もうひとつの候補の『後背位へ』と迷ってるんですけど、語感的に前者の方がいいかなと。あ、そう言えば文学部出身って仰ってましたよね？ 梅沢さんも今、もしかしてパッと何か思いついたりします？」

「そうですね……」と梅沢は虚ろな面持ちで呟き、ほどなく気乗りしなさそうに、自嘲気味に微笑みながら首をひねった。「完全にとっさの思いつきですけど、ロシア十九世紀の大文豪で、バストエフスキーの『罪と勃つ』『爆尿』『カラマーゾフの穴兄弟』とか……」

森崎は驚いたように目を見ひらき、やるじゃないかとばかりに笑みをこぼすと、すばやくポケットから二つ折り財布を取り出して、その札入れから千円札を三枚、抜き出して差し出した。近くを通りかかった給仕がやや不審そうに、梅沢たちの方へ目を向けた。

その後の展開

5

　革財布の札入れの仕切りを開き、十枚ほどの紙幣とは別に収納された千円札三枚を眺める梅沢。そこへ厨房から「イタリアンプリン」を運んでくるサイゼリヤの店員。テーブルの上には空になったワイングラスと料理の皿、正面の壁にはボッティチェリの『ヴィーナスの誕生』のレプリカ、隣席には「キャベツとアンチョビのソテー」を「マルゲリータピザ」の上に全部載せたものをナイフとフォークで切り分け、別皿に出したオリーブオイルにつけて熱心に食べている白人青年が。「お待たせいたしました、イタリアンプリンです。お済みになったお皿はお下げしてもよろしいですか？」「はい」

　店員が去るなりイヤフォンを装着して携帯端末を操作する梅沢。その画面には「新規録音」と題された音声ファイルが。「……とえば取材なんかでも、特定の職業の人とか何らかの分野に詳しい人に、まあ二時間なり何なりお話を伺って、こう、小さな茶封筒に幾らか謝礼を入れて手渡しするとか、そういうのはありますし、それは多分、受け取った方もほとんどの場合は別に仕事の収入とはしないで、お小遣いみたいなものとしてポケットに入れちゃうと思うんですよね。だから梅沢さんもそんな感じで、全然気にせず受け取っていただければ……」と背景の雑音混じりに再生される森崎の声。その録音に耳を傾けながらスプーンを取り、カラメルソースの絡んだプリンをゆっくりと口に含んで味わう梅沢。「……それで最初は紀元前の、古代ギリシアのホメーロスから全部、文学史を網羅しようって意気込んだんですけど、やっぱりもじりやすいタイトルってそんなに多くなくて結局、範囲が広すぎると上手いこと思いついたやつだけ、時代も地域もバラバラに、ちょっとずつ点在するみたいになっちゃって。それだとなかなか、すぐには纏まった形になりそうにないから、まずはある程度、範囲を限定してやった方がいいかなって思い直して。だから取り敢えず十九世紀を中心にプラス一世紀マイナス二世紀くらいの、近現代の海外文学、そうなるとどうしても欧米の主要国ばっかりになっちゃいますけど、その範囲に絞って、それも小説の、それこそ教科書とかウィキペディアに載ってるような著名な、物故作家の重要作品だけ、まずこれに絞ってやってみようと。それ以外もそこから、のちのち増やしていけばいいですから」「……なるほど……」と虚ろに相槌を打つ梅沢自身の声。「まあちょっとした言葉遊びのゲームみたいな感じで、気楽にやってみてもらえたらと思うんですけど、うん」「……なるほど……ええと……」と返答に窮するような梅沢自身の声。「ちょっと取り敢えず……考えさせてもらっても、いいですか？」「もちろんもちろん」と森崎。「じゃあこっちも取り敢えず連絡先を教えていただいて、それでこの後すぐ、現段階での、もじってほしい作家作品のリスト、これをお送りして、それをもとに考えてもらって……そうだな、来週……来週のどこかでもう一度、ここでお会いして感触を聞かせてもらうっていう感じで、いかがですか？　僕は大体、週三くらいでこのお店に通ってるので。まあその時、ちょっと無理かなっていう結論でも、二つ三つでも良いタイトルを思いついたなら、その分は今日と同じように謝礼をお支払いしますし……」

やがて再生が終わった携帯端末を再度操作する梅沢。すると画面には保存されたＰＤＦファイル「作家作品リスト」が。

《独文学》
ゲーテ／『若きウェルテルの悩み』『ヴィルヘルム・マイスターの修業時代』
トーマス・マン／『ヴェニスに死す』『魔の山』『ブッデンブローク家の人びと』
フランツ・カフカ／『変身』『審判』『城』
ヘルマン・ヘッセ／『車輪の下』『荒野のおおかみ』

《米文学》

エドガー・アラン・ポー／『アッシャー家の崩壊』『モルグ街の殺人』『黄金虫』

ハーマン・メルヴィル／『白鯨』

マーク・トウェイン／『ハックルベリー・フィンの冒険』

ヘンリー・ジェイムズ／『ねじの回転』

スコット・フィッツジェラルド／『グレート・ギャッツビー』

ヘミングウェイ／『日はまた昇る』『武器よさらば』『老人と海』

ウィリアム・フォークナー／『響きと怒り』『八月の光』『サンクチュアリ』『アブサロム、アブサロム！』

ウラジーミル・ナボコフ／『ロリータ』『アーダ』『透明な対象』

ジョン・スタインベック／『怒りの葡萄』

エラリー・クイーン／『Xの悲劇』『Yの悲劇』『Zの悲劇』

サリンジャー／『ライ麦畑でつかまえて』『ナイン・ストーリーズ』『フラニーとズーイ』

カート・ヴォネガット／『タイタンの妖女』『スローターハウス5』

ジョーゼフ・ヘラー／『キャッチ＝22』

レイモンド・チャンドラー／『大いなる眠り』『長いお別れ』

フラナリー・オコナー／『善人はなかなかいない』

フィリップ・K・ディック／『高い城の男』『アンドロイドは電気羊の夢を見るか？』『流れよ我が涙、と警官は言った』『暗闇のスキャナー』

リチャード・ブローティガン／『アメリカの鱒釣り』『西瓜糖の日々』

レイモンド・カーヴァー／『頼むから静かにしてくれ』『愛について語るときに我々の語ること』『大聖堂』

《英文学》

ジョナサン・スウィフト／『ガリヴァー旅行記』

ロレンス・スターン／『紳士トリストラム・シャンディの生涯と意見』

ヘンリー・フィールディング／『トム・ジョウン

ズ』
ジェーン・オースティン／『分別と多感』『高慢と偏見』『マンスフィールド・パーク』『エマ』『説得』
チャールズ・ディケンズ／『オリヴァー・ツイスト』『デイヴィッド・コパフィールド』『荒涼館』『大いなる遺産』
シャーロット・ブロンテ／『ジェーン・エア』
エミリー・ブロンテ／『嵐が丘』
ルイス・キャロル／『不思議の国のアリス』
スティーヴンソン／『ジキル博士とハイド氏』『宝島』
オスカー・ワイルド／『ドリアン・グレイの肖像』
コナン・ドイル／『緋色の研究』『シャーロック・ホームズの冒険』
H・G・ウェルズ／『タイム・マシン』『宇宙戦争』『透明人間』
ヴァージニア・ウルフ／『ダロウェイ夫人』『灯台へ』『オーランドー』
ジェイムズ・ジョイス／『ユリシーズ』『フィネガンズ・ウェイク』
アガサ・クリスティ／『アクロイド殺し』『オリエント急行殺人事件』『そして誰もいなくなった』
ジョージ・オーウェル／『一九八四年』

《仏文学》
ヴォルテール／『カンディード』
マルキ・ド・サド／『ソドム百二十日あるいは淫蕩学校』
スタンダール／『赤と黒』『パルムの僧院』
バルザック／『ゴリオ爺さん』
アレクサンドル・デュマ／『モンテ・クリスト伯』
ヴィクトル・ユーゴー／『レ・ミゼラブル』
フローベール／『感情教育』『ボヴァリー夫人』
ジュール・ヴェルヌ／『海底二万里』『八十日間世界一周』
エミール・ゾラ／『居酒屋』『ナナ』
モーパッサン／『女の一生』
プルースト／『失われた時を求めて』
レーモン・クノー／『文体練習』

サン＝テグジュペリ／『星の王子さま』
サミュエル・ベケット／『モロイ』『名づけえぬもの』
アルベール・カミュ／『異邦人』『ペスト』
マルグリット・デュラス／『愛人 ラマン』
アラン・ロブ＝グリエ／『嫉妬』『迷路のなかで』
フランソワーズ・サガン『悲しみよこんにちは』
ジョルジュ・ペレック／『人生 使用法』

《露文学》
ニコライ・ゴーゴリ／『外套』
ツルゲーネフ／『初恋』
フョードル・ドストエフスキー／『罪と罰』『白痴』『悪霊』『未成年』『カラマーゾフの兄弟』
トルストイ／『戦争と平和』『アンナ・カレーニナ』『イワンのばか』
ソルジェニーツィン／『イワン・デニーソヴィチの一日』
ミハイル・ブルガーコフ／『巨匠とマルガリータ』
ウラジーミル・ナボコフ／『絶望』『断頭台への招待』『賜物』

《ラテンアメリカ文学》
ホルヘ・ルイス・ボルヘス／『伝奇集』
ガブリエル・ガルシア＝マルケス／『百年の孤独』『族長の秋』『予告された殺人の記録』
フリオ・コルタサル／『石蹴り遊び』
ホセ・ドノソ／『夜のみだらな鳥』
マヌエル・プイグ／『蜘蛛女のキス』

6

朝の満員電車内、薄型リュックを前抱えに吊革を片手で握りながらもう片方の手で顔面間近の携帯端末を操作する梅沢。ひとしきり主要ニュースを閲覧するとおもむろに目を瞑り、しばらく無念無想の表情のまま揺られるも、ふと思い出したようにまた携帯端末を操作して「作家作品リスト」を画面に呼び出す。その羅列をざっと眺めてから「ヘルマン・ヘッセ／『車輪の下』『荒野のおおかみ』」に視線を注ぐ梅沢。思案げな面持ちで唇をそっとひらき、声にならないほどの小声で「車輪の下……車輪の下……」とひそかに呟く。「車輪……車輪……不倫……」

職場で隣から肩を叩く田中。「梅沢君、頼んでおいた座談会のテープ起こし、終わった？ 社内報の」「えっ、はい、とっくに終わってますけど。先週、それくらいしかやることなかったんで……」と声をひそめて徳平の席の方へ目をやる梅沢。「でもまだ貰ってないけど」「あ、忘れてました」「もう、ちゃんとしてよ」と苦笑する田中。決まり悪そうにはにかむ梅沢。二人をちらと見てくすりと笑う谷口。やがて「ちょっとお茶してくる」と煙草の箱を手に外へ出ていくアロハシャツ姿の徳平。階段を下りる足音が遠ざかった途端、パソコンの画面表示を切り換える三人。海外ドラマを視聴する田中。海外サッカーを視聴する梅沢。コーヒーを淹れてカントリーマアムを食べながら通販サイトを閲覧する谷口。やがて数試合のダイジェスト映像の視聴を終えて目頭をマッサージする梅沢。それから狭い給湯室に行ってそば茶を淹れて自席に戻ると、手持ち無沙汰そうに両手を頭の後ろに組んで椅子の背もたれに寄りかかる。ほどなくふと思い出したように「メルヴィル……」とぼそっと呟く梅沢。「白鯨……抱くゲイ……いや……」

夜の満員電車内、薄型リュックを前抱えに吊革を片手で握りながら無気力そうに溜息をつく梅沢。ぼんやりとした眼差しを頭上に移ろわせると分譲マンション、学習塾、フィットネスクラブ、女性向け脱毛サロン、アルコール飲料などの車内広告が。「ああ、あの子本当にいい子だよね」「うん、私研修のグループワークが一緒だったんだけど、すごい自然な感じでみんなを立てながら纏めてて、同い年とは思えないくらい、人間が出来てるなって」と眼下の座席で会話に興じる初々しいスカートスーツ姿の新入社員然とした二人の若い女。ほどなくポケットから携帯端末を取り出すと明日の天気予報を眺める梅沢。それからついでのように画面を切り換えて「作家作品リスト」を呼び出す。「ジョージ・オーウェル……」とひそかに口の中で呟き、ふとスカートスーツ姿の若い女を一瞥する梅沢。「一九八四年……

一九八四……」と微かに呟きながら、ふと頭上の脱毛サロンの車内広告を注視する梅沢。

自宅マンションのカウンターキッチン、小ぶりの土鍋に鍋用カット野菜を詰め込んだ上に豚バラ肉を並べて水と日本酒と液体昆布出汁を適量入れて火にかける梅沢。居間のテレビ画面には夜のニュース番組が。開封されて横長の皿に盛りつけられる一人用絹ごし豆腐。その上に振りかけられるちりめんじゃこと冷凍刻みあさつき。ちょろっと回しかけられる出汁醬油。さらに冷蔵庫から取り出されるタッパー。そこから冷や奴の横に盛りつけられる茄子と茗荷の塩揉み。缶ビールをプシュッと開けてその場で立ち食いを始める梅沢。もぐもぐと咀嚼しながら箸を置き、ふと思い出したようにポケットから携帯端末を取り出して「作家作品リスト」を呼び出す。「アレクサンドル・デュマ／『モンテ・クリスト伯』」をじっと見つめるうちに「モンテ・クリスト……ファック……」と呟く梅沢。「よい週末をお過ごしください」と締めくくるニュースキャスター。ぐっと呷られる缶ビール。

7

夜の薄闇に包まれた表参道の大通り沿いのカフェに入って「待ち合わせです」と給仕に告げる梅沢。十九時半過ぎの腕時計をたしかめて客席を見回すうちに斜め後ろから肩を叩かれる。振り返ると鼻の下を指先でこすりながら眉間に皺を寄せる森崎が。「すみません、ちょっとトイレに行ってて」「あ、どうも」「もう花粉症の季節も終わったのに何か鼻の調子が悪くて、僕って人前で洟をかむのが何となく、恥ずかしいたちなんですよね」「風邪気味ですか？」「かもしれない。もともと昔から慢性鼻炎の傾向があって、季節の変わり目になって毛布とか掛け布団とかを変えたり、衣替えして着る物が薄くなったりすると、日によってお腹が冷えちゃうのか、たまにこうなるんですよね。あと夏に異常に冷房が効いた店に入ったりすると」と答えながら奥の二人席を指差して案内する森崎。「ああ、もう最近って本当に夏と冬しかない感じで、その寒暖に合わせた格好にしても、室内だと冷房と暖房のぐあいでまた着たり脱いだりしないといけなくて、体がついていかないことがありますよね」「そうそう」と洟すすり交じりに頷く森崎。「まあだから、梅沢さんの会社の社長さんが夏だけ避暑地に行っちゃうっていうのも、あながち変わり者とは片付けられなくて、むしろその方が正常な感覚なのかもしれない」「そうかもしれませんね。満員電車だって海外の人から見たら本当にクレイジーだって言いますし、日本の夏の蒸し暑さも……」

着席するなり挙手で給仕を呼び寄せる森崎。「たんぽぽコーヒーを」と注文する梅沢。「たんぽぽコーヒーって美味しいんですか？」「いや、どっちかって言うと正直、あんまり美味しくないんですけど、でも何か、それが癖になりそうな」「ああ、何か分かる気がします。このハーブティーもそうですけど、健康的な飲み物ってむしろ、あんまり美味しくない方がそれらしいですよね」「そうですね、青汁とかも」「プロテインもそうだな。僕はジム通いが趣味だからよく飲むんですけど、いくら風味や喉越しが良くても所詮、プロテインにしては、っていうものですしね……」「お待たせしました。たんぽぽコーヒーです」「で、まあ改めまして、どうもお久しぶりです。いや、久しぶりでもないか、一週間ちょっとだし」「すみません、こちらの都合に合わせていただいて」「いやいや、僕は笑っちゃうくらいフリーですから。こちらこそお仕事の後にすみません」「いやでも、僕は独り身ですけど、この時間帯、お子さんに晩ご飯食べさせたりとか、お風呂入れたりとか寝かせたりとか……」「ああ、そういうのは全部、義理の両親に任せてあるので。別にネグレクトとか放置とかはしてないので、安心してください」と洟すすり交じりに笑う森崎。「何か僕って子育てに向いてないみたいで、むしろ頼みもしないのに毎晩のように義理の両親がうちに来て、実を言うと僕は子供にあんまり関わらせてもらえないんですよ」「向いてない？」「何ていうか、むしろ子供で僕が遊んじゃうんですよね。それで養育者とか、教育者の視点が完全に欠如してるって駄目出しされて。でもやっぱり少年漫画とかでも、主人公でも脇役でも、魅力的な登場人物って大体、はみ出し者ですよね。逆に現実でいじめとかに加担するような奴って群れたがりじゃないですか？　だから極端な話、子供って社会不適合者になってほしいって僕は常々思ってて、そういうはみ出し者ばっかりになると、そのぶん現実の多様性がどんどんあらぬ方向へ拡張されていきますよね？　もちろん漫画でも現実でも、キャラが被ってたら多様性はないから、それぞれがそれぞれの個性をもってアヴァンギャルドに互いにはみ出し合っていく感じで。でそうなった時に、その社会不適合者が社会に合わせなきゃいけないんじゃなくて、社会の方がむしろ、伸びしろで合わせていくっていう、そういう方向でしか世の中って素晴らしいものにならないんじゃないかっていう、何かそんな気がして仕方がなくて。もちろんそのためには社会に経済的な余裕とリベラルな風土がなきゃ駄目だから、まあ、うちの妻みたいな仕事が生き甲斐の人は経済活動に邁進してもらって、僕みたいなはみ出し者はとことん役立たずにフリーライドで遊んで暮らすっていう、そういう適材適所の役割分担で」

「なるほど……」と神妙に相槌を打つ梅沢。「で、それで例の件なんですけど、どんな感触ですか？」

「ええと……一応、考えるだけ考えてはみたんですけど……」とリュックから印刷したA4用紙二枚を取り出して手渡す梅沢。

《独文学》
ゲイッテ／『若きウェルテルの絡み』『ヴィルヘルム・マイスターの主要痴態』
コマス・マン／『ペニスに膣』『魔の生』『ブッデンブローク家のびしょびしょ』
フランツ・ラフカ／『便神』『禁姦』『潮』
ユルマン・ヘッセ／『不倫もした』『荒野の営み』

《米文学》
エドガー・ラン・コー／『アッシャー家の豊パイ』『ソープ街の達人』『黄金臭』
ハーマン・デルヴィル／『ファック鯨』
マーク・トウェチン／『ハックルベリー・フィンの昇天』
ヘンリー・ジェイクズ／『フェチの祭典』
スコット・ティッツジェラルド／『グレート・ファックミー』
カミングウェイ／『毛はまた伸びる』『勃起よさらば』『老人と無理』

ウィリアム・ソープナー／『手コキと怒り』『ガチガチの猛り』『ファックチュアリ』「アブサロム、アブサロム！」
ウラスジーミル・ナメコフ／『ペロリータ』『ヤーダ』『包茎な短小』
ジョン・スタインセックス／『怒りの膣道』
フェラリー・クイーン／『SEXの悲劇』『バイの悲劇』『ペットの悲劇』
カリンジャー／『バイブにかまけて日が暮れて』
『シックスナイン・ストーリーズ』『オナニーと胡瓜』
カート・ヴォネバット／『パイパンの妖女』『ディープスローターハウス・LIVE』
ジョーゼフ・フェラー／「キャッチ＝22」
レイモンド・チンポラー／『大いなるふぐり』『長いはよ終われ』
フェラナリー・オコナー／『絶倫はなかなかいない』
グリップ・K・ディック／『臭い亀頭の男』『セクサロイドは電動こけしのアクメを得るか？』
『触れよ我がヴァギナ、と性感は言った』『暗闇のブラジャー』
リチャード・ブローチカン／『アメリカのマス掻き』『吸い亀頭の日々』
ゲイモンド・カーヴァー／『頼むからおかずにしてくれ』『貝にえずいて悟るときに我々の悟ること』『大性豪』

《英文学》
オナサン・スウィフト／『ガリヴァー乱交記』
ロレンス・タターン／『紳士トリストラム・シャンディの勃起障害と治験』
ヘンリー・フィールチング／『ゴム・ジョウンズ』
ジェーン・オースキン／『分別と和姦』『肛門と偏見』『マンコフィールド・パーク』『エネマ』『吸っとく』
チャールズ・イケンズ／『オリヴァー・パンスト』『デイヴィッド・カウパーフィールド』『同僚姦』『大いなる視姦』
シャーロット・ブッコンデ／『ジェーン・フェラ』

エミリー・ブッコンデ／『焦らしが丘』
ルイク・キャロル／『不死身のクリのアリス』
スティーヴンチン／『ジキル博士と座位のみ』『多魔羅島』
オスカー・ハイルド／『ドリアン・グレイの尿道』
オナン・ドイル／『自慰後の研究』『シャーロック・ホームズの昇天』
H・G・デルズ／『愛撫マシン』『宇宙援交』『透明陰茎』
ヴァージュニア・ソルフ／『ダロウェイ手淫』『今日夜這いへ』『オー乱交』
ジェイムズ・ジョイク／『百合ニーズ』『フィネガンズ・レイプ』
アガサ・カリスティ／『セクサロイド殺し』『反りチンコ淫行殺人事件』『そして誰もイカなくなった』
ジョージ・オーエル／『一九八四人』または『美恥丘八四』

《仏文学》

ホルテール／『パンティー奴』
ホルキ・ド・サド／『コンドーム百二十箱あるいは淫蕩学校』
スマタンダール／『アマとプロ』『バスルームの口淫』
バルサック／『トリオ自慰譚』
アレハサンドル・デュマ／『飲んでクリスとファック』
ディックトル・ユーゴー／『性・ミゼラブル』
フノーベール／『浣腸教育』『ボヴァリー不倫』
ジュール・デルヌ／『最低二万人』『八十日姦世界一周』
エミール・マゾラ／『相席屋』『バナナ』
インモーパッサン／『女の絶頂』
シャブルースト／『失われた勃起を求めて』
レーモン・フノー／『洗体練習』
サン＝テグジュポリ／『鬼のお掃除フェラ』
サミュエル・スケベケット／『ポロリ』『皮剝けえぬもの』
アナルベール・カミュ／『異邦チン』『ピストン』
マングリット・ジラス／『廃人 アカン』

アラン・ロブ＝グリエ／『しっこ』『名器のなかで』
フェランソワーズ・サガン／『パン染みよこんにちは』
ソルジュ・ペレック／『陰茎 使用法』

《露文学》
シコライ・ゴーゴリ／『座位交』
ギャルゲーネフ／『初トイ』
フードル・バストエフスキー／『罪と勃つ』『ファック痴』『爆尿』『未経験』『カラマーゾフの穴兄弟』
ホルストイ／『援交と正座』「アンナ・カレーニナ」『イワンの魔羅』
ソルジェニーチン／『イワン・デニーソヴィチの尺八』
ミハイル・ブルマーコフ／『巨根とマルガリータ』
ウラスジーミル・ナメコフ／『絶棒』『淫行台への招待』『魔羅者』

《ラテンアメリカ文学》
ホルヘ・ルイス・ホルヘス／『前戯集』
シャブリエル・ガルシア＝マラケス／『百年の自瀆』『族長の愛液』『予告された遊び人の禁欲』
フリオ・ホルタサル／『いじくり遊び』
ホセ・ボノボ／『夜のみだらなクリ』
マヌエル・プイク／『風呂女のキス』

黙ったまま冷徹な眼差しでA4用紙をじっくりと眺める森崎。「どうしても思いつかなかった作品もあって、それは二重鉤括弧じゃなくて、ただの鉤括弧にして区別してあります」と遠慮がちにひと言添える梅沢。「ああ、フォークナーのアブサロムとかね……僕もこれはいいやつが思いついてない……」と洟すすり交じりにぼそっと答える森崎。たんぽぽコーヒーをポットからカップへ注ぎ、森崎の様子をちらちらと窺う梅沢。不意に厳しめの表情になり、そうかと思うと束の間、にやりと笑みを浮かべる森崎。ほの白い湯気の立ちのぼるたんぽぽコーヒーを飲む梅沢。やがて小刻みに頷きながらA4用紙から目を上げる森崎。その射抜くような眼差しに見つめられる梅沢。

「結論から言っていいですか？」「あ、はい」「はっきり言って、素晴らしいと思いました。期待以上のクオリティで」「えっ、そうですか？」「だって一週間かそこらですよね？　もちろん全部が全部、採用に値するわけじゃないですし、僕とまったく同じ案もあったり、ちょっとこれはいくら何でも酷いなっていうのもまあ率直に言うと、あったりもして。でもそれはこういうネーミングの性質上、避けられないし、しかも幾つかは、これはやられたなっていうくらい抜群のやつもあって」「なら、よかったです」と気抜けしたような照れ笑いを浮かべる梅沢。「それでちょっと、気になった点について幾つか、お訊ねしていいっていいですか？　僕の感想も交えながら」「あ、はい」「まずこの最初の、ゲーテの『若きウェルテルの悩み』のもじりなんですけど、まあ悩みと絡み、実はこれですら僕は思いつけなくて。というのも僕は『若きすぐ出るの悩み』っていうのを一発で思いついちゃって、もうそれでいいなって次に行っちゃって、まあある種、基本を疎かにしたなって今さっき、けっこう真面目に反省しちゃって。やっぱりこのリストの原題をずらっと見てもらうと分かると思うんですけど、昔の小説の題名って、ウェルテルみたいに登場人物の名前がそのまま入ってる、もしくは名前だけっていうのがすごい多いですよね。で、その場合はやっぱり、その名前をなるべく活かすべきで、凝ったもじりの方がいいっていうわけでもないんですよね。凝りすぎると元ネタが何だか分からなくなっちゃうので。だから悩みと絡み、シンプル極まりないし、インパクトはあんまりないけれども、でもこの梅沢さんの案の方がやっぱり、原題が活きてると思うんですよね、うん」と真剣な面持ちで湊すすり交じりにA4用紙を見直す森崎。「たしかに、名前のところはカタカナだから、無理に別の言葉を当てはめると題の印象が変わりすぎちゃうなっていうのは僕も思って……」とおのずと同調するように真面目な表情になる梅沢。「ですよね。だからそういう、それくらい思いつくだろうっていうのも、意外と最初にぱっと浮かばないともう発想の視界から外れて、出てこなかったりするんですよ。だから僕だけじゃなくて、他の人に補ってもらうっていうのは名案だったなって思って。やっぱり言葉の感覚とか、語彙の傾向とかって人それぞれですしね」「ああ……何ていうか、自分一人でもその時々で、頭の中に何となく準備されてる語彙が変わる感じがして。後になって、何でこんな簡単なやつが出てこなかったんだろうっていうのがぽっと思い浮かんだり」「そうそう。僕の場合、やっぱり一発で思い浮かばないとなかなか、強引になりすぎたり、細かく改変しすぎたりしちゃって結局、原題の印象を損ねちゃうんですよね。で、いったんいじくり始めるともう、シンプルな方向に戻れなくなって。そういう意味ではこの、カフカの『便神』と『禁姦』は原題の『変身』と『審判』が両方漢字二文字で硬い感じだから、それをそのまま活かしてシンプルに変えてて、これも面白味はあんまりないけど、でも内容も端的に題名に表れてる感じでいいなと。『城』は『潮』以外ないですしね。ただ梅沢さん、この前もドストエフスキーの『悪霊』を『爆尿』ってもじってましたし、今回も他にもポーの『黄金臭』とかもあって、もしかしてご自身も、スカトロ趣味とかが？」「いや、全然」と即座に手と顔を横に振って否定する梅沢。「ただ、なるべく多様性があった方がいいかなって思って。たとえばメルヴィルの『白鯨』も、この漢字の鯨って読みがゲイですから、ファックゲイとか、抱くゲイとかにしそうになったんですけど、でも『ファック鯨』で鯨はクジラのままの方が獣姦、ズーフィリアになって多様性が出るかなと。あと『オリヴァー・パンスト』とかも、それのフェチっていうことで」「なるほどね。そういう意味ではこの、チャンドラーの『長いお別れ』を『長いはよ終われ』にしたやつも、またひとつの多様性ですよね。これは僕はやられたなって正直思って。原題がすぐ浮かぶし、かつ、まあ前戯が執拗すぎるのか異常に遅漏なのかは別にしても、何となくどういう話なのか分かりますよね。絵が浮かぶっていうか。それってすごい大事な要素で」「これはたしか結構すぐ浮かんだんですけど、僕も思いついた時、正直ちょっとだけ手応えがあって」とほんのり誇らしげに微笑む梅沢。「でも逆に、たとえばこの『フェチの祭典』とかね、たしかに『ねじの回転』と完全に母音は揃ってるんだけど、でも原題が消えちゃってるっていうか、やっぱり回転の方か、ねじの方かどっちかは残さないと駄目なタイプだと思うんですよ。ちょっとこれは申し訳ないけど、僕としては無しかなって」「いや、分かります。僕もこれは良いのが思いつかなくて、実は今まさに仰ったように、母音を合わせる方法でひねり出してみただけで」「ああ、やっぱりね。その方法は困った時の基本ですよね」と洟すすり交じりに頷く森崎。「この『アッシャー家の豊パイ』の豊パイは僕のパクリですよね？　僕もこれとまったく同じ案を考えてて」「この「はい、この前、お会いした時のを覚えてて」「このカミングウェイはしみじみどれもいいな、うん。『パイパンの妖女』はまあこれしかないですよね。妖女の妖を養うとか幼いにもできるけど、それはフィクションでも現代的にはアウト気味ですから」「僕もそういうのは多少、気をつけました。ただ『フィネガンズ・レイプ』だけは他に思いつかなくて、女性向けのポルノでもレイプ物はファンタジーとしてはある程度需要があるみたいなので、一個くらいならそれも多様性かなと」「なるほどね。僕は『フィネガンズ精通』にしたんですけど、どう思います？　初めての射精で、精通」「ああ……そっちの方が、いいかもしれないですね……そうか、精通か……いや、ウェイクも原題の雰囲気に沿うようにカタカナにこだわったんですけど、そう聞くとこれは、精通の方がいい気がします。フィネガンっていう名前の少年が初めての自慰行為をする一夜をほとんど意味不明な言葉遊びを駆使した文章で延々描くみたいな……」「もしかして、元ネタは読んだことが？」「いや、読もうとしたことがあるだけです。ぱらぱら見ただけで完読は無理だなって」「翻訳で？」「はい、もちろん」「というか梅沢さん、もしかしてかなり文学通ですか？」「いや、全然。ただ祖父母の家の本棚にわりとこういう文庫本が揃ってて、十代の頃に夏休みで行った時とかに読んでみたりとか。あとはまあ、学生時代に多少」「なるほどね。やっぱり環境なんだな」「森崎さんは完読されたんですか？」「いや、僕も無理で。何ていうか、ベケットもそういうところがあると思うんだけど、語彙が多いか少ないか、装飾的かその逆かみたいな方向性の違いこそあれ、ああいう言葉にパラノイア的に執着して、妄想的な意味付けに溺れて明晰さを損ねる感じの創作の精神性って、陰謀論とかオカルトっぽいんですよね。あと難解というより意味不明な瞭なだけの、一部の精神分析とか現代思想とかとも似てて……それが頭が悪い感じがしてダサいというか……読み手も色々と深読みっていうか、穿ちすぎの解釈をしたり、そういうのって要するに、その時に知性が確証バイアス祭りみたいになっちゃってるってことだと思うんですけど、何かそういうね……」「ああ、まあたしかにそういうのはある種、読める字で書かれたヴォイニッチ手稿みたいなものかもしれないですね。そもそも明晰な意味を読み取れないものだからこそ、いくらでも都合よく解釈できるっていう」「そうそう。そもそも分かるも分からないもない、論理的な理解の埒外にある詩的なものっていうだけなのに、いわく言い難い何かがあるとか、分からないのが凄いとか安易に神秘化して持ち上げて、しかも自分はその分からなさを分かってる感を醸してみたりもするしね。そういう悪い意味で文学的というか、事実や科学的知見を軽視する人たちにそっくりの、非知性的な空疎さを誘発する感じがするんですよ。村上春樹の小説がよく謎を謎のままにして分からなさを醸し出してたじゃないですか？　結局そういうのが好きな人と同じなんですよね。物語的に不明瞭にするか、前衛文学的に不明瞭にするかっていうのが違うだけですから。後者を好む人は往々にして通ぶって前者を批判するんだけど、でもお前ら結局、同じ穴の狢《むじな》じゃんっていう」「なるほど……」「あとそういう前衛的な散文詩みたいな方向じゃなくても、小説で社会的、政治的な問題を取り上げて何か考えた気になっちゃったり、文芸批評でも文化評論でも何でも、創作物なんかを題材にしてネオリベがどうのとかポスト・トゥルースがどうのとか時代を論じたりしちゃうのも、それ自体が事実や現実の複雑性を無視して適当に物事を語りたいっていう、むしろフェイクニュースとかに騙されたがる側の知性だと思うんですよ。それを想像力だとか言って格好つける人もいるでしょうけど、でも何でデマとか陰謀論に騙されるかって言ったら、事実や現実から遊離した想像力を膨らまされちゃうからでしょう？　大体、他の専門分野の知見で考えるべきことはそっちに任せて、自分たちの分野の本道を追究していかないと、自分たちの分野自体が成り立たなくなっちゃうのに。でもなぜか文学界隈の人ってそういうふうに、居酒屋談義的に粗雑に問題を語ったりすることへの自制とか自戒が希薄で……だから軽んじられちゃうんでしょうけど、でもそれも自業自得というか……」「ああ……うちの会社から出てる文芸批評の本とかも、作品自体についてじゃなくて、それを題材にして時代や世の中の問題について語っちゃったりすると必然的に、そういう感じになっちゃいますね……」「まあそもそも、義務教育の国語の教科書の文学作品からして情操教育と道徳の教材だから、ほとんどの人はその刷り込みの延長でしか文学を語れない、感じられないって言ってしまえばそれまでなんでしょうけどね。誰も文章表現それ自体なんて読んじゃいないっていう。でも今ってもう、情報過多が極まった環境じゃないですか。そういう環境における文化的な知とか教養ってどういうものかって言ったら、次から次へとあれもこれもみたいな時流に乗ったキュレーションじゃなくて、逆にそれでしかできないことしかやらないっていう、禁欲的なフィルタリングで育まれるものだと思うんですよ。そうじゃないとすべてがソーシャルメディア的な潮流に飲み込まれて、浅薄に散漫になっていくから。昔は持て囃されたジャンルの横断とか越境とかそういうのも、それぞれのジャンル自体が強い独自性とか排他的なコアとかを持っていて初めて意義や面白味があるもので、そもそも壁が低くなって深みも濃さも形成されない環境だとむしろ、だらしない堕落と崩壊の症状にすぎないわけだし。でも文学業界って相も変わらず、それ自体に特化した知を深めるのを疎かにして世の中の問題やら道徳やら生き方やらアイデンティティやら何やら、他のことを語るための道具に創作や作品を貶めて自分たちの分野を希薄化させて、しかも世の中の問題なんて高度に専門分化が進んだ現代だと当然、作家や批評家が語っても居酒屋談義にしかなりませんからね。だから文学的な言説や語り口自体が、現代的な知的動向の把握とか批判的知性が薄弱な人を騙すフェイクニュースみたいになっちゃって」「……なるほど」と神妙に相槌を打つ梅沢。「まあとはいえ、そんな僕らの今の会話も所詮、居酒屋談義っていうかカフェ談義なんですけど、でもだからこういう風に、最初っからフェイクだって分かることを遊びでやる方が粋なんじゃないかって、僕なんかは思うんですけどね。誰も騙さなくて。ところで、お腹空きません?」「ああ、夕食まだなので、まあ」「じゃあちょっと、近くのケンタッキーフライドチキンに行きません? ここも食事はできるけど、僕は小洒落たカフェ飯みたいなのがあんまり好きじゃなくて、ジャンクフードとかファミレスとかが大好きなんですよ。自宅だと義理の両親が意識が高い感じの薄味の野菜中心みたいな夕食を作りまくって、美味しいことは美味しいんですけど、逆に僕なんかからすると、それが餌っぽく感じるんですよね。高級志向の食用家畜とかって、こだわった良い餌を与えられたりするわけじゃないですか、何かそういう感じで」

ケンタッキーフライドチキンの店内でフライドチキンにかぶりつく二人。「うん、うまい」とがつがつ貪り食いながら目を爛々と輝かせる森崎。もぐもぐ食べながら無言で頷く梅沢。「ところでさっきの続きなんですけど、よく考えると『オリヴァー・パンスト』って素晴らしい題名なんだけども、ただパンストは十九世紀にはまだ発明されてないから、時代考証的には無理がありますよね。オリヴァーが現代にタイムスリップしてパンストフェチになる設定にすれば内容的には筋が通りますけど、じゃあ作者の偽ディケンズはどうしてパンストのことを十九世紀時点で知ってるんだろうっていう。でもまあ、優れた作家は予言者でもあるとか言われるから、別にいいか……」「いいと思います」「あとオーウェルの『一九八四年』なんですけど、あれだけ候補が二つあって、『美恥丘八四』っていうのはイチキュウハチヨンって訳した場合ってことですよね?」「そうです。『一九八四人』っていう方は経験人数のことなんですけど、何か普通すぎるので」「それとヴォルテールの『カンディード』を『パンティー奴』っていう、これも僕はやられたなって思って。これは奴隷の奴で読み方も意味も合ってますよね? 重度のパンティー好きみたいな意味で」「そうです。まあこれもフェチなんだろうなっていう」「僕はこれは『感じるーの』とか相当、無理があるのしか思いつかなくて、そうか、カンディーのところをパンティーってどうして浮かばなかったんだろうって悔しいくらいで」「ありがとうございます」「でも一方で『鬼のお掃除フェラ』っていう、あれはいくら何でも『星の王子さま』とはかけ離れすぎてて、まあ音的には多少重なっていなくもないけど、無理かなって。小説っていうより何かAVっぽいしね」「すいません」

やがて先に完食してトレイを片付けがてらトイレに入る森崎。ややあって自分もトレイを片付けがてらトイレに入る梅沢。その間にA4用紙二枚を取り出して湊すすり交じりに四色ボールペンで熱心に書き込みをする森崎。すっきりした表情で戻ってくる梅沢。「ええと、それで……」とA4用紙二枚を狭いテーブルの上に半ば重ねて広げてみせる森崎。「検討の結果がこんな感じで、赤で囲った採用に値するやつが六十三個、それと青で囲った微妙なライン上のやつが二十六個。作家名に関してはほぼ僕と被ってたりして、これっていうのはちょっとだけですね。あと採用に値する作品名についても、同じくらいのクオリティで僕が思いついてたりするのもあるし、あとこの後、題名に沿って作品のあらすじを考えていくので、その作業との相性とかそういう関係上、実際に最終的に採用するかどうかは未定です。これをベースに多少、改変させてもらうこともありうるし。でもそうだとしても、短期間でこれだけ真剣に考えていただいたので、その心意気っていうかね、それも含めて、今回は報酬として……」と財布の札入れから一枚ずつ万札を取り出していく森崎。梅沢の前に重ねられる計十枚。「これで」「えっ」「ご不満ですか?」「いや、むしろ、多くないかなって」「まあ多少、どんぶり勘定にした方が、後になって細かくどれがどうとか、なくなりますし。ジョン・レノンとポール・マッカートニーもビートルズ時代、どっちがどれだけ作詞作曲してもレノン＝マッカートニー名義にしたりしたじゃないですか? 何かそういう感じで、僕がジョン・レノンだとしたら梅沢さんはポール・マッカートニー、そんなクリエイションが今回、これに関しては生まれたと」とA4用紙の隅を指先でとんとんと叩く森崎。微妙に首をひねりながらも頭をぺこりと下げる梅沢。「正直、この前の『罪と勃つ』とか『カラマーゾフの穴兄弟』くらいは僕もさすがに思いついてて、ただあの時はその場でバストエフスキーっていう素晴らしい名前がごく自然に口から出てきたし、そのポテンシャルを評価した、褒めて伸ばす的な意味合いのご祝儀みたいなものだったんですけど、でもこの結果を見るとやっぱり、その僕の見る目は間違ってなかったなって」と微笑んで手振りで現生《げんなま》を財布にしまい込む梅沢。また頭をぺこりと下げて財布にしまい込む梅沢。「それでどうです？　この先もお手伝いしてもらえたらって、僕としてはこの結果を見て思ったんですけど」「この先？」「つまり今回、梅沢さんがうまいこと思いつけなかったタイトルとかって実際、僕も良案を思いつけてない、そもそも難易度が高いやつばっかりで、でもそれも、一週間かそこらでこれだけ出てくるなら、もうしばらく集中して考えればブレイクスルーするんじゃないかって思って。それはもちろん、難易度が高いなりに、もし僕が合格を与えられるクオリティだったら、それに応じて懸賞金みたいに報酬もアップして」「いや……でも今回、けっこう僕なりに根を詰めて考えたんで、これ以上出てくるかなって……」とにわかに難しい表情で首をひねる梅沢。「まあ乗りかかった船じゃないですか。別に締め切りとかもないですし、今度は思いついたらその都度、これで送ってくれたらいいですから」と携帯端末をいじる仕草をみせる森崎。「いやでも、何ていうか……この前も薄々感じてたんですけど、こういうちゃんとした形式の仕事じゃないものでお金を貰うって、慣れなくて……今回なんて私的な遣り取りとしては結構な金額ですし……」「でも、たとえばカメラが趣味の人がお金を払って素人モデルに被写体を依頼するとか、普通にありますよね？　仲介を挟まずにネットでじかに知り合ってとかでも。あとほら、梅沢さんの今のお勤めも、社長さんがほとんど趣味で人文書を作ってる、そのお手伝いなわけでしょう？」「まあそうなんですけど、でも何て言うんだろう、すごく正直に言うと、ちゃんとした対価を頂くにはちょっと、逆に作業内容が下らなすぎるというか……」「うんまあ、それは分からなくもないですけど、遊びってそもそも下らないと言えば下らないじゃないですか。たとえばエクストリーム・アイロニングって言って、山の頂上とかパラシュートで降下してる空中とか、極端な場所でアイロン掛けをする遊びとかもありますけど、それって他人からしたら非常に下らない。でも、やってる当人からしたら遊びは遊びだけど、真剣にやらないと危ないし、それなりに苦労も伴う。だからこそさらに下らなさが増すんだけど、でもそういう文化の無駄な方向への進化が大げさに言ったら人類全体の、精神的な余裕みたいなものだと思うんですよね。社会的なバッファというか」「なるほど……」「それにこの偽の作家作品リストを掲載するウェブサイトって、井川さんに制作してもらうことになってるわけで、他に知り合いも参加してるし」「えっ、そうなんですか？」「あれ、まだ聞いてません？　元々これの着想自体、井川さんから得たもので。あの人って今は自分の会社作ってますけど、その前ってフリーランスでエージェント経由の仕事を一年とか一年半とか、プロジェクト単位でやって、それでその仕事と仕事の間に、丸々三ヵ月とか半年とか長い休みを取るっていう感じだったらしいですよね。そのさらに前は大手とかベンチャーに何年かずつ勤めてたみたいだけど。で、そのフリーランス時代の長い休みの時にあの人って、遊びでふざけたサイトを色々作ったりしてたらしいんですよ。トイレで大の方をしたらそのサイトを訪れて画面上でそれを絵に描いてすぐ投稿するサイトとか、夫婦が夜の営みの内容をカルテみたいに投稿して評価し合うサイトとか、子供が描いた絵をそれらしく載せる架空の現代アートギャラリーのサイトとか。まあもう今はやってなくて残ってもいないみたいですけど、それを聞いて僕もひとつ、作ってみようかなって思いついたっていう」「井川さんも関わってたんですか……」「だって僕自身はちゃんとしたウェブサイトなんて作れないし、それこそ誰にでも頼める内容でもないですし。だからまあ、僕と井川さんの下らなすぎる大人のお遊びに、梅沢さんもちょっと参加してくれたらって思うんですけど。ある意味、僕たちも酷書不刊行会を結成する感じで」「ある意味？」「つまり、書物にするには酷い内容のこういう偽情報を作り込んで、ウェブサイトにはするけれども、それを紙の形で刊行はしない。そういう意味で酷書不刊行会」「……井川さんとは結構、親しいんですか？」「うんまあ、あの人って基本的に在宅で仕事してるし、人付き合いがうまいっていうのか、二十代の頃に働いてた大手とかベンチャーでの同僚とかが、転職して色んな会社でそれなりのポジションにいたりするみたいで、割のいい仕事を振ってくれるらしいんですよね。だから意外と暇もあって、時々昼間から軽く飲みに行ったり、ボウリングしたりビりヤードしたり」「へえ」「あとあの人も若い頃は多少SFとか読んでたみたいで、レムの『完全な真空』とかって分かります?」「ああ、架空の書評集みたいなやつでしたっけ?」「そうそう。僕は正直、形式はともかく内容的には全然面白いとは思わなかったけど、でも、要するにこれもそういう感じだねって」とA4用紙を指先でとんとんと叩く森崎。その架空の作家作品リストをじっと見つめる梅沢。「まあ、頭の体操みたいな感じで気楽にやってくださいよ。僕もたまに義父にゴルフに誘われるんですけど、けっこう歩いて運動になってしかも、朝早くから付き合わせて悪かったねって毎回一万貰ったりしてますし」

8

『ねじの回転』
『アブサロム、アブサロム!』
『キャッチ=22』
『星の王子さま』
『アンナ・カレーニナ』

追加でお願いしたいのは以上です。それぞれ基本三千円で、上物だったら僕の評価に応じて、ボーナスを上乗せします。

朝の満員電車内、薄型リュックを前抱えに吊革を片手で握りながらもう片方の手で顔面間近の携帯端末に表示された森崎からのメッセージを見つめる梅沢。「ねじ……ねじ……毛ジ、ラミ……いや、厳しいな……」と微かに唇を動かして呟く梅沢。「回転……回転ベッド……海綿……いや、無理か……」と思案げに口の中で呟く梅沢。「乳の回転、カリの回転……いや、回転しないしな……」と悩ましげに口の中で呟く梅沢。それを不審そうに横目に睨みやる隣接するスーツ姿の若い男。とっさに口元を引き締めて画面表示を株価に切り替える梅沢。

職場の自席で鉛筆片手に社内報の記事のゲラ刷りをぼんやり見つめる梅沢。ふと思いついたように卓上の携帯端末で「エロ用語集」と検索すると、ずらずら出てきたその類のページを次々に開いていく。メモ帳サイズの付箋を一枚手元に貼って熱心にメモを取っていく梅沢。「イク」「エス」「エム」「カリ」「クリ」「ゴム」「サオ」「サド」「ジイ」「シオ」「セイ」「チジョ」「チツ」「チン」「ナマ」「ヌク」「パイ」「バイ」「ハメ」「フェチ」「フェラ」「ペニ」「マス」「マゾ」「マラ」「マン」と縦に羅列される二音節の言葉たち。「――の回転」とそれらの横に書き添えて順々に照合するように視線を動かす梅沢。「駄目だな……これは最後に回すか……」と口元を覆う手のひらの下でぼそっと漏れる呟き。

壁掛け時計が二時を回ったがら空きの博多ラーメン屋に入ってカウンター越しに食券を手渡す梅沢。「麺は?」「硬めでお願いします」「硬めね」と確認する店主。換気設備や鍋の湯の沸き立つ音を背景に「アブサロム……ロム、ゴム……」と思案げに呟きながらセルフ式の給水器でお冷やを注いで席につく梅沢。「アブサゴム、アブサゴム……カブ、セロゴム……いや、無理がありすぎるな、これも後回しか……」とぼそぼそ呟いてコップに口をつける梅沢。「キャッチ・トゥウェンティトゥ……キャッチ、タッチ、エッチ……エッチ・トゥウェンティトゥ……回数だとしても駄作だな……」と顎をさすりながら微かに呟く梅沢。「キャッチ、クロッチ……いや、勃起……」「はい、お待ちどおさま。硬めでよかったよね?」「あ、はい。ありがとうございます」

夜の満員電車内、薄型リュックを前抱えに吊革を片手で握りながら眉間に皺を寄せる梅沢。おもむろにポケットから携帯端末を取り出してメモを画面に映し出す。「腰の王子さま」「女子の王子さま」「星の後戯さま」「勃起の王子さま」「カッチコチの王子さま」と並んだ五案。それらを束の間、じっと見つめてから溜息をついてゴミ箱に消去する梅沢。

自宅マンションのキッチン、電子レンジでラップに包まれた冷凍白飯を解凍しながら携帯端末でウィキペディアの「アンナ・カレーニナ」の項目を読む梅沢。解凍が終わるとラップを外して楕円型の深皿の片側に白飯を寄せ、ガス台の鍋の湯の中から熱々のレトルトパックを取り出して封を切り、その中身のルーを深皿のもう片側に絞り出す。さらにフライパンから完成済みの半熟目玉焼きがのせられてスプーンを添えられて食卓へと運ばれるカレー。ふうと息を吹きかけられて熱そうに食べられる最初の一口。

「アンナ・カレーニナ……」

9

男子トイレに並んだ小便器のひとつに勢いよく放尿する梅沢。隣の小便器に先んじて放尿中の白人青年。出しきると小刻みに腰を振ってペニスを引っ込めて社会の窓を閉めながらちらちらと隣の股間を窺う梅沢。なおも放尿中の全長五センチほどの小ぶりなペニス。驚きを秘めた顔つきでその場を離れて手を洗って駅の通路に出る梅沢。

夜の満員電車内、薄型リュックを前抱えに吊革を片手で握りながら物思わしげに眉間に皺を寄せる梅沢。突然、はっと閃いたように携帯端末を取り出すと森崎宛に「粗チンの王子さま」とメッセージを送信する。すると即座に「三千円」と返信が。続けて「今、電話してもいいですか?」と送ってくる森崎。「電車の中なので、三十分後以降でお願いします」「了解です」

夜道を歩くうちに振動する梅沢の携帯端末。見ると「森崎さん」からの着信が。「はい」「森崎です。今は大丈夫ですか?」「あ、はい、大丈夫です」『粗チンの王子さま』ありがとうございました。まあ正直、ギリギリ合格ラインかなっていうところなんですけど、でも実はこっちで『星の王子さま』は使えそうな手持ちが一切なくて。だからこれはもう、候補として採用ということで」「ありがとうございます」「それでケンタッキー食べた時からたぶん二週間くらい経ちましたけど、他はまだっていう感じですか?」「正直、今のところ芳しくないです。まったく思いつかないわけじゃないんですけど、明らかにイマイチだなっていう」「そうですか。ちなみに、どれが一番難関だなって感じてます?」「いや、基本的にどれもですけど、特に『ねじの回転』と『アブサロム、アブサロム!』がまったく出てきそうになくて……」「なるほど。ちなみに参考までに、僕の方で現時点でまあ使えるなっていうクオリティで思いついてるのは、『ビッチ＝22』と『電マ・カレーニナ』くらいです。ビッチの方は二十二歳なのか何なのか数字の意味は決まってませんけど、尻軽女っていう意味で」「ああ、ビッチはいいかもしれませんね」「他になかったらこれかなって僕も思ってます。若干、弱いんですけどね」「僕はキャッチは『勃起＝22』っていうのくらいで。女たらしなのに勃起すると長さが二十二インチで、巨根すぎて誰とも交われない不条理を描くみたいな」「それは言わない方がよかったかもしれませんね」「すいません」「いや、冗談です。でも取り敢えず、来週からゴールデンウィークじゃないですか。それで僕、ハワイに家族旅行なんですよ。僕自身はあんまり行きたいわけじゃないんですけど、義理の両親に強制連行される感じで」「豪勢ですね」「それで妻はのんびりしたいって感じなんですけど、僕自身は義理の両親に付き添って色々出歩かなきゃいけなくなりそうで、だから連休の間はご連絡頂いてもすぐにはお返事差し上げられないかもしれない、それを言っておこうと思って」「ああ、はい」「お土産にマカダミアナッツチョコ買ってきますから。今度お会いした時にお渡しします」「えっ、いや、別に僕は……」「お嫌いですか？　マカダミアナッツチョコ」「いや、おやつにちょうどいいとは思います」「じゃあ大きいのを一箱買ってきますよ。あれは一年くらいは持ちますし」「ああ、どうも。じゃあ、僕は職場の先輩にお薦めされた海外ドラマ観るくらいしか今のところゴールデンウィークは予定がないので、暇だったらなるべく考えてみます。もし思いついたら連休明けに送る感じで」「本当ですか？　でもそれなら、コワーキングスペースとかに行ってみたら集中できるかも」「コワーキングスペース？」「そうそう。井川さんも時々気分転換で、そういう所で仕事するって言ってましたよ。あの人の場合、ヴァーチャルオフィスも兼ねてる所で、つまり会社の住所をそこにできたり、郵便物も受け取ってくれたり」「へえ、でもそういうのって会員になるわけですよね？」「いや、ドロップインって言って、一時間あたり何百円とかで、会員じゃなくても利用できるところが多いですよ。ネットカフェと似たようなものですけど、他の人がみんな真面目に仕事とか勉強してるから、自分も集中できるっていう」

10

小洒落た内装のコワーキングスペース内、パーティションで区切られたデスクがずらりと並んだほぼ満員の一室に足を踏み入れる梅沢。ラップトップでコーディングや文書作成や表作成に勤しむ数名の他、多くは熱心に勉強中の着席者たち。ブラインドの隙間を明るく輝かせる外の日射しをよそに、黙々と参考書を読んだりノートにペンを走らせたりする彼らの肩越しに覗ける積み重なった書籍。その表紙や背表紙には会計や法務、簿記、ファイナンシャル・プランナー、語学検定などに関する文字が。斜め奥に一つだけぽつんと空いていた席に座り、リュックからペンとメモ用紙を取り出して「よし、やるか……」とひそかに呟く梅沢。数分後、携帯端末でサッカーゲームに熱中する梅沢。

やがてラップトップを開くとウィキペディアで「性行為」の項目の充実した記述を熟読する梅沢。「乱交」「スワッピング（性行為）」「グループセックス」「ウェスターマーク効果」の項目も閲覧する梅沢。それから「オーガズム」の項目の充実した記述を熟読する梅沢。「オナニー」の項目の充実した記述を熟読する梅沢。続けて「性具」の項目の画像付き説明に目を通すうちに、不意に背後を女性が通りかかり、慌ててリーディングリストに保存しておく梅沢。周囲の目を気にしながら「サークル・ジャーク」「貞操帯」「日本性教育協会」「ポリネシアン・セックス」の項目も閲覧する梅沢。「性的倒錯」の項目を熟読する梅沢。「ポルノグラフィ」の項目を熟読する梅沢。「ポルノ映画」「性愛文学」「官能小説」の項目も閲覧する梅沢。「アダルトビデオ」の項目の充実した記述を熟読する梅沢。

ふと顔を上げる梅沢。するとブラインド越しにすっかり暗くなった窓の外が。ぎゅっと目をつむり目頭を押さえる梅沢。目薬が一滴ずつ注入される左右の眼球。周囲に空席が目立つ中、うーんと伸びをして帰り支度をする梅沢。「ワンデイ利用で二千円になります。ちょうど頂きます」と会計する受付。「お疲れ様でした」と去り際に掛けられる声。「勉強になったな……」と呟いて夜の街へ出る梅沢。

自宅マンションの居間、ソファに座って炭酸水を飲みながらテレビ画面の海外ドラマを視聴する梅沢。一時停止してキッチンで麺を茹で、春キャベツと干し桜エビのスパゲッティを作って戻ってくる梅沢。それをくるくるとフォークに巻きつけて食べながら海外ドラマの続きを視聴する梅沢。

やがて退屈そうに首をひねり海外ドラマを中断して腰を上げる梅沢。きっちりと閉め切られる外に面したガラス戸の遮光カーテン。自室から液晶一体型デスクトップPCを運んできてローテーブルの上に設置して電源を入れる梅沢。ほの暗い居間の中、無線マウスの操作を経たPC画面には大手会員制アダルト動画配信サイトが。側面がマジックミラーに改造された外が丸見えのキャンピングカーの荷台の中に誘い込まれた女が初対面の男と性行為に及ぶAVを鑑賞する梅沢。ソファに座る女がその裏から全裸で現れた男と出会って十数秒のうちに合体するAVを鑑賞する梅沢。全裸シェアハウスに越してきた男が先住の裸族女たちと乱交するAVを鑑賞する梅沢。全裸婚活パーティーの参加男女たちが体の相性を確かめ合うAVを鑑賞する梅沢。紳士服店の来客がオーダーメイドスーツ採寸時に女性店員に口でペニスを採寸されるAVを鑑賞する梅沢。美容室の男客がシャンプー台に仰向けに横たわり女性美容師にヘッドスパからペニススパを施されるAVを鑑賞する梅沢。ホテルの宿泊客がチェックイン時に女性フロント係からおもてなしとしてペニスを乳挟みされるAVを鑑賞する梅沢。病院の外来患者が女医に診察として跨がられて対面座位で交接するAVを鑑賞する梅沢。

やがて着衣を整える梅沢。すると遮光カーテン越しに外を染める宵闇の色が。照明を点けてキッチンでホットミルクを作り、冷蔵庫から冷えた塩ミルクバウムクーヘンを取って戻ってくる梅沢。それを飲食しながら裸眼で『クンニVR』をぼんやりと眺める梅沢。裸眼で『尻穴・アナル観察VR』をぼんやりと眺める梅沢。裸眼で『なわとびをする女の子を堪能するVR』を難解そうに眺める梅沢。もう一杯ホットミルクを作ってちびちび飲みながら、街行く女を次々にロケバスに誘い込んではその乳房を揉ませてもらうAVを虚ろな眼差しで眺める梅沢。それを流しっぱなしのまま携帯端末で海外サッカーニュースを閲覧し始める梅沢。

そのうちにふとPC画面の、何人目かの揉みしだかれる乳房を見やる梅沢。何気なさそうに眺め入るうちに思案げな表情になり、数秒後、はっと閃いたように目を丸くする梅沢。「ユリイカ……」と霊感を帯びた声で漏れる呟き。携帯端末で開かれる森崎からの先日の依頼メッセージ。「アブサロム、アブサロム……」と発音を嚙み締めるように唱え、またPC画面の揉みしだかれる乳房を見つめる梅沢。

11

壁掛け時計が十二時を回った職場に現れる梅沢。「おはようございます」「もう昼だよ」と冷たく言い返す徳平。「梅沢君、重役出勤だね。連休明けに昼からなんて」と冷やかす田中。「いや、ちゃんと朝、半休の連絡入れましたから」「何かあったの？」と訊ねる谷口。「いや、休みすぎたのか逆に今朝、何か体がだるくてだるくて仕方なくて」「一番の若者が何を……」と呆れをこめて吐き捨ててタンクトップの上から藍染めの半袖シャツを羽織る徳平。「ところで昼飯食いに行くけど、一緒に来る人いる？」「私はお弁当なので」と断る谷口。「あ、僕も来る途中で買ってきたので」と断る梅沢。「じゃあ僕行きます」と挙手する田中。「じゃあなら来なくていいよ」「いやいや、是非ご一緒させてください」「じゃあ行こうか」と出ていく二人を見送り、苦笑交じりに視線を交わす残りの二人。にわかに怪訝そうに眉をひそめる谷口。「梅沢君、何かちょっとやつれた？」「えっ、そうですか？」「うん、気のせいかな」「いや……ああ、ゴールデンウィークほぼ引き籠もってて、あんまりちゃんと食事をとってなかったかもしれないです。面倒臭くて間食みたいなものだけで夕食抜いたり。だから今朝、すぐ出かける気力が湧かなかったのかも」「へえ、いつもは結構ちゃんと自炊してるらしいのに？」「はい、何か世間が連休だと気が抜けるっていうか、やる気が……」

手製の弁当を食べる谷口。マグカップにインスタント味噌汁を作って買物袋からバゲットを一本丸ごと取り出す梅沢。「梅沢君、味噌汁にパン？」「いや、このバゲットって小麦粉の他に米粉も使われてるんですけど、だからなのか、意外と合うことに気付いて」「へえ、でも何でその組み合わせ試してみようって思ったの？」「いやちょっと前、朝食に食べて何かスープが飲みたくなったんですけど、なかったからインスタントの味噌汁で代用したら、意外と」「ふうん。あ、お麩みたいな感じ？」「ああ、そうかもしれないです。具として」と頷いて米粉入りバゲットにかぶりつく梅沢。もぐもぐ食べるうちに振動する卓上の携帯端末。見ると十時三十六分に送信した「チブサモム、チブサモム！」に対して森崎から「一万円」と返信が。

12

屋外フットサル場の更衣室に入る梅沢。すると着替え中の下着姿の井川が。「あ、こんにちは」「おお、早いね」「井川さんこそ」「いや、早めに来ないと混むからね。ここコート二面あるから」「まあ僕もそう思って」とロッカーを開けて隣でシャツのボタンを外していく梅沢。束の間の微妙な沈黙の後、にやりと薄笑いを浮かべる井川。「ところで、どう？」「何がですか？」「いや、森崎さんとは」「知ってるんですよね？　僕が何をやらされてるかは……」「まあ、先週も会ったし。ゴールデンウィークにハワイ行ってきたらしくて、お土産貰って」「マカダミアナッツチョコ？」「うん、定番のやつね」「裕福ですよね」「奥さんのご両親が相当みたいだね。何か生前贈与とかもちょっとずつ受けてるみたいで」「へえ、でもそういうのって、もし離婚したらどうするんでしょうね」「さあ、でも奥さんと全然、仲良いみたいよ。俺は二回くらいしか会ったことないけど。しかも月の小遣い十五万貰ってるって」「僕の休職がある月の手取りより多いじゃないですか」「ああ、酷暑不刊行会、だっけ？」「でもあの人って、本当に専業主夫らしいことしてるんですかね？」「掃除洗濯皿洗いの鬼だって言ってたよ。ただ料理はからきし駄目で、だから夕食はほぼ毎日、義理のご両親が作ってどっちかの家で一緒に食べるみたいだけど。近くに住んでて義理でもすごい仲が良いみたいで、その父上の方が都内の農家に畑の一部を借りて野菜作ってて、その手伝いにも駆り出されたり。といっても、そういう手伝いはお駄賃っていうか、現生の授受が発生するらしいから、ある意味ではバイトみたいなものらしいけど」「ああ、そう言えば、義理のお父さんと一緒にゴルフ行くとお小遣い貰えるとかも言ってました。何か援助交際みたいだなって」「まあ俺も車を出して両親を日帰り旅行に連れてったりしたらガソリン代くらいは貰えるから、その富裕層版って感じじゃない？」

のどかな青天の下、片隅のベンチに並んで腰掛ける二人。面前の網に囲われた人工芝コート内では男女混成チーム同士のゆるい試合が。「森崎さんのあれって、井川さんがサイト作るんですよね？」「うん、まだ何も手はつけてないけどね。コンテンツの形とか量とかも分からないし」「それは当然、友人的な関係でも、ちゃんと報酬は貰うかたちで？」「まあね。ただあの人って自分でも言ってたんだけど、思いつきで生きてるタイプみたいだから、どこまで本気なのか分からないんだけどね。まあ本気と冗談の区別がないような人だからこそ、冗談を本気でやっちゃうのかもしれないけど」「なるほど……」「でも正直、俺もそういうのは好きだし半分趣味になるから、もし立派に完成したら多少、力添えはするつもりだけど」「力添え？」「あんまり好きな言葉じゃないけど、俺って人脈で食ってるところがあるからさ、ネットの色んなメディアにも知り合いがいるし、うまいこと目に触れるように流せば、多少は話題になると思うんだよね。もちろんそういうのを面白がれるような、狭い範囲内でだろうけど」「へえ、でも仮にそうなったとしても、ほんの一瞬の話題ですよね」「まあね。でも古臭い考えかもしれないけどさ、ネットで本来作られるべきコンテンツってフロー型じゃなく、ストック型のものだと俺は思うんだよね。俺は動画とかだるくて観ていられないタイプなんだけど、実際、ネットやってて日常生活の調べ物以外で深く読み込んだりしちゃうのって、何らかの分野を専門的にまとめたサイトとか、論文とかどこかの大学の講義録とか、あともっと軽いものだとウィキペディアとか」「ああ、分かります。僕は動画も、ジャンルによってはけっこう長時間観てられるタイプですけど……」「でもまあ、もし多少でも話題になったとしたら、その時は梅沢君もひそかに面白いんじゃない？　何の身にもならないけど得がたい経験っていうか、ミステリーサークル作った人みたいな」と含み笑いを浮かべる井川。「ミステリーサークル？」「そうそう。田畑の穀物をこっそり夜中に倒して図形模様を作ったら、宇宙人の仕業じゃないかとか騒ぎになったっていう」「いや、それは知ってますけど」「あ、そう。でもほら、それって最初は製作者たちは完全に隠密にやってて、しかも本人たちは作品として作ってたらしいけど、森崎さんもそういう感じのつもりみたいだから。だからもし何らかのメディアに取り上げられたとしても、それはあくまでそういうサイトっていうだけで、誰がそれを作ったのかは分からない」「分かったら恥ずかしいですしね……」「でもミステリーサークルの製作者たちは後年になって名乗り出たら、イグノーベル賞を受賞したらしいけどね。たしか物理学賞だったかな。だからもしかしたら、梅沢君たちも文学賞獲れるかもしれない」「いやいや」「いや、でもそういうふうに考えたら何か面白くなってきたっていうか、俺もやる気出てきたな。これはちょっとひとつ、真剣に内容を作ってよ。俺も出番が回ってきたら頑張るからさ」と微笑んで梅沢の肩をぽんと叩く井川。横合いから吹き抜けるそよ風。

13

自宅マンションの食卓、すり下ろした大根と新玉ねぎをのせたチキンソテーにポン酢をかける梅沢。もぐもぐ食べながら手元に置いた携帯端末でウィキペディアの「ミステリー・サークル」の項目を閲覧する。それからふと思い出したように表示されるリーディングリスト。するとその並びには保存されたウィキペディアの「性具」の項目が。それを開いて読み直すうちに、男性向け性具を例示するくだりで不意にぴたりとスクロールを止める指先。そのすぐそばには「ラブドール（ダッチワイフ）」という文言が。はっと目の色を変えて森崎とのメッセージの遣り取りを呼び出すと、その入力欄に「ダッチ＝Y2」と打ち込む梅沢。ごくりと唾を飲み込む音とともに押される送信ボタン。すると一分と経たずに「六千円」と返信が。続けて「今、ちょっと電話しても大丈夫ですか？」と送ってくる森崎。「はい、大丈夫です」と返す梅沢。まもなく掌中で振動する携帯端末。見ると「森崎さん」からの着信が。

「はい」「あ、どうも」「こんばんは」「こんばんは。それで『ダッチ＝Y2』ありがとうございました。これは読み方は今言ったみたいに、ダッチ・ワイフーって感じでいいんですかね？」「そうですね、おそらく。原題のトゥウェンティトゥとだいぶ読みは違いますけど、見た目の表記で似せつつ、それに意味を持たせた感じで」「かなり良いと思いました。こういうもじり方は他にはないし」「多様性で」「そうそう。でこれでもう、後は『ねじの回転』と『アンナ・カレーニナ』だけじゃないですか。しかもアンナの方は『電マ・カレーニナ』が一応、僕の手持ちであるから実質、あと一つだけ。それくらいはそのうち思いつくかなっていう気がするので、もう次のフェーズに行っちゃおうかなって思って」「次のフェーズ？」「はい。で、その件と、あと粗チンとチブサモムとダッチ、これの報酬もお支払いしたいので近々、もう一度お会いするっていうのはどうでしょう？」「ああ、はい」「しかし『チブサモム、チブサモム！』は僕、何で思いつけなかったんだろうってこれも悔しくて。チ以外は母音揃ってますし、ブサとムに至っては完全に同じだし」「僕も自分で何でこれをすぐ気付けなかったんだろうって思いました。でも多分ですけど、乳房っていうのが普通は漢字で、ちょっと硬めの言葉じゃないですか。パイとかボインとかに比べて擬音っぽく抜き出して使いにくいというか。もじる原題の方は全部カタカナですし。だからチブサをカタカナ化して使うっていう選択肢は最初から除外しちゃっていたのと、あと一文字目だけ母音が違う、初っぱなからそこだけ外すっていうのが、なかなか考える際にできないんだろうなって」「ですよね。でもどうやって、どこから思いついたんですか？」「いや、何だろう……どこからともなく、降ってきた感じで……」

14

職場の応接セットの革張りソファに座る社員三人と浮世絵Tシャツ姿の徳平。「えーとじゃあ、皆さんおはようございます」「おはようございます」「ございます」「まーす」「それでご存知の通り、まもなく休止期間、不刊行期間に入りますので、今日がその前の最後の、月曜朝の定例会議になりますけど、まず皆さんの方から、何か私に言っておくことがあれば」「いや、特に」「僕もないです」「ないです」「まあ信州に行ってる間もメールは一応、毎朝毎晩くらいはチェックするんで、進捗報告とかはそれで。あと言うまでもないですけど緊急の用件だったら、もちろんどんな手段でもOKです」「はい」「はい」「はい」「それでまあ、今年も五月からしっかり真夏日があり、来月から梅雨入りで湿気まみれで寝苦しく、低気圧で自律神経が乱れて心身共に不安定になって、そうやって弱ったところへ今度はうだるような夏本番の猛暑が襲いかかり、ヒートアイランド現象なども相まってヒートアップして、相も変わらず殺人的な満員電車……とても尋常な感覚の人間では暮らせないマゾヒスト向けの大都会東京になりそうですけど、それぞれなりにお仕事、体調を崩さぬよう頑張ってください。以上」と締めくくって腰を浮かせる徳平。「あ、そう言えばちょっといいですか」と引き留める田中。「何？」「社内報の仕事、ちょっと前から梅沢君にも手伝ってもらってるじゃないですか」「そうだっけ？」「はい。それで先方の担当と今度打ち合わせする時、そろそろ梅沢君も連れて行ってみようかなと思うんですけど」「ああ、いいんじゃない。くれぐれも粗相ないようにね」「はい」

やがて日が暮れて七時を回る壁掛け時計。「よし、今日はもう帰ろう」と両手を打ち合わせて宣言する徳平。即座に各席から立ち上がる帰り支度万端の他の三人。「お疲れ様でーす」とさっさと出ていく谷口。続けて雑居ビルの三階から階段を降りていく田中と梅沢。「梅沢君、この後ちょっとだけ、お茶飲んで行かない？　社内報のこととかで、少し話しておきたいことがあって」「あ、はい。でもじゃあ、ビールにしません？　今日ちょっと蒸し暑いですし、僕が奢りますから」「いやいや、じゃあ俺が奢るよ。最初の一杯だけだけどね」

パブ風安酒場で半パイントの生ビールで乾杯する二人。テーブルにはガラスボウル入りのミックスナッツが。「実はさ、俺って今、個室が四畳間のシェアハウスで暮らしてるでしょ」「はい」「そこの住人でフリーのウェブライターの人がいてさ、それで俺って一応、編集者やってるからそれを買われてっていうか、その紹介でちょっと前から、俺も副業としてライターをやってるのよ」「えっ、マジですか？」

「うん、谷口さんほどバリバリやってるわけじゃないから、何となく言えなかったんだけど」「じゃあ、もしかして会社でもその作業したりしてたんですか？」「まあ多少ね。でも何か後ろめたくて、徳平さんがいない時とか、あと実は梅沢君とか谷口さんにも気付かれないように、サボってるふりしてちょこちょこやったりしてたんだけど」と内職っぽい身振りを交えて冗談めかす田中。「何でそんな」と苦笑する梅沢。「いや、何となく俺が一番、働くことに不熱心な感じのキャラで通してきたからさ、それを裏切ってるようで」「いやいや、そんなの気にしないでくださいよ」「うんまあ。で、その副業の、俺の上で統括してる編集者というかディレクターというか、そういう人がいるわけだけど、何か人手不足らしくて、本格的にそっちで仕事しないかって誘われてて。企業から依頼を受けてそのオウンドメディアの記事を作る仕事だから、社内報と似てるって言えば似てることもあってね」「……じゃあ田中さん、転職しちゃうってことですか？」「それがどうかなっていう、そういう話で。つまり、そこのライターとしてもう少し経験を積んだら編集者も兼ねて、その人の補佐的なポジションにって、そういうことを言われたんだけど、それもフリーランスだからさ、その辺で悩んでて」「なるほど……」「ただそっちに行くにしても取り敢えず、社内報の引き継ぎはちゃんとしておきたいからさ、梅沢君も一応、そういうつもりで、何か知りたいことあったらその都度訊いておいて」「分かりました。よろしくお願いします」「といっても来月から休業日があって俺もその副業の方に軸足を移すから、まあ、梅沢君の出勤日に合わせて俺も余分に会社行って、そこで副業をやりつつ、社内報も一緒に進める感じでどうかな？　どうせ忙しいのは校了前だけだし」「はい」

二杯目にハイボールとラムコークを飲む二人。

「でも別に正直、梅沢君なら難なく引き継げるよね、あの社内報くらい。元々ちゃんとした企業の総務部にいたんだし」「いや、何でもやってみないと分からないですけど、でもこの前、新入社員座談会のテープ起こし、僕がやったじゃないですか。テープ起こしって初めてだったんですけど、意外と面白いですよね、録音された会話って。実は僕、あのあと人に会った時にこっそり、その会話を録音して聴いてみたりもして」「盗聴みたいなことするね……」「いや、ちょっと契約、までは行かないんですけど、口約束的なことっていうか、たまたま記録しておいた方がいいかもっていう変則的な状況が生まれて、それでとっさに」「ふうん、どんな？」「いや、初対面の人の、ちょっとした手伝いみたいなことを、知り合い経由でやることになって、その条件の打ち合わせみたいな」「何か漠然としててよく分かんないけど、まさか中身が分からない何かの、運び屋とかじゃないよね？」「いやいや、そんなのじゃなくて。ちょっと詳しくは言えないんですけど」「へえ、まあいいけど」「はい」と曖昧に相槌を打ってラムコークを口にする梅沢。ナッツをつまんでハイボールを飲む田中。「……もしかして、梅沢君も何か副業やってるとか？」「えっ、いや、僕は特に何も……何かやりたいんですけどね、本当に」

15

夜の薄闇に包まれた表参道の大通り沿いのカフェに入って「待ち合わせです」と給仕に告げる梅沢。

視線を移ろわせると右端の二人席にちょうど振り返った森崎が。「あ、どうもお久しぶりです」「あ、どうもこんばんは」「すみません、またお仕事の後に。どうぞお座りになってください」「失礼します」と薄型リュックを荷物入れに収めて着席するスーツ姿の梅沢。「たんぽぽコーヒーでいいですよね？」「あ、はい」「すみません、たんぽぽコーヒーひとつ」と通りがかりの給仕を呼び止めて注文する森崎。卓上にはハーブティーとペンとメモ帳とＡ４用紙二枚が。「ちょっとトイレに行ってきていいですか？」「あ、はい、もちろん」と梅沢が頷くなりＡ４用紙を裏返して席を立つ森崎。

すっきりした表情で戻ってくる森崎。薄褐色のたんぽぽコーヒーをゆったりと微妙に不味そうに飲む梅沢。「で、まあまず、えーと何だっけ……そうそう、粗チンとチブサモムとダッチ、三つ合わせて一万九千円なんですけど、切りが悪いのでこれで」と財布から万札二枚を取り出して手渡す森崎。「ありがとうございます」とぺこりと頭を下げてそそくさと財布にしまい込む梅沢。「こちらこそ素晴らしいものをどうもありがとうございました。それで改めてこの、まあ文学史をある意味で塗り替えるような本当に錚々たる作家作品のリストなんですけど……」とA4用紙二枚を表に返して上下に並べる森崎。「梅沢さんにこの前、頂いたやつに加えて今お支払いした分も新たに追加して、さらに今回、僕の方の手持ちからも候補を足して表記してみました。だから複数候補がある場合は第二候補、あるいは第三候補まで丸括弧で連なってます。あと『ねじの回転』も一応、イマイチなんですけど『デリの回転』っていうので埋めてみました」「デリ？」「性風俗店の一種の、デリバリーヘルスの略ですね。回転は回転率、一日何人お客さんを取れるかみたいな意味で」「ああ、なるほど」「ちょっと全体的に見てもらえます？」と作家作品リストを梅沢の方へ向け直す森崎。

《独文学》

ゲイッテ／『若きウェルテルの絡み（若きすぐ出るの悩み）』『ヴィルヘルム・マイスターの主要痴態（デリバリーヘルス・マイスターの修業時代）』

コマス・マン／『ペニスに膣（ペニスにキス）』『魔の生（魔の玉）』『ブッデンブローク家のシコシコ（ブッデンブローク家のびしょびしょ）』

フランツ・ラフカ／『便神（全身）』『禁姦（敏感）』『潮』

ユルマン・ヘッセ／『不倫もした（会陰の下）』『荒野の営み（早射《そうしゃ》のおおかみ）』

《米文学》

エドガー・オマン・コー／『アッシャー家の豊パイ』『ソープ街の殺人（ソープ街の達人）』『黄金臭』

ハーマン・デルヴィル／『ファック鯨（抱く鯨）』

マーク・トウェチン／『ハックルベリー・フィンの昇天』

ヘンリー・ジェイクズ／『デリの回転』

スコット・ティッツジェラルド／『グレート・ファックミー』

カミングウェイ／『血がまたそそる（毛はまた伸びる）』『鞭よさらば（勃起よさらば）』『老人と不倫（老人と無理）』

ウィリアム・ソープナー／『飛沫と怒り（手コキと怒り）』『八月の乳繰り（ガチガチの猛り）』『フ

アックチュアリ』『チブサモム、チブサモム！』『ヤウラスジーミル・ナメコフ／『ペロリータ』『ヤーダ』『包茎な短小』
ジョン・スタインセックス／『怒りの亀頭（怒りの膣道）（怒りの肉棒）』
フェラリー・クイーン／『SEXの悲劇（Xの刺激）』『パイの悲劇（Yの刺激）』『ペットの悲劇（Zの刺激）』
ソリンジャー／『パイ揉みばかりでイカされて（バイブにかまけて日が暮れて）』『邪淫ストーリーズ（シックスナイン・ストーリーズ）』『オナニーと僧衣（オナニーと胡瓜）』
カート・ヴォネバット／『パイパンの妖女』『ディープスローターハウス・LIVE（ピンクローターハウス・VIBE）』
ジョーゼフ・フェラー／『ダッチ＝Y2（ビッチ＝22）（勃起＝22）』
レイモンド・チンポラー／『大いなるふぐり』『長いはよ終われ（ロング・グッドパイ）』
フェラナリー・オコナー／『絶倫はなかなかいない（絶倫はなかなかイカない）』
グリップ・K・ディック／『デカい亀頭の男（臭い亀頭の男）』『セクサロイドは電動こけしのアクメを得るか？』『触れよ我がヴァギナ、と性感は言った（触れよ我がラビア、と性感は言った）』
『暗闇のブラジャー（スキャナー・パイズリー）』
リチャード・ブローチカン／『アメリカのマス掻き』
レイモンド・カウパー／『挟むから静かにしてくれ（頼むからおかずにしてくれ）』『座位について語る時に我々の語ること（貝にえずいて悟るときに我々の悟ること）』『大性豪（大性交）』

《英文学》

オナサン・スウィフト／『ガリヴァー淫行記（ガリヴァー怒張記）（ガリヴァー乱交記）』
ロレンス・タターン／『紳士トリストラム・シャンディの勃起障害と治験』
ヘンリー・フィールチング／『ゴム・ジョウンズ（トコ・ジョウズ）』
ジェーン・オースキン／『分別と和姦』『肛門と偏見』『メンスフィールド・パーク（マンコフィ

ールド・パーク）』『エネマ』『吸っとく』

チャールズ・イケンズ／『オリヴァー・パンスト』『デイヴィッド・カウパーフィールド（デイヴィッド・デカディルド）』『早漏館（放尿感）（同僚姦）』『大いなる美マン（大いなる視姦）』

シャーロット・ブッコンデ／『ジェーン・フェラ（ジェーン・ヘア）』

エミリー・ブッコンデ／『焦らしが丘（毛無しが丘）』

ルイク・キャロル／『不死身のクリのアリス』

スティーヴンチン／『ジキル博士と座位のみ（ジキル博士とパイ揉み）』『多魔羅島』

オスカー・ハイルド／『ドリアン・グレイの尿道』

オナン・ドイル／『自慰後の研究』『シャーロック・ホームズの昇天』

H・G・デルズ／『愛撫マシン』『宇宙援交』『透明陰茎』

ヴァージニア・セルフ／『ダロウェイ不倫』『豊パイで（後背位へ）（今日夜這いへ）』『オーマンコ（オー乱交）』

ジェイムズ・ジョイク／『百合ニーズ』『フィネガンズ精通（フィネガンズ・レイプ）』

アガサ・カリスティ／『セクサロイド殺し』『オリエント淫行殺人事件（反りチンコ淫行殺人事件）』『そして誰もイカなくなった（そして誰もしなくなった）』

ジョージ・オーエル／『一九八四人（美恥丘八四）』

《仏文学》

ホルテール／『パンティー奴（感じるーの）』

ホルキ・ド・サド／『コンドーム百二十箱あるいは淫蕩学校』

スマタンダール／『アマとプロ』『バスルームの口淫』

バルサック／『トリオ自慰譚』

アレハサンドル・デュマ／『モンテ・クリスト・ファック（飲んでクリスとファック）』

ディックトル・ユーゴー／『性・ミゼラブル（毛・ミゼラブル）』

フノーベール／『浣腸教育』『ボヴァリー不倫』

ジュール・デルヌ／『最低二万人（最低二万回）』
『八十日姦世界一周』
エミール・マゾラ／『相席屋』『バナナ』
モーパッコン／『女の絶頂』
シャブルースト／『失われた勃起を求めて（失われた反りを求めて）』
レーモン・フノー／『洗体練習（変態練習）』
サン＝テグジュポリ／『粗チンの王子さま（奉仕の王子さま）』
サミュエル・スケベケット／『ポロリ』『皮剝けえぬもの（種つけえぬもの）』
アナルベール・カミュ／『異邦チン』『ピストン（フィスト）』
マングリット・ジラス／『廃人　アカン』
アラン・ロブ＝クリエ／『しっこ（ＳＨＩＴ）』
『名器のなかで』
フェランソワーズ・サガン／『パン染みよこんにちは』
ソルジュ・ペレック／『陰茎　使用法』

《露文学》

シコライ・ゴーゴリ／『座位交』
ギャルゲーネフ／『初トイ』
フードル・バストエフスキー／『罪と勃つ』『ファック痴』『ファック霊（爆尿）』『未経験』『カラマーゾフの穴兄弟』
ホルストイ／『援交と正座』『電マ・カレーニナ』
『イワンの魔羅』
ソルジェニーチン／『イワン・デニーソヴィチの一物（イワン・デニーソヴィチの尺八）』
ミハイル・ブルマーコフ／『巨砲とマルガリータ（怒張とマルガリータ）』
ウラスジーミル・ナメコフ／『絶棒（膣棒）』『淫行台への招待（亀頭内への招待）』『魔羅者（ママ物）』

《ラテンアメリカ文学》

ホルヘ・ルイス・ホルヘス／『前戯集』
シャブリエル・ガルシア＝マラケス／『百年の自瀆（ファック面の孤独）』『族長の愛液（欲情の秋）』『予告された遊び人の禁欲（予告された白人の自瀆）』

フリオ・ホルタサル／『いじくり遊び（乳繰り遊び）（玉蹴り遊び）』

ホセ・ボノボ／『夜のみだらな森（夜のみだらなクリ）』

マヌエル・プイク／『蜘蛛女の膣（風呂女のキス）』

「しかしこうして見ると名作って下ネタばっかりですね」と微笑んでハーブティーを口にする森崎。視線で辿りながらわずかに頷く梅沢。「カミングウェイとかは、僕の方が第二候補なんですね。この前、けっこう褒められた気がするんですけど……」「いや、候補の順序については僕の独断と偏見なんですけど、まあ甲乙つけがたいものも多いので、あくまで暫定的な並びだと思ってください。元ネタが同じやつを二重鉤括弧で列記すると分かりにくくなるので」「なるほど」「あとこの『奉仕の王子さま』はちょうど昨日、僕の方で思いついて」「ああ、奉仕……これは粗チンよりいい気がしますね、音が近くて」「そうですか？　でも話の内容も考えると粗チンの方が膨らみそうかなって」「あ、それとこの、乳繰りとか美マンっていうのは、僕の語彙にはなかったです。何かこうして見返すと、まだ考えれば磨けそうなやつもありますね」「まあそれは追い追い、もし思いついたらで。それにこの反りチンコ淫行、第一候補はシンプルにオリエント淫行にさせてもらったんですけど、あんまり凝りすぎるとやっぱり、かえって」「そうですね、それは……」と小刻みに頷きながらなおもじっくりと視線で辿る梅沢。

「で、この先のフェーズ、つまりこの偽の題名に沿って偽のあらすじを考えていく、それにいよいよ取り掛かっていこうと思って。まず条件から言うと、一作につき二千字を基本にして、元ネタが大長編だったり、何編も収められた短編集だったりした場合はその長さに合わせて四千字から、まあ最長で八千字くらい。でもこれはもちろん目安で、ある程度なら自由に伸び縮みしてオーケーです。それで報酬は二千字で一万を基本に考えてて、だから四千字なら二万、ほんの数作でしょうけど八千字なら四万。つまり一文字あたり五円で計算するかたちですね。ただこれも、題名の時よりも基準は厳しくなると思いますけど、出色の出来だったらさらに上乗せする。

それが折々のボーナスになるような感じで。要するに本当はもうちょっと基本の報酬を高くしたいところなんですけど、これだけでも百作を優に超えてますから、質より量をこなしていかないといつまで経っても終わらないと思うんですね。だからこれはちょっと上手いこと元ネタを改変できなかったなとか、題名をそのまま当てはめただけだなとか、そうなっても気にせずに次に行く、その踏ん切りのためにも少し安くしてます。この内容で対価を貰っていいのかなとか、そういうところで悩んでほしくないですから。その代わりに、インスピレーションが降りてきて素晴らしい偽のあらすじが出来た時は、今言ったみたいにボーナスを弾む。それに量をこなしていけばおのずと段々、あらすじを作る力量も上達していくと思いますから、そういう狙いもあって」「いやでも……たしかに僕はこのリストで見聞きしたことがない作家作品ってあんまりないくらいは、あくまで名前だけ知ってますけど、実際に読んだことがあるのって、それこそジョイスみたいにパラパラ見たのとか、学生時代に授業で読まされたとかを入れても、たぶん十分の三、行くか行かないかくらいで……」「それは問題ないです。なぜなら、僕がまずこれ全部の元ネタの方のあらすじを作ってて、それを梅沢さんに投げるやり方ですから。つまり梅沢さんは本当のあらすじを元に、偽のあらすじを作るだけです。元ネタを通読する必要は一切ない。ただネットにもあらすじとか感想は転がってるものも多いと思うので、そういうのは参考にするといいかもしれない。もし元ネタを手元に置いて作業したいならもちろん、僕が本を貸します。あと資料として、こういう名作を紹介してるブックガイドみたいな本も僕が持ってるだけ貸します」「うーん、でもやっぱり、こういう駄洒落的に名前をもじるだけっていうのと、短くても文章を組み立てるのとは違うじゃないですか」「いや、僕は逆にこの前のリストを見て、梅沢さんなら任せられるなって確信したんですよ。発想とか着眼点とか、言葉を使うセンスがいいし、あと全体的な多様性にも目を配ったり、そういう、きちんと思考して取り組むタイプじゃないですか？」と微笑んで手のひらで梅沢を示す森崎。おもむろに小首を傾げる梅沢。「たとえばなんですけど、偽のあらすじって具体的に、どういうふうにすれば……」「それは基本的には、この作品名をもじる時に多くの場合、共通点として、母音を元ネタと揃えたりしたじゃないですか？　それと似たように、まずは元ネタのあらすじに沿いつつ、そこに偽の題名にある性的な要素を絡めていく感じでいいと思います。あらすじ自体は、事件が起こったり人間関係が見えてくるところまで書いて、その先の展開とか結末は仄めかす程度に留めるか、あるいは結末まで書くなら、そこだけ全然別物にしちゃうのもいいかもしれない。元ネタのネタバレ防止みたいな意味合いで。といっても、どんでん返しとか謎解きがない、筋の面白さが希薄な作品なら、結末までなぞっちゃってもいい気もしますけどね。あと元々、筋なんてない前衛的な作品は登場人物とか設定を紹介したら、最後は手法とか時代的影響とか、そういうのを謳い文句っぽく書き添えて締めくくるとか。でもまあ、まずはやりたいようにやっていただいて。たしかこの六月から丸々四ヵ月、お仕事がさらに暇な期間になるんでしたよね？　だからまあ、一週間に二作でもやっていただければ、一ヵ月で八作、四ヵ月で三十二作。それだけでこのリストの四分の一くらい行きますし、副収入としてもまあまあじゃないかなって。もちろんその先もやっていただければ、たぶん二年くらいでこのリストは完遂できちゃう気がします」「それは、ちょっとやってみて無理だなって思ったり、あるいはこの夏だけやったら途中でやめるとか、それでも……」「もちろん構いません。いくらかでも作っていただけたら、それが叩き台にもなるかなっていうのもあって。つまり、梅沢さんなりの書き方から僕の方が教わることもあるかもしれない。ただまあ一作だけとかだとさすがに寂しいんで、どれを選んでもいいですから取り敢えずこの夏で最低、十作とかで如何ですか？　逆に興が乗ってきたら増やしていけばいいですし」「ちなみに、現時点で森崎さんの方で、作ってみた偽のあらすじとかは……」「よくぞ聞いてくれました」と梅沢を指差すなり、脇の荷物入れの端っこに沿って縦に収められた扁平な革製トートバッグを引っ張り出す森崎。その中から取り出されるA4用紙の入ったクリアファイル。「梅沢さん、カフカの『変身』は読んだことは？」「あります、すごく短いので。たしか中三くらいの時に読みました」「どんな話でした？」「ええと、主人公のセールスマンが、朝起きたらなぜか巨大な虫になってて、出勤しないから上司が訪ねてきて、弁解しようと自分の部屋から出たら同居の家族にも変身がバレて、それ以来、妹に世話されながら自室に引き籠もって暮らすようになって……最終的には家族にも見捨てられて死んじゃうみたいな……」「だいたいそんな筋ですよね。まあ『変身』はカフカにしては小綺麗に纏まってて、しかも家族っていう最も月並みな人間関係を軸にしてるから、個人的には凡作って感じですけど」と喋り続けながらホッチキスで綴じられた数枚のA4用紙を梅沢に手渡す森崎。

『全身』フランツ・ラフカ著

ある朝、体を売って稼ぐセルフ・セールスマンの青年、グレゴール・テンガは目覚めると全身がすこぶる敏感な性感帯になっていることに気付く。驚きながらも一種の明晰な淫夢かと疑って、もう一度深く眠り込もうとするが、かすかに掛け布団やシーツと肌がこすれるだけで快楽の波が走り、体が火照って仕方がない。激烈に勃起して先走り汁を溢れさせながら、グレゴールは眠気を払いきれぬ意識のまま、自身の精力を搾取する性労働に不満を募らせる。金満で高飛車、性欲丸出しの醜悪な中高年女性客ばかりで勃つものも勃たず、強力な勃起促進薬を常用せねばならない。その副作用が心配だ。おまけに彼女たちは自分を犬のように扱って長々と秘所を舐めさせることを好み、今では女性器に何の神秘も興奮も覚えなくなった。しかし両親には借金があり、それを自分が返さなければならない。

いつもの習慣の全裸でベッドに寝たまま、不満を逸らすように肌と布をこすり合わせて快楽に耽るうちに、ふと目覚まし時計を見ると、一番客に入れられた予約の時間がもう過ぎている。母親、父親、妹と次々に心配した家族が起こしに来て、鍵のかかった部屋のドアを外から叩く。起床したグレゴールは慌てて下着を穿くが、その刺激で思いきり射精して、穿いたばかりのそれが汚れてしまう。着替えるために今度は脱ごうとするが、ホルモンの異常なのか全身の性感は衰えず、気持ちよすぎてそっと動かすだけで、ペニスがまたぐんと屹立する。そうこうするうちに所属する派遣型性風俗店の支配人が家まで訪ねてきて、グレゴールに出勤を促す。「あの子は体のぐあいが良くないんです」と擁護する母親の声を聞き、グレゴールは「すぐに行きます」とドア越しに宣言する。そして汚れた下着を無理やり脱ぎ、新しいものに穿き替えようとそれを引き上げた途端、その刺激でまた射精して大きなよがり声を上げてしまう。「いったい、どうしたんだね?」と支配人は叫び、「あの子はきっと大病なんです」と気が動転した母親は泣き叫ぶ。ありのままの姿を見せて既に二発も浪費したことを話せば今日は休めるかもしれない。そう考えたグレゴールは大量に飛び散った精液を顔面にべっとり付着させたまま、ノブを握ってドアを開き、その姿を皆の前にさらす。すると母親はへなへなと座り込み、父親は敵意をこめた表情で鼻をつまみ、支配人は「おお!」と声高く叫び、じりじりと後ずさりしたかと思うと、踵を返して逃げ出す。追いすがって説明しようとするグレゴールだったが、父親にステッキで部屋に追い返されてしまう。

　それ以来、グレゴールは自室に引き籠もる暮らしを送る。往診した医師は聴診器の接触に勃起するグレゴールに不快感を抱き、原因不明と匙を投げる。食事の用意と掃除は妹がしてくれるが、口内も性感帯なので、普通の食べ物では咀嚼しながら勃起してしまう。喉越しで射精に至ることもある。ほどなくグレゴールは刺激の少ない流動食で栄養をとるようになり、刺激のために服も着られないので、妹が入室する際は背を向けてマネキンの真似をした。排便もまた強い快楽をもたらすので、おまるには便と精液が入り混じった。とはいえ不幸中の幸いもあり、ドア越しに聴き取った家族の相談によれば、何年も前に店を潰して無職の両親には実は多少の蓄えがあり、束の間は息子の稼ぎがなくとも生活していけるらしい。グレゴールは何かとの接触面積を最小限にするべく、常時全裸のまま、日中は仁王立ちして性感を忘れる瞑想に耽り、夜は新聞紙を敷いた上にじっと体育座りで眠るようになる。それでも時折、気が緩んで横倒れに寝そべってしまうと無意識に接触の快楽に身をこすらせ、寝返りを打つうちに強い刺激にはっと目覚めるとやはり、あえなく射精してしまっているのだった。

やがてグレゴールは両側に倒した箪笥と机を置き、後ろには写真を入れていた額のガラスを割った破片を撒いて、それらに囲まれたかたちで体育座りで眠るようにした。横倒れになれば箪笥の角か机の脚に頭をぶつけ、後ろに倒れればガラスの破片を背に受ける。その痛みが快楽を相殺するのだ。それを見て取った妹は少女らしい残酷さと現実逃避めいた悪戯心から、画鋲やロープ、剃刀や果物ナイフを差し入れる。半ば自暴自棄になっていたグレゴールは快楽を体から追い出そうとするがごとく、全身に切り傷をつけ、乳首に画鋲を刺し込み、首をロープできつく絞めつけて呻くが、そんな自分の狂い様にふと我に返る。その時、苦しげな呻き声を耳にして心配した母親が恐る恐るドアを開け、変わり果てたグレゴールの姿を見て気絶する。妹が駆け寄ってきて母親を介抱する最中、家計のための新しい仕事から帰宅した父親は怒りに駆られて、台所から取ってきた包丁を投げつけ、それがグレゴールの背中に突き刺さる。

その傷は思いのほか深く、グレゴールは一ヵ月以上苦しみ続ける。とはいえそのおかげでベッドに寝そべることができた。傷の痛みが布と肌のこすれ合う快楽を忘れさせてくれるのだ。そしてその間、母親と妹も仕事を見つけ、働き詰めで疲弊した一家はグレゴールの存在を疎かにするようになる。切り詰めた生活の中、女中には暇が出されて、代わりに大女の手伝い婆さんがやって来る。さらに三人の男たちに部屋を貸し出しもした。

そんなある晩、下宿人の男に頼まれて妹が居間でヴァイオリンを演奏する。癒えぬ傷に起因する熱で朦朧とした意識ながらも、痛みと快楽の相殺によって人間らしい精神の感受性を取り戻してもいたグレゴールはその音色にいたく惹かれて、ベッドから萎えた足で立ち上がり、居間に面した自室のドアをそっと開ける。すると演奏による空気のふるえがじかに肌に伝わり、感極まって一時的に痛みを忘れたグレゴールの、知らぬ間に勃起したペニスがドアの隙間から居間に突き出、随分長い間発散していなかったこともあって不意に射精してしまう。下宿人の一人がそれに気付き、「テンガさん！」と父親に叫んでグレゴールのペニスを指差す。慌てて間に立って下宿人たちを間貸しした部屋に押し戻そうとする父親だったが、それによってむしろ彼らの怒りを掻き立て、即刻の退去と賃料不払いを告げられる。絶望する両親に向かって妹はこれはもう兄ではなく、性獣だと言い放つ。もはや射精にも耐えられないほど衰弱したグレゴールはよたよたと後ずさり、ふたたびベッドに寝そべって暗闇の中、萎えるペニスとともに息絶える。亀頭からは最後の液が漏れ出た。

翌朝、グレゴールが逝ったことが明らかになり、手伝い婆さんがその後始末をする。家族三人は数ヵ月ぶりの休暇を取り、電車で郊外へ出かけながら、引っ越しについて相談する。そのうちに元気を取り戻してゆく娘が、すっかりふくよかで美しくなっていることにテンガ夫妻は気付き、そろそろポルノ女優にでもなってもらおうと考えるのだった。

「……なるほど」と黙読して虚ろな面持ちで呟き、テーブル越しに『全身』のあらすじを返す梅沢。「これはちょっと長くなっちゃって三千字弱なんですけど、ほぼ原作の展開に沿いつつ、そこに題名の『全身』が性感帯っていう改変を組み込んだだけなので、まあクオリティとしては最低限っていうか、多少文章が書ければ誰でも作れると思います」「うーん……」「もちろんこんなに忠実に原作通りじゃなくても、途中から全然、あらぬ方向にぶっ飛んじゃってもそれはそれで面白いと思いますし、その辺は要するに、多様性で」「うーん……」「何か問題でも？」「問題というか……」と思案げに口ごもる梅沢。「でも正直、これくらいなら書けるでしょ？」「まあそれは、元のあらすじを用意していただけるなら正直、たぶん書けそうな気はします」「ならもう、やっちゃいましょうよ。僕の好きな脳科学者が言ってたんですけど、脳科学的にはまず、手を動かすんだと。ちょっとやる気が出ないなっていう時でも、先に手を動かすと後からついてくる」と両手を忙しなく動かしてみせながら微笑む森崎。難しい表情で首をひねる梅沢。「うーん……前にお会いした時も言ったと思うんですけど、さすがにちょっと下らなすぎるのが、引っ掛かるというか……こういうのに労力を注ぐっていうのを想像すると正直、何か抵抗があるなって……」「いやでも、井川さんも楽しみにしてますから。むしろその下らなさをこそ。抵抗って具体的にどういうのですか？」「いや、うまく言えないんですけど……たとえばサッカーゲームとかを僕はやってて、それって時間の無駄ですし、下らないと言えば下らないんでしょうけど、でもそれは過度に中毒とかにならなければ、自分なりの息抜きじゃないですか。でもこれって、森崎さんにとっては遊びでも、こっちとしては自分の中で、どう意味付けしたらいいんだろうって……たとえばこれが、むしろ真面目に文学史を網羅するサイトとかだったら、立派なネット文化財になりうるだろうし、これだけ対価も頂けるならたぶん何の抵抗もなく、出来る範囲でお手伝いできると思うんですけど……」「それはだから……そう、うちの義父が農家に畑を一部借りて野菜作りやってて、僕もたまに手伝って報酬を貰ったりするんですけど、そういうのと同じ、他人の遊びの手伝いっていう意味付けでしょう？　野菜作り手伝うのもサイト作り手伝うのも一緒だし、別に正直、大して美味しい野菜でもないから、スーパーで買っても変わらないし……そんなに大層な意味なんてないわけですよ」「うーん、いや、でも正直、もしこれをやり始めたら僕、それなりに真剣に取り組んじゃいそうな気がするんですよね。特にひと夏の間だけとか何作とか、期限とかノルマで区切られたりすると。暇はあるだろうし。でもこういうのを真剣にやっちゃう自分って、ふと我に返って考えてみると、違うんじゃないかなって……」「下らなすぎるから？」「はい……」

漂う束の間の微妙な沈黙。不意に射抜くように梅沢を見つめる森崎。「梅沢さん、こういうふうに考えてみてくれませんか？　この作家作品リストの元ネタって、名だたる文豪とか歴史に名を残した作家、古典に名作、少なくとも歴史的にそれなりに意義を認められた作品ばかりですよね？　で、それって何でかって言うと基本的にどれも、人間社会における、文学的な感性や価値観に沿うもの、合致するものが多分に含まれてるっていうことだと思うんですね。

しかもそれって単に特定の時代や地域の人間の有り様をうまく描いているとか、人道主義や博愛主義に基づいているとか、豊かな想像力があるとかだけじゃなくて、創作物って人間にとって嫌なもの、孤独とか不幸とか絶望とか破滅とか、憎しみとか悲しみとか醜さとか狂気とか、権力の腐敗とか、差別とか疎外とか、貧困とか死とか暴力とか戦争とか、そういうものも描いて、というかむしろ、そういう負の側面があった方が往々にして、重たさを評価されるし、深く心を揺り動かす。そういう負の側面を描きつつ、ユーモアとかある種の軽妙さがあるみたいなのも、それがかえって深みを醸すみたいないなね。あと構成を複雑にしたり難読の長文にしたり、言葉遣いが硬かったり改行が少なかったり、そういうのも人間が認知的に、重厚さを感じやすい要素ですよね。そうすると逆に、敢えて簡素な文体とか平易な言葉遣いで、それによってやっぱり、かえって深刻さとか諦念を醸すみたいなのもありますし。でもどれも結局、そういうのって重たいよね、深いよね、問題だよね、大事だよねっていうものをまさに、そのように感じさせる。つまり結局、人間社会において重要、重大だと感じられる事柄を如何にそのように感じさせるかみたいな話で、それって言っちゃ何だけど全部が全部、広い意味でポルノなわけですよ。障害者とか弱者を取り上げて感動の物語に仕立て上げる感動ポルノってありますよね？　あと貧困ポルノ、戦争ポルノ、震災ポルノとか。そういうのは紋切り型で薄っぺらくて扇情的だとか、弱者に寄り添う態のポエムを垂れ流して自分たちが気持ちよくなってるだけとか、善意やジャーナリズムを装った商業目的だとか、安全地帯から興味本位で悲惨な現実をコンテンツ化して消費するだとか、そういう意味合いで用いられて、重み深みのある文学作品とは対極の評価をされがちですけど、でも小説の古典名作だって弱者を描いたり戦争や災害を描いたりしてますし、それが心を動かしたり社会的に評価を得る手段になってたりする。それって低俗な、いかにも扇情的な手法によって感情や好奇心を煽られる人もいれば、文学的な手法によってそうされる人もいるっていうだけで、どっちもポルノだと思うんですよ。陳腐なお涙頂戴にたわいもなく感動して、思いっきり泣いて心のデトックスしましたみたいな人もいれば、抑制の効いた筆致で奥深い情感を醸すみたいなのに感動して、しみじみと芸術的な感慨を味わいましたみたいな人もいる。特定の物の見方に下品に迎合するような大衆向けの作品に感銘を受ける人もいれば、何事も様々な見方があって一概には言えないみたいな複雑なインテリ向けの作品に感銘を受ける人もいる。でもそれって料理の味は濃いめが好きか薄めが好きかとか、卵は目玉焼きかスクランブルエッグか半熟に茹でてキャビアのせて食うかみたいな話で、それぞれの嗜好向けにそれぞれのポルノがあるだけ。上流階級とかを描いた文学ならセレブポルノだし、十代の自意識や心の揺れを描いたら青春ポルノ、田舎の人間関係を描いたら田舎ポルノ、ささやかな日常を描いたら日常ポルノ、悲惨な現実を描いたら過酷ポルノ、ディストピアを描いたらディストピアポルノみたいな感じで。だからこの改変した作家作品リストはたしかに下らないポルノ風だけれども、でも元ネタの方が実は……」と真剣味をこめて語り、ふと苦しげに唾を飲み込む森崎。見るからに渇きに駆られてお冷やのグラスを持ち上げ、たっぷりと口に含む森崎をよそに、伏し目がちに眉根を寄せる梅沢。「でも、その理屈だと、何でもポルノになっちゃう気が……それに創作物の場合、まあノンフィクションだって創作って言えばそうですけど、でもたとえば小説なら基本的に、事実をネタにしたりしても、作品の内容自体は事実じゃないっていう了解がありますよね？　そもそも嘘ですよっていう。それこそ正真正銘のポルノで言うなら、AVなんてファンタジーみたいな。だからジャーナリズムとかとは違って、別にポルノでもそんなに」「それは、どんな創作物も創作物として実在してるわけですよ。ノンフィクションだって創作と言えば創作なら、フィクションだって現実と言えば現実なわけです。実際に創作物として存在し受容されるわけですから。たとえば司馬遼太郎って知ってます？　僕より世代的に上の昭和人間に大人気だった歴史小説作家ですけど」「はい、名前くらいは」「国民作家って言われるくらい大人気だったから、その歴史小説とか、司馬史観って呼ばれるような歴史観に影響を受けすぎて、書かれてることが本当の歴史だって勘違いしちゃうくらい、その内容を信じちゃった単純な読者とかもいたわけです。でもそういう心性って歴史修正主義とかと地続きだし、最近で言ったらシンギュラリティとか信じちゃった馬鹿とも一緒だと思うんですよね。つまり今って未来語りが流行ってますけど、それって司馬史観的な精神文化が過去じゃなくて未来へ投射されたようなもので、しかも過去なら検証がそれなりにできますけど、未来は検証なんてできないから言いっ放しの、あぶくみたいな夢物語になる。ほんのちょっとでも似通ったことが起これば途中経過の予言者にもなれますしね。レイ・カーツワイルなんて未来の方を向いたグラハム・ハンコックみたいなものですよ。小説でもシンギュラリティやら、精神転送やら意識を持ったAIやら恒星間の有人航行やら、そういうSFという名のお花畑がよく咲いてるでしょう？　現実を直視すればするほど、そんなものは夢見がちな御伽噺だって分かる。僕だってAIだのVRだの流行り言葉に乗って適当にお喋りするのは好きですけど、専門家でもないのにそれを真面目にやったらおしまいなわけで。まあ専門家でも夢見がちなことを語る人はいつの世もいますけど。そういうのをネタとして遊園地みたいに楽しむならいいけど、でも、本当に実現するかもとか思っちゃう人もいる。まさに現代の未来ポルノなわけですよ」と吐き捨てて顔をしかめる森崎。「そういうのは内容だけじゃなくて形式や手法についても言える。たとえばよく小説ってそれ独自の物語る声、いわゆるヴォイスがあって、それによって心を震わせられるものが優れた作品みたいなことが言われたりするじゃないですか。でも芸能人とかスポーツ選手とか不安定な職業の人が怪しげな占い師やら整体師やらに傾倒して、そいつの言うこと以外聞かなくなるみたいな騒動がたまに起こりますけど、それってその依存した相手の語り、つまりヴォイスに洗脳されちゃってるわけです。あるいは小説って本の中にある別世界に没入できるのが醍醐味みたいなことも言われますし、そういう別世界を構築することが想像力とか言って称揚されますけど、ブラック企業とかカルト宗教とか閉鎖的な環境下で異様に狂信的な物事が行われたり、常識的な判断力が失われちゃったりするのも、それがひとつの別世界だから、そこをある種の想像力が支配しちゃってるからなわけですよね。だからそういうのも見方を変えれば、人間の脆弱性を突くものであって、こうすれば心を動かすことができる、煽ることができるっていう意味でポルノ的手法なわけです。それでそうなると、何でもポルノになっちゃうんじゃないかって今、梅沢さんが仰いましたけど、それは違う。なぜなら、何でもポルノになる可能性はあるけども、誰かにとって、心を動かされないもの、重要だと感じられないもの、虚構としてさえ信じてしまわないもの、深く入り込めないものもあるわけですから。だからまず、いかにも通俗的な、大衆性や娯楽性に富んだもの、これは多くの人にとってポルノなわけですけど、その意味ではポルノじゃないものもある。それは何かっていうと、まあざっくり言って高尚だとか難解だとか、批評的だとか社会派だとか、芸術的だとか文学的だとか、そういうような方向性ですよね。でもそれも逆説的に、そういう嗜好を持った人にとってはポルノなわけです。まあこれの場合、広く一般的な通俗性とは違って狭い特殊な通俗性、つまりそのジャンルの権威筋とか村社会が評価してるから扇動されちゃうみたいな、権威ポルノや内輪ポルノの影響も強いかもしれない。現代的にはむしろ、ソーシャルメディアで自分が接する範囲の影響とかでしょうけどね。ソーシャルポルノっていうか。とはいえじゃあ、そのさらに先、そういうポルノ性すらも削ぎ落としていくとどうなると思います？」と問いかける森崎。

思案げに眉間に皺を寄せる梅沢。「たとえば小説ってよく読む人は他者への共感能力が高いとか言われますよね？　色んな登場人物の心理を辿ったり推察したりしながら物語を読んでるから。もちろん共感って言っても、この自分と同じ、分かる分かるっていう感じだけじゃなくて、もしこういう生まれ育ちだったら、こういう人がこういう状況に陥ったら、こういう運命だったらみたいな、より理性的な共感とか想像的な共感っていうのも含めてね。でその性質ゆえに、特に内容的な主題や題材の面で文学的に評価される小説って広い意味でのマイノリティ、弱者や被差別者、ある種の不適応者、こういうのを描いたものが多くなる。なぜならそれが格好の他者だから。作者自身がその属性を持ってて、世間に対する自分の他者性を売りにすることもありますね。でもそこにもポルノ性とその逆説がある。仮に何らかの他者を描いて、それがその他者以外の、作者なり読者なりにとって理性的、想像的にでも共感可能であったら、結局のところ心を動かされるなら、言い換えるならポルノであるなら、それはむしろ他者性を排斥してしまったことになる。つまり排他的な表現になってしまう。要するにそれは文学におけるマイノリティじゃないわけです。文学におけるマイノリティっていうのは、マイノリティを描くとか作者がマイノリティとかじゃなくて、その創作手法や作品自体がマイノリティになってしまうもの。つまりその創作手法や作品自体が大多数の価値観や感性によって差別されたり、軽んじられたり、無視されたりするもの。もちろんどんなマイノリティもさらに小さなマイノリティ、もっと言えば単独的な存在に比べたらマジョリティですから、広く大衆的な社会性においては、文学的な作品はマイノリティですけど、もっと狭い文学的な社会性、つまり文学的なサークルにおいては、文学的なものがマジョリティになって、もっとマイナーなもの、大衆的な価値観や感性だけじゃなくて、文学的な価値観や感性にもそぐわないものがマイノリティになる。さてそれで梅沢さん、もしこの作家作品リストの元ネタの作家たちが、この改変した方の、いかにも下らなさ満点の作品を書いていたら、この人たち、文豪になれたと思います？　あるいは大衆的にでも文学的にでも、価値を認められたと思います？　ノーベル賞を貰えたりしたと思います？」「無理だと思います」と即答する梅沢。「ですよね。せいぜい下らないって笑われたり、こんなもの何の価値もないとか、読む意味なんてないって思われるくらいじゃないですか？　でもそれはたとえば、セクハラを訴えたら大したことじゃないでしょって笑われたり、子供を産まない女性には価値はないとか言われたり、あるいは貧困者でも障害者でも誰でも、生産性がない人間は生きてる意味がないみたいに言われたりするのと一緒なんですよ。染み付いたある種の通念に基づいて、価値観や感性を共有しない相手から、軽んじられるわけですから。極端に言えばその先にはこんな奴ら生きてる意味ないって殺しちゃう道が続いてる。だからその逆の、下らなさを追求するわけですよ、梅沢さん。誰も重み深みを感じない、誰の感性にも鋭く刺さらない、ポルノ風ゆえに本物のポルノにさえもなれないもの。僕自身だってこんなこと言ってますけど、これをちょっと眺めたら下らないなってやっぱり思っちゃいますから。でもそんなものだって、ちゃんと作るには色んな発想や思考、試行錯誤、創意工夫、言葉を加工する技術、そういうものを注がなきゃいけない。ちょうどそういう話がこの前に出ましたよね？　あるいはそれを身をもって体験しましたよね？　それってつまり、他の物事へと拡散していくような価値を持たない、これだけに凝縮されるような創造性が、まさに生成されてるっていうことだと思うんです。だからある意味、これは純文学みたいな名ばかりのものよりもよっぽど純化されてるわけですよ。どうです？　そういうふうに考えてみたら、むしろ下らなすぎる方が……」と挑発するような目つきで前のめりになる森崎。伏し目がちに下唇を噛む梅沢。「……そういう、姿勢というか精神性というか、そういうのを下らなさを通じて、次世代に伝えたいみたいなことですか、つまり？」「いや、そんなのはないです。ただ僕がこういうのを作ってみたいだけ」「でも、最初にお会いした時に未来へ向けてどうとか言ってませんでしたっけ……」「それは多分、口から出任せというか、出会い頭に一発かまそうかなっていうか。まあ僕は過去の実体験とかについてはなるべく嘘はつかないようにしてるんですけど、現在から未来にかけての未確定なことについて話す時はいつも、フリースタイルで適当に即興で喋ってて。といってもあくまで自分に関することだけですけど、そうすることで思ってもみなかったことが口を衝いて出る……そうやって自分の思考とか固定観念を常に揺さぶって、惰性から逃れるっていうかね、一人ブレインストーミングっていうか……」「ということは、今の今まで喋ってたことも、適当かもしれないわけですか？」「それはどうでしょうかね。でもこれは間違いなく本当のこととして、僕はこのウェブサイトを自分にとっての、ピラミッドみたいなものにしようって決めてるんです」「ピラミッド？」「そう。ピラミッドって古代エジプトの王様の墓ですよね？　しかもその王様が生きてるうちから、下手したら何十年も掛けて、その王様の墓を作った。そういう感じで、このサイトは僕なりの、文学の墓みたいな」「えっ、死んじゃうわけですか？」「うんまあ、いつかはそうなるでしょう？　でも生きてるうちからだから。それにピラミッドって昔は奴隷によって作られたって思われてたらしいんですけど、今はむしろ、公共事業として専門の労働者によって作られたっていうのが定説みたいなんですよ。だから僕もそういう感じで、梅沢さんにきちんと対価を払って、手伝ってもらう。正直、エジプトのピラミッドだってあんなもの意味ないわけじゃないですか？　ただのでっかい四角錐で。でもそれが時代を経て、観光名所になった。何でこんなもの作ったんだろうっていう。多大な人民、何千何万、もしかしたら何十万人とかの労力を注がせて、重い石のブロック運んで、物凄い精度で積み上げた。それって王様の墓っていうことが分かってても、やっぱりこんなでかい墓要らないだろうって不思議だし、何か途轍もないなって思うけど、下らないって言えば下らないし……つまり、同じじゃないですか？」と微笑んでA4用紙二枚を手で示す森崎。「いや、うーん……」と小首を傾げながら唸る梅沢。微笑んだままポットからハーブティーのお代わりを注ぎ、それをゆっくりと啜る森崎。顎先をさすりながら束の間、悩ましげに黙り込む梅沢。おもむろに開かれるその唇。「……いや、実は会社の先輩が、今の出版から、ネットの方の編集者に転職するつもりみたいで、もしそっちで落ち着いたら、僕も呼びよせてくださいよってこの前、半分冗談で言ったんですよ。情報源になって、良い会社があったら教えてくださいとか。でもまあ、別にツテとかなくても、たぶん僕も今の会社で二年か三年くらい経験積んだら、そっちの業界に転職しようかなっていうのはあって。だから森崎さんがこのリストの、偽のあらすじ全部埋めるのに二年くらい掛かりそうってさっき仰ってましたけど、ちょうどそれが、長さとしては重なる……」「へえ、いいじゃないですか。じゃあその間、これを副業にして薄給を補うっていう。それにネットの編集者って自分で文章書いたり、ライターの文章直したりする機会がすごい多いらしいですよ。だから文章修行も兼ねられますし、遊び感覚で楽しんでくれればいいですから」「うーん、そうですね……」「やりましょうよ、梅沢さん。井川さんも楽しみにしてますから」「うーん……」「実は僕も、義父が所有してる雑居ビルの一つにテナントの空きがあって、そこで何か小さな店でもやらないかって言われてて。額が大きくなければ赤字出してもいいよって感じだから、あくまで仕事じゃなくて道楽なんですけど、その構想も膨らませたいっていうのがあって。だからこっちは手伝う人がほしいんですよ。本当に、心から」「うーん、そうですね……」「ピラミッド、作りましょうよ」「うーん……」「梅沢さん、やりましょうよ」「うーん……」「このカミングウェイ、全部梅沢さんの方の題名であらすじ作ってくれて構いませんから」と微笑んでA4用紙の当該部分をつんつん指す森崎。そこをちらりと見やる梅沢。パン、といきなり景気よく両手を打ち合わせる森崎。「よし、もうやりましょう！　まず手始めにどれでも十作！」

16

「すみません、やっぱりできないです」と断る梅沢。「ええっ？」「すいません……」と神妙に頭を下げる梅沢。「梅沢さん、冗談でしょう？」「いや、熟慮の末の、決定事項です」「本当に？」「はい、すいません……他にもっとやりたいことがありそうな気がするので……」と頭を下げたまま上目遣いに森崎をじっと見据える梅沢。その決意に満ちた眼差しと数秒、見つめ合ってから苦虫を噛み潰したような表情で視線を逸らすと、A4用紙二枚の作家作品リストへ悲しげな目をやり、震える鼻息を漏らす森崎。「……本当に？」「はい、すいません……」「やらない？」「はい、やっぱり下らなすぎるので……」

　重苦しく漂う沈黙。微動だにせず頭を下げたままの梅沢。すると通りがかりにちらりと不審そうに目を投げる給仕が。眉間に険しく皺を寄せて梅沢を睨みつける森崎。「本当にやらない？」「はい、すいません……」「揺らがない？」「はい……」「考え直さない？」「はい……」「本当の本当に？」「はい、これ以上はやりません……」と決然と答える梅沢。ぐっと引き結ばれるその唇。

「ったくマジかよ……じゃあもう俺もやめるよ、何か急に冷めたわ……」と舌打ち交じりに吐き捨ててA4用紙二枚をつかみ取り、それを真っ二つに引き裂いて梅沢の方へ放り投げる森崎。ひらりと宙を滑る一片をとっさにつかみ、舞い落ちたそれ以外もそそくさと拾い集める梅沢。何事かと注目する周囲の数人の客。遠くから不審そうに注意深く見つめる給仕。

「ちょっともう、このテーブルのお代は払っといてよ。あなたが台無しにしたんだから」と革製トートバッグにペンとメモ帳を放り込みながら冷淡に告げる森崎。「はい、分かりました……」と肩を縮こめて項垂れる梅沢。また舌打ちを鳴らしてお冷やを口に含み、憤然と頬を膨らませたまま、その中身を今にも吹きかけんばかりに梅沢を睨みつける森崎。緊張の面持ちで上目に見つめ返す梅沢。数秒見つめ合った後、ごくりと飲み干される水の音。また苛立たしげに鳴らされる舌打ち。憤懣やるかたないように吐き出される鼻息。「ああ、そう言えばマカダミアナッツチョコ持ってくるの忘れました。でもそんなのもういいですよね？」と刺々しく言い捨てる森崎。「はい、結構です。お気遣いありがとうございます」と項垂れたまま答える梅沢。

右手に握り締めていたグラスをことんと置き、すっくと腰を上げて立ち去る森崎。肩を怒らせてつかつかと遠ざかるその後ろ姿。恐る恐る顔を上げて見送る梅沢。出口へ向かいながら肩越しに振り返り、憤怒の形相で中指を立てる森崎。申し訳なさそうにぺこりと頭を下げる梅沢。

森崎の姿が外に消えるなり、ふうとひと息ついてお冷やを飲み、革財布の札入れを覗く梅沢。「すみませーん」と呼び止められる通りがかりの給仕。「ビールってあります？」「はい、ハートランドとブリュードッグがございます」「じゃあブリュードッグと、あとビールに合うちょっとしたおつまみで、何かオススメは？」「そうですね、ベルギー産ポテトのフレンチフライとか……」「ああ、じゃあそれも下さい」「かしこまりました。ビールのブリュードッグと、フレンチフライ」「はい、それでお願いします」「少々お待ちください」

颯爽と離れていく給仕を見送り、それから店外の方をぼんやりと眺めやる梅沢。カフェスペースより一段低いそちらにはビル一階のエントランスが広がり、その先には夜の表参道を透かすガラス張りの表口が。「悪いことしたかな……」とぽつりと呟いて首をひねり、物思わしげに顎先をさするうちに、ふっと苦笑を漏らす梅沢。「激おこぷんぷん丸だったな……」

17

朝の満員電車内、薄型リュックを前抱えに吊革を片手で握りながらもう片方の手で顔面間近の携帯端末を操作する梅沢。ひとしきり主要ニュースを閲覧するとおもむろに目を瞑り、無念無想の表情のまま揺られるも、ふと不快そうにノーネクタイのシャツの第二ボタンを外す。シャツの上には浅いVネックのセーターを着て、前を開いた中綿入りのコートも羽織ったまま。「暑い……」とうんざりしたように漏れる呟き。足下から暖房の効いた密な車内、周囲の乗客たちも防寒性の高そうな冬着ばかり。

やがて電車から降りて溜息をつき、片手で顔を扇ぎながら冷涼なプラットフォームを歩き、エスカレーターの列につく梅沢。自動上昇する階段の左側に乗った時、出し抜けに振動する携帯端末。見ると「森崎さん」から新着メッセージが。

ご無沙汰しております。厳寒の折、如何お過ごしでしょうか。

このたび私、森崎慎司は義父の所有する商業ビルの二階にて、タピオカドリンク専門店「タピるから静かにしてくれ」を開店することと相成りました。全席個別仕切り付きカウンター、完全私語厳禁というハードかつアヴァンギャルドな店構えではございますが、純粋にタピオカを味わうにはもってこいの環境が出現したと自負しておりますので、是非ともご家族、ご友人、ご同僚などをお誘いの上、奮ってご来店ください。メニュー、アクセス、営業時間などは以下のURLにてご確認願います。

http://www.tapirukarabequietplease.com/

木下古栗（きのした・ふるくり）
一九八一年生まれ。著書に『ポジティヴシンキングの末裔』（早川書房）、『グローバライズ』（河出書房新社）、『生成不純文学』（集英社）、『人間界の諸相』（集英社）など。

初出
サピエンス前戯　「文藝」二〇一八年春季号
オナニーサンダーバード藤沢　「文藝」二〇一八年秋季号
酷暑不刊行会　「文藝」二〇一九年夏季号
三編共にそれぞれ初回だけが新連載として掲載されました。
その後の展開は書下ろしです。

サピエンス前戯《ぜんぎ》　長編《ちょうへん》小説集《しょうせつしゅう》

二〇二〇年八月二〇日　初版印刷
二〇二〇年八月三〇日　初版発行

著者　木下古栗《きのしたふるくり》

発行者　小野寺優
発行所　株式会社河出書房新社
〒一五一-〇〇五一
東京都渋谷区千駄ヶ谷二-三二-二
電話　〇三-三四〇四-一二〇一（営業）
　　　〇三-三四〇四-八六一一（編集）
http://www.kawade.co.jp/

印刷　株式会社亨有堂印刷所
製本　加藤製本株式会社

Printed in Japan　ISBN978-4-309-02908-5